W0353428

Les lumières de l'hiver

SHERRYL WOODS

Les lumières de l'hiver

éditions Harlequin

Titre original : WELCOME TO SERENITY

Traduction française de ELISA MARTREUIL

HARLEQUIN®
est une marque déposée par le Groupe Harlequin

PRÉLUD'®
est une marque déposée par Harlequin S.A.

Photos de couverture

Ambiance Noël : © ROYALTY FREE / MARIO CASTELLO / CORBIS
Etoiles : © DORLING KINDERSLEY RF / GETTY IMAGES
Femme : © ROYALTY FREE / DIGITAL VISION

Si vous achetez ce livre privé de tout ou partie de sa couverture, nous vous signalons qu'il est en vente irrégulière. Il est considéré comme « invendu » et l'éditeur comme l'auteur n'ont reçu aucun paiement pour ce livre « détérioré ».

Toute représentation ou reproduction, par quelque procédé que ce soit, constituerait une contrefaçon sanctionnée par les articles 425 et suivants du Code pénal.

© 2008, Sherryl Woods. © 2009, Harlequin S.A.

83-85, boulevard Vincent-Auriol 75646 PARIS CEDEX 13.

Service Lectrices — Tél. : 01 45 82 47 47
www.harlequin.fr

ISBN 978-2-2808-1321-1 — ISSN 1950-277X

Chapitre 1

Jeanette se rongeait les sangs. Même le parfum de lavande de la crème relaxante avec laquelle elle massait ses doigts se révélait aujourd'hui impuissant à dissiper sa nervosité.

Maddie Maddox, sa patronne du Club du Coin — le centre de remise en forme et de soins esthétiques dans lequel elle travaillait —, venait de lui fixer rendez-vous à 18 heures après le départ de la dernière cliente, sans en préciser le motif. A la mine préoccupée de Maddie, Jeanette avait soupçonné qu'il ne s'agissait pas d'une des réunions festives « entre femmes » qu'elle organisait parfois à l'improviste, avec ses amies Helen et Dana Sue.

Décidant de tirer les choses au clair le plus rapidement possible, plutôt que de continuer à imaginer le pire en incorrigible pessimiste qu'elle était, Jeanette s'engagea donc dans le couloir qui menait au bureau de Maddie, alors que 18 heures n'avaient pas encore sonné.

Le ventre noué, elle frappa à la porte entrouverte et entra avant même d'avoir obtenu une réponse…

Une scène d'apocalypse s'offrit à ses yeux : Maddie, échevelée, tentait de donner le biberon à Cole, son petit garçon de six mois, qui gesticulait dans ses bras, tandis que Jessica Lynn, sa fille âgée de deux ans, courait en tous sens dans la pièce, renversant tout ce qui se trouvait sur son chemin. Les dossiers habituellement soigneusement classés de Maddie gisaient pêle-mêle à terre, et des échantillons de produits cosmétiques étaient éparpillés dans tous les coins. Un flacon débouché de lotion pour les mains se vidait sur la moquette…

— Au secours ! cria Maddie.

Aussitôt, Jeanette se précipita pour soulever de terre Jessica Lynn, qu'elle entreprit de chatouiller, provoquant sur-le-champ des cascades de rire.

— C'est une journée sans ? demanda-t-elle alors que Jessica Lynn, en un geste attendrissant, lui caressait la joue avec ses menottes poisseuses de pommade à la rose.

Jeanette se sentit fondre. Elle adorait les enfants et, plus elle passait de temps avec ceux de Maddie et d'Helen, plus elle prêtait l'oreille au tic-tac angoissant de sa propre horloge biologique. L'alarme n'avait certes pas encore sonné, mais elle se sentait dans l'urgence. Son désir de maternité se faisait de plus en plus pressant. Au point qu'elle commençait à préférer l'odeur de talc aux senteurs de plantes du salon de beauté.

— Un jour sans, effectivement, et vraisemblablement une semaine sans, voire un mois sans, répondit Maddie avec lassitude.

Une lassitude qui expliquait sa mine sombre de tout à l'heure, songea Jeanette avec soulagement.

Avant d'épouser Cal Maddox, avec qui elle avait eu Jessica Lynn et Cole, Maddie était déjà mère de trois enfants issus d'un premier mariage. Ty, son fils aîné, entamait sa deuxième année à l'université Duke en Caroline du Nord où il était la vedette de l'équipe de base-ball. Kyle n'avait pas encore terminé le lycée et commençait tout juste à se remettre du divorce de ses parents. Quant à Katie, qui venait de fêter ses neuf ans, elle avait troqué sans enthousiasme délirant son statut de petite dernière pour celui de grande sœur.

Maddie avait donc du pain sur la planche, indépendamment même du fait qu'elle dirigeait le florissant Club du Coin qui, outre la clientèle de Serenity, attirait aussi celle de toute la Caroline du Sud et de plus loin encore. Jeanette se demandait comment elle parvenait à mener de front toutes ces activités, avec un sang-froid imperturbable de surcroît… la plupart du temps. Aujourd'hui, en effet, elle semblait au bout du rouleau.

— Tu veux que j'emmène la petite dans ma salle pour lui faire une beauté ? proposa-t-elle tandis que Jessica Lynn se tortillait pour descendre de ses bras.

— En fait, Cal devrait passer les prendre d'une minute à l'autre. Après, nous pourrons parler toutes les deux.

A peine Maddie avait-elle terminé sa phrase que Cal entra, évalua la situation d'un coup d'œil amusé et déchargea Jeanette d'une Jessica Lynn toujours gesticulante.

— Comment va ma petite préférée ? demanda-t-il en lançant sa fille en l'air avant de plaquer sur sa joue un baiser sonore qui ravit Jessica Lynn.

— Je croyais que c'était moi ta préférée ? dit Maddie en feignant de s'offusquer.

Apparemment indifférent aux cheveux en bataille de sa femme, à son absence de maquillage et à son corsage maculé de bouillie, Cal, après avoir posé sa fille à terre, se pencha pour embrasser longuement sa femme…

— Toi, tu es ma *femme* préférée. Et c'est incomparablement mieux.

Ce n'est pas sans un pincement d'envie au cœur que Jeanette vit Maddie, les yeux plongés dans ceux de son mari, lui caresser tendrement la joue. Entièrement absorbés l'un par l'autre, ils semblaient avoir oublié sa présence. Dana Sue et Ronnie Sullivan, ou Helen Decatur et Erik Whitney débordaient eux aussi d'un amour mutuel tout aussi fervent. En trente-deux ans d'existence, jamais Jeanette n'avait été témoin d'une passion aussi forte que celle qui unissait ces couples. Quoi d'étonnant, dans ces conditions, à ce que leur simple vue lui arrache un soupir silencieux de regret de n'éprouver pour personne pareil attachement ?

En fait, leur bonheur l'aurait presque incitée à tenter de

nouveau une expérience amoureuse. Cela faisait trois ans à présent qu'elle s'était abstenue de toute aventure sentimentale : depuis qu'elle avait rompu avec le garçon qui lui avait reproché de consacrer trop de temps au Club du Coin. Le dévouement de Cal, Ronnie et Erik et le soutien sans réserve qu'ils apportaient à la réalisation des ambitions professionnelles de leur épouse lui avaient prouvé que ce genre d'hommes existait. Malheureusement, elle n'avait pas eu la chance de rencontrer l'un d'eux jusqu'à présent.

Les joues en feu, Maddie finit par libérer son mari de son regard.

— Belle attaque, monsieur l'entraîneur, dit-elle, faisant allusion au poste de Cal dans l'équipe de base-ball du lycée, à laquelle avait autrefois appartenu son fils Ty. Maintenant, ce serait gentil de me débarrasser le plancher de ces deux marmots pour que j'aie enfin une conversation un peu sérieuse avec Jeanette.

— Volontiers. Tu veux que je passe au Sullivan acheter quelque chose à manger pour ce soir? proposa-t-il lorsqu'il eut attaché Cole dans sa poussette et pris Jessica Lynn dans ses bras.

— Oui. J'ai déjà commandé un repas à emporter. Il te suffira de passer la tête par la porte de la cuisine, et Dana Sue ou Erik te le donnera.

— Bien, chef, plaisanta-t-il en portant la main à un képi imaginaire. A tout à l'heure. Bonne soirée, Jeanette. Et réfléchis bien avant de laisser Maddie te convaincre de quoi que ce soit.

— On t'a sonné, Cal? s'enquit Maddie. Non, alors tais-toi et file! ajouta-t-elle en le chassant.

Jeanette considéra Maddie d'un œil soupçonneux.

— De quoi comptes-tu me convaincre? demanda-t-elle tandis que Maddie fermait la porte derrière son mari.

— Ne fais donc pas attention à Cal. Il raconte n'importe quoi.

Elle semblait malgré tout mal à l'aise…

— Ce n'est rien de bien important.

Ce qui voulait dire que ça l'était, conclut Jeanette. Sa collaboration avec Maddie, au moment de l'ouverture du centre de remise en forme, lui avait appris comment son amie procédait. Si l'entreprise tournait maintenant comme une machine bien huilée, le mérite en revenait pour beaucoup à Maddie et à sa faculté de minimiser la difficulté des missions qu'elle confiait à son personnel. Elle était capable d'embobiner son monde comme personne, et Jeanette savait que ce ton détaché ne présageait rien de bon. « Méfiance », se recommanda-t-elle.

— Vide ton sac. J'écoute.

— C'est dommage de rester à l'intérieur par ce beau temps. Que dirais-tu d'aller boire un thé glacé dans le patio ?

Sans attendre la réponse, Maddie ouvrit la porte du bureau et se dirigea droit vers le petit café à l'intérieur du spa. Jeanette la suivit, le ventre de nouveau noué.

Une fois qu'elles furent installées sous l'immense chêne épingle qui occultait les rayons du soleil couchant, Maddie se jeta sur son thé, qu'elle but à longs traits. Puis, poussant un soupir de contentement, elle regarda Jeanette avec un large sourire… un peu forcé.

— Comment vont les affaires ? s'informa-t-elle.

Jeanette retint de justesse un éclat de rire.

— Tu le sais mieux que moi, Maddie. C'est toi qui t'occupes des comptes, je te rappelle. Allez, crache le morceau. Qu'est-ce que tu mijotes ?

Maddie posa avec précaution son verre sur la table et se pencha vers sa compagne. La conversation sérieuse débutait…

— Tu sais que je n'ai pratiquement plus une minute à moi, en ce moment, n'est-ce pas ?

— Oui, bien sûr, j'ai remarqué. Tu ne vas pas renoncer à la direction du Club ? s'inquiéta tout à coup Jeanette.

— Mais non, voyons ! Cet institut est aussi important pour moi que pour Helen et Dana Sue. Je suis fière de ce que nous avons réalisé. Et, quand je dis « nous », je t'inclus dans le lot. Tu as fait des merveilles avec le salon de beauté. Non, franchement, je n'ai aucune intention d'abandonner le navire.

— Je préfère ça ! s'exclama Jeanette, soulagée, en se calant confortablement dans son fauteuil.

Ayant pris les commandes du Club du Coin pendant les deux congés de maternité de Maddie, elle se savait capable d'expédier les affaires courantes, mais l'idée ne la séduisait pas. La responsabilité du salon de beauté lui suffisait. En effet, pour les massages, les soins du visage, les pédicures et manucures, elle avait reçu une formation qu'elle maîtrisait parfaitement. En revanche, elle assimilait la salle de sport à une salle de torture dont elle jugeait tout à fait judicieux de confier la gestion aux excellents instructeurs de l'équipe. Quant aux démarches administratives et de marketing, indispensables pour maintenir l'établissement devant ses concurrents, elles dépassaient le cadre de ses compétences. Sans compter que Maddie restait enfermée dans son bureau la majeure partie du temps, isolée du monde. Or, Jeanette tenait beaucoup aux contacts humains, qu'elle considérait comme l'un des attraits de son métier.

— Bien. Reprenons au départ, suggéra Maddie. J'essayais seulement de te dire que, pour le moment, Jessica Lynn et Cole exigent beaucoup d'attention. Kyle et Katie aussi, car il faut continuer à les surveiller pour s'assurer qu'ils tiennent le cap. Et puis, je suis encore une jeune mariée, ajouta-t-elle avec un sourire plein de sous-entendus. En tout cas, Cal me le laisse croire.

— Cela ne m'a pas échappé, ironisa Jeanette.

— Résultat : je n'ai pas une minute à moi.

— Et alors ? demanda prudemment Jeanette.

— La notoriété actuelle du Club du Coin nous impose certains devoirs vis-à-vis de la ville. Par exemple, participer activement à la vie de la collectivité.

Jeanette acquiesça de la tête.

— Il faut donc que l'une de nous s'implique dans les activités et les manifestations organisées par la municipalité, déclara Maddie avec conviction. Nous ne pouvons pas nous contenter de rédiger un chèque et de jouer un simple rôle de spectatrices. Nous devons monter au créneau, prendre des initiatives, nous inscrire dans les commissions, etc.

Jeanette écarquilla les yeux quand elle commença enfin à comprendre où Maddie voulait en venir.

— Oh non ! s'écria-t-elle, le ventre de plus en plus noué. Dis-moi que tu ne vas pas me proposer ce à quoi je pense !

— Je n'en sais rien, répliqua Maddie avec un air angélique. A quoi penses-tu ?

— A Noël, balbutia Jeanette avec un frisson d'effroi.

A Serenity, la période de Noël était l'occasion de célébrations grandioses : débauche de décorations dignes des spectacles les plus somptueux de Broadway, présence du Père Noël, concerts donnés par les chorales de la région, animations, distribution de sucres d'orge et de petits cadeaux à tous les enfants de la ville… Chaque habitant avait à cœur d'illuminer et d'orner sa maison, avec plus ou moins de bonheur certes, mais tous, petits et grands, partageaient le même engouement émerveillé pour cette période capitale dans la vie de Serenity.

Tous, sauf Jeanette, pour qui Noël, loin de représenter une occasion de réjouissance et de convivialité, était devenu depuis des années synonyme de calvaire. D'ailleurs, elle prenait en général ses vacances à cette époque et les passait cloîtrée dans son appartement, à regarder sur son lecteur de DVD tous les films qu'elle avait manqués au cours de l'année écoulée.

— N'y compte pas, Maddie, décréta-t-elle. Il est absolument hors de question que j'aide aux préparatifs de Noël.

— Allez, Jeanette, s'il te plaît. Ce ne sera l'affaire que de quelques réunions. Il s'agit seulement de s'assurer que les guirlandes sont accrochées, que le sapin est illuminé, que les chorales sont invitées. Tu es ici depuis suffisamment longtemps pour connaître la musique. Et j'ai rarement rencontré quelqu'un d'aussi organisé que toi.

— Et d'aussi peu désireux de se charger de cette besogne, compléta Jeanette. Je t'assure, Maddie, il vaut mieux que je ne participe ni de près ni de loin à ces festivités. S'il ne tenait qu'à moi, j'abolirais Noël.

— Mais pourquoi ? s'exclama Maddie, sidérée par cette réaction de rejet. Comment est-il possible de ne pas aimer Noël ?

— Je n'aime pas, c'est tout, asséna Jeanette. Je ne peux pas t'aider, Maddie. C'est franchement au-dessus de mes forces. Demande-moi n'importe quoi d'autre. Je suis prête à garder tes gamins, à assumer des responsabilités supplémentaires au spa, bref à faire tout ce qui est susceptible de te soulager, mais je refuse de prendre part à l'organisation des fêtes de Noël.

— Mais…

— N'insiste pas, Maddie, coupa Jeanette. Je ne reviendrai pas sur ma décision.

Sur cette déclaration sans appel, Jeanette tourna les talons et partit. Pour la première fois depuis qu'elle travaillait au Club du Coin, elle n'avait pas accédé à une requête de sa patronne, qui en demeura interdite, comme frappée de stupeur.

Tom McDonald occupait ses fonctions d'administrateur de la ville de Serenity depuis une heure et quinze minutes exactement lorsque le maire, Howard Lewis, entra dans son bureau, installa ses rondeurs dans un fauteuil et annonça :

— Parlons un peu de Noël.

Tom le foudroya du regard, espérant décourager Howard sur-le-champ. Et définitivement !

— Ne pensez-vous pas que nous devrions plutôt nous intéresser au budget, Howard ? Il doit être mis au vote lors du prochain conseil municipal, et je souhaiterais d'ici là que vous me dressiez un tableau des priorités pour la commune.

— Je vais vous dire quelle est la première des priorités, déclara le maire d'un ton péremptoire. C'est Noël. Ici, à Serenity, on fait les choses en grand à cette occasion, sans mégoter. Pour être prêt à temps, il est indispensable de convoquer une réunion dès maintenant. Vous allez devoir solliciter la contribution des représentants des chambres de commerce et de quelques chefs d'entreprise. Je vous donnerai des noms.

Tandis que Tom cherchait la meilleure façon de se dérober, Howard prit un air pensif.

— Il me semble qu'on devrait renouveler les décorations de la place principale maintenant que de nouveaux commerces s'y sont installés. Peut-être accrocher de gros flocons lumineux. Je crois aussi qu'il serait bien que les animations se déroulent au centre-ville cette année, comme au bon vieux temps. Non pas que le parc ne convienne pas, mais il y a une atmosphère spéciale sur la grand-place qui s'accorde bien avec un Noël traditionnel. Vous ne trouvez pas ?

— Les nouvelles décorations ont-elles été inscrites au budget de cette année ? s'enquit Tom au lieu de répondre à la question du maire.

Il essayait de limiter la discussion à l'aspect pratique des choses afin de ne pas être acculé à admettre son aversion pour Noël

— Cela m'étonnerait, avoua Howard avec un haussement d'épaules. Mais il y a toujours quelques dollars en réserve pour les cas d'urgence. Des fonds de secours, c'est le terme officiel, non ?

— L'achat de flocons lumineux ne me semble pas de première urgence.

Son poste d'administrateur à la mairie de Serenity impliquait-il qu'il soit confronté à des discussions aussi futiles ? s'inquiéta Tom. Dans ce cas, il se préparait des jours pénibles !

— Vous trouverez une astuce, je n'ai aucune crainte là-dessus, assura Howard en balayant les objections de Tom d'un revers de la main. Le principal est de s'atteler aux préparatifs dès maintenant.

— Voyons, Howard ! Nous ne sommes qu'en septembre, rappela Tom, aussi réticent que le maire était déterminé.

— Un tel événement ne s'improvise pas, insista Howard. Surtout lorsqu'on recourt à des bénévoles. Vous le savez certainement. Votre CV mentionne votre grande expérience en logistique. Alors, mettez-la à profit.

— Vu votre enthousiasme pour ce projet, c'est vous qui devriez le diriger, dit Tom, cherchant à mettre un terme le plus rapidement possible à cette conversation qui le perturbait profondément et menaçait de lui faire perdre son sang-froid.

Il avait grandi dans une famille qui lançait les préparatifs des fêtes à peu près à la même époque que Serenity. Sa mère engageait une armée d'architectes d'intérieur qui transformaient toutes les pièces du rez-de-chaussée de la vaste demeure familiale de Charleston en de véritables salles d'exposition à la décoration méticuleusement étudiée. Venait ensuite, aussitôt après Thanksgiving, le tourbillon des réceptions mondaines.

Jamais ni lui ni ses sœurs ne se seraient aventurés à ouvrir l'un des cadeaux étalés sous les sapins lourdement enguirlandés, se rappela-t-il. De toute façon, il ne s'agissait que de boîtes vides. Ici comme dans beaucoup d'autres domaines, l'apparence primait sur l'authenticité chez les McDonald.

Tom sentait le regard scrutateur d'Howard posé sur lui.

— Vous avez quelque chose contre Noël ? demanda le maire.

— D'un point de vue religieux, absolument rien, répondit Tom vivement. Simplement, je trouve que c'est mal m'utiliser que de me demander de m'occuper des décorations et des animations. Il ne faut pas non plus négliger le problème que soulève le déroulement d'une manifestation à caractère confessionnel sur le domaine public. Nous devons agir avec circonspection. Les tribunaux condamnent ce genre d'événements au nom de la laïcité.

— Sornettes ! On est à Serenity. Personne ici ne s'offusquera de quoi que ce soit à ce propos. Bien. J'attends un rapport sur les démarches que vous avez entreprises avant la prochaine réunion du conseil municipal, jeudi prochain, ajouta Howard en se levant. D'accord ?

— D'accord, acquiesça Tom à contrecœur.

Quelle ironie du sort ! songea-t-il avec amertume. Lui confier, à lui qui détestait Noël, la responsabilité de le célébrer !

Après son entretien avec Maddie, Jeanette se précipita au Sullivan pour se remettre de ses émotions avec une double part du légendaire « *apple bread* » de Dana Sue, un genre de pain perdu aux pommes servi avec de la glace à la cannelle faite maison. En prenant connaissance de la commande — ou peut-être parce que la serveuse lui avait décrit l'humeur massacrante de Jeanette —, Dana Sue sortit aussitôt de sa cuisine.

La patronne du très renommé restaurant gastronomique de Serenity, qui était en même temps copropriétaire du Club du Coin, déposa devant Jeanette son dessert gargantuesque et s'assit en face d'elle.

— Qu'est-ce qui ne va pas ? s'enquit-elle avec sollicitude.

Jeanette se crispa. Quelle erreur d'être venue au Sullivan ! se reprocha-t-elle. Les « Sweet Magnolias » — comme s'étaient surnommées Maddie, Dana Sue et Helen — étaient décidément douées d'un sixième sens ou, plus exactement quoique moins délicatement formulé, avaient une fâcheuse tendance à l'indiscrétion et à l'ingérence dans les affaires des autres.

— Qu'est-ce qui te fait croire que quelque chose ne va pas ? répliqua Jeanette en attaquant son gâteau.

— Primo, le fait que, contrairement à ton habitude, tu aies commandé un dessert, et une double portion de surcroît. Deusio, ton air renfrogné. Tertio, reprit-elle après avoir observé Jeanette un instant, le coup de fil que m'a passé Maddie. Elle m'a dit que la conversation que vous aviez eue toutes les deux t'avait contrariée et que tu ferais certainement une halte ici.

— Existe-t-il une seule chose dont vous ne parliez pas aux deux autres, toutes les trois ? demanda Jeanette, irritée.

Sur cette question, elle engloutit une grosse cuillerée de glace, qui commençait à ramollir sur le gâteau encore tiède. Pour une fois, le mélange voluptueux de pommes fondantes et de glace onctueuse ne la plongea pas dans l'extase. Preuve, s'il en fallait, qu'elle n'était pas dans son état normal !

— Nous gardons chacune notre jardin secret, lui assura Dana Sue. Mais nous accourons dès que l'une d'entre nous a besoin de soutien. Et, à présent, tu fais partie de notre cercle. Tu le sais, n'est-ce pas ?

— Non, je n'en fais pas partie, contesta Jeanette pourtant très émue par cette marque de confiance. Je n'ai pas grandi ici. Vous, vous vous connaissez depuis que vous êtes nées. Vous avez toujours fait des choses ensemble. Moi, je suis une étrangère. Je ne serai jamais une Sweet Magnolia.

— Mais enfin, Jeanette, nous n'avons rédigé aucun statut qui l'interdirait, riposta Dana Sue avec fougue. Il suffit que nous le décidions, et c'est ce que nous avons fait. Résultat : nous nous inquiétons pour toi et nous mettons notre nez dans ta vie. Alors, raconte-moi ce qui s'est passé avec Maddie.

— Elle ne t'a pas mise au courant ?

— Elle m'a seulement dit que ça concernait Noël. Mais, je n'ai pas bien compris. Personne ne se rend malade à cause de

Noël. Sauf si on n'a pas encore fait ses courses le 24 décembre, ajouta-t-elle d'un air pensif. Mais ce ne peut pas être le cas. Nous ne sommes qu'en septembre.

— Ça n'a effectivement rien à voir avec l'achat des cadeaux, confirma Jeanette.

Ah ! Si seulement elle avait pu changer de sujet de conversation ! Mais le regard inquisiteur de Dana Sue coupa court à ses espoirs.

— Elle veut que je participe à la commission en charge des célébrations de Noël, avoua-t-elle avec résignation.

— Et alors ? demanda Dana Sue avec perplexité. Où est le problème ? Tu n'as pas le temps ?

— Je pourrais le trouver si j'avais envie de me lancer là-dedans, admit Jeanette à contrecœur. Mais je n'en ai pas envie.

— Pourquoi ?

— Parce que c'est comme ça. Ce n'est pas une raison suffisante ?

Là-dessus, elle engloutit une autre cuillerée *d'apple bread*, malgré le début de nausée dû à la quantité de sucre qu'elle avait déjà ingurgitée.

— Si l'idée de siéger à la commission te déplaît autant, je suis sûre que Maddie n'insistera pas, la rassura Dana Sue. Mais ce serait bien que tu lui expliques pourquoi

Jeanette secoua la tête. Suivre le conseil de Dana Sue l'obligerait à déterrer trop de souvenirs douloureux.

— Je ne souhaite pas en parler et je préférerais que nous en restions là.

— Maddie est une vraie mère poule, tu le sais bien, chuchota Dana Sue en regardant Jeanette avec compassion. Elle va se poser des tas de questions et elle ne te lâchera pas tant que tu ne lui auras pas tout raconté. Si j'étais toi, c'est ce que je ferais, afin d'en finir une bonne fois pour toutes.

— Non, répliqua Jeanette d'un ton catégorique. Vous m'avez embauchée pour gérer le salon de beauté. Noël n'a jamais été inscrit au nombre de mes obligations. Si cette histoire crée vraiment un problème, c'est que je ne suis peut-être pas à ma place ici.

— Bien sûr que si! Ne sois pas ridicule! se récria Dana Sue. Nous t'aimons comme une sœur. Tu ne vas quand même pas nous quitter uniquement parce que tu ne veux pas être membre de la commission de Noël? Maddie va trouver une solution. Peut-être qu'Elliot acceptera de prendre ta place. Ou un des autres salariés.

Le visage de Jeanette s'éclaira en entendant Dana Sue prononcer le nom du moniteur de sport du spa, un remarquable professionnel.

— Elliot serait parfait. Depuis qu'il vit avec Karen, il est partant pour toutes les fêtes. En plus, poursuivit-elle de plus en plus convaincue par l'idée, qui serait mieux à même que lui de grimper aux échelles, ou de porter des charges lourdes... ? Bref, toutes les tâches physiques inévitables dans ce genre de manifestation. Sans compter qu'il est super mignon et que, du coup, toutes les femmes de Serenity vont poser leur candidature à la commission.

— Voilà de bons arguments, approuva Dana Sue avec un sourire. N'oublie pas de les présenter à Maddie. Bien, et si je t'apportais un vrai repas, à présent? Je te recommande notre plat de poisson.

— Je ne peux plus rien avaler, déclara Jeanette en repoussant son assiette où restait encore du dessert.

— Ça va mieux?

— Nettement mieux. Merci, Dana Sue.

— De rien, répondit cette dernière en se levant. Quand même, avant de refuser définitivement ce siège à la commission, il y a quelque chose que tu dois prendre en compte.

Elle s'était réjouie trop vite en croyant l'affaire réglée! songea Jeanette avec consternation. Elle qui s'était déjà imaginée aller voir Maddie pour lui recommander chaudement Elliot comme responsable de la mission !

Sur ses gardes, elle attendit que Dana Sue s'explique.

— Le nouvel administrateur de la municipalité présidera la commission.

— Et alors ?

— Il est passé ici avec le maire, l'autre soir. C'est un sacré beau mec. Et célibataire, apparemment.

Jeanette considéra sa compagne entre ses paupières mi-closes.

— Attends un peu. Est-ce que vous joueriez les entremetteuses, toi et Maddie ?

— Loin de nous pareille idée ! protesta Dana Sue avec une parfaite candeur. Je te transmets simplement ce que je sais afin que tu aies toutes les cartes en main avant de prendre ta décision.

— Elle est prise, martela Jeanette. Et je ne suis pas à la recherche d'un mari. Tu viens de me fournir une raison supplémentaire de refuser.

— Je croirais entendre Maddie peu de temps avant qu'elle ne se laisse passer la bague au doigt par Cal, commenta Dana Sue avec un sourire entendu. Helen s'était défendue avec davantage d'énergie encore… juste avant d'épouser Erik. Quant à moi, j'avais déclaré avec force que je ne me remarierais jamais avec Ronnie. Tu as de tes yeux vu ce qu'il en est entre nous, aujourd'hui.

Jeanette blêmit.

— Mais je suis sérieuse.

— Nous aussi, nous l'étions, mon chou, s'esclaffa Dana Sue.

L'insistance de Dana Sue plongea Jeanette dans sa propre histoire. Après s'être à plusieurs reprises fourvoyée dans le choix de ses petits amis, elle ne fréquentait plus personne depuis un certain temps et ne se plaignait nullement de cette situation, qu'elle trouvait reposante. Oui, agréable même. Oh! Bien sûr, il lui arrivait d'envier la relation que Maddie, Dana Sue et Helen avaient bâtie avec leur mari, mais des hommes exceptionnels comme Cal, Ronnie ou Erik se rencontraient si rarement! De toute façon, elle savait par expérience qu'elle n'attirait pas ce genre d'hommes.

— Ne te mêle pas de ma vie sentimentale, enjoignit-elle à Dana Sue.

— Je ne m'étais pas aperçue que tu avais une vie sentimentale, ironisa Dana Sue.

— C'est exactement là que je veux en venir. Ma vie me satisfait telle qu'elle est. Je ne compte pas y changer quoi que ce soit.

— C'est ce que tu crois, dit Dana Sue en regagnant la cuisine.

— Je t'assure, lança Jeanette dans son dos. Ce ne sont pas des propos en l'air.

Dana Sue se contenta de répondre par un geste désinvolte du bras. Même sans voir son visage, Jeanette devina le sourire narquois de Dana Sue. La prochaine fois que quelque chose la contrarierait, se promit-elle, elle se réfugierait dans un bar pour boire quelques Margaritas au lieu de se précipiter dans les bras des Sweet Magnolias et de supporter leurs sages conseils et leurs intrusions pleines de sollicitude dans sa vie privée.

Chapitre 2

Tom enrageait encore au souvenir de son entretien avec le maire lorsqu'il quitta son bureau pour rentrer au Serenity Inn, l'hôtel où il avait provisoirement élu domicile et où l'attendait une longue soirée solitaire. Cette perspective peu alléchante ainsi que le besoin de s'épuiser physiquement afin de se libérer l'esprit de cette conversation ridicule l'incitèrent à s'arrêter à la réception pour demander à Maybelle Hawkins si elle connaissait une salle de sport dans la localité.

— Il y a bien le gymnase Dexter, répondit la jeune femme après quelques instants de réflexion, mais j'aime autant vous prévenir : il est pourri. A ce qu'on dit, la salle est bien équipée mais, depuis trente ans qu'elle existe, Dexter s'est contenté d'une couche de peinture neuve de temps en temps pour toute rénovation. Apparemment, les hommes n'y prêtent guère attention, mais les femmes se sont plaintes pendant des années. En pure perte.

— Il n'y a pas d'autres installations, si je comprends bien, conclut Tom.

S'il n'était pas a priori rebuté par l'idée de s'entraîner dans une atmosphère confinée ou un décor miteux, Tom craignait en revanche que dans un lieu pareil le matériel soit mal entretenu, quoi qu'en dise Maybelle.

— Il me semble avoir lu un article sur un certain « Club du Coin », dans un magazine local.

— Ah ! Ça ce n'est pas pareil, s'écria-t-elle avec un soudain enthousiasme. Là-bas, il suffit de franchir la porte pour se sentir mieux. Les propriétaires ont transformé une vieille demeure victorienne à l'angle de Main Street et de Palmetto Lane en un centre de remise en forme extraordinaire. Je n'ai jamais essayé tous leurs appareils bizarres. En revanche, je me suis fait faire un soin du visage et j'ai pris un bain de boue. Vous vous rendez compte ? Un bain de *boue* ! Eh bien, vous le croirez ou non, mais j'en suis sortie ressuscitée.

Une opinion qui corroborait l'article dithyrambique du magazine, se réjouit Tom.

— C'est exactement ce qu'il me faut, dirait-on, déclara-t-il.

— Oui. Mais vous pouvez faire une croix dessus.

— Et pourquoi donc ? s'enquit Tom quelque peu déconcerté par la lueur de triomphe dans les yeux de Maybelle.

— Parce qu'il est réservé aux femmes. Après avoir supplié Dexter de retaper son établissement pendant tant d'années, sans résultat, nous possédons enfin notre centre à nous.

— Vous êtes en train de me dire que le Club du Coin pratique une discrimination ? demanda-t-il avec une irritation qu'il contrôlait difficilement. Et personne n'a porté plainte ?

— Porter plainte ? répéta-t-elle incrédule. Pour quelle raison ? Parce que ce spa n'accepte que des femmes ? Vous, les hommes, fréquentez des clubs et des golfs privés exclusivement masculins depuis des années et des années et, aujourd'hui que quelques femmes se groupent pour ouvrir *leur* établissement, vous voudriez intenter un procès ? Et puis quoi encore ?

Tom accusa le coup. Son père avait été membre de plusieurs de ces clubs auxquels Maybelle faisait allusion…

— Vous savez pertinemment que c'est moralement indéfendable et probablement illégal quand il s'agit d'une entreprise ouverte au public.

Il faudrait qu'il creuse la question, se dit-il, qu'il cherche dans les livres de droit que son père lui avait achetés dans l'espoir qu'il utiliserait le diplôme d'avocat qu'il avait décroché pour ouvrir son propre cabinet à Charleston.

— Vous pourriez en discuter avec l'une des propriétaires, répliqua Maybelle que la remarque de Tom ne semblait guère avoir impressionnée. Méfiez-vous quand même. Helen Decatur est la meilleure avocate de la ville. Personne de sensé ne s'aventurerait à lui chercher des poux.

Après la façon calamiteuse dont s'était déroulée sa première journée en tant qu'administrateur à la mairie de Serenity, ce défi n'était pas pour lui déplaire, songea Tom. Il lui permettrait entre autres de canaliser son agressivité dans un combat contre la politique scandaleusement sexiste de cette entreprise, au lieu de croiser futilement le fer avec Howard à propos des festivités de Noël.

Cela dit, entamer sa vie de citoyen de Serenity par une action en justice contre une avocate et chef d'entreprise populaire risquait de tuer dans l'œuf sa carrière dans cette ville. Il allait devoir y réfléchir à deux fois avant de se lancer dans cette aventure.

— Merci pour le renseignement, dit-il à Maybelle avec un sourire distrait.

Il monta dans sa chambre enfiler un jean, un vieux T-shirt de l'université de Caroline du Sud et une paire de baskets, avant de se diriger d'un pas vif vers le centre-ville. Il finirait probablement par s'inscrire chez Dexter, mais il voulait d'abord jeter un coup d'œil à ce centre de remise en forme que tout le monde encensait.

Après s'être un peu perdu, il le trouva enfin. Il grimpa les quelques marches du perron de la vieille bâtisse victorienne à l'allure raffinée et chaleureuse et s'avança vers une fenêtre pour inspecter l'intérieur : une dizaine de femmes s'entraînaient sur des tapis de course et des vélos elliptiques dernier cri, comme tous les autres appareils d'ailleurs. Il repéra aussi quelques hommes. Espérant que Maybelle l'avait mal renseigné sur les conditions d'admission, il s'apprêtait à pousser la porte pour s'en assurer lorsqu'il entendit des pas rapides s'approcher derrière lui.

— Je peux vous aider ?

Malgré l'accent chantant du Sud de cette voix féminine, sa tonalité était plus belliqueuse que serviable.

Pivotant sur lui-même, il se trouva face à un petit bout de femme aux cheveux noirs coupés très court et aux grands yeux marron foncé. S'il ne l'avait pas entendue parler et ne l'avait jugée que sur sa tenue vestimentaire, il l'aurait prise pour une Européenne ou, plus précisément pour une Française. Certes, elle aurait pu acheter son jean et son T-shirt à la foire aux affaires du coin, mais ses chaussures plates en forme de ballerine et son écharpe artistiquement nouée autour du cou rappelaient à Tom le chic des Parisiennes de la rive gauche, qu'il avait pu apprécier au cours de l'été passé dans la capitale de la mode après son premier cycle universitaire. Ce séjour et les femmes qu'il avait rencontrées lui avaient laissé des souvenirs impérissables.

— Ça dépend, répondit-il avec son sourire le plus séducteur. Avez-vous votre mot à dire sur la gestion de cet endroit ?

— L'établissement ne m'appartient pas, si c'est ce que vous cherchez à savoir. C'est Maddie qui s'occupe des fournisseurs. Voulez-vous que je vous donne sa carte ?

— Non, inutile. Je ne suis pas un fournisseur. Je souhaite m'inscrire.

— Désolée. Nos installations sont strictement réservées aux femmes.

— J'ai pourtant vu des hommes, objecta-t-il.

— Ce sont les moniteurs et les seules personnes de sexe masculin autorisées sur les lieux pendant les heures d'ouverture. Je peux vous indiquer comment vous rendre chez Dexter, si vous ne connaissez pas la ville.

— Je vous remercie, mais je suis assez grand pour trouver mon chemin tout seul, rétorqua-t-il sèchement. Vous savez qu'il est vraisemblablement illégal de restreindre l'accès du centre aux femmes ?

Loin de la déstabiliser, l'idée sembla au contraire l'amuser.

— Cela m'étonnerait. Helen Decatur, une des propriétaires du club, a certainement examiné la question avec soin quand elle a constitué la société. Je peux vous donner sa carte à elle aussi, si vous le désirez.

Laissant pour le moment de côté le problème juridique, Tom fixa avec insistance la jeune femme, comme s'il cherchait à lui faire perdre contenance.

— Et votre carte à vous, quand allez-vous me la proposer ?

— Jamais, sauf si vous êtes représentant en crème cosmétique, en produits d'aromathérapie ou en matériel pour salon de beauté. Malheureusement, nous avons déjà établi que tel n'est pas le cas.

La note de jubilation qu'il décela dans la voix de cette femme agaça Tom, mais il se garda de le montrer. Il prit au contraire son ton le plus charmeur.

— C'est vraiment dommage, non ? Peut-être trouverons-nous malgré tout un terrain d'entente, vous et moi ?

Toute trace d'amusement s'évanouit aussitôt des magnifiques yeux de son interlocutrice.

— J'en doute fort. Bonne soirée, monsieur.

Sur ce salut glacial, elle poussa le battant, franchit le seuil de l'établissement et claqua la porte au nez de Tom. Si elle avait omis de verrouiller à double tour l'entrée du spa, c'était uniquement parce qu'il restait encore une heure avant la fermeture, se dit Tom le regard braqué dans la direction dans laquelle la jeune femme avait disparu.

Sa colère initiale contre la politique discriminatoire du centre était passée au second plan, supplantée par une fascination pour cette femme impétueuse qui venait de l'éconduire. Une situation que lui, l'héritier présomptif de la fortune des

McDonald, habitué à évoluer dans la haute société de Charleston, avait rarement eu l'occasion de vivre !

Cette expérience nouvelle, qu'il trouva fort déplaisante, venant s'ajouter à sa défaite dans sa controverse avec le maire, le mit d'humeur massacrante.

« Tu n'as que ce que tu mérites », lui aurait dit son père, qui ne cessait de lui reprocher d'avoir boudé la voie plus glorieuse qui avait été tracée pour lui dès sa naissance. En imaginant l'air triomphant qui n'aurait pas manqué d'illuminer le visage de son père, il résolut de ne pas s'apitoyer sur son sort et d'agir plutôt pour renverser la vapeur et rendre la journée du lendemain plus faste. Il avait beaucoup à prouver. Il se devait de montrer à son père de quoi il était capable. Et à lui-même aussi.

Il était venu à Serenity parce qu'il aimait ces petites villes américaines, auxquelles il s'estimait en mesure d'apporter quelque chose. Les années qu'il avait passées d'abord dans un service d'urbanisme puis comme responsable financier dans une autre municipalité l'avaient préparé à assumer et à surmonter les problèmes soulevés par la gestion d'une agglomération comme Serenity. Il n'allait certainement pas se laisser abattre par un différend avec un maire autoritaire et la fin de non-recevoir d'une femme étrange.

Après un dernier regard de regret à la salle du Club du Coin, il décida de ne pas aller s'entraîner chez Dexter ce soir-là et, en guise d'exercice, de retourner au petit trot à son hôtel. Il y dînerait tristement d'un plat tout préparé accompagné d'une bière…

Après cette rencontre déroutante sur le pas de la porte du Club du Coin, Jeanette se retira dans son bureau où l'attendait une montagne de paperasse administrative. Autant se débarrasser dès à présent de cette corvée, se dit-elle.

Elle ne parvint cependant pas à se concentrer, distraite par les images du bel inconnu qui défilaient devant ses yeux et par l'idée plaisante qu'il pourrait engager une bataille juridique avec Helen. Il avait semblé si sûr de lui ! Elle jubilerait de voir Helen lui administrer une leçon de droit et lui rabattre son caquet.

Jeanette avait beau s'être juré de ne plus jamais tomber dans les bras d'un homme, elle devait reconnaître que l'admiration que cet individu fort séduisant lui avait ouvertement manifestée ne l'avait pas laissée totalement insensible. Oui, elle avait ressenti un étrange frémissement dans le creux de l'estomac... Cela faisait si longtemps qu'on ne l'avait regardée ainsi ! Ou, en tout cas, c'était la première fois depuis une éternité qu'elle le remarquait et y réagissait...

Qu'importe ? De toute façon, il était hors de question qu'elle donne suite, se rappela-t-elle en s'attaquant à son travail avec détermination.

Elle achevait le bilan du mois d'août quand Elliot frappa à sa porte et entra. Avec ses cheveux de jais, son teint hâlé et sa musculature de rêve, il était une publicité ambulante pour un club de remise en forme. C'était en outre un homme d'une gentillesse sans pareille. Né dans une famille catholique, nombreuse et exubérante, il s'apprêtait à épouser Karen, une mère qui élevait seule ses deux enfants et venait de connaître quelques années très difficiles. Ensemble, ils avaient également traversé une période agitée, car sa famille à lui s'était opposée à son mariage avec une divorcée. Par bonheur, Karen avait finalement réussi à se faire accepter.

— Tu restes drôlement tard, dit-il.

— J'ai du travail à rattraper, expliqua Jeanette avec une moue. C'est l'heure de la fermeture ? Je n'ai pas vu le temps passer.

— Les dernières clientes sont parties il y a cinq minutes. Si tu es prête, je peux te conduire chez toi.

Jeanette le regarda, surprise par cette proposition inopinée.

— Non, c'est bon. Je n'habite pas si loin que ça. Je peux rentrer à pied.

— Pas ce soir, répliqua Elliot d'un ton sans appel. Tout à l'heure, j'ai remarqué un type que je n'avais jamais vu auparavant en train de nous épier par la fenêtre. Ça a inquiété plusieurs des clientes. Elles voulaient même appeler la police. Mais, quand je suis sorti pour m'informer de ce qu'il cherchait, il avait disparu.

— Je lui ai parlé en arrivant, le rassura Jeanette. Il n'y a rien à craindre. Il voulait seulement s'inscrire à la salle de sport, et je lui ai expliqué que c'était impossible. Il est nouveau en ville, vraisemblablement. Bref, il est parti sans histoire.

— Quand même, insista Elliot la mine toujours soucieuse. Il ne me dit rien qui vaille. Il t'a donné son nom ?

— Non, mais je ne le lui ai pas demandé. Arrête de t'inquiéter. Je juge plutôt bien les gens.

« D'accord, pas les hommes, rectifia Jeanette en son for intérieur. Mais sur le plan sentimental, uniquement. »

— Il s'est montré parfaitement courtois. Il n'est pas dangereux, j'en mettrais ma main à couper.

En même temps qu'elle rendait son verdict avec une belle assurance, elle se demanda si elle y souscrivait totalement. L'inconnu ne présentait probablement pas de risque au sens où Elliot l'entendait, mais qui sait s'il ne se révélerait pas une menace pour elle ? Inutile en effet de se voiler la face : même si cela lui coûtait, elle devait reconnaître que, bien qu'elle l'ait congédié sans ménagement, elle avait été troublée par sa brève tentative de flirt. Agréablement troublée…

Il était séduisant. D'accord, très séduisant même. Voire sexy. Il ne possédait pas la musculature d'Elliot, mais sa silhouette élancée lui donnait une allure athlétique. Ses yeux gris-bleu étincelaient de malice, et ses cheveux châtains, bien coupés, étaient éclairés de reflets dorés. Et puis… il y avait cette fossette quand il souriait. A se pâmer ! se souvint Jeanette. Ce qu'elle avait d'ailleurs failli faire, elle qui se croyait pourtant à tout jamais inaccessible au charme masculin…

Bien qu'il ait porté une tenue décontractée, elle se l'imaginait sans difficulté en costume cravate. Elle était en effet prête à parier qu'il occupait un poste de cadre ou exerçait une profession libérale.

Elliot, qui ne semblait pas convaincu par les déclarations rassurantes de Jeanette, libéra le fauteuil d'une pile de papiers qui l'encombrait, s'assit, posa les pieds sur le bureau et sortit son téléphone portable.

— Qu'est-ce que tu fais ? demanda Jeanette.

— J'appelle Karen pour la prévenir que je serai en retard.

— Pourquoi ?

— Parce que je ne partirai pas d'ici sans toi, répondit-il gentiment mais fermement. Je ne tiens pas à ternir ma réputation d'homme le plus attentionné de la terre. La dernière fois qu'au lieu de me fier à mon instinct j'ai laissé une Sweet Magnolia sans surveillance, elle a failli mourir assassinée.

— Tu n'es pas responsable de ce qui est arrivé à Helen, répliqua Jeanette bouleversée par l'évocation de cet épisode. Le mari de sa cliente avait décidé de se venger d'Helen. Personne ne l'en aurait empêché.

— Tu n'as pas complètement tort. Cela dit, je préfère ne pas tenter le diable, décréta-t-il d'un air buté.

— Oh ! D'accord ! Allons-y, alors ! capitula Jeanette en se levant. Je ne voudrais pas que Karen m'accuse de t'avoir retenu.

Sage décision, lança-t-il d'un air satisfait et légèrement paternaliste. Tu veux dîner avec nous ? Je vais faire la fameuse paella aux fruits de mer de maman.

— C'est toi qui prépares les repas ? s'étonna Jeanette tandis qu'ils sortaient tous les deux du Club du Coin. Ta femme travaille pourtant dans un restaurant.

— Justement. C'est normal qu'elle n'ait pas à s'occuper de la cuisine à la maison pendant son jour de repos.

Jeanette lui lança un regard ébahi.

— Quel dommage que tu n'aies que des sœurs ! soupira-t-elle.

— J'ai des cousins, si ça t'intéresse, s'esclaffa-t-il. Tu veux que je t'en présente un ? Bien sûr, aucun n'atteint mon degré de perfection, mais il y en a un ou deux qui s'en approchent.

— Et ils sont aussi imbus d'eux-mêmes que toi ?

— Deux fois plus.

— Dans ce cas, non merci. Je préfère continuer ma route en solitaire.

— Ne dis pas ça, déclara affectueusement Elliot en lui tenant la portière. Si ça se trouve, ton âme sœur n'est pas loin.

Malgré elle, Jeanette se remémora l'agréable sensation qui l'avait saisie lorsque le regard de l'inconnu s'était attardé sur elle... Elliot avait peut-être raison après tout. N'était-il pas un peu tôt pour renoncer à l'amour ?

Assise à son bureau, Mary Vaughn Lewis essayait de transférer les données qui noircissaient son grand agenda sur le BlackBerry flambant neuf que sa fille, Rory Sue, actuellement étudiante en deuxième année à l'université de Clemson en Caroline du Sud, avait jugé indispensable qu'elle possède. Mary Vaughn, qui s'y connaissait à peu près autant en informatique qu'un chat persan, en doutait. Malgré tout, en tant que propriétaire de l'agence immobilière la plus en vue de Serenity, elle ne pouvait se permettre de rester à la traîne du progrès. Sans compter qu'avec son rôle de présidente de la chambre de commerce de Serenity qu'elle assurait en plus de son occupation principale, elle devait absolument disposer d'un moyen de garder son emploi du temps à jour. Cet appareil répondrait parfaitement à ses besoins, lui avait promis Rory Sue.

Mary Vaughn était entièrement absorbée par sa tâche… lorsque l'appareil sonna ! Elle faillit le laisser tomber de surprise puis, dans son affolement et son inexpérience, elle mit une longue minute à trouver la bonne touche pour prendre la communication.

— Allô, ici Mary Vaughn Lewis, murmura-t-elle plus préoccupée par le mode d'emploi qu'elle continuait à consulter fébrilement que par son correspondant.

— Maman, c'est moi. Je suis la première à t'appeler sur ton BlackBerry ?

— Gagné ! répondit Mary Vaughn dont le visage s'éclaira quand elle reconnut Rory Sue.

— Voilà pourquoi tu avais une drôle de voix ! Je te promets que tu te demanderas comment tu réussissais à vivre sans BlackBerry, une fois que tu sauras t'en servir.

— Peut-être. On verra. Alors, qu'est-ce qui t'arrive, ma mignonne ?

Mary Vaughn supputait que sa fille ne lui téléphonait pas en milieu de semaine pour prendre des nouvelles de ses exploits technologiques, mais plus vraisemblablement pour lui soutirer de l'argent. Rory Sue était une passionnée de shopping, que même un incendie n'aurait pas réussi à chasser du magasin. Elle aurait plutôt saisi l'occasion pour discuter âprement avec la vendeuse et exiger une réduction, un art du marchandage qu'elle avait acquis dès sa plus tendre enfance, au désespoir de Mary Vaughn, qui aurait préféré la voir apprendre quelques règles de savoir-vivre.

— Je voulais te parler de Noël, maman.

— Quoi ? Déjà ? Nous ne sommes qu'au mois de septembre !

— Je sais, mais c'est pour ne pas te prendre en traître, au dernier moment.

— Comment ça me prendre en traître ? s'alarma Mary Vaughn.

— Je me disais que, dans la mesure où nous ne fêtons plus vraiment Noël, en tout cas plus à l'ancienne comme lorsque j'étais petite…

En d'autres termes, avant que Sonny n'ait traumatisé leur fille en divorçant, compléta Mary Vaughn avec amertume en attendant le second coup de massue.

— Bref, je me disais que tu ne verrais pas d'inconvénient à ce que je ne passe pas les vacances avec toi, débita précipitamment Rory Sue. Jill et ses parents vont faire du ski à Aspen tous les ans, et elle m'a invitée à venir avec eux. Mais il faut que je lui donne ma réponse tout de suite pour lui permettre de me trouver une remplaçante, le cas échéant.

— Non, décréta Mary Vaughn sans hésitation. Noël, ça se passe en famille. On ne part pas vadrouiller avec des étrangers.

— Jill n'est pas une étrangère. Nous partageons la même chambre à la résidence depuis deux ans.

Non ! Un an ! Mais, plutôt que d'user sa salive à rappeler à sa fille que sa deuxième année universitaire venait tout juste de commencer, Mary Vaughn poursuivit son attaque.

— Tu connais à peine ses parents, et moi je ne les ai jamais rencontrés.

— Ce qui te gêne en fait, c'est ce que vont penser les gens si je ne rentre pas pour Noël. Tu as peur de passer pour une mauvaise mère qui a raté mon éducation. Je me trompe ? Tout ce qui t'importe, c'est l'image que les habitants de cette minable petite ville ont de toi.

A contrecœur, Mary Vaughn dut s'avouer que Rory Sue avait visé assez juste. Elle supportait mal que sa propre fille, qu'elle aimait plus que tout au monde, puisse envisager de ne pas fêter Noël avec elle. Mais surtout, elle ne voulait pas qu'on s'apitoie sur elle comme autrefois, alors qu'elle avait lutté toute sa vie d'adulte pour changer le regard que les gens portaient sur elle.

Rory Sue n'avait néanmoins que partiellement raison. Car

ce qui effrayait Mary Vaughn plus que tout, c'était la pensée d'un Noël solitaire. Comment occuperait-elle son temps si sa fille ne venait pas pour les fêtes ? Allait-elle rester dans cette grande maison vide à regarder les murs ? Illuminer ce petit sapin en céramique qu'elle avait hérité de sa mère et noyer sa solitude dans du lait de poule ? Non, ce n'était pas possible. La perspective était trop sinistre.

Qui sait si Rory Sue n'habiterait pas loin de Serenity, dans quelques années ? rumina encore Mary Vaughn. Peut-être serait-elle alors dans l'impossibilité de rentrer chez elle pour les vacances ? Elle aurait peut-être même fondé sa propre famille, et Mary Vaughn devrait alors se rendre en territoire inconnu pour célébrer Noël…

« Allons ! A chaque année suffit sa peine », s'admonesta-t-elle, résolue à cesser de broyer du noir. Cette année, Rory Sue viendrait à Serenity passer un Noël dans les règles. Et tant pis si elle en tenait rigueur à sa mère !

— Non, répéta Mary Vaughn d'un ton sans appel.

— Tu ne veux même pas y réfléchir ? supplia Rory Sue.

— Non, c'est hors de question. Et n'appelle pas ton père pour essayer de le gagner à ta cause. Je t'interdis de nous monter l'un contre l'autre. Ça marchait peut-être quand tu avais dix ans, mais maintenant c'est fini. Nous sommes devenus moins naïfs avec l'âge.

Mary Vaughn entendit sa fille pouffer. « Un bon signe », se dit-elle avec soulagement.

— Tu crois vraiment ?

— J'en suis même certaine, répliqua Mary Vaughn avec force. Je t'aime, Rory Sue, et je te promets que nous passerons ici, à Serenity, le meilleur Noël de notre vie.

— C'est impossible ! Tu ne te rends pas compte ! rétorqua Rory Sue. Au revoir, maman.

— Au revoir, ma mignonne.

Quand elle raccrocha, Mary Vaughn se promit de trouver

un moyen de respecter son engagement, quitte à reprendre contact avec le père de Rory Sue — son ex-mari.

Jeanette avait soigneusement évité Maddie pendant toute la matinée, consciente que le sujet de sa participation à la commission d'organisation des réjouissances de Noël n'était pas clos et qu'il lui serait impossible d'échapper à une discussion sur les raisons de son aversion pour tout ce qui touchait à Noël. En fait, elle s'attendait à ce que Maddie recoure à la grosse artillerie : la convocation de Dana Sue et Helen.

Lorsqu'une affaire comme celle-ci venait sur le tapis et qu'elles considéraient que l'une d'entre elles déraillait, les Sweet Magnolias faisaient corps pour sortir la brebis égarée de l'impasse. Jeanette avait plus d'une fois assisté à ce mécanisme et elle le redoutait. Sa conversation avec Dana Sue, la veille, n'avait constitué qu'un hors-d'œuvre. Le plat de résistance l'attendait vraisemblablement aujourd'hui. En effet, plus elle réfléchissait à ses chances de convaincre Maddie de confier le projet à Elliot, plus elle comprenait qu'elles étaient nulles. Surtout si Maddie avait décidé de jouer les entremetteuses...

— Vous semblez avoir perdu votre entrain coutumier, observa Mary Vaughn Lewis tandis que Jeanette lui appliquait de la crème hydratante sur le visage et le cou.

— Excusez-moi, j'étais plongée dans mes pensées, dit Jeanette avec un sourire forcé, avant d'orienter la conversation dans une autre direction. Comment va votre fille ? Est-elle contente d'avoir repris les cours ? Elle est à Clemson, si je me rappelle bien.

Selon son habitude, Mary Vaughn se montra intarissable sur le sujet de Rory Sue. Aujourd'hui cependant, Jeanette décela une tension sous les propos dithyrambiques de sa cliente sur les exploits universitaires de sa fille.

— J'ai l'impression que quelque chose vous tracasse, dit-elle après quelques instants. Vous croyez que votre fille a un ennui ?

— Oui, moi, avoua Mary Vaughn. Elle voulait partir au ski à Aspen à Noël, et j'ai refusé.

— Pourquoi ?

— Parce que Noël, ça se fête en famille, asséna Mary Vaughn comme s'il s'agissait d'une évidence.

— Pas nécessairement, objecta prudemment Jeanette. C'est très bien quand tout le monde s'entend, mais la moitié des familles que je connais sont déchirées par des conflits. Il vaudrait beaucoup mieux que les gens s'abstiennent de se réunir coûte que coûte dans ce cas-là.

— Vous êtes vous-même concernée ?

— Vous n'avez pas idée à quel point.

Jeanette s'obligea à se taire : elle en avait déjà trop révélé sur elle-même. Elle devait relancer Mary Vaughn sur sa fille afin de revenir sur un terrain moins glissant.

— Pourquoi n'iriez-vous pas à Aspen, vous ? suggéra-t-elle. Ainsi tout le monde serait content. Vous passeriez Noël avec votre fille, et elle pourrait faire du ski avec ses amis. Quelque chose vous retient à Serenity ?

— La tradition, martela Mary Vaughn. Et puis cela briserait le cœur de son père s'il ne la voyait pas. Sonny ne conçoit pas Noël en dehors de la famille. Tout comme le père de Sonny, d'ailleurs.

— Vous parlez du maire, n'est-ce pas ?

Mary Vaughn acquiesça de la tête avant de poursuivre :

— Je suis prête à parier qu'il attend pendant toute l'année le moment où il se déguisera en Père Noël. Rien ne le réjouit autant que les festivités organisées à Serenity. En tant que présidente de la chambre de commerce, je vais dorénavant devoir siéger à la commission de Noël, et permettez-moi de vous dire que cette perspective ne m'enchante pas. Les bons jours, qui sont rares, Howard et moi nous nous ignorons. Je vous laisse imaginer l'ambiance les mauvais jours…

— Vous n'avez pas envisagé de déléguer quelqu'un pour vous remplacer ? suggéra Jeanette avec compassion.

— Envoyer un sous-fifre et laisser penser que cette commission ne constitue pas l'événement le plus important de ma vie ? Vous plaisantez, je suppose. Je n'aurais pas fini d'en entendre parler. Vous ne connaissez pas Howard !

— Maddie veut me charger de représenter le Club du Coin à cette commission, annonça Jeanette. J'ai refusé.

— Ce n'est pas vrai ! s'exclama Mary Vaughn dont le visage s'illumina. Jeanette, il faut absolument que vous acceptiez. Vous m'éviterez de devenir folle. Je vous en supplie, promettez-moi de revenir sur votre décision. Si nous siégeons ensemble, ce sera beaucoup moins ennuyeux.

Jeanette resta quelques instants pantoise. Comment Mary Vaughn pouvait-elle affirmer pareille chose, en sachant pourtant qu'elle devrait collaborer avec son ex-beau-père, un des habitants les plus insupportablement prétentieux de Serenity ?

— Maddie va peut-être renoncer à vous convaincre, mais pas moi. Je veux que vous me promettiez tout de suite de vous charger de cette mission. S'il vous plaît. Nous allons nous amuser comme des folles, toutes les deux, à secouer tous ces vieux messieurs guindés. Je suis sûre que, comme moi, vous aimez les défis. Dites oui, conclut-elle, les yeux pleins d'espoir.

— Peut-être, admit enfin Jeanette dans un soupir, décidée cependant à ne pas en concéder davantage.

Hélas ! Un refus pur et simple, sans explications, devenait de plus en plus difficile à maintenir, elle s'en rendait parfaitement compte.

Chapitre 3

En ce vendredi soir, Tom avait prévu de filer à Charleston après sa dernière réunion pour faire une apparition à l'une des fêtes de charité de sa mère, comme cette dernière le lui avait réclamé. Il avait promis à ses parents de dormir chez eux, mais comptait rentrer à Serenity tôt le samedi matin pour se mettre en quête d'un appartement ou d'une maison.

Son Interphone sonna.

— Cal Maddox souhaite vous voir, monsieur, annonça Teresa, sa secrétaire, de sa voix flûtée, immuablement enjouée.

— Je suis censé le connaître ?

— J'arrive, soupira-t-elle.

— Ce n'est pas ce que je vous demande, protesta-t-il avec mauvaise humeur… dans le vide.

La porte de son bureau s'ouvrait… et se refermait déjà sur Teresa.

Avec ses cheveux gris acier coupés court, sa silhouette grassouillette, son corsage fleuri et son pantalon pastel, on aurait davantage imaginé cette femme en train de faire des gâteaux dans sa cuisine qu'au secrétariat d'une mairie. Pourtant, elle menait les affaires rondement, avec une efficacité toute militaire.

— Si vous voulez qu'on s'entende tous les deux, le réprimanda-t-elle avec l'air consterné que l'on réserve généralement aux enfants désobéissants, il va falloir que vous écoutiez quand je vous dis quelque chose. Ou, au moins, que vous lisiez ce que je note sur le planning que je vous remets tous les matins.

— Excusez-moi, marmonna-t-il entre ses dents en fouillant

dans les papiers étalés devant lui pour dénicher l'emploi du temps soigneusement présenté auquel il avait à peine accordé un regard.

Il avait lui-même mis des pense-bêtes sur un petit calendrier, mais aucun ne concernait le rendez-vous avec ce Cal Maddox.

— Ah oui ! D'accord, c'est marqué là, confirma-t-il en pointant une case sur la feuille préparée par Teresa. « Cal Maddox, entraîneur de l'équipe de base-ball du lycée. »

Il adressa un regard perplexe à sa secrétaire.

— Que me veut-il ? Je ne suis pas chargé de la vie scolaire.

Sans répondre, Teresa lui signifia d'un geste impatient de poursuivre sa lecture.

— « Il voudrait mettre sur pied une association Little League en vue d'organiser des championnats régionaux de base-ball destinés aux élèves », lut-il à haute voix.

— Vous voyez, conclut Teresa d'un air satisfait. Je fais mon travail. Il faut que vous vous habituiez à ma façon de procéder.

« C'est le monde à l'envers ! » observa Tom pour lui-même en réprimant une envie de rire. Dans la plupart des postes qu'il avait occupés jusqu'à présent, c'était le patron qui établissait les règles !

— J'essaierai, promit-il docilement.

Mais Teresa ne cacha pas son scepticisme…

— Nous verrons, lâcha-t-elle. Voulez-vous que je fasse entrer Cal, à présent ?

— S'il vous plaît.

Quelques instants plus tard, Cal pénétra dans le bureau de Tom, un sourire goguenard aux lèvres.

— Qu'avez-vous fait pour indisposer Teresa ?

Après un instant d'hésitation, Tom répondit dans un haussement d'épaules :

— Rien de ce que je fais n'a l'heur de lui plaire, apparemment. Ma dernière faute a consisté à ne pas lire les notes qu'elle avait rédigées à mon intention.

Cal tendit sa main rugueuse à Tom, qui la serra.

— Permettez-moi de vous expliquer une chose. Cela fait quinze ans que Teresa gère Serenity. Pour elle, vous êtes un intrus.

— Elle était administratrice ? demanda Tom interloqué. Personne ne m'avait prévenu.

— Non, pas du tout, s'esclaffa Cal. Mais vos prédécesseurs la laissaient s'occuper pratiquement de tout. Si vous tenez à imposer votre propre méthode, vous allez devoir procéder en douceur en avançant sur la pointe des pieds.

— Merci du renseignement. Je comprends mieux pourquoi mes relations avec elle sont aussi difficiles. Asseyez-vous, je vous en prie, ajouta-t-il en désignant un fauteuil à Cal. En quoi puis-je vous être utile ? Vous envisagez de mettre sur pied une association Little League, c'est ça ?

Cal lui tendit un dossier.

— Tout est exposé là-dedans : les bénéfices pour la ville, le coût de l'opération, le nom des entreprises qui proposent leur contribution financière, la liste des autres municipalités qui se sont déjà embarquées dans l'aventure.

— Qu'attendez-vous de moi ?

— Un financement de départ, dont le montant est indiqué dans le document. Et il faut aussi embaucher un autre entraîneur. Je crois qu'il y aurait assez de candidats pour former deux équipes : une de poussins et une de benjamins.

— Etes-vous en train de me dire que vous pensez à moi comme entraîneur ? s'enquit Tom d'un ton incrédule.

Cal acquiesça de la tête.

— Vous avez joué quand vous étiez à Clemson, non ? Première base, si je ne m'abuse.

Tom demeura bouche bée.

— Comment diable le savez-vous ? Ma participation n'a duré qu'un an. Après, j'ai dû abandonner à cause d'une blessure.

Puis il écarquilla les yeux.

— « Le » Cal Maddox ? demanda-t-il. Vous étiez dans l'équipe des Atlanta Braves, n'est-ce pas ?

— Oui, pas longtemps malheureusement. Moi aussi je me suis blessé et j'ai été mis sur la touche. Mais j'ai eu le temps de consulter les rapports des dénicheurs de talent. Les Atlanta Braves plaçaient d'énormes espoirs sur vous, ce qui vous habilite à entraîner les jeunes de Serenity. Vous accepteriez d'y réfléchir ?

— Il faut commencer par lancer le projet de Little League. Je vais étudier votre proposition ce week-end et voir si elle est compatible avec le budget que la municipalité va bientôt arrêter. Nous nous reverrons après ça.

— D'accord, dit Cal en se levant.

Tom le retint.

— Une seconde. Au fait, on peut se tutoyer, non ?

— Volontiers.

— Toi qui es sportif, dans quelle salle travailles-tu ta musculation ?

Son interlocuteur jusque-là plein d'assurance parut déstabilisé par la question.

— Tu promets de ne pas le répéter ? dit-il enfin.

— Motus et bouche cousue, assura Tom.

Cal se rapprocha comme s'il craignait que Teresa ou quelqu'un d'autre ne l'entende et chuchota :

— Je pénètre clandestinement dans le Club du Coin, après les heures d'ouverture.

— Tu me fais marcher ! On m'a très clairement signifié que ce centre était interdit aux hommes.

— C'est exact. Mais je suis marié à l'une des propriétaires. Elle ferme les yeux quand j'emprunte sa clé. Bien sûr, si jamais on me surprenait, elle m'abandonnerait à mon sort, prétendrait ne pas me connaître et nierait jusqu'au bout m'avoir tacitement autorisé à m'introduire dans le bâtiment.

— Eh bien ! s'exclama Tom dans un éclat de rire. Votre relation à tous les deux sort de l'ordinaire !

— Tu n'as pas idée à quel point. Maddie est une femme épatante et la meilleure chose qui me soit arrivée dans la vie. Je suis sûr que vos chemins vont se croiser d'ici peu, surtout si nous lançons cette association de base-ball.

— Je l'espère, dit Tom. Je prendrai contact avec toi d'ici à la fin de la semaine prochaine pour faire le point sur ta proposition.

— Merci. Bon week-end. Amuse-toi bien.

Non, il ne risquait guère de s'amuser, se dit Tom en pensant à la fête de charité qui l'attendait le soir et à l'inévitable sermon qu'il allait essuyer le lendemain, de la part de son père.

Jeanette avait encore réussi à passer une journée sans croiser Maddie et elle espérait bien que sa chance n'allait pas tourner. Munie de son fourre-tout et de son sac à main, elle se dirigea vers la porte latérale...

Maddie !

— Alors ? On s'esquive ? plaisanta cette dernière.

— J'essayais, répliqua Jeanette avec un sourire gêné.

— Tu peux rester un instant ?

— C'est une question ou un ordre ?

— Une question, bien sûr, assura Maddie. Regarde, j'ai apporté de quoi te soudoyer, ajouta-t-elle en brandissant une boîte en plastique qui contenait deux scones à l'orange et à la canneberge.

Vaincue par sa gourmandise, Jeanette prit la direction du patio, Maddie sur les talons.

Une fois qu'elles furent toutes deux installées, Jeanette

mordit dans la pâte légère et encore chaude qui fondait sous la langue.

— D'où viennent-ils ? demanda-t-elle, sourcils froncés. Il n'y en avait pas au café ce matin. J'ai vérifié.

— J'ai demandé à Dana Sue d'en préparer rapidement une fournée et de les faire livrer, confessa Maddie. Ils sortent du four.

— Tu es vraiment prête à tout pour que je siège à cette commission, accusa Jeanette en se délectant d'une deuxième bouchée.

« Entre ce que je mange pour me remonter le moral et les pots-de-vin de Maddie, je vais bientôt ressembler à un Bibendum », s'inquiéta Jeanette tandis que Maddie s'expliquait :

— Pour le moment, je cherche surtout à comprendre pourquoi l'idée éveille tant d'hostilité chez toi. Au lieu de te bousculer, j'ai pris le temps de réfléchir à notre conversation et je suis arrivée à la conclusion que ce n'est pas la charge de travail supplémentaire que tu auras à assumer pendant quelques mois qui t'ennuie. Je me trompe ?

Confortée dans son analyse par le silence de Jeanette, elle insista :

— Alors ? De quoi s'agit-il ?

Maddie étant la dernière personne auprès de qui elle souhaitait s'épancher, Jeanette la regarda droit dans les yeux et annonça :

— D'accord.

— D'accord pour quoi ? demanda Maddie visiblement prise au dépourvu.

— Pour être membre de cette satanée commission, répliqua Jeanette d'une voix crispée. N'est-ce pas de cela que nous discutons ?

Malheureusement, sa reddition ne provoqua pas l'explosion de joie qu'elle avait escomptée de la part de Maddie.

— Laissons de côté la commission pour l'instant, et

explique-moi pourquoi Noël te met dans tous tes états. Je viens de m'apercevoir que tu prends toujours tes jours de vacances à cette époque mais que, au lieu de rentrer chez toi ou de partir en voyage, tu te terres dans ton appartement. J'ai évoqué le sujet avec Helen et Dana Sue, et aucune d'entre nous ne se rappelle t'avoir vue accepter d'invitations pendant cette période. Il y a certainement une raison.

— Je suis asociale.

— Ne dis pas n'importe quoi ! Tu participes à plein d'autres fêtes. Aux barbecues du 4 juillet, à nos soirées Margarita, aux dîners de Thanksgiving. Non, c'est Noël qui pose problème, et je veux savoir pourquoi.

— Ce sont mes affaires, répliqua Jeanette avec un air buté. Je sais que tu cherches à m'aider, mais c'est inutile. Il n'y a pas de problème. Ce n'est pas mon truc, tout simplement. Et ne t'avise pas de me dire que tout le monde aime Noël, ajouta-t-elle en lançant à Maddie un regard noir.

— Pourtant, c'est la vérité. Ici, en tout cas.

— Eh bien ! Je suis l'exception qui confirme la règle. Ecoute, j'ai promis de siéger à la commission. Ça devrait te suffire.

— Qu'est-ce qui t'a fait changer d'avis ?

— Tu ne lâches jamais prise, toi !

En guise de réponse, Maddie se contenta de lever un sourcil en attendant les explications de Jeanette.

— Non, décidément jamais, grommela Jeanette. En partie pour que tu me fiches la paix et en partie à cause de Mary Vaughn. Elle m'a suppliée d'accepter, histoire de lui tenir compagnie. Pour elle aussi, c'est une corvée. Mais, vu ses fonctions, elle ne peut se dérober.

— Quoi ? s'exclama Maddie, les yeux écarquillés d'incrédulité. Tu fais ça pour Mary Vaughn ? Après qu'elle a essayé de voler Ronnie à Dana Sue ?

— Dana Sue et Ronnie étaient séparés à ce moment-là, rappela Jeanette, qui se sentait le devoir de défendre sa cliente.

En tout état de cause, elle n'avait aucune chance avec Ronnie, et tout le monde le savait pertinemment, sauf elle. Ce que je vois, c'est qu'il serait mal venu de refuser un service à une fidèle du salon.

— Moi aussi je t'ai demandé un service et je suis ta patronne, s'indigna Maddie. Pourtant, tu n'as pas hésité à m'opposer une fin de non-recevoir. Non, mais je rêve ! ajouta-t-elle en secouant la tête. Quand je vais raconter ça à Dana Sue et à Helen !

— N'oublie pas que j'ai accédé à ta requête essentiellement pour que tu me fiches la paix, précisa Jeanette. Vu l'échec de cette tactique, je vais rentrer chez moi avant de revenir sur ma décision.

Maddie ouvrit la bouche, mais Jeanette l'arrêta d'un geste de la main.

— Restons-en là, tu veux ?

— Je voulais seulement te dire que, si un jour tu éprouves le besoin de parler de quoi que ce soit qui te tracasse, nous serons toutes là pour t'écouter. D'accord ?

A sa grande contrariété, Jeanette sentit ses yeux s'embuer.

— D'accord, murmura-t-elle.

Puis elle déguerpit avant de se ridiculiser complètement en éclatant en sanglots.

Quand arriva le samedi matin, Tom bouillait d'impatience de reprendre le chemin de Serenity. La manifestation caritative à laquelle il avait assisté avait justifié une fois de plus le mépris qu'il portait à la bonne société de Charleston. Le coût exorbitant du bal et du dîner que sa mère organisait depuis des années le mettait en rage. Quel gâchis ! Il aurait tellement mieux valu verser directement aux personnes qui en avaient besoin les sommes ainsi englouties, et que ne compensaient vraisemblablement qu'à peine les recettes de la soirée. Mais, chaque fois qu'il en avançait l'idée, sa mère le regardait avec effarement, comme s'il venait de proférer un blasphème.

— Quand on a un certain statut social, on se doit de participer aux bonnes œuvres, lui avait-elle répété une fois de plus ce soir-là.

— Je dis simplement qu'un chèque atteindrait mieux l'objectif que tu vises.

— Non seulement une manifestation de ce type attire l'attention du public sur la cause à défendre, mais elle aide les commerces locaux. Que deviendraient les traiteurs, les fleuristes, les imprimeurs, et j'en passe, si nous cessions ces collectes de fonds?

— En fait, il s'agit donc de consolider l'économie de Charleston?

— Oh! Tom! Tu sais pertinemment que l'enjeu est beaucoup plus important. Tu penses que ce que je fais est futile et sans intérêt. J'en ai conscience. Mais, un de ces jours, je ferai les comptes avec toi, crayon en main, et tu comprendras que j'ai raison.

— Volontiers, avait-il ironisé.

— Tu es incorrigible.

— Mais tu m'adores.

— La plupart du temps, oui. Ecoute, si tu acceptais de te marier et d'assurer la continuité de la lignée des McDonald, je te pardonnerais tes idées farfelues.

— Tu as déjà six adorables petites-filles à dorloter. La nouvelle génération est bien partie.

— Notre nom va disparaître. Même si une de tes sœurs donne naissance à un fils, il ne s'appellera pas McDonald.

— Il faut donc que je me marie et que j'aie un garçon, c'est ça?

Elle lui avait lancé un regard sévère… adouci par une lueur amusée.

— Je t'en saurais gré, avait-elle acquiescé.

De fil en aiguille, Tom en vint à penser à son père tandis qu'il terminait le copieux petit déjeuner préparé par le cuisinier de la maison. A la différence de Mme McDonald, qui agissait avec une certaine diplomatie, Thomas Barlow McDonald se comportait en véritable tyran. Tom ne se rappelait pas une seule conversation avec lui qui n'ait pas tourné court : l'un ou l'autre finissait toujours par partir en claquant la porte. Il aurait vraiment voulu éviter une altercation ce matin mais, s'il filait à l'anglaise sans saluer son père, sa mère ne manquerait pas de l'appeler plus tard dans la journée en pleurant. Il préférait encore les querelles avec son père, aussi lassantes soient-elles, aux sermons culpabilisants de sa mère !

De toute façon, il était trop tard : son père entrait dans la pièce, déjà habillé pour sa partie de golf du samedi au club privé dont les McDonald étaient membres depuis sa création.

— Je croyais que tu voulais t'en aller aux aurores, commenta M. McDonald tout en se servant dans les plats disposés sur le buffet de style.

Tom, malgré son désir d'avouer qu'il en avait brûlé d'envie, se contenta de déclarer :

— Nous n'avons pas eu la possibilité de beaucoup parler hier soir. Je pensais que nous pourrions nous rattraper ce matin. Tu progresses comme tu veux au golf?

— Certainement plus que toi. Est-ce que tu joues, au moins ? Y a-t-il un terrain dans ton bled ?

— A Serenity, tu veux dire ? répliqua Tom, qui réussit, Dieu sait comment, à garder son calme. Oui, il y en a un magnifique et un second est en cours de construction à quelques kilomètres. Si toi et maman condescendiez à venir me voir un jour, vous vous apercevriez qu'il existe un monde au-delà de Charleston.

— Donc, tu joues, conclut son père avec son obstination habituelle à poursuivre une idée jusqu'au bout.

— En fait, je n'ai pas eu le temps pour le moment, reconnut Tom.

« Ni la motivation, d'ailleurs », compléta-t-il en lui-même.

C'était un sport trop statique à son goût. A moins, tout simplement, qu'il ne le maîtrise pas suffisamment pour l'apprécier. Quoi qu'il en soit, le projet d'entraîner la Little League de base-ball le séduisait bien davantage.

— As-tu décidé de prendre le contre-pied de tout ce que je fais ? demanda son père, ressassant son reproche favori, bien que Tom ait depuis longtemps passé l'âge où on se révolte systématiquement contre ses parents.

— Je fais mes propres choix, en fonction de ce que j'attends personnellement de la vie. Pourquoi ne veux-tu pas le comprendre ?

— Ce que je comprends, c'est que tu gaspilles des occasions. Tu aurais pu faire bon usage de ton diplôme de droit, ici même, à Charleston. Tu te serais créé un solide réseau de relations au club et, d'ici à un an ou deux, tu aurais été idéalement placé pour poser ta candidature au poste de gouverneur, voire à un siège au Congrès. Tu es fait pour cette carrière-là, Tom, pas pour compter les centimes du budget misérable d'une petite ville minable.

— Certains fonctionnaires de Washington seraient bien avisés d'apprendre à les compter les centimes, rétorqua Tom sèchement.

— Tu sais parfaitement ce que je veux dire, grommela Thomas McDonald en le fusillant du regard. Cet emploi ne correspond pas à tes qualifications. Avec un diplôme en commerce et en droit, ainsi que des amis bien placés, tu as tout en mains pour parvenir à une belle situation. A condition de ne pas t'enterrer à Serenity.

Tom, dans un geste de découragement, poussa son assiette et se laissa aller contre le dossier de sa chaise.

— Je suis désolé que mes ambitions à moi ne répondent pas à tes espérances, papa. Mais figure-toi que j'aime bien connaître les gens que j'administre. En quittant mon bureau, j'aime bien voir les résultats des décisions que j'ai prises. J'aime bien résoudre les problèmes des gens et de la ville.

— Et, à ton avis, en quoi consiste la politique ? explosa son père. Exactement à ce que tu viens de décrire, mais à plus grande échelle.

— Peut-être, concéda Tom. Quand elle ne consiste pas à trouver suffisamment d'argent pour gagner une élection, ou à défendre le point de vue le plus populaire pour se faire élire, ou à prendre des mesures de circonstance pour s'assurer le soutien de quelque organisation. Je ne dis pas qu'il n'existe pas d'hommes politiques honnêtes et consciencieux capables de réalisations intéressantes, mais je manque de la patience nécessaire pour supporter tous les autres. Manifestement, toi et moi ne tomberons jamais d'accord là-dessus. J'espère seulement que nous n'allons pas avoir la même discussion chaque fois que nous nous verrons.

— Je ne peux rien te promettre, déclara M. McDonald avec aigreur. Je ne renoncerai jamais à essayer de te mettre un peu de plomb dans la cervelle.

« Si seulement je parvenais à comprendre pourquoi il attache tellement d'importance à ma carrière ! » se désola Tom en son for intérieur.

Malheureusement incapable de deviner ce qui se passait dans la tête de son père, il opta pour une solution de repli.

— Je suppose que cela ne te tenterait pas de venir jouer au golf avec moi, à Serenity, un samedi ? Vous en profiteriez pour visiter le coin, avec maman. Il y a un excellent restaurant, aussi. Je suis sûr qu'il vous plairait à tous les deux.

M. McDonald s'apprêtait à rejeter sur-le-champ la proposition, mais sa femme entra dans la pièce, à temps pour l'en empêcher.

— Cela nous ferait très plaisir, n'est-ce pas, Thomas ? demanda-t-elle à son mari en lui décochant un regard féroce.

— Si tu veux, soupira-t-il. Bon, il faut que j'y aille. J'ai réservé mon parcours.

— Tu reviens pour le déjeuner ? s'enquit Mme McDonald.

— Non, je mangerai au club.

Il s'arrêta sur le pas de la porte et se tourna vers Tom.

— Content de t'avoir vu, fiston.

— Moi aussi, papa.

— Eh bien ! Nous ne nous sommes pas étripés, dit Tom à sa mère une fois que son père fut parti. Il y a des progrès !

Secouant la tête d'un air navré, Mme McDonald s'assit en face de lui.

— Je ne comprends pas pourquoi vous n'êtes jamais d'accord sur rien, tous les deux.

— Parce que je refuse de me plier à sa volonté. Je me rends bien compte qu'il pense agir dans mon intérêt, mais il va falloir qu'il finisse par écouter ce que moi, je veux.

— Oh ! Je crois que tu as été très clair, là-dessus, l'assura Clarisse McDonald avec un sourire indulgent. Seulement, il ne l'accepte pas. Il avait placé de tels espoirs en toi.

— J'en ai conscience et je sais qu'il est normal pour un père de nourrir des ambitions pour son fils. Mais papa tient absolument à imposer sa façon de voir. J'ai beau lui répéter que la voie que j'ai choisie me satisfait pleinement, il n'en tient aucun compte.

— Tu sais pourquoi, n'est-ce pas ?

— Parce que c'est un vieux chnoque entêté.

Sa mère le rappela à l'ordre d'un regard.

— Il ne mérite pas que tu lui manques de respect. Il faudra bien qu'un jour tu aies une vraie conversation avec lui, mon garçon. La vie ne s'est pas montrée aussi facile pour lui que pour toi.

— Comment ça ? s'étonna Tom. La fortune et la position sociale des McDonald à Charleston remontent à des générations !

— Ce n'est pas grâce à ton grand-père, répliqua sa mère sans cacher son inimitié pour cet homme.

La surprise de Tom redoubla.

— Que veux-tu dire ?

Tom ne se rappelait pas grand-chose de son aïeul, sinon qu'il lui avait chaque fois glissé une pièce de vingt cents dans la main en lui chuchotant à l'oreille, avec un petit rire : « Ne dépense pas tout au même endroit. »

— Demande à ton père de te parler de lui. Peut-être que tu le comprendras un peu mieux après.

— Tu ne peux pas m'expliquer, toi ?

— Si, mais il faut que vous appreniez à communiquer tous les deux. Bien. Alors, cette petite ville que tu administres ? Tu t'y plais ?

— Je n'ai pas encore complètement pris mes marques. Mais je crois que je vais y être bien. Il y a des gens vraiment intéressants, là-bas, ajouta-t-il en pensant à la jeune femme qu'il avait rencontrée devant le Club du Coin.

— Une femme ? demanda sa mère dont le visage s'illumina sur-le-champ.

— C'est possible.

— Raconte-moi, ordonna-t-elle en se penchant vers son fils pour ne pas perdre une miette de ses paroles.

— Il n'y a pas grand-chose à raconter. Je ne connais même pas son nom. Je l'ai croisée devant un centre de remise en forme féminin. Nous avons échangé quelques mots, et puis elle m'a fermé la porte au nez.

— Eh bien ! Elle ne paraît pas très sympathique ! s'indigna Mme McDonald. Elle manque certainement d'éducation.

— Je ne me suis pas renseigné sur ses origines, maman, plaisanta Tom. Elle était suffisamment contrariée comme ça.

— Je fais simplement remarquer qu'une dame comme il faut ne claque pas la porte au nez des gens.

— Je le lui expliquerai la prochaine fois que nos chemins se croiseront.

Car leurs chemins se croiseraient. Il allait y veiller. Cal Maddox pourrait certainement l'aider puisque la mystérieuse jeune femme travaillait avec son épouse.

Il se rappela le projet de base-ball et décida d'orienter la conversation sur ce sujet. Sa mère l'avait toujours soutenu quand il jouait, ce dont il lui était reconnaissant, même si elle l'avait affreusement embarrassé en venant assister à ses matches accoutrée comme si elle allait prendre le thé à Buckingham Palace.

— Ainsi, il y a un ancien joueur de haut niveau à Serenity ? demanda-t-elle après que Tom lui eut résumé son entretien avec Cal Maddox. Je ne m'en serais jamais doutée.

Tom éclata de rire devant l'expression ébahie de sa mère.

— Tu n'es pas arrivée au bout de tes surprises. Tu as déjà entendu parler de Paula Vreeland ?

— L'artiste ? Evidemment. Ses œuvres sont exposées ici, au musée de Charleston.

— Elle habite à Serenity.

— Tu dois te tromper. Je suis certaine qu'elle vit ici.

— Non. Le maire m'a montré sa maison et son atelier lorsqu'il m'a fait visiter la ville en voiture. Et ce spa dont je t'ai touché deux mots est très prisé dans toute la région, de même que le Sullivan, qui est renommé pour les spécialités gastronomiques du Sud qu'il remet au goût du jour.

— Il faut vraiment que je voie ça par moi-même, alors. Attends-moi ici. Je vais chercher un calendrier pour que nous fixions la date à laquelle je peux te rendre visite.

— Avec papa ?

Elle fit une grimace.

— Il vaut peut-être mieux que je vienne seule la première fois. En reconnaissance, en somme.

— Ça me va.

Si sa mère rentrait avec une impression favorable de Serenity, peut-être parviendrait-elle à influencer son père, se dit Tom. M. et Mme McDonald avaient bâti leur mariage sur une subtile répartition de pouvoir dont, étrangement, la plus grosse part reposait entre les mains de la mère de Tom.

Elle sortit à pas pressés de la pièce et revint quelques instants plus tard avec un agenda débordant de cartes de visite de ses fournisseurs préférés — fleuristes, imprimeurs, couturiers, traiteurs — et des commerces récemment ouverts qui s'appliquaient à attirer son attention. Elle feuilleta son calepin, tout en marmonnant des commentaires.

— Aujourd'hui en quinze, proposa-t-elle enfin. Impossible avant. Il faudra que j'annule mon déjeuner et ma partie de bridge, mais ce n'est pas grave. Elles ont largement le temps de me remplacer.

— C'est parfait, dit-il en se levant et en l'embrassant. Je me réjouis à l'avance de ta visite.

Il le pensait sincèrement. Il voulait qu'elle porte sur Serenity le même regard que lui et y voie une ville pleine d'avenir où il faisait bon vivre. Et, bien qu'il ose à peine se l'avouer à lui-même, une ville qui pourrait lui servir de tremplin professionnel. Car, contrairement à ce que croyait son père, il n'était pas dépourvu d'ambition. Il comptait simplement emprunter une voie différente de celle que Thomas Barlow McDonald avait tracée pour lui.

Chapitre 4

Comme la majorité de ses meilleures clientes travaillaient et ne pouvaient se libérer que le samedi pour une séance de soins, Jeanette disposait rarement d'un week-end entier pour elle. Ce qui lui convenait parfaitement : les dimanches et leurs longues heures d'oisiveté lui paraissaient en effet interminables.

La lessive et les rapides courses indispensables pour les quelques repas qu'elle prenait chez elle pendant la semaine ne suffisaient pas à remplir sa journée. Il n'y avait pas de cinémas à Serenity, et ni le golf, ni le kayak, ni aucune des autres activités proposées par la municipalité ne l'intéressaient. C'était le seul inconvénient qu'elle ait trouvé à vivre dans une petite ville, elle qui avait passé sa jeunesse et son adolescence à Charleston. Malgré les autres charmes de Serenity et la gentillesse de la population, la tranquillité qui y régnait l'agaçait parfois. D'autant plus qu'elle n'avait personne de cher avec qui partager sa vie.

Ce dimanche s'annonçait encore pire que d'habitude : aucun dérivatif pour l'empêcher de penser à Noël, à sa famille et aux raisons pour lesquelles cette fête avait perdu toute signification pour elle.

A 15 heures, elle avait atteint le bord du désespoir. Elle jeta un coup d'œil au téléphone à côté d'elle… Depuis quand n'avait elle pas appelé ses parents ? Bien qu'ils habitent à moins de deux heures de voiture de chez elle, elle n'avait eu aucune nouvelle d'eux depuis des mois.

Quand elle avait quitté le domicile familial, elle avait vite compris que, si elle ne se chargeait pas de garder le contact, ses parents n'en prendraient certainement pas l'initiative. Comme s'ils avaient oublié jusqu'à son existence…

Cédant à une brusque impulsion, elle s'empara du combiné et composa le numéro. Après plusieurs sonneries, Mme Breech décrocha.

— Bonjour, maman.

— Jeanette ? C'est toi ?

Toujours cette même hésitation. Comme si sa mère peinait à reconnaître sa voix…

— Oui, c'est moi. Comment vas-tu ?

— Pas mal, répondit laconiquement sa mère.

Jeanette ne se laissa cependant pas décourager.

— Et papa ?

Le père de Jeanette cachait mal ses bientôt soixante-dix ans. La vie au grand air avait buriné son visage et « le drame » — comme les parents de Jeanette appelaient toujours l'événement tragique qui avait bouleversé la vie de la famille — l'avait prématurément vieilli.

— Il s'épuise au travail, comme d'habitude. La ferme est trop grosse pour lui, maintenant, mais c'est sa seule raison de vivre.

— Il n'a pas embauché de personnel cette année ? demanda Jeanette, qui voulait à tout prix prolonger la conversation dans l'espoir qu'une étincelle d'intimité finirait par jaillir entre elles.

— Il a engagé plusieurs journaliers pour la récolte des légumes, mais il s'est séparé de presque tous maintenant qu'il ne reste plus guère que les potirons à ramasser. Il les charge lui-même dans le camion et va les vendre au marché le samedi.

— Il est là ? J'aimerais bien lui dire bonjour.

A une époque, son père l'avait adorée, gâtée à l'excès. Comme Cal avec Jessica Lynn, se dit Jeanette pensivement. Mais tout avait basculé en un clin d'œil, et le fait qu'elle en comprenne intellectuellement la raison n'atténuait en rien la douleur qu'elle ressentait devant le gouffre infranchissable qui les éloignait l'un de l'autre, aujourd'hui.

— Il est sur son tracteur, répondit sa mère sans proposer d'aller le chercher. Je lui dirai que tu as appelé, ajouta-t-elle enfin… au nom des convenances, semblait-il.

Jeanette réprima à grand-peine un soupir. Elle était triste. A quand remontait sa dernière conversation avec son père ? A trop loin pour qu'elle s'en souvienne. Sa mère trouvait toujours une excuse pour le dispenser de prendre la communication. Certaines sonnaient juste, comme aujourd'hui. D'autres, non. Il arrivait à Jeanette de penser qu'il s'était muré définitivement dans le silence, après la mort de son fils.

— Raconte-moi comment tu t'occupes, maman, dit Jeanette d'un ton faussement enjoué. Tu continues à faire des gâteaux pour les goûters de la paroisse ?

— Oui. Cette semaine j'en ai apporté un à la noix de coco, et la prochaine fois j'en ferai un au chocolat. C'est celui que tout le monde préfère.

— Moi aussi, c'est mon préféré. D'ailleurs, comme je ne vais pas tarder à vous rendre visite, pourras-tu m'en préparer un ?

Jeanette entendit sa mère hésiter de nouveau.

— Ne débarque pas à l'improviste, Jeanette. Préviens-nous, avant.

Jeanette ne retint plus son soupir. Dire qu'elle avait espéré un peu de chaleur, un signe que ses parents l'aimaient et voulaient la voir ! Au lieu de cela, sa mère venait de lui enjoindre de les avertir de sa venue. Sa venue à elle, leur fille ! Avertir ! Comme si elle représentait une menace pour ses parents !

Peut-être était elle devenue trop sensible aux inflexions de la voix de sa mère. S'attendant à un rejet, elle interprétait tout comme tel.

— Entendu, maman, je te préviendrai, acquiesça-t-elle, se résignant à mettre fin à un échange une fois de plus frustrant. Ça m'a fait plaisir de te parler.

— A moi aussi.

Ce n'est qu'après avoir raccroché que Jeanette s'aperçut... que sa mère n'avait à aucun moment pris de ses nouvelles ! Elle ne lui avait pas posé la moindre question personnelle ! Une indifférence qui continuait à la blesser profondément, même après toutes ces années. Pourtant, à une époque, se rappela-t-elle, quand elle entrait comme un ouragan dans la cuisine, débordant d'anecdotes sur sa journée d'école, sa mère, après lui avoir servi un verre de lait et des petits gâteaux, s'asseyait pour l'écouter, sans perdre une miette de ses récits, prenant apparemment autant de plaisir que sa fille à cette connivence. A présent, elles étaient incapables de parler plus de cinq minutes. Et encore ! A condition que Jeanette alimente la conversation.

— Si je reste ici une seconde de plus, je vais commencer à m'apitoyer sur moi-même, pesta Jeanette à voix haute en attrapant son sac à main.

Deux heures plus tard, assise dans une salle d'un multiplexe de Charleston, un énorme cornet de pop-corn et un sachet de petits bonbons au chocolat fourrés à la menthe sur les genoux, une boisson gazeuse à la main, elle regardait un film d'action dont tout le monde parlait..., mais qui ne la captivait pas. Tout valait mieux cependant qu'un dimanche après-midi passé seule chez elle à ruminer les regrettables relations qu'elle entretenait avec ses parents et qu'elle ne savait comment améliorer.

Alors qu'elle sortait du cinéma, une voix familière la héla. C'était Cal, avec Kyle, le fils de Maddie, et plusieurs de ses camarades.

— C'était mortel, tu ne trouves pas ? demanda un Kyle enthousiaste.

— Mon petit doigt me dit que Jeanette aurait préféré une comédie sentimentale, intervint Cal volant au secours de son amie.

— Alors, pourquoi est-elle allée voir ce film ? s'étonna Kyle.

— Bonne question, dit Cal en se tournant vers Jeanette. Pourquoi ?

— Parce que je savais qu'il y aurait du mouvement et du suspense, je suppose, répondit-elle dans un haussement d'épaules.

— Ce qui t'évitait de penser à autre chose, pas vrai ? conclut-il avec un sourire entendu.

— Te rends-tu compte que tes commentaires insidieux sont parfois aussi agaçants que ceux de ta femme ?

Cal éclata de rire.

— Que veux-tu que je te dise ? Maddie déteint sur moi. Au fait, on s'arrête chez Rosalina pour manger une pizza en rentrant. Maddie va nous y rejoindre. Tu veux venir ? Ça te passera encore un peu de temps, si c'est ce que tu cherches.

L'idée était plutôt séduisante a priori mais, après avoir pesé le pour et le contre, Jeanette décida d'y renoncer.

— Pour subir un interrogatoire ? Non, merci.

— Attends ! Tu rigoles ? Entre cette bande d'ados d'un côté et Jessica Lynn et Cole de l'autre, les adultes pourront s'estimer heureux s'ils parviennent à placer un mot. Allez, Jeanette. Interdit de poser la moindre question. J'y veillerai personnellement.

— Quand Maddie se fixe une mission, il est impossible de l'arrêter, plaisanta Jeanette. Et, depuis peu, elle semble avoir décidé de mettre son nez dans ma vie.

— De toute évidence, tu sous-estimes le pouvoir de la marmaille. Maddie est trop occupée à courir après Jessica Lynn pour s'intéresser à quoi que ce soit d'autre. Les repas ne sont plus le havre de paix d'autrefois, surtout quand Kyle et ses copains sont dans les parages.

Aucune amertume dans les propos de Cal, au contraire même, remarqua Jeanette. Il se consacrait à fond, sans réserve ni arrière-pensée, à son rôle de beau-père et à celui de père de deux petiots.

Se fiant à la promesse de Cal et au souvenir de la scène de chaos dans le bureau de Maddie lors de la dernière visite de Jessica Lynn au Club du Coin, Jeanette se laissa fléchir. Après tout, le pop-corn ne l'avait pas rassasiée, et la perspective d'un dîner en bonne compagnie l'emportait de loin sur celle d'une soirée devant la télévision à ressasser l'entretien téléphonique débilitant qu'elle avait eu avec sa mère.

— Eh bien, d'accord ! Je vous retrouve chez Rosalina.

Cal la considéra d'un air pensif.

— Ça fait une trotte, jusque là-bas. Tu vas avoir le temps de changer d'avis. Il vaut peut-être mieux que Kyle et un de ses copains montent avec toi pour s'assurer que tu ne nous poses pas un lapin. Je préfère ne pas imaginer la réaction de Maddie si elle ne te voit pas après que je lui aurai annoncé ta venue !

— Je ne vous ferai pas faux bond, répliqua-t-elle un rien vexée. Inutile de prévoir une escorte.

— Alors, à tout à l'heure, dit Cal rassuré.

Après l'avoir regardé s'éloigner en compagnie du groupe d'adolescents, Jeanette gagna sa voiture. En sortant du parking, elle plia la capote, inséra un CD de musique dans le lecteur et mit le volume à fond. Quand elle atteignit les faubourgs de Serenity, ébouriffée et soûlée de vent, elle avait retrouvé tout son allant. Ce qu'elle apprécia d'autant plus que la première personne qu'elle aperçut en franchissant le seuil de chez Rosalina fut ce bel étranger qu'elle avait rencontré devant le spa. Il était assis à la table de Maddie !

Tom tenait la poupée que Jessica Lynn Maddox lui avait fourrée entre les mains lorsque, levant la tête, il découvrit sa mystérieuse inconnue, immobile dans l'encadrement de la porte de l'autre côté de la salle, le regard braqué sur lui. L'espace d'un instant, il eut distinctement l'impression qu'elle allait s'enfuir…

Mais Maddie Maddox s'était déjà levée et traversait la pièce au pas de charge, Jessica Lynn sur les talons, en criant « Jeanette ! Jeanette ! », comme si elle venait de retrouver une connaissance perdue de vue depuis longtemps. Elle avait laissé Tom seul avec le bébé, qui dormait dans son couffin à côté de lui et qu'il considérait d'un œil méfiant. Il avait l'habitude des enfants — grâce à ceux de sa sœur —, mais une fois dépassé le stade des couches. Personne n'avait jamais réussi à le convaincre que les bébés sont moins fragiles qu'il n'y paraît.

Quand Maddie, tenant fermement son amie par le poignet, revint à la table, Tom se leva.

— Jeanette, permets-moi de te présenter Tom McDonald, le nouvel administrateur de Serenity, dit Maddie en poussant pratiquement la main de Jeanette vers celle de Tom.

Il la serra instinctivement.

— Tom, je vous présente Jeanette Breech, qui s'occupe du salon de beauté au Club du Coin.

— Re-bonjour, dit-il en retenant un peu plus longtemps que nécessaire la main de Jeanette dans la sienne.

« Quelle meilleure publicité pour son salon de beauté que la douceur de sa peau ? » songea Tom tandis que Jeanette l'examinait avec circonspection de ses grands yeux noirs.

Puis elle lui sourit et déclara :

— Je suis contente de voir que ma première impression ne m'avait pas trompée.

— Comment ça ? demanda-t-il, interloqué.

— J'ai dit à Elliot, l'instructeur du centre, que vous ne sembliez pas dangereux, expliqua-t-elle. Bien que vous ayez effrayé nos clientes en espionnant par la fenêtre du spa.

— Vous avez fait quoi ? s'exclama Maddie en considérant Tom d'un air médusé.

— Ce n'est pas ce que vous imaginez, rectifia Tom, gêné. Je cherchais une salle de sport pour m'entraîner. On m'avait informé que le Club du Coin était réservé aux femmes, mais je voulais m'en assurer par moi-même. Jeanette m'a arrêté sur le perron et m'a fait comprendre sans ambiguïté qu'on m'avait correctement renseigné.

— Désolée, dit Jeanette avec un manque flagrant de sincérité. J'appliquais le règlement.

— Pourquoi ne vous associeriez-vous pas à Cal pour monter un centre comme le nôtre, mais destiné aux hommes ? suggéra Maddie. Cela m'éviterait de devoir feindre de ne rien voir lorsqu'il s'introduit dans les locaux clandestinement, le soir.

— Vous ne me laisseriez pas l'accompagner, je suppose ? demanda Tom sur un ton implorant qu'il espérait capable d'apitoyer Maddie.

— Hors de question, intervint Jeanette avec une fermeté qui surprit Maddie. Je veux dire…, ajouta-t-elle, radoucie, Cal, c'est une chose. Il est marié à une des propriétaires. Mais, si nous vous donnons la permission à vous, nous ne pourrons plus refuser l'accès aux autres, et alors adieu notre centre rien qu'à nous !

Ce tir tendu de justifications arracha un sourire à Tom.

— Me voilà rassuré ! J'ai cru un instant que vous aviez quelque chose contre moi, à titre personnel.

— Pourquoi ? Je ne vous connais pas.

— Nous pouvons remédier à ça.

Pour son plus grand plaisir, il la vit qui rougissait.

— Certainement pas, répliqua-t-elle avec vivacité, les lèvres pincées. Merci quand même, ajouta-t-elle quand Maddie la mit en garde du regard.

Après l'avoir dévisagée un long moment, il lui présenta la chaise à côté de la sienne. Hélas, avant que Jeanette n'ait le temps de s'asseoir, Jessica Lynn y grimpa et tira Tom par la manche.

— J'ai faim, déclara la petite. Où t'as mis ma poupée ?

— Ici, répondit-il en prenant le jouet sur son propre siège pour le rendre à sa propriétaire.

Puis, se résignant à laisser Jeanette aller s'installer ailleurs — vraisemblablement le plus loin possible de lui… —, il se pencha vers Jessica Lynn.

— Moi aussi, je meurs de faim, chuchota-t-il en confidence.

Quelle ne fut pas sa surprise d'entendre Jeanette renchérir :

— Et moi, donc !

— Eh bien ! Commandons, dit Maddie. Cal et les garçons ne devraient pas tarder.

— Où est Katie ? s'enquit Jeanette.

— Chez une amie. Elle travaille. En principe, du moins, car les Graham ont une piscine…

Tom était intrigué. S'il avait surmonté son premier étonnement suscité par la différence d'âge entre Maddie et son mari — d'une bonne dizaine d'années son cadet —, il s'étonnait de les voir à la tête d'une famille nombreuse, alors que Cal, comme lui-même, avait tout juste dépassé la trentaine.

— Combien d'enfants avez-vous ? demanda-t-il.

— Cinq, répondit Maddie. Ces deux-là, expliqua-t-elle avec un geste en direction de Jessica Lynn et Cole, avec Cal, et les trois autres d'un premier mariage. Ty est étudiant en deuxième année à l'université Duke. Katie, comme vous le savez, passe la soirée avec une amie, et Kyle va arriver avec Cal.

— Et vous vous occupez quand même du spa à plein-temps ?

— Et drôlement bien, ajouta Jeanette. Les femmes sont capables de mener plusieurs tâches de front, figurez-vous.

Pourquoi Jeanette avait-elle interprété sa question comme une critique à l'égard de Maddie, alors qu'il avait seulement exprimé sa sincère admiration ?

— Je n'en ai jamais douté, rétorqua-t-il sèchement, agacé. J'essaye juste de comprendre qui fait quoi à Serenity.

Maddie scruta Jeanette avec perplexité. « Tu vas devoir

m'expliquer ton agressivité », lui signifia-t-elle silencieusement avant de se tourner vers Tom.

— Jeanette aussi possède un sens extraordinaire de l'organisation. Elle va représenter notre centre à la commission de Noël. C'est bien vous qui la présidez, n'est-ce pas ?

— Effectivement.

Soudain, Tom envisagea avec moins de réticence sa participation aux préparatifs de Noël. Il avait beau continuer à penser qu'on sous-utilisait ses compétences, il devait reconnaître que le projet se présentait sous un meilleur jour... s'il lui permettait de se rapprocher de Jeanette. Cela dit, il lui restait beaucoup de chemin à parcourir pour parvenir à ses fins, s'il en jugeait par l'hostilité qu'elle affichait ouvertement à son égard.

— Puisque vous et Maddie ne vous connaissez qu'à peine, qu'est-ce que vous faites ici ? attaqua Jeanette à brûle-pourpoint, accusant pratiquement Tom de s'être incrusté.

Le visage de Maddie passa de la perplexité à la consternation devant l'attitude insultante de Jeanette.

— C'est moi qui l'ai invité, intervint-elle. Sur une suggestion de Cal, si tu veux tout savoir. Il m'a appelée tout à l'heure pour me dire qu'il t'avait croisée à la sortie du cinéma et t'avait proposé de partager une pizza avec nous. Il a pensé que ce serait une bonne occasion pour Tom de rencontrer du monde.

Bien que visiblement peu satisfaite par cette réponse, Jeanette se tut et se cacha derrière son menu. Seul le feu qui lui embrasait les joues trahissait son embarras. Heureusement, l'arrivée de Cal et des jeunes, en rendant impossible tout échange entre Tom et Jeanette, permit de détendre l'atmosphère.

Tom dut attendre le moment où ils regagnaient leur voiture après le repas pour avoir enfin la possibilité de s'entretenir en privé avec Jeanette. Il s'attarda délibérément à côté d'elle tandis que le reste de la compagnie s'en allait.

— Je suis désolé que ma présence ce soir vous ait importunée, dit-il en guettant ses réactions. Lorsque Maddie m'a téléphoné, j'ignorais qui d'autre viendrait. J'en avais tellement assez de regarder les quatre murs de ma chambre d'hôtel que j'ai saisi l'occasion de dîner dehors et de profiter d'un peu de compagnie.

— Excusez-moi, soupira-t-elle. Je me suis conduite de façon ridicule. Mais vous ne connaissez pas bien Maddie encore. Ni ses acolytes. Elles aiment bien… disons… s'immiscer dans la vie des autres.

« Donc, rien contre moi, personnellement ! » se réjouit Tom intérieurement.

— Ce sont des entremetteuses compulsives, c'est ça ?

— Vous n'avez pas idée ! Je trouvais cette manie amusante tant qu'elles ne s'occupaient que de leur vie amoureuse à elles trois mais, apparemment, elles veulent s'attaquer à la mienne à présent. C'est d'autant plus humiliant que je ne leur ai rien demandé. Je suis navrée que, par contrecoup, vous ayez été mis dans une situation gênante, ce soir.

— Oh ! Mais pas du tout, rassurez-vous ! Cela a été une très agréable surprise de vous voir entrer dans le restaurant. J'espérais avoir la chance de vous rencontrer de nouveau.

Loin d'amadouer Jeanette, cet aveu parut au contraire l'exaspérer.

— Inutile de me draguer, vous perdez votre temps. J'en ai terminé avec les hommes, asséna-t-elle en une déclaration sans appel qui ne sembla pas décourager Tom autant qu'elle l'aurait souhaité.

En fait, à son insu, elle lui avait apporté sur un plateau ce qu'il adorait par-dessus tout : un défi à relever. Il se surpassait toujours lorsqu'on lui présentait un objectif comme inaccessible.

— Je suppose que cette décision fait suite à une histoire personnelle, dit-il les yeux braqués sur elle jusqu'à ce qu'elle détourne le regard.

— Plusieurs, malheureusement, avoua-t-elle en commençant à s'éloigner.

Mais il lui emboîta instantanément le pas.

— Il faudra que vous m'expliquiez tout ça la prochaine fois que nous nous verrons sans témoins.

— Cela ressemblerait trop à un rendez-vous galant, non? riposta-t-elle sans contrôler le sourire qui s'esquissa sur ses lèvres.

— Tout dépend de nous, dit-il avec conviction. Il n'y a rien que de très innocent à ce que deux amis se racontent leurs malheurs autour d'un bon dîner et d'une bouteille de vin.

— Pas si *vous* êtes un de ces « amis ». Il est possible que je me trompe, mais je ne peux m'empêcher de penser que vous n'avez rien « d'innocent ».

Une accusation que Tom n'essaya même pas de réfuter.

— Je parie que c'est à cause de la fossette, s'écria-t-il avec un air exagérément consterné.

— Monsieur McDonald, je vous trouve effroyablement imbu de votre personne et terriblement comédien.

— On m'a toujours dit que la confiance en soi était une qualité. Aurais-je mal compris? dit-il, feignant de s'alarmer.

— Vous parlez de confiance en soi. Moi, j'appelle ça de l'arrogance, ironisa-t-elle.

— Je vais essayer de m'amender, promit-il.

— On verra bien.

— Je vous assure que je ne demande qu'à me corriger, surtout si cela me permet d'espérer que vous accepterez un jour une invitation à dîner avec moi.

— La satisfaction de progresser devrait vous suffire. Bonsoir.

— Vous voulez que je vous raccompagne? proposa-t-il plein d'espoir.

— Non, merci. Je suis en voiture.

— Alors, vous pouvez me servir de chauffeur.

— Et la voiture que vous comptiez utiliser pour me conduire jusque chez moi?

— Je la récupérerai demain, répondit-il avec un haussement d'épaules.

Pour la première fois de la soirée, il entendit Jeanette rire.

— Vous êtes impossible.

— Vous n'êtes pas la première à me le dire ce week-end, déclara-t-il sans une ombre de contrition.

— Apparemment, les autres femmes de votre vie vous connaissent bien.

— L'autre femme à laquelle je pensais est ma mère.

— Je n'ajouterai rien, alors. Elle sait incontestablement de quoi elle parle.

Sur ce verdict, elle s'installa au volant de sa petite décapotable, salua Tom d'un geste désinvolte de la main et démarra, le noyant dans un nuage de poussière.

Tom se serait volontiers dispensé de cette nouvelle blessure d'amour-propre, même si elle renforçait son désir de conquérir Jeanette Breech. Son instinct lui soufflait qu'il connaissait beaucoup mieux qu'elle les règles d'un jeu... auquel il ne perdait jamais. En tout cas, lorsqu'il lui tenait vraiment à cœur de le gagner.

Malgré la chance que lui offrait la commission de Noël de garder le contact avec l'insaisissable Jeanette, Tom avait espéré qu'Howard relâcherait la pression pendant quelque temps. Hélas, en arrivant à son bureau le lundi matin, il comprit rapidement que, du point de vue du maire, l'organisation des festivités ne souffrait pas le moindre temps mort.

— Les membres de la commission vous attendent dans la salle de conférences, lui annonça une Teresa radieuse. J'ai fait apporter du café et des beignets.

— Quelle commission? Je n'ai pas de réunion prévue à mon emploi du temps, ce matin.

— Oh, mon Dieu! dit-elle sans perdre son sourire avenant.

J'ai dû oublier de la noter sur cet agenda que vous vous obstinez à tenir vous-même. En revanche, elle apparaît sur le planning que je vous ai remis.

— Quelle commission, Teresa ? s'enquit Tom, impatient.

— Celle de Noël, bien sûr. Je sais qu'Howard en a discuté avec vous. Il m'a demandé de la convoquer.

« Quel faux jeton ! » pesta Tom. Quant à Teresa et à sa fâcheuse tendance à prendre ses ordres auprès de gens comme Howard Lewis, il allait malheureusement devoir s'en accommoder. Car elle connaissait mieux que personne le fonctionnement de cette ville, et il devait s'appuyer sur elle s'il ne voulait pas que sa carrière de fonctionnaire à Serenity ne s'achève prématurément. Bien sûr, ses parents s'en réjouiraient. Mais lui ne supporterait pas que sa vie professionnelle souffre de son manque de diplomatie vis-à-vis d'une secrétaire, expérimentée qui plus est. Il fit donc profil bas, en se promettant toutefois d'examiner une question cruciale pour lui dès qu'il se serait acquitté de la corvée de Noël : était-il vraiment fait pour travailler au service d'une collectivité ? En effet, cette mission d'administrateur lui avait paru très noble à une époque… où il n'avait pas imaginé qu'elle inclurait de perdre son temps en futilités. Jamais ses cours à l'école d'administration ne l'avaient préparé à traiter ce genre de fariboles, comme de décider du type de décorations à suspendre sur la place principale, ou de la nécessité de repeindre le trône de saint Nicolas en doré avec des paillettes. Pas davantage d'ailleurs que ses expériences précédentes dans les municipalités qui l'avaient employé.

— Très bien, dit-il à Teresa. Parlez-moi des membres de la commission.

Teresa s'exécuta. Outre Howard et Jeanette, deux autres personnes siégeaient : Ronnie Sullivan, le mari de Dana Sue et propriétaire de la quincaillerie de Main Street, et Mary Vaughn Lewis, présidente de la chambre de commerce.

— Il faudra vous méfier de Mary Vaughn, prévint Teresa. Elle va certainement vous faire du gringue. C'est sa spécialité.

Tom la remercia de sa mise en garde, tout en se demandant s'il ne tenait pas là le moyen de parvenir à ses fins avec Jeanette. « Attention, se recommanda-t-il malgré tout tandis qu'il se rendait à la réunion, ces stratagèmes se retournent en général contre leur instigateur. »

Jeanette tapotait de son stylo le plateau en acajou de la table de conférence, avec une impatience ostensible. Elle ne décolérait pas d'avoir dû décommander des rendez-vous pour assister à cette commission. Pour couronner le tout, Tom n'était pas là.

Non pas qu'elle ait hâte de le voir ! Surtout après le dîner de la veille… Indépendamment de la honte qu'elle éprouvait à s'être conduite aussi grossièrement, elle ne souhaitait pas s'exposer davantage aux avances de Tom…, qui ne semblait pas du genre à renoncer facilement.

— C'est une perte de temps, glissa-t-elle à Mary Vaughn. Vous auriez pu vendre une maison ce matin et moi faire deux ou trois soins. Si l'administrateur n'arrive pas d'ici à cinq minutes, je pars.

Ronnie Sullivan, assis en face d'elle, lui adressa un clin d'œil.

— Du calme, ma grande. Tu es à Serenity. Ce n'est pas la course, ici.

— Tu expliqueras ça à Maddie, riposta-t-elle.

— Si j'ai bien compris, c'est elle qui t'a envoyée ici, dit-il avec un sourire affectueux. Je suis sûr qu'elle savait à quoi s'attendre, et ton retard ne la fâchera pas.

Jeanette ignorait que Ronnie devait prendre part à la commission. Dana Sue ne l'avait jamais mentionné. Savait-elle que Mary Vaughn en était membre, elle aussi ? se demanda-t-elle.

« Exclu », se répondit-elle. Sinon, Dana Sue se serait elle-même inscrite, afin de surveiller que Mary Vaughn n'essayait pas de nouveau de mettre le grappin sur Ronnie.

Elle jeta un coup d'œil discret à Mary Vaughn : tailleur haute couture, gros bijoux en or et montre sertie de diamants qui coûtait plus que ce qu'elle-même gagnait en un mois… Tout à coup… Oui ! Ça sautait aux yeux ! Mary Vaughn et Tom McDonald formeraient un couple idéal ! Ils étaient faits l'un pour l'autre. Tous les deux jouissaient d'une bonne situation. Tous les deux étaient ambitieux. Et tous les deux étaient apparemment en chasse. Aucun doute. Elle venait de trouver la solution à son problème. Quand ces deux-là se seraient rencontrés, Tom la lâcherait, elle, Jeanette, pour une proie plus réceptive. Ouf !

Etrange cependant, cette idée salvatrice lui parut beaucoup moins séduisante qu'elle n'aurait dû…

Elle n'eut guère le temps de s'appesantir sur cette bizarrerie, car Tom arriva enfin. En traînant des pieds, comme elle-même, observa-t-elle. Avec son pantalon bleu marine au pli soigneusement marqué, sa chemise gris-bleu assortie à ses yeux, ses boutons de manchette en or et sa cravate qu'il avait déjà desserrée, il la troubla. Impossible de le nier. Non pas qu'il soit son type ! Non ! Pas du tout ! Elle n'aimait pas les cols blancs arrogants. Elle préférait les hommes d'origine modeste qui connaissent le sens du mot « humilité ». Cela dit, vu le désastre de ses expériences passées, devait-elle vraiment se fier à ses goûts ?

— Bonjour tout le monde, lança gaiement Tom d'une voix chaude qui redoubla l'émoi de Jeanette… et son irritation contre elle-même.

Il se présenta et serra chaleureusement la main de chacun… jusqu'à ce qu'il arrive au maire. Là, son attitude changea.

— Mes respects, Howard, dit-il sèchement.

— Bonjour, répondit le maire trop à la joie de cette réunion pour remarquer la froideur de Tom.

Une joie que seul Ronnie semblait partager…

Comme l'avait deviné Teresa, Mary Vaughn se mit à dévisager Tom avec la mine de celle à qui l'idée de faire de lui sa prochaine distraction sentimentale ne déplairait pas. Puis ses yeux fondirent sur la main gauche de Tom… dépourvue d'alliance. Son visage s'illumina. Revigorée, elle ajusta la veste de son tailleur de façon à en approfondir le décolleté. « Quel manque de pudeur ! » songea Jeanette avec consternation.

— Pourquoi ne présideriez-vous pas cette réunion, Howard, puisque c'est vous qui l'avez réclamée ? suggéra Tom. Je suis sûr que vous connaissez l'ordre du jour. N'étant pas bien au fait des traditions à Serenity, je me contenterai de prendre des notes et d'intervenir le cas échéant, ajouta-t-il avec un manque d'enthousiasme que Jeanette ne partageait que trop.

Howard, lui, saisit la balle au bond. Au bout d'une heure, il avait chargé Mary Vaughn de contacter toutes les chorales de la ville et Ronnie de se renseigner sur les nouveautés en matière de décorations, laissant à Jeanette la tâche de traiter les demandes des commerçants forains qui souhaitaient installer un stand pour le marché de Noël.

— Tom, je compte sur vous pour l'aider, dit le maire au grand dam de Mary Vaughn.

— Certainement, acquiesça l'administrateur avec un clin d'œil fort peu discret à Jeanette.

— Parfait. J'ai l'impression que nous allons connaître les plus belles fêtes de Noël jamais organisées à Serenity, exulta Howard. Bon courage, tout le monde. A la semaine prochaine, même heure, même lieu.

— Quoi ? s'exclama Jeanette. Ces réunions sont hebdomadaires ?

— Naturellement, répondit Howard. Sinon, nous risquerions de nous laisser déborder. Le Père Noël de Serenity ne peut rien faire sans ses petits lutins.

Tom jeta un regard meurtrier au maire, prêt, semblait-il, à lui enfoncer son stylo bille en plein cœur. Comme Jeanette le comprenait!

— Il ne vaut pas la peine qu'on aille croupir en prison à cause de lui, chuchota-t-elle en passant près de Tom.

— Vous en êtes sûre? répliqua-t-il en esquissant un sourire entendu.

— A bien y réfléchir, non. Reposez-moi la question la semaine prochaine. Je fournirai peut-être le stylo.

Chapitre 5

Lorsque Jeanette put enfin regagner le Club du Coin, elle n'était pas à prendre avec des pincettes : elle ne décolérait pas contre Maddie, qui lui avait forcé la main avec cette fichue commission. Elle allait perdre deux heures par semaine jusqu'au début décembre ! C'était parfaitement absurde. Pour couronner le tout, Maddie venait de lui reprocher gentiment son attitude vis-à-vis de Tom, dimanche soir. Oh ! Bien sûr, rien que de très prévisible. L'expérience n'en avait pas moins été pénible.

Tandis qu'elle continuait à ressasser ses griefs, elle tomba sur Helen, attablée au café du Club du Coin.

— Ah ! Te voilà ! l'accueillit gaiement Helen. Alors, cette réunion ? A ce qu'on murmure, le nouvel administrateur n'est pas mal du tout…

— Tu ne vas pas t'y mettre, toi aussi ! Les louanges dithyrambiques sur ce monsieur, j'en ai eu ma dose avec Maddie et Dana Sue, s'emporta Jeanette avant de tourner les talons et de filer vers son bureau.

En même temps que cette avalanche d'éloges, elle avait dû essuyer un sermon de Maddie tout à fait humiliant, non seulement sur sa grossièreté au restaurant, mais aussi sur son manque de sagacité. Elle qui tenait un commerce à Serenity, n'aurait-elle pas dû essayer de s'attirer les faveurs de l'administrateur de la ville ? Les remontrances de Maddie résonnaient encore à ses oreilles.

Avant que Jeanette n'ait refermé la porte de son bureau, Helen l'avait rejointe.

— Visiblement, j'ai mis les pieds dans le plat, s'excusa cette dernière. Ça t'ennuierait de m'expliquer?

— C'est très simple, répondit Jeanette en s'énervant de nouveau. Je ne veux pas qu'on gère ma vie. Je ne veux pas que toutes les trois, Maddie, Dana Sue et toi, vous vous montiez des films sur Tom McDonald et moi. Si je décide de sortir avec un homme, ce sera avec quelqu'un que j'aurai choisi moi-même.

— D'accord, dit Helen, les yeux rieurs.

L'irritation de Jeanette ne fit que croître.

— Tu ne me crois pas. Pourquoi ne me prenez-vous jamais au sérieux toutes les trois?

— Mais si, ma grande! protesta Helen dans un élan de sincérité. Nous prêtons la plus grande attention à toutes tes idées sur la gestion du spa, je t'assure!

— Mais pas à celles qui concernent ma vie sentimentale, rétorqua Jeanette.

— C'est seulement que tu nous rappelles tellement comment nous réagissions nous-mêmes à l'époque où nous n'avions pas encore goûté à la béatitude du bonheur conjugal.

— Oui, je sais, soupira Jeanette. Dana Sue m'a dit la même chose.

— Nous sommes toutes passées par ce stade.

— Lequel?

— Celui du déni de la réalité.

— Quelle réalité? J'ai vu Tom McDonald en trois occasions. Il n'est pas mon genre. Trop guindé et classique.

Jeanette n'en pensait pas un mot, mais il aurait fallu la payer cher pour qu'elle avoue trouver la fossette de Tom adorable et sa façon d'être très séduisante. Inutile d'encourager les spéculations des Sweet Magnolias!

— Ce n'est pas la description qu'en a donnée Maddie, ou Dana Sue.

La curiosité l'emporta alors sur la prudence.

— Qu'est-ce qu'elles ont dit ?

— Qu'il est grand, beau, élégant et sexy. Qu'il a une fossette. Ça, il me semble que c'est Maddie qui l'a remarqué.

— Ah bon ? Je n'ai pas fait attention, mentit Jeanette. De toute façon, on n'engage pas sa vie sur ce genre de détail.

— Effectivement, approuva Helen. Ai-je mentionné le fait qu'il est riche ? D'après la rumeur, sa famille possède une fortune colossale. Je crois avoir croisé ses parents lors d'une fête de charité, à Charleston.

— Et alors ? Si j'attachais de l'importance à l'argent, je serais restée chez Bella, à Charleston. En plus, s'il est vraiment plein aux as, pourquoi est-il venu travailler à Serenity pour des clopinettes ? Ses parents l'ont-ils déshérité ? Ou alors accomplit-il sa B.A. ? Et puis, pourquoi un nanti s'intéresserait-il à une pauvre petite esthéticienne ?

— Spécialiste en massages, compléta Helen, qui se retenait pour ne pas éclater de rire. N'oublie pas que tu es une experte dans ce domaine. Quoi de plus attirant pour un homme ? Erik m'a plus d'une fois incitée à prendre des leçons auprès de toi.

— Oh ! Je t'en prie, Helen ! Tu sais parfaitement ce que je veux dire. Un homme qui est à la tête d'une grosse fortune, et d'autant plus si elle est établie depuis des générations, cherchera une riche héritière, une jeune femme avec des relations. Ce n'est pas exactement mon cas.

— Bien, dit Helen. Il m'est difficile d'apporter une réponse à toutes tes interrogations au sujet de ce Tom McDonald, pour la bonne raison que je ne l'ai jamais vu. Pourquoi tu ne le questionnes pas directement ?

— Parce qu'il croirait à tort que je m'intéresse à lui, s'obstina Jeanette. Bon, écoute, Helen, maintenant j'ai envie d'un vrai café bien tassé, pas du jus de chaussette que je propose à mes clientes. Mais je dois le préparer en cachette, toutes portes closes, et j'ai des rendez-vous qui m'attendent.

— Message reçu, je m'en vais, dit Helen avec un sourire

goguenard. Je ne voudrais surtout pas qu'on me rende responsable d'une baisse du chiffre d'affaires de ce centre.

Au moment où elle allait franchir le seuil, elle se retourna.

— Au fait, pourquoi ne viens-tu pas dîner dimanche ? Tout le monde sera là.

— Tout le monde ? interrogea Jeanette sur ses gardes.

— Maddie, Cal et les enfants. Dana Sue et Ronnie. Ty aussi peut-être, d'après Maddie. Quant à Annie, Dana Sue essaye de la convaincre de venir passer le week-end à Serenity au lieu de rester à la fac, comme d'habitude. Et ne crains rien, c'est Erik qui cuisinera, pas moi. Nous ne mourrons pas d'intoxication alimentaire.

— Ouf!

Jeanette pesait le pour et le contre, hésitant à se rendre à une réunion de copains où sa vie sentimentale serait une fois de plus disséquée. D'un autre côté, sa présence lui permettrait de défendre son point de vue et de les empêcher de manigancer derrière son dos.

Elle finit par accepter.

— D'accord. Tu veux que j'apporte quelque chose ? Du vin ? De la limonade ? Des jus de fruits ? Un gâteau ?

— Pas de gâteau, surtout ! Erik est chef pâtissier, n'oublie pas. Tu le vexerais. J'ai acheté une tarte Tatin surgelée une fois. J'en ai entendu parler pendant un mois ! En revanche, de la tequila, avec plaisir. Moi, je fais les Margaritas.

— Ouh ! la la ! Celles qui tuent ?

— Il en existe d'autres ? plaisanta Helen. Au diable la modération puisque aucune d'entre nous n'est enceinte ou n'allaite ! Alors, demain vers 16 heures, ça te va ?

— Pas de problème, répondit Jeanette malgré ses doutes sur la franchise de son amie concernant la liste des convives.

Elle était en effet persuadée qu'Helen n'hésiterait pas à inviter

Tom, uniquement pour vérifier les rumeurs qui circulaient sur son physique.

Et peut-être pour mettre elle aussi son nez dans des affaires qui ne la regardaient pas…

Juste avant midi, bien qu'elle n'ait pas eu rendez-vous et malgré les protestations énergiques de Teresa, Mary Vaughn, de sa démarche chaloupée, entra dans le bureau de Tom McDonald. Elle avait préparé sa stratégie : elle prétexterait un problème à régler concernant les festivités de Noël pour justifier sa visite, puis lui demanderait négligemment où il comptait déjeuner.

Elle avait tout prévu… à un détail près : le bureau de Tom McDonald était vide !

— Il n'est pas là, lança-t-elle à Teresa avec véhémence en faisant volte-face.

— J'aurais pu vous le dire si vous aviez daigné vous adresser à moi.

— Où est-il allé ?

— A un rendez-vous extérieur.

— Quand doit-il rentrer ?

— C'est difficile à dire. Voulez-vous que je lui fasse part de votre visite ?

Mary Vaughn réfléchit. Si elle ne trouvait pas un motif à sa présence, n'importe quel idiot en déduirait qu'elle était venue à titre personnel. Surtout connaissant sa réputation de mangeuse d'hommes, qu'elle ne méritait d'ailleurs pas, elle qui n'avait convoité qu'un seul et unique homme au cours de sa vie : Ronnie Sullivan. Ayant à deux reprises perdu la partie au profit de Dana Sue, elle avait fini par renoncer à ce rêve qui ne lui avait apporté que du chagrin.

C'est par pur dépit qu'elle avait épousé Sonny Lewis. Un mariage qui lui avait donné la respectabilité à laquelle elle aspirait depuis son enfance. Finalement, entre sa fille adorée issue de cette union et sa réussite professionnelle, qui lui assurait son indépendance financière, elle se serait laissé bercer par le ronron conjugal pendant encore bien des années si Sonny n'avait pas précipité les choses en demandant le divorce. Ce n'est pas ce constat d'échec — assez prévisible — qui l'avait étonnée, mais plutôt le fait que la décision de mettre un terme à dix années de vie commune ait été prise par cet homme, d'une gentillesse et d'une indulgence sans pareilles.

— Alors ? la pressa Teresa.

— Alors quoi ? demanda Mary Vaughn qui, plongée dans ses souvenirs, avait oublié la question de la secrétaire.

— Souhaitez-vous, oui ou non, que je dise à M. McDonald que vous êtes passée ?

— Non. Je vous remercie, Teresa. Je finirai bien par mettre la main sur lui un jour ou l'autre.

« Je vais quand même le prévenir, ma jolie », marmonna Teresa entre ses dents. Mais elle afficha un air de parfaite innocence quand Mary Vaughn se retourna en la transperçant du regard.

— Bonne journée, dit-elle avec une amabilité exagérée.

— Vous de même, répondit Mary Vaughn avec la même hypocrisie.

Alors qu'elle s'apprêtait à traverser Main Street en sortant de la mairie, elle aperçut Tom qui descendait de voiture… et retrouva aussitôt sa bonne humeur.

— Bonjour ! le héla-t-elle. Je vous cherchais, justement.

— Mary Vaughn, c'est ça ? demanda-t-il d'une voix mal assurée, après un instant de perplexité.

— Bravo ! Vous avez une excellente mémoire. Ce doit être un peu perturbant, au départ, de débarquer dans une ville inconnue. Enfin, je suppose, car personnellement j'ai toujours vécu ici. Je connais le moindre recoin de Serenity comme ma poche. Quant aux habitants, je suis au courant de tous leurs petits secrets, même les plus inavouables.

— Vraiment ?

Mary Vaughn rougit sous le regard désapprobateur de Tom.

— Non pas qu'ils en aient beaucoup, remarquez. Je voulais simplement dire que personne ne m'est étranger ici. Je peux vous donner un cours accéléré, si vous voulez. En fait, si votre emploi du temps vous le permet, j'aimerais vous inviter à déjeuner chez Wharton. Ou au Sullivan. C'est le meilleur restaurant de Serenity. Vous y avez déjà mangé ?

— Oui. Il est effectivement excellent, et je vous remercie de votre proposition, mais ma matinée a été très bousculée, et l'après-midi ne s'annonce guère plus calme. Je vais me contenter d'un sandwich dans mon bureau. Teresa l'a déjà commandé, je pense.

— Ce sera pour une autre fois, alors, dit Mary Vaughn, jugeant préférable de ne pas insister. Au fait, où en êtes-vous dans votre recherche de logement ? J'ai appris par Howard que vous prospectiez. Je me ferais un plaisir de vous montrer quelques maisons. En attendant, je peux vous faxer le descriptif de celles qui sont susceptibles de vous intéresser.

— Ce serait très gentil de votre part. Mais je ne sais pas quand j'aurai le temps de les visiter. Je vous appelle, d'accord ?

Autant de tentatives, autant de coups d'épée dans l'eau, se désola Mary Vaughn. Elle ne s'avoua cependant pas vaincue. D'ailleurs, il était rare qu'elle baisse les bras, affichant sans faille un air guilleret pour mieux cacher son désespoir. Elle avait agi ainsi toute sa vie, et personne à Serenity ne se doutait de son talent à dissimuler les problèmes qui la rongeaient derrière son masque insouciant.

— Appelez-moi quand vous voulez, répondit-elle en lui adressant son sourire le plus éclatant avant de s'éloigner, la tête haute et son amour-propre à peine égratigné.

*
* *

— Alors ? Mary Vaughn a-t-elle réussi à vous mettre le grappin dessus ? s'enquit Teresa à la seconde même où Tom mit le pied dans la pièce.

— Pardon ? demanda-t-il d'un air absent. Ah oui ! Mary Vaughn ! Je viens de la croiser. Je n'ai pas bien compris ce qu'elle voulait.

— Elle vous veut, vous, déclara Teresa en le suivant dans son bureau. Ne vous avais-je pas averti, l'autre jour ? Croyez-moi. J'ai déjà vu cette lueur dans ses yeux. La dernière fois, elle avait jeté son dévolu sur Ronnie Sullivan, mais Dana Sue y a mis très vite bon ordre.

— Ecoutez, Teresa. Les commérages ne m'intéressent pas.

Le manège de Mary Vaughn ne lui avait pas échappé pour autant. Ne l'avait-elle pas invité à déjeuner, alors qu'ils ne se connaissaient pas ? Quant à son idée de lui montrer des maisons, elle lui était de toute évidence venue après coup, comme un moyen de prolonger leur rencontre.

Des réflexions qu'il garderait pour lui ou, du moins, qu'il ne partagerait certainement pas avec Teresa !

— Elle cherche seulement à me vendre une maison, dit-il.

— Ah ! Les hommes ! soupira Teresa les yeux levés au ciel. J'ai posé votre sandwich sur votre bureau. Jambon-fromage et pain de seigle. Je leur ai demandé d'ajouter une feuille de salade et des rondelles de tomate, pour la diététique.

— Merci, Teresa. Pas de communications téléphoniques pendant un quart d'heure, s'il vous plaît.

— C'est ma pause-déjeuner, à moi aussi. Je vais basculer tous les appels sur le répondeur.

« Encore mieux », se félicita-t-il en prenant une bouchée de son sandwich et une gorgée de soda… tiédasse.

Il appela ensuite le Club du Coin et demanda à parler à Jeanette. Il avait prévu des questions très officielles à aborder avec elle et mis au point une nouvelle tactique qu'il avait hâte de tester.

Elle lui parut fatiguée et irritable quand elle décrocha.

— Je vous dérange ? demanda-t-il. C'est Tom à l'appareil.

— Je suis avec une cliente. Je peux vous rappeler ?

— Vous le ferez ?

— Pour qui me prenez-vous ? s'insurgea-t-elle. A moins, bien sûr, que vous ne me téléphoniez pour m'inviter au restaurant. Dans ce cas, la réponse est « non ». Autant vous annoncer tout de suite la couleur. Ça nous fera gagner du temps à tous les deux.

Tom partit d'un éclat de rire avant de rétorquer :

— J'adorerais vous demander de sortir avec moi, c'est sûr, mais je crois que mon ego ne supporterait pas un autre refus. Je voulais vous voir à propos des stands du marché de Noël.

— Vraiment ? demanda-t-elle sans cacher son scepticisme.

— Croix de bois, croix de fer, si je mens je vais en enfer. Howard va me demander des comptes d'ici peu, et je tiens absolument à être prêt.

— Vous voulez me voir pour travailler ? s'assura-t-elle une nouvelle fois. A votre bureau ?

Elle se méfiait, aucun doute là-dessus. Néanmoins, Tom crut aussi déceler une pointe de déception dans sa voix. Exactement ce qu'il avait espéré…

— Ou ailleurs, si vous préférez, dit-il d'un ton détaché. Au spa, dans un café… Rien qui suggère un rendez-vous galant ! A vous de choisir.

Elle mit si longtemps à répondre qu'il craignit que la communication n'ait été coupée.

— Jeanette ?

— Je réfléchis. Venez ici à 18 heures. Je vous emmènerai

boire un thé glacé dans le patio. Tant que je suis sur les lieux, aucun homme ne pénétrera clandestinement dans le centre.

— Zut ! J'ai failli réussir ! s'écria-t-il avec un dépit pas totalement simulé. A 18 heures, alors.

— C'est ça, acquiesça-t-elle distraitement, comme si elle pensait déjà à autre chose.

— Jeanette ! Je me fais une joie de vous voir.

Là-dessus il raccrocha, mais pas avant d'avoir entendu Jeanette crier :

— C'est un rendez-vous de travail !

« Mais oui, ma belle ! Mais oui ! » murmura-t-il pour lui-même.

« Pour travailler ! Mon œil ! » ne cessa de se répéter Jeanette tout au long de l'après-midi, tellement sûre que Tom ne venait pas dans ce but qu'elle s'était promis d'avaler un flacon de leur crème de soins la plus chère si elle se trompait. Non, Tom était un roublard qui utilisait le prétexte des préparatifs de Noël pour la courtiser, malgré son refus catégorique de sortir avec lui. Il ne la roulerait pas aussi facilement dans la farine ! Elle l'avait à l'œil. Elle lui laisserait cinq secondes, pas une de plus, pour aborder l'objet officiel du rendez-vous. Passé ce délai, elle le chasserait à coups de pied, quitte à appeler Elliot en renfort.

— Tu as l'air énervée, observa Maddie alors qu'elle passait la tête par la porte de la salle de Jeanette, un peu avant 18 heures. Quelque chose te tracasse ? Tu veux que nous en discutions ?

Jeanette n'allait certainement pas lui expliquer que Tom venait parler affaires avec elle au spa. Elle se tordrait de rire !

— Non. Tout va bien.

— Dans ce cas, j'y vais. Pour une fois, je pars à l'heure. A demain, Jeanette.

— Bonne soirée.

— Toi aussi. Tu as quelque chose de prévu ?

— Une réunion de travail, c'est tout…

Maddie s'arrêta net, sa curiosité piquée au vif…

— Une réunion de travail ? reprit Maddie.

— Rien à voir avec le Club du Coin.

Autant cracher le morceau tout de suite…

— C'est au sujet de Noël.

Instantanément, un éclat malicieux brilla dans le regard de Maddie. Précisément ce que Jeanette aurait voulu éviter, alors qu'elle ne se sentait pas d'humeur à affronter les clins d'œil amusés ou un interrogatoire insidieux.

— Tu dois voir Tom, c'est ça ? exulta Maddie. Parfait. Tu vas pouvoir te racheter de ton comportement de dimanche dernier.

— Ne t'avise pas de tirer la moindre conclusion de notre entrevue de ce soir, lui intima Jeanette.

— Loin de moi pareille idée ! se récria Maddie-sainte-nitouche. Tu me raconteras tout par le menu demain, ajouta-t-elle en partant, accompagnée par le regard furibond de Jeanette.

Sur le chemin du patio, Jeanette s'arrêta au café pour prendre les verres de thé et les deux derniers scones du présentoir. Si Tom était en retard, elle les mangerait tous les deux !

Heureusement pour le régime de Jeanette, Tom apparut dans le patio à 18 heures tapantes. Avec une mine théâtrale, il inspecta les alentours d'un air exagérément inquiet.

— Il n'y a pas de danger ? Aucune femme nue qui rôde ?

— Vous n'êtes franchement pas drôle.

— Reconnaissez quand même que le fait d'interdire un lieu aux hommes excite l'imagination, dit-il en approchant une chaise pour s'asseoir en face de Jeanette. Est-ce que je peux prendre un scone ? De préférence celui dont il reste plus de trois miettes ?

Elle poussa de mauvaise grâce l'assiette dans sa direction.

— C'est la recette traditionnelle, avec des raisins de Corinthe, expliqua-t-elle.

— Mmm! Délicieux!

Il la dévisagea alors lentement, en prenant son temps, avec un regard approbateur qui enflamma Jeanette tout entière.

— Comment s'est passée votre journée? demanda-t-il.

— Beaucoup de travail, répondit-elle sèchement.

Puis, se rappelant les remontrances de Maddie, elle s'enquit poliment :

— Et la vôtre?

— Chargée, de mon côté aussi. Mary Vaughn m'a rendu visite.

— Ah oui? réagit Jeanette avec plus de vivacité qu'elle n'aurait souhaité. Que voulait-elle?

— D'après Teresa, elle me court après. Et vous, qu'en pensez-vous?

— Je n'étais pas là, alors comment voulez-vous que j'aie un avis sur la question? rétorqua-t-elle avec un agacement qu'elle se reprocha vertement.

Pourquoi accorderait-elle la moindre importance à ce qui s'était passé entre Tom et Mary Vaughn? N'avait-elle pas elle-même décrété qu'ils formeraient un couple idéal?

— Moi, je croyais qu'elle était venue pour me vendre une maison, avoua-t-il.

— Ah! Les hommes! soupira Jeanette à voix basse.

— Teresa a dit exactement la même chose, déclara Tom en pouffant.

— Pourquoi me parlez-vous de cette visite?

— Vous vouliez savoir comment s'était déroulée ma journée.

— Pas de calcul sordide? Vous ne chercheriez pas à éveiller ma jalousie, par exemple?

— Si vous êtes sûre de ne pas vouloir sortir avec moi, comment pourrais-je vous rendre jalouse? demanda-t-il, réussissant le tour de force d'offrir de lui l'image même de l'innocence.

— C'est en effet impossible. Ce qui ne veut pas dire que vous allez renoncer à vos tentatives de séduction.

— J'ai un amour-propre trop chatouilleux pour courir le risque d'être de nouveau éconduit.

— J'en doute…

— Si, je vous assure.

— Je vous rappelle que vous avez souhaité me rencontrer pour parler de Noël. Alors, je vous écoute.

— Cela m'est difficile avec le ventre vide. N'est-il pas l'heure de dîner?

— Le scone que vous venez de manger devrait vous permettre de tenir pendant le quart d'heure que je réserve à notre entretien.

— Nous ne sommes pas aux pièces, quand même!

— Moi, si.

— Vous savez que vous êtes coriace!

— Je m'en flatte.

— Dans ce cas, il ne reste plus qu'à nous y mettre.

Sur cette conclusion, il ouvrit une luxueuse mallette en cuir d'où il sortit une liste qu'il fit glisser sur la table, vers Jeanette.

Un geste qui donna à la jeune femme l'occasion d'observer ses grandes mains élégantes mais légèrement calleuses. Preuve qu'il ne passait pas tout son temps assis à un bureau, songea-t-elle avant de s'imaginer Tom en train de la caresser… et de s'embraser de nouveau…

Inconscient du trouble qu'il produisait sur Jeanette, Tom s'était lancé dans des explications.

— J'ai trouvé ce document dans un dossier. Il contient le nom de tous les exposants des dix dernières années. Voyez-vous une objection à ce qu'on les réinvite?

— A priori, aucune, répondit-elle, un peu décontenancée de constater qu'il avait bel et bien entamé une séance de travail!

Elle s'obligea à concentrer toute son attention sur la discussion.

— On devrait peut-être mettre une petite annonce dans les journaux locaux ou publier un communiqué de presse pour recruter d'autres commerçants, non? Sinon, nous risquons de donner l'image d'une chasse réservée. Sans compter qu'un apport de sang frais aide à bousculer les habitudes. Plus il y aura de stands, mieux ce sera. La nouveauté attire la clientèle, qui vient ainsi plus volontiers dépenser son argent.

Non pas qu'elle fasse partie de ces consommateurs. Elle n'avait pas assisté à une seule animation de Noël organisée par Serenity depuis trois ans qu'elle vivait ici. Pourtant, et malgré ses efforts, elle n'avait pas réussi à échapper aux différents récits et commentaires.

— Oui, c'est une excellente idée. Nous passerons par le communiqué de presse, qui présente l'avantage d'être gratuit, et nous garderons l'argent pour la publicité proprement dite.

Au bout de quatorze minutes exactement, il ferma sa mallette et se leva.

— Bien. Mon quart d'heure est presque écoulé. Merci de m'avoir reçu.

Sans pouvoir s'en expliquer la raison, Jeanette fut désarçonnée par la façon abrupte dont la réunion prenait fin. C'était pourtant elle qui avait imposé cette limite de temps!

— Avons-nous traité tous les points que vous souhaitiez?

— A peu près. Je vous tiendrai au courant des résultats des démarches. A un moment ou à un autre, il nous faudra penser à établir un plan de l'emplacement des stands, mais il n'y a pas urgence. Howard préférerait probablement que nous nous y attaquions dès demain, mais, en novembre, ça suffira largement. D'ici à Thanksgiving, tous les exposants devraient nous avoir donné leur réponse.

— Très bien … Bonne soirée, alors.

— Bonne soirée à vous aussi.

Il chercha son regard et, une fois qu'il l'eut capturé, ne le lâcha plus.

— Oh ! Et puis zut ! dit-il entre ses dents.

Il se pencha alors vers elle… et l'embrassa ! Pas sur la joue comme elle l'avait cru, mais sur la bouche ! Et avec une fougue !

Avant qu'elle n'ait le temps de réagir, qui sait, de le gifler à tour de bras, il avait disparu.

« Tant mieux, après tout », se dit-elle… non sans regret.

Une seconde de plus et elle aurait répondu à son baiser. Eperdument. Sans réfléchir.

Elle qui se prétendait immunisée à tout jamais contre les hommes en général et celui-là en particulier ! Sans doute ses hormones n'avaient-elles pas apprécié le régime sec qu'elle leur avait infligé…

Chapitre 6

Quelle erreur d'avoir cédé à son impulsion et embrassé Jeanette ! se reprocha Tom alors qu'il quittait le Club du Coin.

Il était énervé, fébrile, et ne savait comment évacuer sa tension et son excitation. N'étant pas en tenue pour aller courir, il se rabattit sur la marche et décida de rentrer à pied au Serenity Inn. Un pis-aller qui risquait au mieux de s'avérer insuffisant à l'apaiser, au pire de provoquer un effet contraire à celui espéré en lui laissant le loisir d'évoquer la douceur des lèvres de Jeanette sous les siennes, son parfum de fleurs et de soleil, ce petit soupir sensuel et fort encourageant.

Voilà qu'il recommençait à s'enflammer.

Il devait à tout prix se ressaisir avant d'être irrémédiablement entraîné vers des eaux dangereuses. Serenity ne représentait qu'une étape transitoire dans ses projets, certainement pas le lieu où il souhaitait s'installer définitivement. Jusque-là, il avait toujours veillé à ce que ses relations amoureuses demeurent de simples aventures sans complications. Jeanette, elle, respirait les complications…

Par bonheur, la sonnerie de son téléphone portable vint interrompre ses ruminations sur ce caprice du destin.

— Allô, dit-il en espérant que sa voix ne trahissait pas son agitation.

— Cal, à l'appareil.

— Cal ! s'écria Tom, bénissant cette diversion. Je voulais justement t'appeler pour te dire que je n'ai pas encore eu le temps d'étudier ta proposition de base-ball, mais que je ne l'ai pas oubliée.

— Ce n'est pas grave. En fait, je te téléphonais pour t'inviter à venir taper un peu le ballon dans le parc avec Ronnie Sullivan, que tu as rencontré à la commission de Noël je crois, Erik Whitney, qui travaille au Sullivan, et moi-même. Ensuite, nous comptons aller boire une bière.

— Dans combien de temps ?

— Dans vingt minutes. Nous avons rendez-vous près du kiosque. Tu nous rejoins là-bas ?

— Avec plaisir. Il faut simplement que je passe à l'hôtel déposer ma mallette et me changer.

Voilà qui tombait à pic ! songea-t-il, ravi. Pourvu que ces gars se donnent à fond à la partie de foot ! Il lui fallait une bonne heure de sport intensif, suivie d'une soirée entre hommes au café, pour espérer chasser de son esprit le feu du baiser avec Jeanette.

Deux heures plus tard, Tom avait la tête vidée de toute pensée et le corps de toute énergie. Ses trois compagnons ne s'étaient pas ménagés malgré l'absence d'enjeu de l'entraînement, et il avait dû aller jusqu'au bout de lui-même pour ne pas décrocher.

Il attaquait à présent sa deuxième bière et, sous l'effet de l'alcool, sa langue commençait à se délier.

— Dites-moi, que lui est-il arrivé à Jeanette ? demanda-t-il, inconscient du guêpier dans lequel il mettait les pieds en abordant ce sujet avec ces trois-là comme interlocuteurs. Vous connaissez certainement son histoire.

Cal, Ronnie et Erik échangèrent des clins d'œil entendus.

— Qu'est-ce que je vous avais dit ? Allez, par ici la monnaie, déclara Cal en tendant la main vers ses deux amis.

— Tu leur avais dit quoi ? s'enquit Tom, pris d'un horrible soupçon.

— Que tu as un faible pour Jeanette et que tu te mettrais à poser des questions sur elle après deux bières au maximum.

— Et vous avez parié là-dessus ?

Tom n'en croyait pas ses oreilles.

— Nous parions sur tout, expliqua Ronnie en remettant un billet de cinq dollars à Cal. Nous aimons bien la compétition.

— Je te paye, mais franchement les dés étaient pipés, déclara Erik. Tu les as vus ensemble, toi. Nous, pas.

— Arrête de geindre, riposta Cal en s'emparant du billet. Je sais très bien qu'Helen, ou Dana Sue, t'a mis au courant. Plus vraisemblablement Helen *et* Dana Sue, d'ailleurs. Quant à Ronnie, il siège à la commission des festivités de Noël, avec Tom et Jeanette, non ?

— Peut-être ai-je effectivement entendu quelques petits commentaires à leur sujet, admit Erik avec un sourire penaud, mais je suis tellement débordé dans la cuisine du Sullivan que je ne prête pas toujours attention à ce que Dana Sue raconte.

— Et avec ta femme ? se moqua Cal. Tu coupes aussi le son ?

— Avec Helen ? s'écria Erik. Impossible ! Elle s'assure qu'aucun des mots qu'elle prononce ne m'échappe. Elle n'est pas avocate pour rien.

— Holà ! dit Tom en les arrêtant de la main. Pas si vite ! Dois-je comprendre que vous tous, et j'inclus vos épouses dans ce « vous », échafaudez des scénarios sur Jeanette et moi ?

— Exact, confirma Ronnie en le gratifiant d'une bourrade compatissante. Bienvenue dans l'univers des Sweet Magnolias.

— Nom d'un chien ! pesta Tom. Jeanette m'avait prévenu qu'elles se mêlaient des affaires des autres, mais j'étais loin de m'imaginer à quel point !

— Fie-toi à notre expérience, Tom. Ces bonnes femmes travaillent en équipe, l'informa Cal. Si elles remarquent que Jeanette ne te laisse pas indifférent, elles vont prendre l'affaire en main.

— Je ne sais pas si j'ai intérêt à lui montrer qu'elle m'attire, dit Tom. J'ai l'impression que ça l'effraie. D'autant plus qu'elle déclare en avoir terminé avec les hommes.

— Crois-moi, nous nous sommes heurtés à la même fin de non-recevoir avec nos femmes, au départ, expliqua Cal. Dans notre cas, à Maddie et moi, c'est la différence d'âge qui posait problème. Elle craignait non seulement le scandale, mais aussi que je perde mon poste si je sortais avec une femme plus âgée que moi qui se trouvait en outre être la mère d'un des joueurs de base-ball que j'entraînais. En ce qui concerne Ronnie, disons simplement que, pour arriver à ses fins avec Dana Sue, il a dû lui prouver l'inanité des accusations portées contre lui pour la seconde fois.

— C'est gentiment dit ! s'esclaffa Erik en décochant un coup de poing amical dans le bras de Ronnie.

— Quant à Erik, ici présent, poursuivit Cal, l'idée de s'engager dans une relation durable lui faisait à peu près autant horreur qu'à Helen. Ronnie et moi, nous nous sommes bien amusés à observer la capitulation des derniers défenseurs de la cause célibataire.

— Et Jeanette, alors, qu'est-ce qui a bien pu la rendre aussi farouche ? demanda Tom avec un peu trop d'impétuosité sans doute.

— Ça me dépasse, avoua Cal. Elle était seule quand elle est arrivée ici et l'est restée depuis.

— Attends, intervint Ronnie. Elle ne vivait pas avec un type avant de s'installer à Serenity ? Dana Sue m'a expliqué, me semble-t-il, qu'ils avaient rompu parce qu'il ne supportait pas qu'elle travaille autant et il ne comprenait pas qu'elle veuille quitter Charleston.

— Quoi ? Jeanette a habité à Charleston ? s'étonna Tom. Je l'ignorais. Elle est originaire de là ?

— Non, répondit Erik. Elle est née dans une petite ville, au sud d'ici.

— Bien, dit Ronnie en faisant glisser une autre bière en direction de Tom. Revenons à nos moutons. Tes intentions sont-elles sérieuses avec Jeanette, ou cherches-tu seulement une distraction ?

Tom en resta bouche bée. Il était arrivé ici il y a moins d'un mois, avait rencontré Jeanette deux malheureuses semaines plus tôt, et ces types voulaient savoir si ses intentions étaient sérieuses ?

— Voyons les gars ! s'écria-t-il enfin. Vous ne voulez pas dire « sérieuses » dans le sens « est-ce que j'ai l'intention de l'épouser », quand même ?

— Si, absolument, déclara Cal.

— Je la connais à peine, protesta Tom dans un haussement d'épaules. Et, à en juger par sa réaction, ce n'est pas près de changer.

— Nous pourrions te donner un coup de main, suggéra Cal. A condition que nous soyons sûrs de tes intentions.

— Comment ça, me donner un coup de main ?

Il se méfiait à présent de ces trois-là et de leurs manigances. De toute évidence, ils agissaient avec la bénédiction de leur femme, pour ne pas dire même qu'ils avaient été envoyés en mission commandée. Il en frissonna...

— Pour commencer, il est prévu que tout le monde vienne dîner à la maison, dimanche, annonça Erik. Y compris Jeanette, ajouta-t-il avec un regard appuyé à l'adresse de Tom. Je pourrais t'inviter aussi...

— A condition que je ne cherche pas seulement à passer un peu de bon temps, acheva Tom.

— Sinon, tu vas faire de la peine à Jeanette, et nous serions alors obligés de te flanquer une raclée, expliqua Ronnie avec une gravité qui déclencha le rire de Tom.

Mais aucun des autres ne partagea son hilarité.

— D'accord, dit-il en se ressaisissant. Message reçu. Jeanette a trois gardes du corps.

— Et trois femmes qui veillent aussi sur elle et à qui il vaut mieux ne pas se frotter.

— Dana Sue s'est mise aux haltères, dit Ronnie en guise d'avertissement. Elle est très en forme, en ce moment.

— Finalement, je devrais peut-être me rabattre sur Mary Vaughn, déclara Tom avec des hochements de tête pensifs.

Les trois amis échangèrent de nouveau un regard… inquiet, cette fois.

— On y est peut-être allés un peu fort, dit Erik.

— Oui, peut-être bien, acquiesça Cal.

Tom resta un instant médusé, avant de demander :

— En fait, vous m'avez soumis à un test, c'est ça ?

— En gros, oui, confirma piteusement Ronnie.

— Nous avons reçu des ordres, expliqua Cal.

— Ai-je réussi l'examen de passage ? s'informa Tom, avec davantage de curiosité que de rancœur.

— Eh bien…, commença Cal. Pour moi, oui, mais je ne crois pas que mon avis compte dans l'affaire.

— Oui, renchérit Erik. Il vaudrait mieux que tu viennes dimanche. Les femmes rendront leur verdict après leur revue d'inspection.

Tom hésitait. L'idée de voir sa vie amoureuse étudiée au microscope par ces Sweet Magnolias ne le séduisait vraiment pas. Quant à Jeanette, il connaissait déjà son animosité à son égard. Néanmoins, s'il parvenait à mettre les autres dans sa poche, il pouvait raisonnablement espérer qu'elles pousseraient Jeanette dans ses bras.

— D'accord, je viendrai.

— Bravo pour ton courage ! le félicita Cal.

— Pour ma part, j'augmente la note que je t'avais attribuée, déclara Ronnie.

Erik, lui, ne dit rien, mais gratifia Tom du sourire apitoyé de celui qui avait déjà subi la même épreuve.

Tom vida son verre. Dans quoi avait-il mis les pieds ? se demanda-t-il avec consternation. Un baiser à couper le souffle et voilà qu'il se trouvait enlisé jusqu'au cou dans un bourbier duquel il aurait certainement du mal à se dépêtrer !

Les Sweet Magnolias avaient prévu une de leurs « soirées Margarita ». Ces occasions — malheureusement de plus en plus rares — leur permettaient de se tenir informées des résultats du spa et de ses problèmes éventuels, ainsi que des événements de leurs vies respectives. D'habitude, Jeanette se réjouissait de ces petites réunions entre copines mais, lorsqu'elle pénétra chez Helen ce soir-là, elle fut saisie d'un mauvais pressentiment. A son arrivée, les bavardages cessèrent.

— Qu'est-ce qu'il y a ? demanda-t-elle.

Les trois femmes prirent un air candide tandis qu'Helen lui tendait un verre de Margarita plein à ras bord. Jeanette, sur ses gardes, l'accepta avant de s'asseoir par terre.

— J'aimerais savoir pour quelle raison vous vous êtes tues dès que j'ai mis le pied dans la pièce.

— Elle a raison, approuva Maddie. Elle a le droit de savoir.

— Absolument, insista Dana Sue en se tournant vers Helen. C'est toi qui as organisé tout ça. Alors, explique-lui.

— C'est faux ! protesta Helen.

— Dis-lui, s'écrièrent en chœur Maddie et Dana Sue.

— Tom vient dîner, dimanche, avoua Helen. Les hommes l'ont invité hier.

Jeanette les scruta l'une après l'autre et s'arrêta enfin sur Helen.

— Et c'est ton idée ?

— Pas exactement, objecta Helen en défiant du regard les autres de la contredire. Nous avions toutes les trois décidé d'observer comment vous vous comportez l'un envers l'autre, toi et Tom. Non, pas Maddie, c'est vrai. Elle avait déjà assisté au spectacle aux premières loges. Mais Dana Sue et moi étions d'accord.

— Et comment se fait-il que vos hommes aient justement rencontré Tom et lui aient demandé de venir dîner ? demanda Jeanette.

— Oh ! Tu connais les hommes ! répondit Dana Sue. Ils voulaient jouer au foot et ont appelé Tom pour qu'il se joigne à eux. Et puis, après, ils sont allés boire quelques bières. Des hommes, quoi !

— Ils menaient leur enquête sur lui, n'est-ce pas ? s'enquit Jeanette sur un ton accusateur. Ce n'était pas une simple soirée entre copains. Je sais comment vous opérez.

— Nous cherchions seulement à protéger tes intérêts, se défendit Maddie. Nous connaissons ta position vis-à-vis des hommes et nous avons pensé que, si tu es enfin prête à t'engager dans une liaison sérieuse, il faut que ce soit avec quelqu'un digne de confiance.

— Il n'est pas question que je me lance dans une quelconque aventure avec Tom, martela Jeanette. Pourquoi vous obstinez-vous à ne pas me croire ?

— Parce que tu n'es pas convaincante, répondit Helen. Je suis avocate, rappelle-toi. Je sais quand les gens mentent… et se mentent à eux-mêmes.

— Très bien, d'accord, concéda Jeanette d'un ton écœuré. Procédez à vos investigations personnelles sur le nouvel administrateur municipal. Rien ne m'oblige à être là.

— Tu ne peux pas te défiler maintenant, protesta Maddie. Allez. Pour nous faire plaisir.

— Tu as accepté mon invitation, lui rappela Helen.

— Tu en es sûre ? J'ai l'impression que tu ne m'as pas posé la question. Il ne t'avait même pas effleuré l'esprit que je pourrais refuser.

— Tu dois apporter de la tequila, insista Helen. Je l'ai noté. Je suis obligée de tout écrire depuis que j'ai eu mon bébé. Sinon, j'oublie.

— Tu verras quand tu auras eu cinq gosses ! Moi, j'en suis réduite à faire des listes de mes listes !

— Bref, conclut Helen en regardant Jeanette droit dans les yeux. Tu dînes avec nous. Si tu y tiens absolument, nous décommanderons Tom.

— Vous savez pertinemment que c'est impossible, répliqua Jeanette avec un froncement de sourcils mécontent. Ce serait terriblement impoli. Il vient d'arriver en ville et ne connaît probablement pas grand monde. D'ailleurs, pourquoi n'inviteriez-vous pas d'autres personnes ? Mary Vaughn, par exemple. Je sais de source sûre qu'elle s'intéresse à lui.

— Dans ce cas, je me verrais contrainte de rester chez moi, déclara Dana Sue, le visage soudain fermé. Et Ronnie aussi.

— Ronnie se moque de Mary Vaughn comme de l'an quarante, rétorqua Maddie avec un geste d'impatience. Elle ne l'a jamais attiré.

— Ce n'est pas la question, dit Dana Sue. Je ne veux tout simplement pas qu'elle s'approche de mon mari. Je ne lui fais pas suffisamment confiance. Et, si j'étais toi, Jeanette, je m'arrangerais pour qu'elle n'approche pas Tom non plus.

— Nom d'un chien ! Quand comprendrez-vous que je me moque de Tom McDonald ?

Maddie prit un air songeur..., mais ses yeux pétillaient de malice.

— Quand tu auras trouvé le moyen de nous convaincre. Tu en es loin encore.

A quoi bon continuer à discutailler ? se dit Jeanette en

décidant de ne plus desserrer les dents. De toute façon, elle ne gagnerait pas la partie.

— Nous sommes d'accord, alors, conclut Helen avec un sourire radieux. Ça va être une super soirée !

Jeanette ne voulut pas lui enlever ses illusions, mais elle n'attendait que des désagréments de ce dîner. En particulier parce qu'il lui faudrait résister à la tentation de renouveler l'expérience de ce baiser échangé avec Tom, dont le seul souvenir la mettait inéluctablement en ébullition. N'allait-elle pas manquer de la volonté nécessaire ?

Le dimanche matin, la sonnerie du téléphone arracha Tom à un rêve érotique inspiré par l'insaisissable Jeanette.

— Oh ! Je ne t'ai pas réveillé, au moins, mon chéri ? demanda sa mère.

— Ce n'est pas grave, maman, soupira-t-il tandis que s'estompait de son esprit la dernière image de Jeanette. De toute façon, il faut que je me lève si je ne veux pas manquer l'église. Qu'est-ce qui t'arrive ?

— Je viens de parler avec ton père. Je sais que tu ne nous attendais pas avant la semaine prochaine, mais nos projets pour aujourd'hui sont tombés à l'eau. Alors, nous avons pensé que nous pourrions venir déjeuner avec toi à Serenity et en profiter pour visiter un peu cette petite ville. C'est possible pour toi ?

On avait l'impression qu'elle préparait une excursion dans un parc de loisirs interlope ! constata Tom avec accablement.

Il avait prévu d'aller voir quelques maisons le matin, puis de travailler sur le budget de la ville l'après-midi, avant de se rendre à 16 heures chez Erik et Helen. Mais, sa mère ayant parlé de déjeuner, ses parents arriveraient vraisemblablement aux alentours de midi et repartiraient vers 14 heures…

« Oui, ça devrait coller », réfléchit-il. De surcroît, il serait ainsi débarrassé de cette visite qu'il espérait et redoutait à la fois.

— Oui, maman. C'est une excellente idée. Nous pourrons manger au Sullivan, à condition d'y arriver assez tôt. C'est en général bondé après l'église, et ils ne restent ouverts que jusqu'à 14 heures le dimanche.

— Pas de problème pour nous. Nous assisterons au premier office et partirons juste après. Nous serons à Serenity vers 11 heures. Ainsi, nous aurons le temps de jeter un coup d'œil à la ville et d'être au restaurant avant midi.

— Parfait. Donnons-nous rendez-vous à la mairie. Elle est située en plein centre de la ville.

— Oh ! Mais nous aimerions voir où tu habites, objecta sa mère.

— Il n'y a rien à voir, maman. Je loge dans un petit hôtel pour le moment, en attendant de trouver autre chose.

— Je sais, mais je voudrais malgré tout voir ta chambre, même si tu ne dois pas y élire définitivement domicile, s'entêta-t-elle. Cela me permet de t'imaginer dans ton cadre.

C'était une de ses manies. Elle aimait savoir avec précision où et comment ses enfants vivaient. Elle avait inspecté les dortoirs des différents internats qu'ils avaient fréquentés, avait exploré toutes les résidences universitaires, tous les minuscules appartements que chacun d'eux avait occupés. Rien d'étonnant, dans ces conditions, que son hôtel l'intéresse, songea Tom, qui continua malgré tout à essayer de la détourner de l'idée.

— Ce serait dommage de perdre le peu de temps que vous allez rester à visiter une chambre de trois mètres sur quatre.

— Tu as peut-être raison, reconnut-elle à contrecœur. En revanche, on pourrait profiter de notre passage pour t'aider à chercher une maison, suggéra-t-elle avec un regain d'enthousiasme.

— Hors de question, répondit-il plus sèchement qu'il ne l'avait voulu. J'ai vu pratiquement tout ce qui est proposé sur le marché. Il ne me reste plus qu'à faire le tri.

— Eh bien ! Justement, nous pourrions te donner un coup

de main. Cela ne nous dérangerait pas du tout, mon chéri. J'ai toujours eu l'œil pour juger les possibilités qu'offrent les maisons. D'ailleurs, lorsque tu auras arrêté ton choix, je pourrai venir avec mon décorateur et tout aménager comme il faut. Prends quelque chose de grand pour recevoir du monde. Et situé dans les beaux quartiers, bien sûr. Après tout, tu n'es pas n'importe qui dans cette ville.

— Maman ! S'il te plaît ! coupa-t-il. Ça suffit ! Je n'ai besoin de rien d'extraordinaire. Je passerai une couche de peinture sur les murs, le cas échéant. Mais je ne veux surtout pas d'un décorateur.

— Tu vas quand même mettre quelques-uns des meubles de famille, poursuivit sa mère sans se décourager. Il était impensable de mettre des antiquités de valeur dans ton épouvantable logement précédent, mais je suis sûre que tu vas trouver mieux cette fois-ci.

« Plutôt vivre sous une tente que d'être entouré par les trésors pompeux des McDonald ! » se dit Tom en frissonnant d'horreur.

— Nous en parlerons quand nous nous verrons, maman, promit-il pour couper court à la discussion.

Elle l'écouterait peut-être davantage alors, s'il imposait ses vues de vive voix. Bien sûr, il ne devait pas trop se bercer d'illusions, puisque même son père n'y était jamais parvenu : cela faisait quarante ans qu'elle ne prêtait aucune attention à l'opinion de son mari.

Après l'office, Jeanette bavarda quelques instants avec le pasteur Drake, puis, alors qu'elle se tournait pour partir, elle entra en collision avec… Tom !

— C'est vous ! s'exclama-t-elle en reculant.

Avait-il assisté au service religieux, lui aussi ? Sa tenue — costume bleu marine sur mesure, chemise blanche amidonnée et chaussures italiennes en cuir — tendait à le prouver. Elle se rappela cependant qu'au dire d'Helen Tom descendait d'une famille fortunée, implantée depuis plusieurs générations à Charleston. Ce qui expliquait son élégance… aristocratique. Il n'empêche que sa fossette sur la joue et la lueur malicieuse de son regard le rendaient très séduisant et accessible. Un mélange puissamment sexy !

— Eh bien ! Quelle surprise ! Je voulais vous voir justement, dit-il en lui saisissant la main pour l'entraîner à l'écart de la foule.

Malgré ses efforts, Jeanette ne parvint pas à se libérer de la solide poigne de Tom. Une poigne propre à rassurer… en d'autres circonstances.

— Vous pouvez me lâcher, s'il vous plaît ? demanda-t-elle avec mauvaise humeur.

— Vous pouvez écouter ce que j'ai à vous dire, alors ?

— Et pourquoi je n'écouterais pas ce que vous avez à me dire ?

— Bonne question. Mais nos rencontres précédentes m'ont laissé à penser que vous n'étiez pas toujours bien disposée à mon égard.

— Vous n'avez pas l'intention de me demander une nouvelle fois de sortir avec vous ?

— Pas exactement, non.

— Ce qui signifie ?

— Que mes parents vont débarquer dans un quart d'heure environ et que j'ai besoin de renfort.

— De renfort ? répéta-t-elle sans comprendre. Pourquoi ?

— Mon père ne digère pas que j'aie accepté d'administrer cette petite ville, et ma mère tient absolument à choisir ma maison et à l'aménager.

Il semblait vraiment paniqué, nota Jeanette à la fois amusée et touchée par ce côté vulnérable qu'elle découvrait chez lui.

— On a peur de papa et maman ? plaisanta-t-elle.

— Attendez de les avoir vus ! Vous rirez moins ! Mon père est un tyran et ma mère un phénomène.

— Et vous espérez que ce charmant portrait me donne envie de les rencontrer ?

— C'est vrai. Ce n'est pas très malin de ma part. Mais, ne craignez rien, ils savent se tenir avec les gens qu'ils ne connaissent pas. Je prévoyais de les inviter au Sullivan avec l'espoir de les remettre dans leur voiture pour 14 heures. Mais j'ai besoin de votre aide. Il faut que vous m'accompagniez. Je vous promets que mes intentions sont honnêtes. Je vous demande seulement de servir de tampon.

Jeanette se divertissait de voir dans quel état la visite de ses parents mettait Tom. En fait, sa réaction piquait sa curiosité. Elle voulait savoir qui était ainsi capable d'ébranler sa belle assurance. En outre, observer à l'œuvre une autre famille bancale se révélerait sans doute intéressant et peut-être rassurant si cela lui permettait de vérifier qu'elle n'était pas la seule sur terre à entretenir des relations conflictuelles avec ses parents. Et puis, qu'importe ce que M. et Mme McDonald pensaient d'elle puisqu'elle ne sortait pas avec leur fils ? Comme Tom l'avait souligné, elle ne jouerait qu'un simple rôle de tampon.

— Il reste quand même un détail à régler, dit-elle. Comment allez-vous me présenter ?

— Comme une amie, répondit-il sans hésiter. Je ne mentirai pas d'ailleurs. Nous sommes amis, ou du moins en passe de le devenir, non ?

— Le terme de « connaissances » conviendrait mieux. Mais, évidemment, vos parents ne comprendraient pas que vous ayez proposé à une simple connaissance de participer à ce déjeuner.

Elle hésita encore un instant avant d'opiner de la tête.

— D'accord. A condition qu'il n'y ait aucune allusion…

Elle s'interrompit pour lui signifier du regard qu'elle ne plaisantait vraiment pas.

— … pas l'ombre d'une, reprit-elle, qui laisserait à penser que nous sommes davantage que de simples amis. C'est compris ?

— Parfaitement, acquiesça-t-il avec solennité. Alors, vous acceptez ?

— Oui.

Il lui empoigna de nouveau la main.

— Bien. Nous avons rendez-vous avec eux devant la mairie dans… moins de dix minutes, acheva-t-il après avoir consulté sa montre. Il faut à tout prix éviter de les faire attendre, si vous voulez d'emblée faire bonne impression.

Quelque chose dans la voix de Tom lui fit dresser l'oreille. Ne lui cachait-il rien ?

— Pourquoi tenez-vous à ce que je fasse bonne impression ? Je suis un tampon, point final. Peut-être même vaudrait-il mieux qu'ils me prennent tout de suite en grippe.

— C'est possible, concéda-t-il. Mais je ne vois pas l'intérêt, ni pour vous ni pour moi, d'essuyer un sermon de dix minutes sur le manque de respect pour les autres dont témoignent les gens qui sont en retard.

— Objection accordée, plaisanta-t-elle.

L'humeur étonnamment guillerette de Jeanette ne résista pas à la vue de M. et Mme McDonald — ce ne pouvait être qu'eux émergeant d'une voiture noire rutilante de la longueur d'un pâté de maison. S'étant garés de l'autre côté de la place par rapport à la mairie, ils se trouvaient à une certaine distance de Jeanette, mais elle sut instinctivement et sans doute possible qui ils étaient. Elle n'accorda qu'un bref regard au père de Tom, mais sa mère…, elle l'aurait reconnue entre mille. Une image de cette chevelure savamment teinte en blond, de ce teint pâle et de l'arrogance de ce visage à la perfection toute chirurgicale, était gravée au fer rouge dans sa mémoire.

— Ce sont vos parents qui sortent de cette limousine, là-bas ?

— Oui, confirma Tom en lui jetant un coup d'œil intrigué.

Mais que vous arrive-t-il ? Vous êtes blanche comme un linge !

— Il faut absolument que je parte, murmura-t-elle en essayant désespérément de dégager sa main pour s'enfuir.

Quelle triple idiote de ne pas avoir fait le rapport plus tôt ! Pourtant elle n'avait ignoré ni comment il s'appelait ni qu'il venait de Charleston ! Mais voilà, elle refusait de croire aux coïncidences. Ou bien avait refusé de croire à celle-là, parce qu'il aurait été trop affreux de regarder la réalité en face.

Tom continuait à la dévisager, comme si elle avait soudain perdu la raison.

— Pourquoi ? Jeanette, expliquez-moi. Est-ce à cause de la voiture ? Eh bien, oui, ils sont riches. Et alors ?

— Non, ce n'est pas ça, répondit-elle d'une voix étranglée. Je me moque de la voiture.

— Alors, qu'est-ce qui vous gêne ? Dites-le-moi, vite, parce qu'ils nous ont repérés, et il est trop tard pour que vous vous sauviez.

— C'est à cause de votre mère, Tom, dit-elle en continuant à se débattre. Je la connais. Et, croyez-moi, il ne faut surtout pas que nous nous retrouvions face à face.

— Vous connaissez ma mère ? demanda-t-il, interloqué. D'où ?

— Je n'ai pas le temps de papoter. Il faut que je m'en aille avant qu'ils ne nous rejoignent. Je vous raconterai plus tard.

— Non, maintenant, insista-t-il avec fermeté.

— Je l'ai rencontrée chez Bella, à Charleston. Je lui ai fait un soin du visage.

Il la fixait toujours, sans comprendre.

— Et alors ? Il n'y a aucune raison d'être gênée.

— Elle a intenté un procès à Bella, en m'accusant de l'avoir défigurée. Cette action aurait pu me coûter non seulement mon travail, mais ma réputation. Heureusement, Bella savait que votre mère n'en était pas à son coup d'essai et qu'elle avait agi de la même façon avec un autre salon de beauté à Charleston. En fait, elle est allergique à un produit, et sa peau se couvre d'urticaire. Son dermatologue le lui a expliqué mais, allez savoir pourquoi, elle n'admet pas de ne pas pouvoir bénéficier des mêmes traitements que ses amies. Alors, elle va de spa en spa, en créant un scandale dans chacun. Vous savez tout, maintenant. Alors, voulez-vous bien me libérer avant que nous réglions nos comptes toutes les deux, ici, sur le trottoir ?

— Ma mère vous a poursuivie en justice ? demanda Tom avec stupeur.

— Non, pas moi, le spa, rectifia Jeanette. Elle ne se souvient probablement plus de moi, mais moi je me souviens d'elle. Allez ! Lâchez-moi, à présent.

Cette fois, quand elle voulut se dégager, il ne la retint pas, et elle ne s'attarda pas pour savoir si Mme McDonald la reconnaîtrait ou non. Elle ne cherchait qu'une seule chose : partir avant de se jeter sur cette femme pour lui arracher ses cheveux blonds décolorés si impeccablement coiffés.

Chapitre 7

— Qui est cette jeune fille et pourquoi s'est-elle enfuie ? s'enquit la mère de Tom dès qu'elle et son mari eurent rejoint leur fils. Sa tête me dit quelque chose.

Hors de question de mettre sur le tapis ce qui s'était passé chez Bella, en tout cas tant que Jeanette ne lui aurait pas tout raconté, décida Tom. Il reconnaissait bien là sa mère : elle transformait en affaire d'Etat un incident aussi bénin qu'une crise d'urticaire, dont elle portait en outre l'entière responsabilité. Pour l'éviter, il lui aurait suffi d'informer l'esthéticienne de son allergie. Mais elle avait toujours préféré nier la réalité lorsqu'elle la dérangeait. Rien d'étonnant donc qu'elle ait passé outre aux recommandations de son dermatologue, plutôt que de se priver des soins que vantaient ses amies.

Cela dit, si cette histoire avait pris de telles proportions, pourquoi Jeanette ne lui en avait-elle pas parlé plus tôt ? Pourtant, elle s'était nécessairement demandé si sa mère à lui et la cliente qui avait porté plainte n'étaient pas parentes, voire s'il ne s'agissait pas de la même personne. Voilà bien des questions dont il aurait aimé connaître la réponse… En attendant, il ferait comme si de rien n'était.

— Elle ne s'est pas enfuie, répondit-il aussi aimablement qu'il put. Elle est membre de la commission de Noël que je dirige, et nous avions quelques détails à régler. Elle ne voulait pas nous gêner. Elle sait que nous n'avons pas beaucoup de temps pour nous voir.

Des explications qui, à en juger par son expression sceptique, ne convainquirent pas Mme McDonald.

— Alors, Tom, l'interpella soudain d'un ton caustique son père, que le sujet n'intéressait visiblement pas. C'est ça, Serenity ? Rien d'emballant !

— Eh bien, c'est justement parce que je cherche à modifier cette image que mon rôle est passionnant, répliqua Tom avec un calme forcé. Les hypermarchés que vous avez dû voir le long de la route en arrivant ont failli faire disparaître les petits commerces de proximité du centre-ville, mais la situation est en train de changer. La pharmacie a tenu le coup pendant la crise, la quincaillerie a rouvert grâce au dynamisme de son nouveau propriétaire, et deux autres baux commerciaux ont été signés depuis mon arrivée, l'un par une boutique de vêtements et l'autre par un fleuriste. Une des priorités que je me suis fixées est d'attirer d'autres magasins dans cette zone. De son côté, un club de jardinage a lancé un programme « ville fleurie » en installant et en entretenant des plantes en pots à l'entrée de toutes les entreprises. Encore un ou deux ans, et Serenity sera métamorphosée.

— C'est une perte de temps, décréta M. McDonald avec mépris. Ces opérations manquent d'envergure et de financement pour espérer aboutir à quoi que ce soit.

— Non. Tout dépend de la façon dont elles sont conçues et menées, objecta Tom en levant la main pour couper court à la discussion. Allons faire un tour de la ville. Vous voulez voir l'intérieur de la mairie, d'abord ? C'est un bâtiment qui date du début du XIXe siècle et qui a été classé monument historique grâce à l'un des élus locaux qui s'est battu pour le conserver, comme exemple de l'architecture coloniale. Du coup, toutes les restaurations conduites depuis ont respecté fidèlement les plans d'origine.

— J'adorerais la visiter ! s'écria Mme McDonald.

— Je ne comprends pas comment un tas de vieilles briques peut t'intéresser, ronchonna M. McDonald.

Mais il suivit docilement sa femme et son fils vers l'édifice en briques rouges avec sa colonnade blanche en façade, qui était situé à une extrémité de Town Square, la place principale de la ville et cœur de l'activité autrefois florissante de Serenity. Sur l'esplanade s'étendait une pelouse méticuleusement entretenue, plantée de quelques vieux chênes majestueux dont l'ombre profitait au bâtiment lui-même et à quelques bancs judicieusement disposés. Le club de jardinage, qui s'occupait aussi des parterres de fleurs, avait récemment remplacé les plantes estivales par de magnifiques chrysanthèmes d'un jaune éclatant.

Une fois à l'intérieur de la mairie, Tom indiqua à ses parents la grande salle de réunion du conseil municipal avant de les faire monter par l'imposant escalier jusqu'aux différents bureaux, dont le sien, qui dominait la place. La pièce n'était ni gigantesque ni somptueuse — en tout cas, selon les critères de Charleston —, mais elle n'en était pas moins impressionnante. Le mobilier avait été choisi avec soin et, sans être digne de figurer chez un antiquaire, affichait une ancienneté respectable. La table de travail en particulier emporta instantanément le suffrage de sa mère.

— Oh! Mais regarde un peu ce bois! s'extasia-t-elle en caressant la surface sombre, parfaitement lisse. C'est incroyable qu'on ait réussi à le conserver aussi bien après toutes ces années. Il doit te faire penser à tous tes prédécesseurs, qui se sont assis là avant toi, Tom.

— Comment peux-tu t'enthousiasmer comme ça pour un meuble? grommela M. McDonald. Franchement, ça me dépasse. Bon, ce n'est pas le tout, quand allons-nous manger? Je meurs de faim.

Bien qu'agacé par l'attitude de son père, Tom réussit à garder son calme.

— Si vous n'êtes pas contre un peu d'exercice, nous pourrions aller à pied au Sullivan, au lieu de prendre la voiture.

— Comme tu veux, accepta sa mère en parcourant la pièce d'un dernier regard approbateur. Tu sais, mon chéri, ton bureau gagnerait beaucoup en clarté avec d'autres rideaux. Qu'est-ce que tu en penses ? Je peux m'en occuper. Je verrais bien des couleurs vives. Mais de bon goût, bien évidemment.

— Je ne suis pas sûr que ce soit possible, maman.

— Tu ne peux pas accepter un cadeau de ta mère ? C'est ridicule, voyons ! On ne pourrait pas m'accuser d'essayer de te corrompre. Je n'habite même pas ici.

— Tu as raison, dit-il en se détendant. Je suis peut-être trop à cheval sur le règlement. Quoi qu'il en soit, je dois d'abord m'assurer que personne ne s'opposerait à un changement de rideaux dans le bureau de l'administrateur. Je te tiendrai au courant.

En sortant, ils se mirent en route vers le Sullivan, M. McDonald en tête du groupe… alors même qu'il ignorait le chemin ! Il s'arrêta donc au premier carrefour et tourna la tête vers son fils.

— Gauche, droite, ou tout droit ?

— Tout droit. C'est à deux pâtés de maisons, sur la gauche.

M. McDonald opina rapidement avant de se remettre en marche.

— Je ne sais pas ce qui lui prend, se désola sa mère. Il se faisait pourtant un plaisir de venir ! Malheureusement, il n'est pas prêt à te l'avouer.

— Le contraire m'aurait étonné, répliqua Tom sèchement.

Pour satisfaire son père, il aurait fallu qu'il occupe au minimum une enfilade de pièces dans l'immeuble de bureaux du Congrès à Washington, songea-t-il tandis que sa mère se taisait. De toute évidence, quelque chose la tracassait.

— Je n'arrive pas à me sortir de la tête l'idée que j'ai déjà vu cette jeune femme quelque part, dit-elle enfin. Ce ne peut pas être à Serenity, puisque je n'y suis jamais venue avant aujourd'hui. C'est bizarre ! Oh ! Je suis sûre que je finirai par élucider ce mystère, conclut-elle en retrouvant son sourire.

« Pourvu que non ! » pria en silence Tom, qui souhaitait éviter à tout prix que sa mère ne parte avec des idées préconçues qu'elle ne pourrait plus surmonter. Cela dit, il savait que Jeanette elle-même s'était forgé de Mme McDonald sa propre opinion…, qu'il pouvait difficilement qualifier de bienveillante.

— Cette bonne femme m'a presque accusée de l'avoir défigurée à vie, et volontairement en plus, tu te rends compte, Maddie ? fulmina Jeanette, encore sous le choc d'avoir failli se trouver nez à nez avec la mère de Tom. Quand je pense que Tom est le fils de cette épouvantable créature !

— Tu ne vas pas lui reprocher la sottise de sa mère, quand même ? demanda Dana Sue en apportant la touche finale à une gigantesque salade de fruits.

— Non, bien sûr que non. Mais tu imagines ce qui se serait passé si elle nous avait vus ensemble, tous les deux ? Elle m'aurait probablement embrochée avec le premier objet pointu qu'elle aurait déniché dans son sac à main.

— Je ne crois pas que les riches rombières de Charleston transportent beaucoup d'objets pointus, ou même contondants, ironisa Helen.

— Parce que tu n'as pas vu Mme McDonald ! riposta Jeanette d'un air boudeur.

— En fait, si, lui rappela Helen. Il y a des années. A une fête de charité.

Jeanette balaya l'objection d'un revers de main.

— Je suis prête à parier qu'elle cache une arme dans son sac Gucci, s'obstina-t-elle.

— J'espère que cette histoire mettra un terme à toutes vos idées d'entremetteuses, reprit-elle après avoir maté du regard chacune de ses amies. Il est hors de question que je sorte avec le produit des entrailles d'un monstre pareil.

Helen partit d'un grand éclat de rire, que le regard furibond de Jeanette coupa net.

— Excuse-moi. Je n'ai pas pu m'en empêcher. Mais avoue que l'expression « produit des entrailles » sied assez mal à un homme aussi beau que Tom !

— Tu m'as très bien comprise, riposta Jeanette. Je ne peux pas sortir avec quelqu'un dont j'ai envie de poignarder la mère.

— Tous ces objets pointus commencent à tourner à l'obsession, commenta Maddie. Tiens, bois donc une Margarita. Elle va te faire du bien.

— Et, comme ça, tu auras perdu un peu de ton agressivité quand Tom arrivera, ajouta Dana Sue. Il vaut mieux qu'il ne te voie pas dans ton état actuel, surtout que c'est sa mère qui en est la cause.

La longue gorgée du cocktail généreusement dosé en alcool que Jeanette avala ne l'aida hélas pas à recouvrer sa sérénité.

— Au fait, Dana Sue, dit-elle soudain, ils avaient prévu de déjeuner au Sullivan. Tu les as vus ?

Dana Sue acquiesça, un peu gênée.

— Tom m'a présentée.

— Et ?

— Ils se sont extasiés sur nos spécialités.

— Le contraire m'aurait étonnée ! Méfie-toi quand même. Si elle est prise de la moindre petite nausée dans les prochaines vingt-quatre heures, elle est capable de te poursuivre en justice, toi aussi.

— Tu n'es toujours pas calmée, constata Maddie en tapotant l'épaule de Jeanette. Prends encore un peu de Margarita.

Jeanette obéit.

— J'aurais dû rester pour l'affronter. Oui, c'est ça que j'aurais dû faire. Au lieu de cela, j'ai détalé comme un lapin.

— Tu cherchais à éviter une scène qui aurait mis Tom dans une position intenable, la consola Dana Sue. Il n'y a rien de lâche là-dedans.

— Et puis, c'est du passé, tout ça, intervint Helen. Bella t'a soutenue, et finalement tu n'as subi aucun tort. Bien sûr, si tu veux que je lui intente un procès pour diffamation, c'est probablement possible.

— Tu veux dire que je peux la traîner devant un tribunal ? demanda Jeanette, les yeux écarquillés de stupeur.

— En tout cas, à l'époque, tu aurais sans aucun doute pu. Il faudrait que je vérifie s'il y a prescription ou pas.

— Arrête de jeter de l'huile sur le feu, s'il te plaît, s'emporta Maddie avec un regard furieux en direction d'Helen. Personne ne va traîner qui que ce soit devant un tribunal. Toute cette histoire est finie et bien finie.

— Tu as probablement raison, soupira Jeanette, que l'alcool commençait enfin à pacifier.

— Bien sûr que j'ai raison ! Sans compter qu'un procès nuirait à la réputation du Club du Coin.

— J'aurais dû y penser, se reprocha vertement Helen. Qu'est-ce qui m'arrive ? Je passe beaucoup trop de temps à la maison à jouer à la maman et pas suffisamment à la barre à mettre des criminels hors d'état de nuire. Mes facultés intellectuelles sont en train de s'émousser sérieusement.

— Nous aimons beaucoup ta nouvelle sérénité, Helen, la rassura Maddie. Tu as enfin trouvé un certain équilibre dans ta vie.

Comme par un fait exprès, les pleurs de Sarah Beth se firent entendre à ce moment précis dans l'Interphone de surveillance posé sur le comptoir de la cuisine.

— Je vais la chercher, se proposa Jeanette en se levant…

avec quelques difficultés. Dites donc ! J'ai besoin de marcher un peu ! J'ai les jambes en coton.

Sa démarche se stabilisa petit à petit tandis qu'elle longeait le couloir menant à la chambre d'enfants, aussi somptueusement aménagée que celles des magazines de décoration ou des vitrines d'architecte d'intérieur. Helen avait peut-être attendu d'atteindre la quarantaine pour avoir son premier enfant mais, après la naissance de Sarah Beth, son dévouement au bien-être de sa fille n'avait plus connu de bornes. Tous les meubles — blancs comme il se doit — étaient haut de gamme ; tous les accessoires — roses — venaient des boutiques les plus chics de Charleston. Une commode entière était emplie de vêtements de marque — malgré le peu de temps que la petite serait amenée à les porter. Comme sa mère, la fillette disposait d'un assortiment de chaussures capable de répondre à toutes les occasions, qui allait des sandales vernies à de minuscules baskets, l'ensemble dans toutes les couleurs de l'arc-en-ciel.

Sarah Beth s'était assise dans son lit et regardait vers la porte avec de grands yeux bleus débordant de larmes. Ses boucles blondes étaient emmêlées, et sa couche était trempée. Jeanette fondit devant ce tableau pitoyable.

— Eh bien, mon ange, m'est avis que tu as besoin qu'on te change et qu'on te pomponne avant de te présenter à la compagnie.

Sarah Beth tendit les bras vers Jeanette, un sourire encore humide lui éclairant le visage.

En un tournemain, Jeanette lui avait mis une couche propre et enfilé la robe en vichy rose et blanc qu'Helen avait préparée. Elle compléta la tenue par des chaussettes bordées de dentelle et des chaussures roses vernies, et termina les opérations en passant une brosse à poils doux dans les cheveux soyeux du bébé.

Cet intermède lui permit de reprendre ses esprits et de chasser le souvenir de la rencontre à laquelle elle avait échappé de justesse avec Mme McDonald.

— Voilà, mon petit chou ! Maintenant, allons faire la fête ! déclara-t-elle en soulevant Sarah Beth, qu'elle serra contre elle pour le seul plaisir de respirer son odeur de talc.

Les émotions violentes qui la traversaient chaque fois qu'elle prenait dans ses bras Sarah Beth, Jessica Lynn ou le petit Cole, l'effrayaient. Elle désirait tant vivre cette expérience de la maternité, oh oui !

Pas au point cependant de mettre son cœur en jeu.

Tom dut attendre la fin du repas pour enfin réussir à se ménager un tête-à-tête avec Jeanette.

— Pourquoi m'avez-vous systématiquement évité ? lui reprocha-t-il en la bloquant dans la cuisine.

— C'est faux, se défendit-elle. J'aidais Helen et Erik.

— A présent, la table est débarrassée, la vaisselle est dans la machine, et tout le monde est en train de déguster son digestif. Je pense que vos amis peuvent se passer de vous quelques minutes.

— Bien. Alors, de quoi souhaitez-vous me parler ?

— A votre avis ? demanda-t-il avec un sourire moqueur. Du temps qu'il fait ?

— En tout cas, ne comptez pas sur moi pour discuter de votre mère avec vous.

— Vous préférez que j'entende de sa bouche à elle les détails de l'histoire ?

— Parce qu'elle ne vous a pas déjà donné sa version ? C'est étonnant.

— Elle ne vous a pas reconnue.

— Bien sûr que non ! s'écria Jeanette avec hauteur. Je n'étais qu'une moins-que-rien qui avait brisé sa vie, en tout cas pendant les deux jours, à tout casser, qu'a duré sa crise d'urticaire.

Tom réprima difficilement un sourire.

— Ça n'avait rien de drôle, fulmina Jeanette.

— Je crois volontiers qu'elle n'a pas trouvé la situation particulièrement risible.

— Moi non plus, figurez-vous, je ne me tenais pas les côtes de rire. Elle aurait pu détruire ma carrière, Tom. Que les accusations aient été fondées ou pas, Bella aurait été tout à fait en droit de me renvoyer. La nouvelle s'en serait répandue comme une traînée de poudre dans tout l'Etat, et plus aucun spa digne de ce nom n'aurait couru le risque de m'embaucher.

— Mais rien de tout cela n'est arrivé, lui rappela-t-il.

— La question n'est pas là, répliqua-t-elle le visage fermé et dur.

Il la dévisagea un moment avant de demander :

— Au bout du compte, en quoi cette histoire nous concerne-t-elle, nous ?

— Il n'y a pas et il n'y aura jamais de « nous », rétorqua-t-elle avec vivacité.

— Vous en êtes certaine ? insista-t-il en luttant pour garder un visage imperturbable.

— Absolument.

— Je pourrais vous prouver que vous vous trompez, dit-il posément, indifférent aux éclairs d'indignation dans les yeux de Jeanette.

— Vous en êtes certain ? reprit-elle pour le singer.

Il l'accula alors contre la porte de l'énorme congélateur d'Erik.

— Absolument, répondit-il en la clouant sur place de son regard. Vous préférez une explication orale ou une démonstration concrète ?

Elle avala sa salive. Ses yeux noirs s'affolaient.

— Ne faites pas ça, implora-t-elle d'une voix à peine audible.

— De quoi parlez-vous ? demanda-t-il alors qu'il promenait ses lèvres tout près des siennes.

Après quelques secondes de ce manège, enserrant la tête de

Jeanette de ses deux mains placées sur chacune de ses tempes, il s'empara de sa bouche, qu'il explora avec sa langue, la savourant et la dévorant tout à la fois, si bien que Jeanette finit par s'abandonner contre lui, enfonçant ses doigts dans ses épaules, frottant ses hanches contre les siennes…

C'est alors que, au moment où il s'y attendait le moins…, elle le repoussa !

— Non, s'exclama-t-elle en tremblant de rage. Ça suffit. Je ne peux pas vous laisser faire.

Il recula, bras levés comme si elle le menaçait d'une arme.

— Mais enfin, Jeanette, vous preniez autant de plaisir que moi.

— Un gentleman s'abstiendrait de le faire remarquer.

— Mais, ma chère, je n'ai jamais prétendu être un gentleman.

Elle l'étudia avec perplexité.

— Pourquoi insistez-vous de la sorte ? Vous me connaissez à peine.

— Ce n'est pas faute d'avoir essayé, je vous le rappelle.

— Mais pourquoi ?

Il prit le temps de la réflexion avant de répondre :

— Parce que vous m'intriguez. Vous avez du caractère et une tête de cochon. Vous êtes belle et intelligente. Bref, vous ne me rendez pas la vie facile.

— En d'autres termes, je vous pose un défi. D'autant plus que je vous repousse systématiquement.

— Il n'y a pas que ça, assura-t-il avec conviction. Je veux tout savoir de vous. Voilà. Je ne vois pas comment mieux exprimer ce que je ressens.

— Eh bien, permettez-moi de vous dire que vous vous y prenez très mal. Quand un homme veut apprendre à connaître une femme, il commence non pas par essayer de l'entraîner dans son lit, mais par sortir avec elle.

— Vous vous y êtes catégoriquement opposée, vous vous en

souvenez ? demanda-t-il en s'efforçant de garder son sérieux. J'ai donc été contraint de modifier mon approche.

— En cherchant à me séduire et à me faire perdre les pédales ?

— Je vous ai embrassée, rien de plus.

— Eh bien, cela m'a paru davantage qu'un baiser, répliqua-t-elle.

— Je peux me lancer dans une véritable entreprise de séduction, pour vous permettre de comparer, si vous le souhaitez.

— Certainement pas !

— Très bien, concéda-t-il avec un sourire amusé. Cela valait quand même la peine de tenter le coup. J'essayais d'être serviable, rien de plus.

— Serviable ? répéta-t-elle sans pouvoir s'empêcher de rire. Je suppose que c'est une façon de présenter les choses. Je ne sais vraiment pas quoi faire avec vous, ajouta-t-elle avec une moue, découragée.

— J'ai une liste, si vous voulez. Et la tête pleine d'idées exaltantes.

— Je n'en doute pas. Malheureusement, je crains fort de ne pouvoir souscrire à la plupart de vos « idées ».

— La plupart ? demanda-t-il, s'enfonçant dans la brèche qu'elle avait involontairement ouverte. Dois-je déduire que je pourrais me risquer en toute impunité à en mettre une ou deux en pratique ?

— Tom !

Elle le considéra de nouveau. Elle paraissait perdue.

— Pourquoi vous obstinez-vous ? Attention ! Vous ne vous en sortirez pas par une pirouette, cette fois-ci. Je veux vraiment savoir.

Tom reprit instantanément son sérieux. S'il n'était pas sûr de savoir comment expliquer son opiniâtreté, il savait en revanche qu'il devait essayer.

— Parce que, dès que je vous ai vue, vous m'avez attiré, se

lança-t-il. Et depuis, chacune de nos rencontres a soulevé des questions qui sont presque toutes restées sans réponses.

Il s'interrompit pour repousser avec douceur une boucle brune du visage de Jeanette.

— Je vais être franc avec vous, reprit-il. Il n'entrait pas dans mes projets de trouver l'âme sœur en arrivant à Serenity. Je voulais exercer mes fonctions ici du mieux que je pouvais pendant quelques années, avant de poursuivre ma route.

Jeanette se figea en entendant cet aveu.

— Je vois, dit-elle, les lèvres pincées. Je suis donc censée vous distraire le temps de votre séjour ici et agiter mon mouchoir quand vous déciderez de partir ? Ne comptez pas sur moi.

— Je me suis mal exprimé, protesta-t-il avec fougue.

— Au contraire, vous avez été très clair, dit-elle en le bousculant pour passer.

— Je n'ai pas fini.

— Oh que si ! Tout est fini, croyez-moi ! asséna-t-elle tandis qu'elle quittait la pièce.

Tom demeura planté là, tentant de comprendre les raisons de ce fiasco. Quand, enfin, il alla rejoindre le reste de la compagnie dans le salon, Jeanette avait disparu. Pire, six paires d'yeux accusateurs se braquèrent sur lui, comme s'il s'était soudain métamorphosé en une créature immonde et méprisable.

— Que s'est-il passé ? demanda Helen d'un ton impérieux. Vous l'avez mise dans tous ses états.

— De façon totalement involontaire, se défendit-il. Je lui expliquais que je me sentais attiré par elle de manière irrépressible, que je ne m'étais pas attendu à rencontrer une femme comme elle en arrivant ici et, tout à coup, elle s'est sauvée.

— Vous n'avez rien dit d'autre ? insista Helen. Je ne vous crois pas. Jeanette n'est pas hystérique. Elle n'est pas du genre à prendre la mouche sans raison.

— Eh bien, aujourd'hui semble malheureusement l'exception qui confirme la règle, soupira Tom.

— Je ferais mieux d'y aller, ajouta-t-il devant les visages fermés et hostiles de ses hôtes, qui lui ôtaient tout espoir de les gagner à sa cause.

La pensée qu'il verrait Jeanette le lendemain matin à la commission de Noël le rasséréna quelque peu. D'ici là, peut-être aurait-il réussi à comprendre les raisons de sa réaction et à trouver un moyen de se racheter ?

Le lundi matin, Jeanette dressait l'inventaire de ses pots de crème pour le visage, lorsque Maddie entra dans son bureau.

— La commission de Noël ne devait pas se réunir, ce matin ? demanda-t-elle.

— Je n'y vais pas, répondit seulement Jeanette en évitant le regard de son amie.

— Tu ne peux pas éternellement esquiver Tom, Jeanette. J'ignore ce qui s'est passé entre vous deux hier soir, mais Serenity est une petite ville. Vous vous croiserez fatalement, à un moment ou à un autre. Autant te faire une raison.

— J'irai la semaine prochaine, ou la suivante. Mais, aujourd'hui, c'est au-dessus de mes forces.

— Ce qu'il a dit ou fait est-il donc épouvantable au point que tu ne supportes même pas l'idée de te trouver dans la même pièce que lui ?

— Il est hors de question que je discute de ça… avec ma patronne !

— Je suis ton amie, aussi, riposta Maddie, visiblement vexée.

— Excuse-moi. Je le sais bien, mais tu ne peux rien pour moi. Je ne comprends pas moi-même pourquoi je suis si tourneboulée. Du moins, pas entièrement. Ce bonhomme m'a exaspérée. Ça finira par passer.

— Je pourrais t'aider à y voir plus clair, si tu acceptais de me parler, suggéra Maddie en serrant affectueusement le bras de Jeanette.

— Merci, mais il n'y a pas grand-chose à éclaircir. J'espère en tout cas que, du coup, vous allez mettre un terme définitif à vos manigances d'entremetteurs, tous les six. Tom et moi n'avons pas d'avenir ensemble. Point final.

— Entendu, acquiesça Maddie à la grande surprise de Jeanette.

— Quoi ? Tu rends les armes si facilement ?

— Tu as été très nette. Tu veux un coup de main pour déballer cette livraison ?

— Non. C'est exactement le genre de tâche idiote qu'il me faut ce matin.

— Le genre de tâche qui t'empêche de penser à hier soir ? Ou bien d'imaginer la réaction de Tom quand il ne te verra pas à la réunion ce matin ?

— Les deux, probablement, admit Jeanette sans cacher sa contrariété devant l'insistance de Maddie.

— Bien, je vais te laisser alors. Ma porte reste ouverte si tu changes d'avis et que tu décides de venir discuter de ce qui te tracasse avec moi.

— Merci. Maddie, tu es une amie géniale, tu sais, ajouta Jeanette.

— Pas aussi géniale que ça, puisque je suis impuissante à résoudre le problème qui te mine.

— La solution ne dépend pas de toi, mais l'intention me touche.

Après le départ de Maddie, abandonnant ses pots de cosmétique, Jeanette s'effondra dans son fauteuil et se mit à se sermonner. Pourquoi se rongeait-elle ainsi les sangs ? Elle était parfaitement ridicule. Tom n'était quand même pas le premier homme qui lui plaisait. Ni le premier dont elle avait immédiatement deviné que toute relation avec lui était vouée à l'échec. Pourtant, la veille, lorsqu'il lui avait annoncé ingénument son intention de quitter Serenity — et donc de la quitter elle —, elle avait été plus ébranlée qu'elle ne voulait l'admettre.

Cette déclaration avait ravivé des souvenirs d'autres occasions, bien trop nombreuses hélas, où elle avait joué à son insu le rôle de passe-temps. Au moins était-elle prévenue cette fois-ci… Si elle s'autorisait à s'éprendre d'un homme qui était déjà sur le départ, elle n'aurait qu'à s'en prendre à elle-même s'il lui brisait le cœur.

Mais non ! Jamais plus elle ne se laisserait piéger à souffrir à cause d'un homme. Juré, craché !

Chapitre 8

Pendant tout le week-end, Mary Vaughn avait attendu avec impatience le lundi, jour de la commission d'organisation des festivités de Noël. L'obligation de côtoyer son ex-beau-père était un prix insignifiant à payer pour le plaisir de passer un peu de temps avec le nouvel administrateur, sans aucun doute le spécimen de la gent masculine le plus prometteur à avoir débarqué à Serenity depuis le retour de Ronnie Sullivan.

Le matin, après avoir hésité encore plus longtemps que d'habitude sur le choix de sa tenue vestimentaire de la journée, elle s'était finalement décidée pour un tailleur turquoise en laine fine, qui conviendrait parfaitement… si les températures de ce début octobre ne se mettaient pas à grimper en flèche. Elle l'avait complété par d'indispensables accessoires — boucles d'oreilles en argent et turquoises et bracelet assorti, qui dataient d'un voyage au Nouveau-Mexique —, avait enfin enfilé une paire de chaussures légères à hauts talons qui mettaient en valeur le galbe de ses jambes et avait artistiquement ébouriffé ses cheveux, de façon à suggérer qu'elle sortait du lit d'un homme. Le résultat, à la fois affriolant et élégant, demandait un doigté que des années d'entraînement lui avaient permis d'acquérir. Ses efforts étaient récompensés : peu d'hommes y demeuraient insensibles.

Quand elle entra dans la salle de conférences de sa démarche chaloupée, Ronnie Sullivan siffla entre ses dents et lui adressa un clin d'œil.

— Tu es en chasse, ma poule ? demanda-t-il avec insolence.

— Va au diable, Ronnie ! rétorqua-t-elle en allant s'asseoir à l'autre bout de la table, bien que cela l'éloignât du fauteuil réservé à Tom.

A peine eut-elle pris place que son BlackBerry sonna. Elle le sortit rapidement de son sac avec une assurance dont elle ne se serait jamais crue capable quelques semaines plus tôt.

— Allô ! Oui, Mary Vaughn Lewis à l'appareil, susurra-t-elle de la voix sensuelle qu'elle avait consciencieusement travaillée à l'intention de ses interlocuteurs masculins.

— Maman, ne te fatigue pas, la taquina Rory Sue. C'est moi.

— Oh ! Désolée, ma chérie. Je n'ai pas vérifié qui appelait. Qu'est-ce qui t'arrive ? Je n'ai pas beaucoup de temps. J'ai une réunion qui va bientôt commencer, dit-elle, le regard fixé sur la porte du couloir qui menait au bureau de Tom.

Elle ajusta résolument sa veste dont elle défit un bouton supplémentaire pour dégager davantage son caraco noir en dentelle… et s'empressa de le remettre en surprenant le regard goguenard de Ronnie.

Elle s'aperçut alors qu'elle en avait oublié sa fille.

— Excuse-moi, ma mignonne, tu peux répéter ?

— Tu n'as rien écouté de ce que j'ai dit ?

— Je crains que non.

— Tiens ! Y aurait-il un homme dans la salle ?

— Je n'ai qu'une minute, lui rappela Mary Vaughn sans relever l'effronterie de sa fille.

Elle avait cependant rougi.

— Je voulais te reparler du séjour au ski maintenant que tu as eu le temps d'y réfléchir, dit Rory Sue.

— Je n'ai pas eu besoin de réfléchir. Je t'ai déjà répondu. C'est « non », et ne compte pas que je change d'avis.

— Tu veux vraiment que je passe de mauvaises fêtes ! Je vais crever d'ennui à Serenity.

— Tes amis seront là. Tu trouveras plein de choses à faire ici. Et puis, tu sais comme ton père et ton grand-père tiennent à ta présence à Noël. C'est toujours un grand moment de bonheur pour eux.

— J'ai parlé à papa. Il m'a dit qu'il m'autorisait à aller à Aspen si tu donnais ton feu vert.

« Quel imbécile, ce Sonny ! » pesta Mary Vaughn contre son ex-mari. Ne pourrait-il donc jamais faire cause commune avec elle sur quoi que ce soit ? Si ça se trouve, il avait été occupé à conclure la vente d'une voiture quand Rory Sue lui avait téléphoné et il n'avait même pas prêté attention à sa requête. Car cela ne lui ressemblait guère de renoncer à passer du temps avec sa fille, surtout à Noël ! A moins que, par ce biais, il n'ait cherché à l'embêter elle, Mary Vaughn… Non, peu probable qu'il perde du temps et de l'énergie à ce genre de bêtises, maintenant qu'il avait tourné la page.

— Eh bien, je ne suis pas d'accord. Et tu le savais pertinemment avant de l'appeler. Nous fêterons Noël ici, point final. Ecoute, pourquoi n'organiserais-tu pas une grande soirée, à la maison ou au club, comme tu préfères ? Ça te permettrait de revoir tous tes copains et de planifier des sorties avec eux. Tu verras, ton emploi du temps sera si chargé que tu en oublieras complètement le ski.

— Sinistre ! commenta Rory Sue. Au club, le cadre est bien trop vieillot et, à la maison, tu vas péter les plombs pour tout et n'importe quoi.

— Je ne me mêlerai de rien, je te promets, dit Mary Vaughn, tentant de négocier. Tu peux t'occuper de tout à ta guise, du début jusqu'à la fin.

— J'aurai le droit de servir de la bière ?

— Certainement pas. Toi et la plupart de tes amis êtes mineurs. Donc, pas d'alcool.

— Alors, comment veux-tu qu'on s'amuse, dans ces conditions ?

— On peut très bien s'amuser sans boire. Allez, Rory Sue, sois gentille. Je te promets que ça va être génial. M'est-il déjà arrivé de ne pas tenir parole ?

— Oui, pour le plus important de tout, répliqua Rory Sue sans se démonter. Tu m'avais juré que j'aurais toujours une famille sur laquelle compter. Cela fait des années que ce n'est plus le cas.

Le trait fit mouche. Les joues en feu, Mary Vaughn se détourna pour échapper au regard perçant de Ronnie et à la moue réprobatrice de son ex-beau-père.

— Ton père, ton grand-père et moi, nous serons toujours là pour toi, Rory Sue, murmura Mary Vaughn avec fièvre. Ce n'est pas parce que nous avons divorcé avec ton père que nous ne t'aimons plus autant qu'avant.

— Si tu m'aimais vraiment, tu me laisserais partir au ski.

— Il faut que je te quitte, maintenant, Rory Sue. Et ne t'avise pas de téléphoner à ton père pour le supplier de me faire changer d'avis. Je vais l'appeler aujourd'hui même et lui exposer clairement mon point de vue sur la question.

En fait, elle aurait dû parler avec Sonny dès le premier coup de téléphone de Rory Sue, mais y avait renoncé, incapable de se décider sur la manière d'aborder le sujet. A présent, elle savait exactement sous quel angle présenter la situation.

— Je suis sérieuse, Rory Sue. La question est réglée, une fois pour toutes.

— Très bien, lâcha sa fille avec une colère froide avant de raccrocher brutalement.

Quelques secondes plus tard, le téléphone de l'ex-beau-père de Mary Vaughn sonna.

— Ma chérie, comment vas-tu ? demanda Howard, le visage radieux.

Mary Vaughn se précipita pour lui arracher l'appareil des mains.

— N'essaye pas de mêler ton grand-père à ça ! ordonna-t-elle avec force à sa fille avant de rendre son portable à Howard.

— Des problèmes ? s'enquit Ronnie alors qu'elle regagnait sa place.

— T'inquiète ! Je m'en débrouille.

— Je connais bien cette tactique du « diviser pour mieux régner », insista-t-il néanmoins. Pendant sa convalescence, après la phase aiguë de son anorexie, ma fille Annie en usait et en abusait avec Dana Sue et moi. Jusqu'au jour où elle a compris que ses manœuvres allaient à l'encontre de ce qu'elle voulait obtenir, c'est-à-dire que Dana Sue et moi nous remettions ensemble.

— Comment avez-vous fait ? s'enquit Mary Vaughn malgré ses réticences à chercher conseil auprès de l'homme qui l'avait rejetée à deux reprises.

— Nous avons soigneusement analysé la situation, Dana Sue et moi, et ensuite nous avons décidé de toujours offrir un front uni.

C'était sans conteste la marche à suivre, réfléchit Mary Vaughn. Le problème était qu'elle n'avait pas parlé avec Sonny depuis des mois ! Ils ne s'étaient mis d'accord sur rien. En fait, ils se comportaient comme des étrangers l'un envers l'autre, alors qu'ils avaient été mariés pendant dix ans et avaient eu un enfant ensemble. Oui, Ronnie avait raison. S'ils continuaient ainsi, Rory Sue s'efforcerait de tirer parti de leurs désaccords chaque fois que l'occasion se présenterait.

Quoi que cela lui coûte, elle devait discuter avec son ex-mari pour mettre au point une stratégie. Pourquoi ne pas en profiter pour imaginer avec lui la façon de faire de ce Noël le plus beau que Rory Sue ait connu afin qu'elle ne regrette pas d'être venue à Serenity pour les fêtes ?

— Merci pour le tuyau, Ronnie, dit-elle, comme si les mots

lui écorchaient la bouche, en même temps qu'Howard éteignait son portable et se tournait vers elle avec un regard noir.

— Qu'est-ce que vous me cachez, Rory Sue et toi ? s'enquit-il.

— Elle ne vous a rien dit ?

— Non, pas après ton intervention musclée. Elle m'a juste parlé de la fac. Pour le reste, je t'écoute.

— Elle ne veut pas passer Noël ici. Elle préfère aller faire du ski avec la famille de sa colocataire.

— Elle ne veut pas passer Noël ici ? répéta Howard, la mine déconfite. Non ! Impossible ! C'est ici qu'elle doit être pendant les fêtes.

— Pour une fois, nous sommes sur la même longueur d'onde.

— Et Sonny, qu'en pense-t-il ?

— Il lui a dit qu'il n'y voyait pas d'inconvénient si moi, je donnais mon accord.

Howard secoua la tête de consternation.

— Je vais lui en toucher deux mots.

— Non ! Je m'en occupe. Il faut absolument que Sonny et moi fassions bloc face à elle, pour une fois.

— Explique-lui que Noël ne sera pas Noël sans la petite. Et, le cas échéant, n'hésite pas à m'appeler à la rescousse.

Ainsi, Howard était prêt à lui apporter son soutien, lui qui, d'habitude, prenait systématiquement le contre-pied de ce qu'elle proposait ? se réjouit Mary Vaughn, qui ne s'étonna cependant pas outre mesure, car elle savait l'adoration qu'Howard portait à sa petite-fille.

— Merci, dit-elle. Cela me briserait le cœur de passer Noël sans elle.

— A moi aussi, avoua-t-il en la gratifiant d'une petite tape amicale sur la main. Ça va s'arranger, Mary Vaughn. Ne t'inquiète pas.

La confiance qu'il affichait remonta le moral à Mary

Vaughn… à un bien moindre degré malgré tout que l'apparition de Tom ! Sa tête d'enterrement — visiblement il aurait donné cher pour ne pas assister à cette réunion — n'enlevait rien au charme de cet homme, le plus beau qu'elle ait vu depuis très longtemps…

Hélas, il ne cherchait même pas à dissimuler la déception que lui causait l'absence de Jeanette. Il était resté derrière la porte à guetter son arrivée pendant dix bonnes minutes, décidé à l'attendre avant d'entrer lui-même pour démarrer la réunion. A 9 h 15 cependant, il avait dû se résigner à ouvrir la séance sans elle : les membres de l'assemblée commençaient à s'impatienter.

— Bonjour, tout le monde, dit-il en s'asseyant. Veuillez excuser mon retard.

— La ponctualité est la politesse des rois, commenta Howard d'un ton acerbe.

Tom aurait cru entendre ses parents…

— Personne ici n'a le temps de se tourner les pouces, continuait Howard.

— J'en ai conscience, monsieur. Je vous promets que cela ne se renouvellera pas. Eh bien, venons-en tout de suite à vos rapports. Mary Vaughn, où en êtes-vous avec les chorales ?

— Celles des baptistes et des méthodistes se sont engagées à participer, répondit-elle. Je sais que c'est la première fois que nous proposons aux baptistes de Main Street de participer, mais j'ai estimé qu'il était temps de le faire. L'époque a changé, et il est normal que toute la communauté soit représentée.

— Entièrement d'accord, déclara Tom. Howard, pensez-vous que cela pose problème ?

— A dire vrai, avoua ce dernier après un instant de surprise, je croyais que nous les avions invités les années précédentes et qu'ils avaient refusé.

— Vous savez pertinemment que c'est faux, s'insurgea Mary Vaughn. Vous et les autres avez toujours reculé au dernier moment, par peur du scandale. Cette forme d'ostracisme aurait dû cesser depuis longtemps, si vous voulez mon avis.

— Si je peux me permettre, intervint Ronnie, j'approuve cette décision, moi aussi. Leur chorale est excellente, et il n'y a donc aucune raison de les exclure. La question ne devrait même pas se poser.

— C'est réglé dans ce cas, conclut Tom. Mary Vaughn, prenez rendez-vous avec le chef de chœur et faites-nous un point la semaine prochaine.

— Je vous appellerai ou passerai vous voir pour vous dire ce qu'il en est dès que je l'aurai vu, promit Mary Vaughn en adressant son plus joli sourire à Tom.

— Bien. Ronnie ? Quels renseignements avez-vous rassemblés sur les décorations ?

Pendant toute l'heure suivante, ils examinèrent les différentes possibilités d'après des photographies que leur soumit Ronnie : flocons lumineux, guirlandes fantaisie, banderoles d'ampoules… Tom ne pouvait s'empêcher de penser qu'ils se noyaient dans un verre d'eau, mais Howard et Mary Vaughn se passionnaient pour le sujet comme si le succès des festivités dépendait de ce choix d'ornements.

— N'oubliez pas le budget, messieurs dames, rappela finalement Tom. Je n'ai pas réussi à débloquer des sommes faramineuses pour ce chapitre-là. Nous devons rester dans la limite du raisonnable.

— Si nous optons pour les flocons, je peux négocier une remise, dit Ronnie. En tant que bon client de ce fournisseur, je pense qu'il acceptera de me faire un prix.

— Dans ce cas, c'est décidé, décréta Howard, visiblement ravi. Nous suspendrons des flocons lumineux dans toute la ville, en plus des guirlandes clignotantes dans les chênes et les palmiers. Et puis, bien sûr, il y aura le sapin, que nous allumerons lors du lancement des manifestations. Ronnie, vous pouvez vous charger de constituer une équipe d'employés municipaux pour mettre tout ça en place ?

— Volontiers.

En moins d'une minute, Tom acheva son exposé sur la participation des commerçants forains puis, alors que les autres quittaient la salle, il fit signe à Ronnie de le suivre dans son bureau.

— Où est Jeanette ?

— Je l'ignore, répondit Ronnie d'un air navré. Tu as dû vraiment la mettre en boule hier soir pour qu'elle revienne sur sa promesse faite à Maddie de siéger à la commission. Qu'est-ce que tu as fait ?

— Je n'en ai pas la moindre idée. Comment puis-je espérer résoudre un problème dont je ne connais pas l'énoncé ?

Il enrageait. A cause de son impuissance face à la situation bien sûr, mais aussi du trouble que suscitait en lui l'attitude de Jeanette. Lui qui s'était attaché pendant toutes ces années à éviter les imbroglios sentimentaux précisément pour ne pas s'empoisonner ainsi la vie ! Franchement, il se passait fort bien de ce genre de distraction ! Pourtant, qu'il le veuille ou non, Jeanette le fascinait. L'attrait physique qu'elle exerçait sur lui, pour indiscutable qu'il soit, n'expliquait pas tout. Elle l'émouvait comme aucune autre femme auparavant.

— Pourquoi ne lui demandes-tu pas ce qui l'a contrariée, tout simplement ? suggéra Ronnie. Une autre solution consisterait à ramper à ses pieds.

— Je ne me suis jamais aplati devant personne, déclara avec véhémence Tom, avant de se rendre compte de l'arrogance de sa remarque.

— Et as-tu déjà suscité pareille animosité à ton égard chez une femme ?

— J'en ai peur, confessa Tom avec contrition. Seulement, d'habitude, cela ne m'atteignait guère.

C'était la vérité. Jamais une femme ne l'avait ainsi troublé, songea-t-il.

— Si tu veux mon avis, il n'y a pas d'âge pour apprendre à présenter ses excuses. Crois-moi, je sais de quoi je parle, avec Dana Sue. Et regarde-nous, à présent, conclut-il avec une bourrade chaleureuse dans le dos de Tom, il n'y a pas plus heureux que nous.

Tom opina de la tête.

— Fleurs ou bonbons ? demanda-t-il.

— J'ai l'impression que Jeanette est du genre coriace. Il va falloir te montrer plus inventif, mon vieux.

— Je vais réfléchir, acquiesça Tom.

En même temps qu'il se débattait avec le budget, Tom passa le reste de la matinée à envisager tous les moyens possibles de se racheter aux yeux de Jeanette. Il était à ce point absorbé par ce dernier souci que Teresa dut le rappeler à l'ordre.

— Vous n'avez pas écouté un mot de ce que je vous ai dit, lui reprocha-t-elle en s'asseyant en face de lui. Remarquez, ce n'est pas la première fois. Vous seriez aimable de m'expliquer ce qui peut bien vous préoccuper davantage que votre travail.

— C'est personnel.

— Je suppose que c'est lié à votre dispute avec Jeanette chez Helen et Erik, hier soir.

Tom demeura un instant bouche bée de stupeur.

— Comment diable êtes-vous au courant ? Je ne vois pas qui, parmi ses amis, se serait précipité aux aurores pour en informer la population.

— Il vous reste beaucoup à apprendre sur Serenity, lui dit Teresa avec indulgence. La cousine de Grace Wharton, une voisine, a vu Jeanette sortir comme une furie de chez Helen, suivie par vous-même peu de temps après. Elle a fait le lien, a immédiatement relaté l'incident à Grace, qui l'a probablement raconté à son tour à tous les clients qui sont venus prendre leur petit déjeuner dans son restaurant ce matin.

— Et c'est une de ces personnes qui vous l'a appris ?

— Non, c'est Grace elle-même. Je passe tous les jours chez Wharton avant le travail pour manger un bol de porridge. Ça me permet de me tenir au courant des derniers événements. Il n'y a pas grand-chose qui nous échappe à Grace et à moi.

— C'est à se demander si cette ville a besoin d'un journal !

— Non, ce n'est pas vraiment indispensable. Quoique les journalistes, eux, se limitent aux faits et s'abstiennent de trop broder. Du moins, depuis le scandale qu'ils ont provoqué en publiant des conjectures fantaisistes sur ce qui se passait entre Maddie et Cal au spa, avant son ouverture. Ils ont changé de politique, après. Du coup, leurs articles manquent de piquant.

— Tant mieux ! commenta Tom entre ses dents.

— Bon, alors, c'est cette histoire qui vous tracasse ? Il me semble que vous gagneriez en efficacité au niveau professionnel, si vous preniez le temps de vous rendre au Club du Coin pour arranger les choses avec Jeanette. Mieux vaut perdre quelques heures de travail que toute une journée.

— Vous savez quoi, Teresa ? demanda-t-il en se levant. Pour une fois, je suis entièrement d'accord avec vous. Je reviens dans une heure.

— Si vous étiez malin, vous vous arrêteriez au Sullivan sur le chemin pour acheter une part de cet *apple bread* qu'elle adore. Ou bien un assortiment de scones. Je vais appeler Dana Sue pour la prévenir de votre passage, ajouta-t-elle du seuil du bureau. Comme le restaurant n'est pas encore ouvert, vous n'aurez qu'à passer la tête par la porte de la cuisine si vous ne la voyez pas dans la salle.

Il faillit se rebiffer devant une ingérence aussi flagrante de la part de Teresa, mais se ravisa. Comment en effet lui en tenir rigueur quand elle venait de lui fournir un plan de génie ?

— Merci, Teresa.

— Ne vous pressez pas. Je me charge de tout, ici, pendant que vous serez absent.

— Oh ! Je vous fais confiance ! lança-t-il alors qu'il quittait la pièce.

Il arrivait dans les parages du Sullivan lorsque Mary Vaughn l'aborda.

— Eh bien, vrai ! Deux fois en une seule journée ! s'exclama-t-elle en glissant son bras sous celui de Tom. Si ce n'est pas de la chance, je me demande ce que c'est ! Je vois que vous vous dirigez vers le Sullivan. Me ferez-vous le plaisir de déjeuner avec moi ? Ils n'ouvrent que dans quelques minutes, mais je suis sûre qu'ils ne verront aucun inconvénient à nous laisser entrer.

Cette fois, elle l'invitait ouvertement, sans prétexter la recherche d'une maison, se dit-il, consterné. Il allait devoir user de toute sa diplomatie. Peut-être lui suffirait-il de décliner systématiquement ses propositions jusqu'à ce qu'elle comprenne le message, avant qu'il ne soit obligé de se montrer désagréable ?

— Je suis désolé, mais je ne peux pas, dit-il en s'écartant lentement d'elle. Je passe juste chercher un repas à emporter que Teresa a commandé. Je me rends à une réunion.

— Aucun de vos prédécesseurs ne travaillait autant que vous, se plaignit-elle sans même tenter de cacher sa déception. J'ai l'impression que je vais devoir prendre rendez-vous pour espérer passer un peu de temps avec vous.

— Je n'ai guère de moments libres ces jours-ci, répliqua-t-il pour la décourager. Il y a toujours beaucoup de choses à apprendre quand on démarre dans un nouveau poste.

Consultant ostensiblement sa montre, il ajouta :

— Excusez-moi, Mary Vaughn. Il faut vraiment que je file.

Conformément aux instructions de Teresa, il alla droit dans la cuisine du restaurant, prit le sac que Dana Sue lui avait préparé, la paya et indiqua du regard la porte, à l'arrière du bâtiment.

— Je peux sortir par là ?

— Vous êtes poursuivi ?

— Oui, par Mary Vaughn, murmura-t-il.

— Compris, dit-elle avec un geste de la main vers la porte. La ruelle est parallèle à Main Street. Si vous la continuez jusqu'au bout, vous débouchez sur Palmetto Lane, à deux pas du Club du Coin.

Il la regarda, médusé.

— Cette commande est bien pour Jeanette, non ? Ronnie m'a expliqué que vous cherchiez un moyen de vous faire pardonner. Alors, quand Teresa a appelé, j'ai tiré la conclusion qui s'imposait.

— Est-ce que tout le monde s'amuse à ce petit jeu, dans cette ville ? demanda-t-il, irrité.

— Plus ou moins, oui, répondit-elle avec un large sourire. Bonne chance, au fait. Jeanette est une femme épatante mais très secrète. Nous avons beau la connaître depuis trois ans, aucune de nous n'a rencontré ses parents ou même appris grand-chose sur eux. Vu le temps qu'elle passe au spa, j'ai l'impression qu'elle est un peu seulette.

— Vous voyez une raison à cela ?

— N'y en a-t-il pas une, en général ? A mon avis, elle a entouré son cœur d'épais remparts. Et n'essayez pas de les détruire, si vous cherchez juste à vous amuser.

L'avertissement presque menaçant n'avait pas échappé à Tom. Mais il ne s'en offusqua pas : il avait compris ce qu'avait voulu lui dire Dana Sue.

— Sans pouvoir l'affirmer à cent pour cent, je ne crois pas qu'il s'agisse d'un jeu pour moi.

— Il vaudrait mieux en être absolument sûr.

— Encore faudrait-il que je puisse l'approcher suffisamment.

Sinon, comment savoir si une relation durable peut s'installer entre nous ?

— Effectivement, concéda Dana Sue un peu à contrecœur.

Tom se faufila alors par la porte de derrière et parvint rapidement à Palmetto Lane. Là, avisant un fleuriste, il acheta un énorme bouquet coloré avant de gagner le Club du Coin, au carrefour avec Main street, et remarqua au passage que le parking à l'arrière du spa était plein. « Les affaires marchent très fort ! » se dit-il en contournant le bâtiment pour se rendre à la porte d'entrée.

Ce n'est qu'alors qu'il se rappela que le règlement interdisait l'accès aux hommes. Un des moniteurs à la musculature impressionnante allait-il le jeter dehors à coups de pied aux fesses avant qu'il ne parvienne jusqu'à Jeanette ? Pas d'autre solution que de courir le risque. De toute façon, rien ne l'empêcherait de s'expliquer avec Jeanette, dût-il pour cela estourbir tous ceux qui se mettraient en travers de sa route.

Regardant droit devant lui, il franchit la porte et se dirigea vers une enfilade de bureaux. Il avait pénétré d'une dizaine de pas en terrain défendu lorsque Maddie lui barra le chemin. En dépit de ses efforts pour afficher une mine sévère, elle ne put totalement masquer son envie de sourire.

— Vous savez que vous n'êtes pas autorisé à entrer ici ?

— Vous ne pourriez pas faire une entorse au règlement pendant dix minutes ? supplia-t-il en mettant ses fleurs dans les bras de Maddie.

— Parce que vous vous croyez capable de gagner les bonnes grâces de Jeanette en dix minutes ?

— Je compte m'y employer, en tout cas. Elle est occupée avec une cliente ?

— Non. Elle fait une pause dans le patio. Je pense que personne ne s'opposera à ce que vous alliez là-bas. A part Jeanette, bien sûr, ajouta-t-elle avec un clin d'œil taquin. Je ne peux pas parler à sa place. Elle avait vraiment l'air remontée contre vous.

— Ça, je l'ai compris, ne vous inquiétez pas.

Se penchant alors vers elle, il lui déposa un baiser sur la joue.

— Merci, dit-il.

— Je vous en prie. Mais reprenez ces fleurs. Quelque chose me dit que vous allez en avoir besoin. Bonne chance.

— De la chance ? répliqua-t-il d'un ton enjoué. Pour quoi faire ? J'ai des fleurs, des scones et un gâteau aux pommes.

Quand il arriva dans le patio, Jeanette était en train de lire un roman sentimental. Un bon signe qui prouvait qu'elle n'était pas totalement inaccessible à l'amour, même si elle le préférait en fiction, songea-t-il.

— Est-ce que le héros finit par conquérir le cœur de l'héroïne ? demanda-t-il en s'asseyant à côté d'elle.

Elle sursauta en le voyant.

— Qu'est-ce que vous faites là ?

— Je suis venu vous voir.

— Je voulais dire dans l'enceinte du spa, pendant les heures d'ouverture. Maddie va être furieuse.

— En fait, elle m'a donné sa bénédiction.

Jeanette feignant de ne pas remarquer le bouquet qu'il lui tendait, il décida de ne pas insister et le déposa sur la table.

— J'ai aussi apporté des scones et de l'*apple bread*.

— Du Sullivan ? demanda-t-elle en le scrutant entre ses paupières mi-closes d'un air gourmand.

— De chez qui d'autre voulez-vous ?

— C'est une idée de qui ?

— Le comité est arrivé à un consensus.

— Vous pouvez être plus explicite ?

— Ronnie a suggéré que je me vautre à vos pieds. Teresa a évoqué le pain aux pommes et les scones. Dana Sue a ajouté son grain de sel lorsque je suis passé chercher la commande.

J'ai vu les fleurs en venant ici. J'ai voulu les offrir à Maddie pour la soudoyer, mais elle les a refusées en me disant que j'en aurais besoin pour vous.

Il s'interrompit un instant, les yeux pleins d'espoir, avant de demander :

— Y a-t-il au moins une bonne idée dans le lot ?

Elle réussit à garder son masque hostile pendant encore une minute… jusqu'à ce que son œil se pose sur le sac en papier, sur la table.

— Vous avez pensé à la glace avec le gâteau ?

— Elle s'est peut-être transformée en soupe, maintenant, mais oui.

— Dans ce cas…

Elle s'empara du sac, l'ouvrit et en huma l'intérieur.

— Existe-t-il rien de plus délicieux que l'odeur de cannelle ou de scones sortis du four ? dit-elle dans un soupir extasié.

— Oui, le parfum que vous portez, répondit-il sans hésiter.

Le compliment sembla la surprendre.

— Vous parlez de la lavande ?

— Peut-être. Tout ce que je sais, c'est que je me suis récemment découvert un goût immodéré pour ce parfum.

— Tom, arrêtez !

— Pourquoi ? C'est la vérité.

— Ah ! Bien sûr ! La franchise, ça vous connaît, hein ?

— Je l'espère.

— Et c'est ce qui explique que vous m'ayez annoncé hier soir votre intention de ne pas vous éterniser à Serenity ?

Son ton accusateur le déstabilisa, l'espace d'un instant.

— C'est pour cette raison que vous êtes partie en courant ? demanda-t-il, abasourdi.

Elle confirma d'un signe de tête.

— Je n'ai pas envie de me lancer une fois de plus dans une histoire qui finira mal, expliqua-t-elle.

— Qui vous dit qu'elle finira ? Nous ne pouvons pas le savoir tant qu'elle n'existe pas.

— Mais si, nous le savons ! s'emporta-t-elle. Vous allez partir, vous l'avez dit vous-même. Peut-être pas demain ou la semaine prochaine, mais un jour.

— Et, même si ce jour arrive effectivement, qui vous empêche de partir avec moi ? s'enquit-il, décontenancé par la réaction de Jeanette.

— Vous savez très bien que ce n'est pas comme ça que les choses se passeront.

— Pas si vite, Jeanette, l'arrêta-t-il d'un geste de la main. Nous n'en sommes pas encore là ! Pourquoi ne pas commencer par un rendez-vous amoureux avant de parler rupture ?

— Parce que je vois déjà ce qui m'attend au bout de la route, répondit-elle avec une moue butée. Si vous voulez que nous soyons amis, d'accord. Mais plus, c'est hors de question.

— J'ai l'impression que ces baisers que nous avons échangés prouvent qu'il y a autre chose entre nous qu'une simple amitié.

— Enfin, Tom ! Nous sommes tous les deux adultes. Nous connaissons les mécanismes biologiques. Nous pouvons peut-être nous enflammer pendant quelques semaines mais, finalement, l'incendie s'éteindra, et l'un de nous deux se sera brûlé. Il y a toutes les chances que ce soit moi.

— Vous êtes incontestablement la femme la plus pessimiste que j'aie essayé de séduire.

— J'ai de bonnes raisons de l'être.

— Je paye donc pour celui qui vous a blessée par le passé ?

— Pas du tout. Simplement, j'ai compris la leçon.

— Vous ne céderez pas, n'est-ce pas ? demanda-t-il en se calant contre le dossier de sa chaise.

— Non, confirma-t-elle avec une note de fierté dans la voix. Pour une fois.

Se rendait-elle compte du pouvoir de séduction de cette déclaration ?

— On dirait que vous me lancez un défi, dit-il avec un clin d'œil. Quitte à me répéter, sachez que je n'ai jamais refusé d'en relever un. A bientôt, ma chérie.

Là-dessus, il se leva et partit, non sans avoir vu la lueur fugitive de panique dans les yeux de Jeanette.

Parfait.

Elle était prévenue : il s'était fixé la tâche de la faire changer d'avis. Et une voix lui soufflait qu'il tenait là la mission la plus excitante qu'il ait conduite depuis des années !

Chapitre 9

Jeanette écoutait Mary Vaughn énumérer ses différentes tentatives pour attirer l'attention de l'administrateur de Serenity. Tentatives toutes infructueuses, au grand dam de Mary Vaughn, mais à la grande satisfaction de Jeanette, qui se réjouissait malgré elle d'apprendre que Tom n'avait pas succombé aux charmes ravageurs de sa cliente.

L'intérêt qu'il lui manifestait serait-il réel, finalement ? s'interrogea Jeanette en se promettant de tirer la question au clair dès qu'elle disposerait d'une minute.

— Croyez-vous qu'il soit homosexuel ? demanda Mary Vaughn, sa voix étouffée par la serviette chaude que Jeanette avait appliquée sur son visage à la fin du soin. Cela expliquerait bien des choses !

Bien que Mary Vaughn ne puisse la voir, Jeanette se détourna pour cacher son hilarité. Tom n'était peut-être pas l'homme qu'il lui fallait, mais elle ne nourrissait aucun doute sur son orientation sexuelle. Pas après les extraordinaires baisers qu'il lui avait donnés… Pourquoi ne les décrirait-elle pas par le menu à Mary Vaughn, afin de la détromper ?

Non, mauvaise idée.

Elle alimenterait le moulin à rumeurs de Serenity pendant des semaines !

Le silence de Jeanette s'éternisant, Mary Vaughn l'interpréta comme un assentiment.

— C'est aussi votre impression, n'est-ce pas ?

— Oh non ! Pas du tout ! J'essayais seulement de comprendre

d'où vous vient cette idée saugrenue. Vous n'avez pas le droit de raconter n'importe quoi sur lui, Mary Vaughn. Vous vous rendez compte des ennuis que vous risqueriez de lui attirer? Nous sommes dans une ville assez conformiste.

— Foutaises! rétorqua Mary Vaughn. Il n'y a rien de mal à être gay.

— Ce n'est pas nécessairement l'opinion de tout le monde, ni celle de Tom. Ce que je cherche à vous expliquer, c'est que vous avez échafaudé une théorie sur du vent. Vous le connaissez à peine, Mary Vaughn!

— Mon intuition m'a rarement trompée sur le chapitre des hommes, persista Mary Vaughn. Et puis, comme je viens de vous le dire, je lui ai proposé de déjeuner avec moi, de venir boire un café, de prendre un verre. Eh bien! Chaque fois, il a trouvé une excuse pour décliner!

En retirant la serviette de son visage, elle croisa le regard de Jeanette dans le miroir.

— Oh! Ne faites pas cette tête-là! Je sais que les femmes ne sont pas censées faire le premier pas mais, si nous respections les convenances, nous passerions beaucoup trop de soirées seules chez nous. Je n'ai pas demandé à ce monsieur de m'épouser, nom d'un chien!

— Savez-vous seulement s'il n'a pas quelqu'un dans sa vie?

— Bien sûr! Une amie à moi se trouvait dans le bureau quand il a rempli ses papiers d'entrée en fonction. Il est célibataire pour le moment, c'est sûr et certain et, d'après les renseignements que j'ai pu glaner ici et là, il l'a toujours été.

— Il a peut-être une petite amie à Charleston, ou bien dans la dernière ville où il a travaillé, suggéra Jeanette pour écarter tout soupçon éventuel sur l'intérêt que Tom lui porterait. Qui vous dit que lorsqu'il s'en va, le vendredi après-midi, il ne court pas rejoindre sa fiancée?

— C'est possible, effectivement.

Mais, après un moment de réflexion, elle rejeta l'idée d'un geste de la main.

— Quand même, Jeanette, à trente ans passés il n'a jamais été marié ? Vous ne trouvez pas cela bizarre ?

— Moi non plus, je n'ai jamais été mariée. Ça vous paraît bizarre ?

— Bien sûr que non, Jeanette ! Vous, vous prenez le temps de choisir. Vous ne jetez pas votre dévolu sur le premier bonhomme qui passe. Et ça se comprend. Avec votre physique, vous pouvez vous permettre de faire la difficile.

— Si seulement c'était vrai ! commenta sèchement Jeanette.

Aucune des liaisons prétendument sérieuses qu'elle avait vécues n'avait débouché sur un mariage. Elle était toujours passée en second, derrière une autre femme, une carrière, le sport et même, dans un cas particulièrement catastrophique, derrière la mère du monsieur. Elle avait fini par décider de casser ce schéma et de ne plus jamais se trouver dans cette position : si un homme se révélait incapable de lui accorder la place d'honneur dans sa vie, elle n'avait que faire de lui ! En ce qui concernait Tom, vu son projet avoué de tourner un jour ou l'autre la page Serenity et son regrettable lien de parenté avec une femme qui avait failli briser sa carrière à elle, Jeanette, il paraissait tout à fait déraisonnable de s'engager dans une histoire avec lui.

Cette conversation l'entraînait sur des terrains trop instables à son goût… Aussi, pour en dévier le cours, replaça-t-elle la serviette sur le visage de Mary Vaughn.

— Laissez-la en place encore un moment. Essayez de vous détendre pour que la crème pénètre votre peau et fasse son effet. Je reviens dans une minute, annonça-t-elle sans chercher à comprendre la réponse de Mary Vaughn.

Même si elle trouvait Mary Vaughn plutôt sympathique, elle savait qu'un jour ou l'autre, sa cliente critiquerait méchamment quelqu'un qu'elle-même appréciait et qu'elle ne résisterait pas alors à l'envie de lui faire avaler sa serviette !

Tom était en train d'examiner une liasse de bons de commande lorsque, levant la tête, il découvrit sa mère sur le seuil de son bureau, les bras encombrés d'échantillons de tissu.

— Maman ! Mais qu'est-ce que tu fais là ? demanda-t-il en s'empressant d'aller la décharger de son fardeau.

— Je t'ai dit que j'allais acheter des rideaux pour ici, lui rappela-t-elle non sans un certain agacement. Je t'ai apporté des morceaux d'étoffe pour que tu puisses choisir.

Tom avait complètement oublié la proposition de sa mère et sa propre promesse de vérifier que personne en ville ne s'opposait au projet.

— Je crains fort que tu ne sois venue pour rien, s'excusa-t-il en déposant les échantillons dans un fauteuil. Je ne me suis pas encore renseigné auprès du maire pour savoir s'il y avait un obstacle à te confier ce travail.

— Eh bien, où est-il, ton maire ? Nous n'avons qu'à le lui demander tout de suite. Franchement, qui verrait un inconvénient à ce que ta propre mère achète des rideaux ?

Honnêtement ? Probablement personne… Mais, honnêtement aussi, Tom se moquait comme de l'an quarante de la couleur des rideaux de son bureau. L'ironie de la chose était qu'il n'était pas certain que sa mère non plus se passionne pour le sujet, malgré son enthousiasme affiché.

— Raconte-moi tout, dit-il après avoir invité Mme McDonald à s'asseoir. De quoi s'agit-il réellement ? D'habitude, tu es tellement occupée que je reste sans nouvelles pendant des semaines. Et, tout à coup, tu ne sembles plus t'intéresser qu'à mes tentures. Je ne comprends pas. Tu ne t'ennuies pas, quand même ?

— Oh ! Mon Dieu, non ! se récria-t-elle avec vigueur en

esquivant cependant le regard de son fils. J'ai tellement d'obligations que je n'arrive pas à les honorer toutes.

— Alors pourquoi perds-tu ton temps avec cette histoire ?

Elle se tortilla un instant sur son siège avant d'avouer enfin :

— Parce que tu ne nous rends jamais visite et que tu me manques. Je sais que tu ne tiens pas à voir ton père et que tu supportes mal ses remontrances permanentes mais, du coup, je suis punie moi aussi. Tu es mon petit dernier et mon seul et unique fils, Tom.

— Et ton chouchou, la taquina-t-il gentiment.

— Pas de ça avec moi, monsieur. Les mères n'ont pas de chouchous.

— Dans ce cas, pourquoi cela ne te suffit-il pas d'avoir mes sœurs et leur famille à proximité ?

— Parce qu'elles sont plus âgées et qu'elles mènent leur vie. Elles ont fait un beau mariage, elles ont leurs enfants. Toi, tu es seul, et je me tracasse pour toi. Je ne serai pas toujours là. Tu as besoin de quelqu'un à tes côtés. Une femme bien et solide qui te stimulera et s'occupera de toi.

— Oh ! Ne remets pas ça, maman ! Je me marierai quand j'aurai trouvé la compagne qu'il me faut.

Il s'arrêta, soudain alarmé par la remarque de sa mère lancée avec un détachement apparent, sur le fait qu'elle ne serait pas toujours là.

— Tu n'es pas malade, j'espère ?

— Pas du tout, voyons ! Mais la dernière fois que tu es passé à Charleston, tu as dit que tu avais peut être rencontré quelqu'un. Quand nous sommes venus ici avec ton père dans l'espoir de faire sa connaissance, la seule femme que nous ayons vue, c'est celle qui a détalé avant même que tu ne nous présentes.

— Je t'ai expliqué…

— Je sais, coupa Mme McDonald avec impatience. Elle

siège dans une commission avec toi. Mais est-ce à elle que tu pensais ?

— Maman, tu vas beaucoup trop vite en besogne. Je te promets que le jour où je déciderai de me marier, tu seras la première à l'apprendre, dit-il en allant lui déposer un baiser sur le front. Et je ne veux plus t'entendre dire que tu ne seras pas toujours là. Tu n'as pas encore soixante ans, bon sang ! Tu vas encore nous casser les pieds pendant des années.

— J'espère, dit-elle avec un sourire triste pendant qu'il ramassait les échantillons de tissu.

— Je pourrais remettre ce barda dans ta voiture avant de t'emmener déjeuner au Sullivan. Qu'en penses-tu ?

— Tu aurais le temps ? demanda-t-elle, le visage de nouveau radieux. Ce que nous avons mangé là-bas la dernière fois était délicieux. J'en ai parlé à plusieurs de mes amies.

— Cela fera certainement plaisir à Dana Sue.

« Bien qu'elle n'ait pas besoin de publicité supplémentaire », ajouta-t-il pour lui-même. Le restaurant refusait en effet du monde presque tous les soirs.

Quand ils arrivèrent au Sullivan dans la Cadillac argentée de sa mère, le parking était déjà quasi complet.

— Je vois à votre tenue que vous n'appartenez pas au club des dames aux chapeaux rouges qui vient d'envahir les lieux, leur dit Dana Sue en les accueillant sur le pas de la porte. Bonjour, madame McDonald. Je suis heureuse de vous revoir. Nous sommes un peu bousculés, mais, si vous me donnez deux minutes, je vais vous faire préparer une table dans le bar. Cela vous conviendra-t-il ?

— Ce sera très bien, assura Tom. Merci, Dana Sue.

Sa mère observait la salle bondée.

— J'ai entendu parler de ces femmes, dit-elle après le départ de Dana Sue. Elles ont l'air de bien s'amuser, tu ne trouves pas ? Et j'adore leurs chapeaux rouges et leurs accessoires violets.

Elles manquent un peu de discrétion, mais au moins elles ne s'ennuient pas.

— Non, c'est vrai, acquiesça Tom en écoutant les éclats de rire tonitruants.

— J'ai repéré plusieurs groupes comme celui-là à Charleston, dans différents établissements. La plupart des participantes semblent de mon âge ou plus vieilles. Je me demande quel est leur but.

— Dana Sue pourra peut-être t'éclairer, répondit-il au moment où cette dernière venait les chercher pour les conduire à une table aussi à l'écart que possible du tohu-bohu.

— Dana Sue, avez-vous une idée de ce que ces femmes font ?

— J'ignore si elles ont un but précis. Je sais seulement qu'elles viennent déjeuner ici une fois par mois et qu'elles semblent passer un excellent moment. J'ai toujours pensé que tout le monde devrait s'octroyer une coupure comme celle-là pour oublier le stress de la vie quotidienne et se retrouver entre amis pour échanger des nouvelles et se distraire. C'est ce que je fais avec Maddie, Helen et Jeanette de temps en temps. Hélas, pas assez souvent à mon goût, ces derniers temps.

A peine avait-elle achevé sa phrase qu'une jeune serveuse accourut vers elle.

— Dana Sue, il y a une urgence en cuisine !

— J'arrive. Excusez-moi, madame McDonald. Quelqu'un va venir prendre votre commande dans une minute.

— Allez-y, Dana Sue, dit Tom. Nous ne sommes pas pressés.

C'est alors que, au moment où il levait la tête, il aperçut Jeanette, qui faisait irruption dans le restaurant. Elle lui sourit en le voyant puis, à la seconde où elle aperçut Mme McDonald, perdit brièvement contenance et se précipita vers la cuisine.

— Je reviens tout de suite, maman, s'excusa Tom en s'élançant à la suite de Jeanette.

Il était sur ses talons quand elle pénétra dans la cuisine où, dans la confusion la plus totale, Dana Sue, Erik et leur commis se démenaient pour honorer les commandes qui affluaient. Dana Sue vit d'abord Jeanette, puis Tom.

— Si vous cherchez un coin tranquille pour bavarder, tous les deux, vous vous êtes trompés d'endroit, dit-elle sans s'arrêter de garnir une série d'assiettes avec de la salade de poulet aux noix et aux raisins. Allez plutôt dans mon bureau.

— Je suis seulement passée prendre le café que je dois apporter à Maddie, expliqua Jeanette feignant de ne pas avoir remarqué la présence de Tom. Elle est coincée avec un fournisseur.

— Dans cinq minutes, répondit Dana Sue. Et sortez de ma cuisine, tous les deux.

Tom s'exécuta sur-le-champ et tint la porte à Jeanette.

— Puisque vous devez attendre votre café, autant en profiter pour dire bonjour à ma mère et régler une bonne fois pour toutes ce malheureux incident.

— Malheureux incident? répéta Jeanette avec un froncement courroucé des sourcils. Je ne vous laisserai pas traiter à la légère ce qui s'est passé, Tom. Votre mère a essayé de me tuer professionnellement. Si j'avais travaillé pour quelqu'un d'autre que Bella, elle aurait très bien pu arriver à ses fins.

Il allait la supplier de ne pas dramatiser les choses à ce point, quand sa mère le rejoignit.

— Tout va bien? demanda-t-elle à Tom, les yeux braqués sur Jeanette.

Soudain, elle grimaça, comme si elle venait de manger une tranche de citron : elle avait reconnu Jeanette…

— Vous! s'écria-t-elle, tremblante d'indignation. A vrai dire, cela ne m'étonne guère que vous ayez atterri dans cette petite ville minable. Je suppose que Bella vous a chassée de Charleston.

Les joues de Jeanette se parsemèrent de taches rouges tandis que, avec un regard d'excuse à l'adresse de Tom, elle se redressait de toute sa hauteur pour affronter Mme McDonald.

Malgré l'imminence de la catastrophe, Tom ne parvenait pas à décider laquelle des deux femmes écarter du ring et il se résigna à les laisser s'expliquer.

— En fait, Bella m'a soutenue à cent pour cent, déclara Jeanette. Je suis venue à Serenity parce qu'on m'a proposé de m'occuper du salon de beauté dans un spa extraordinaire, qui venait d'ouvrir. Cela fait maintenant trois ans que j'y travaille. Nous n'avons reçu que des éloges dithyrambiques de la part des médias et de notre clientèle.

Elle prit alors le temps d'intensifier le regard qu'elle dardait sur la mère de Tom.

— Et vous savez le plus étonnant dans l'histoire ? Pas une seule cliente ne s'est plainte des soins du visage dont elle a bénéficié. Vous savez ce que j'en conclus ? Que je suis une excellente esthéticienne et que, si quelqu'un a eu des problèmes avec le traitement que je lui ai appliqué, c'est peut-être que cette personne ne m'a pas prévenue de son allergie à certains produits.

Sans se laisser démonter, la mère de Tom toisa Jeanette, avec son air le plus hautain.

— Sachez que vous êtes très mal élevée, jeune fille. Et j'ajouterai : totalement incompétente. J'ai presque envie d'appeler votre patronne actuelle pour lui raconter exactement de quoi vous vous êtes rendue coupable.

— Maman, intervint Tom, ça fait des années que tu es au courant, pour tes allergies.

— Il ne s'agit pas de cela ! fulmina Mme McDonald.

— Si, justement, insista Jeanette. Vous saviez pertinemment que vous aviez tort mais, plutôt que de le reconnaître, vous avez essayé de me faire renvoyer. De quel droit vous permettez-vous ainsi de jouer avec la vie des autres ? Est-ce parce que vous êtes riche que vous vous croyez autorisée à faire n'importe quoi, en toute impunité ? Les gens de votre espèce me donnent la nausée.

Tom se crispa. De toute évidence, Jeanette, emportée par sa fureur, était incapable de réfléchir aux conséquences de ses propos. Il fut un instant tenté de la bâillonner avec sa main, mais y renonça... de peur qu'elle ne le morde !

— Inutile de chercher à m'attirer encore des ennuis, poursuivit Jeanette. Ma patronne actuelle sait tout sur vous et, croyez-moi, elle n'a rien appris qui puisse la mettre dans de bonnes dispositions à votre égard. Autre chose. Tous ces mensonges que vous avez colportés sur mon compte relèvent de la diffamation. Mon avocate m'a par conséquent conseillé de porter plainte contre vous.

— Vous n'oseriez pas ! s'exclama Mme McDonald, visiblement ébranlée.

— C'est ce que nous verrons ! rétorqua Jeanette sans céder un pouce de terrain, les yeux brillants de colère.

La mère de Tom se mit à cligner plusieurs fois des paupières avant de se tourner vers son fils.

— Tom, je n'ai plus faim tout à coup. Partons.

— Vas-y, j'arrive tout de suite, maman.

Tandis que sa mère s'éloignait, il croisa le regard de Jeanette et constata avec surprise qu'elle paraissait plus maîtresse d'elle-même qu'il ne l'aurait cru.

— Vous étiez vraiment obligée de faire ça ?

Bien que Tom ait posé cette question avec la plus grande douceur, Jeanette monta aussitôt sur ses grands chevaux.

— Vous me demandez si j'étais obligée de me défendre ? C'est ça ? Eh bien, oui ! J'aurais dû le faire il y a quatre ans, au moment du « malheureux incident ».

Il secoua la tête... puis l'embrassa rapidement.

— C'est juste pour que vous sachiez que je vous ai trouvée impressionnante. Je vous appelle plus tard.

Là-dessus, il courut après Mme McDonald pour s'excuser,

non pas au nom de Jeanette, mais personnellement. Il se reprochait de ne pas avoir volé au secours de sa mère, mais il avait été pris de court et… oui, tellement impressionné par la tirade de Jeanette qu'il avait été tout simplement incapable de l'interrompre.

Cette femme était extraordinaire et… un peu effrayante !

Mme McDonald, assise sur le siège passager, frémissait encore de colère quand Tom la rejoignit.

— Quelles sont tes relations avec cette petite traînée, exactement ? s'enquit-elle.

— Prends garde à ce que tu dis, maman, menaça Tom en se glissant derrière le volant. Jeanette est une amie.

Une déclaration qui déclencha une moue horrifiée chez sa mère.

— Je te l'interdis ! asséna-t-elle.

— J'ai passé l'âge où tu pouvais décider de mes fréquentations, riposta Tom dans un éclat de rire.

— Je t'assure que cette femme est dangereuse. Peu importe ce qu'elle raconte, je vais appeler sa patronne.

— Non, maman, ne t'y risque pas, dit Tom dont le rire s'était arrêté net.

— Oh, mais si ! Non seulement ça, mais je vais aussi appeler l'organisme qui délivre les licences dans ce secteur.

— Si tu fais ça, tu ne me reverras plus jamais, prévint-il très calmement.

A ces mots, après un moment de désarroi, sa mère plissa les yeux et demanda :

— Pourquoi ? Tu devrais au contraire te féliciter que je m'occupe de cette affaire avant que cette femme ne ternisse la réputation d'un des commerces de ta ville. A moins qu'elle ne compte davantage pour toi que ce que tu veux bien admettre ?

— Ne mêlons pas mon amitié avec Jeanette à cette histoire. Ne crois-tu pas plutôt que c'est en essayant de la faire renvoyer de son travail que tu vas nuire à l'image de marque de Serenity ? Allez, maman, avoue que tu cherches à humilier publiquement Jeanette, alors que c'est toi l'unique responsable du problème.

— Tu aurais dû voir dans quel état elle m'avait mise, dit-elle avec un air pitoyable en portant une main à sa joue. J'avais le visage couvert d'énormes plaques rouges alors que je devais me rendre à une soirée très importante. J'ai été obligée de me mettre des tartines de fond de teint.

— Tu aurais pu tout simplement rester chez toi, observa Tom. De toute façon, ce n'était pas la première fois qu'une nouvelle lotion contenant un des produits auxquels tu es allergique te provoquait une crise d'urticaire. Jeanette avait entièrement raison sur ce point. Tu aurais dû l'informer de ton problème.

Sa mère lui lança un regard effaré.

— Comment peux-tu prendre sa défense contre ta propre mère ?

Puis, tout à coup, elle se figea, la respiration coupée, la bouche grande ouverte.

— C'est elle, c'est ça ? C'est sur cette femme que tu as des visées ?

Tom, malgré une tentation fugitive, renonça à botter en touche. A quoi bon ? Autant tout mettre à plat, dès à présent.

— Oui, c'est elle. Et je te demande à titre de faveur personnelle d'oublier cette histoire ridicule. Tu es plus fautive qu'elle et tu le sais pertinemment.

— Thomas Winston McDonald, commença sa mère avec solennité, je t'ordonne d'abandonner tout projet avec cette femme. Indépendamment du différend qui nous oppose elle et moi, elle n'est pas digne de toi. Tu te rends compte que c'est une simple esthéticienne ? Tu dois trouver quelqu'un du même milieu que toi, pas une petite traînée qui n'a probablement même pas décroché son bac.

Tom la dévisagea tristement.

— Je t'avais prévenue, maman. Adieu.

— Thomas, reviens ici tout de suite, ordonna-t-elle alors qu'il descendait de voiture.

Mais Tom n'obéit pas.

Il savait néanmoins que l'affaire n'était pas close. Dès ce soir, son père aurait appris sur quelle femme son fils avait si déraisonnablement jeté son dévolu, et alors... la situation allait vraiment se gâter.

Lorsque Jeanette retourna dans la cuisine du Sullivan chercher la commande de Maddie, elle se sentait très mal. Jamais elle n'avait tenu à quiconque auparavant le genre de propos qu'elle venait de lancer à Mme McDonald. D'un côté, elle exultait d'avoir dit ses quatre vérités à une femme qui avait tout d'un tyran. De l'autre, cette Mme McDonald était la mère d'un homme qui ne la laissait pas totalement indifférente...

Elle se faufila dans la cuisine, trouva un tabouret et s'assit à l'écart de l'agitation, à un endroit où elle ne gênait pas. En soupirant, elle croqua dans un des sablés couverts de glaçage rouge en forme de chapeau qu'Erik avait préparés pour le groupe de vieilles dames.

— Tu n'as pas intérêt à ce qu'Erik te voie, murmura Dana Sue en s'arrêtant à côté d'elle, les bras chargés des paquets à emporter au spa. Ça va, Jeanette ? continua-t-elle en posant les boîtes. Tu n'as pas l'air dans ton assiette.

— J'ai dit son fait à la mère de Tom.

— Ouille ouille ouille ! s'écria Dana Sue avec compassion. Et comment ça s'est passé ?

— Disons simplement qu'il y a peu de chances que nous devenions copines toutes les deux, ironisa Jeanette.

— Et Tom ? De quel côté s'est-il rangé ?

— Il n'a pas dit grand-chose. Il était vraisemblablement trop abasourdi. Mais, apparemment, je ne l'ai pas scandalisé.

Elle s'interrompit un instant, sourit malgré son humeur et ajouta :

— A dire vrai, je crois qu'il me soutenait plutôt. Il doit me rappeler.

— Bravo ! Les hommes ont parfois du mal à faire passer la femme qu'ils aiment avant leur mère.

— Oui, j'ai remarqué, moi aussi. En tout cas, je dois reconnaître à Tom qu'il ne s'est pas précipité pour prendre sa défense et qu'il est resté objectif.

— Il a marqué suffisamment de points pour que tu acceptes de sortir avec lui ?

— Je ne sais pas, soupira Jeanette. Peut-être.

— J'ai deux minutes, dit Dana Sue en approchant un second tabouret. Parlons un peu de ça. Il te plaît, pas vrai ?

Jeanette acquiesça de la tête.

— Qu'est-ce qui te retient, alors ?

— Je sais déjà comment ça va finir.

— Ah bon ? Depuis quand prédis-tu l'avenir ? demanda Dana Sue, sourcils levés en une expression de surprise si exagérée que Jeanette ne put s'empêcher de pouffer.

— Arrête ton cinéma, Dana Sue. Tu sais très bien ce que je veux dire. Regarde de quelle famille il vient. Et je ne te parle même pas du fait qu'il m'a annoncé en passant, comme s'il s'agissait d'un détail sans importance, qu'il envisage son poste à Serenity comme un simple marchepied et certainement pas comme son objectif professionnel final.

— Tu vois un inconvénient à ce qu'il soit riche et ambitieux ?

Evidemment, ainsi résumé, le problème paraissait ridicule…

— Bien sûr que non, mais nous parlons là de sa famille et de son avenir. Je ne cadre ni avec l'une, ni avec l'autre. Et la prise de bec que j'ai eue avec sa mère ne le prouve qu'un peu plus.

— Si lui estime que tu as ta place dans sa famille et son avenir, c'est tout ce qui compte. Pourquoi te dévalorises-tu comme ça ? D'où tiens-tu cette idée grotesque que tu ne mérites pas de partager ta vie avec un homme bien ?

Jeanette pensa à ses expériences antérieures, qui l'avaient effectivement conduite à se sous-estimer. Mais elle était en train de changer, ou du moins elle essayait. Elle commençait à se rendre compte qu'elle valait davantage que ce qu'elle avait cru et qu'elle avait quelque chose à offrir aux autres. C'était précisément pour cette raison qu'elle ne voulait pas s'encombrer de quelqu'un qui ne lui accorderait pas la première place dans sa vie.

— Tom m'a peut-être fait passer avant sa mère aujourd'hui, mais rien ne me dit que ce sera toujours le cas.

— Toujours, peut-être pas, concéda Dana Sue. Ecoute, Jeanette, personne ne peut prédire avec certitude comment tournera une liaison. La seule façon de le savoir est d'essayer. Ce n'est pas tous les jours qu'on a la chance de rencontrer des types bien et, même si rien ne permet encore d'en être sûr à cent pour cent, Tom semble en être un. Ne laisse pas quelqu'un comme Mary Vaughn mettre le grappin sur lui à ta place.

— Mary Vaughn croit que c'est un homosexuel, confia Jeanette.

Le visage de Dana Sue se figea un instant dans une expression de stupeur… jusqu'à ce que les deux amies soient prises d'un fou rire irrépressible devant l'absurdité de l'idée.

— Je parie que c'est parce qu'il a décliné ses avances, dit Dana Sue quand elle eut recouvré l'usage de la parole.

— Gagné !

— Eh bien ! Il me semble alors que t'incombe l'obligation morale de prouver le contraire à la face du monde, déclara Dana Sue avec une gravité théâtrale. Commence par le bécoter ouvertement à tous les coins de rue. Tu lui dois bien ça pour ne pas t'avoir abandonnée dans ta dispute avec sa mère.

— Ben voyons ! Sa réputation va sans nul doute y gagner !

— Ça ne peut pas faire de mal. Et puis, ce ne sera peut-être pas si désagréable que ça, ajouta Dana Sue avec un clin d'œil.

Jeanette se rappela les baisers échangés avec Tom. Son amie avait raison, après tout ! Ce ne serait pas si désagréable que ça…

Mais un tel geste marquerait vraisemblablement le début des ennuis…

Chapitre 10

Malgré sa promesse, Tom s'était trouvé mille excuses pour ne pas téléphoner à Jeanette. Non pas à cause du diktat maternel! Non! Simplement, il n'en revenait toujours pas d'avoir réagi aussi violemment face à l'agressivité de sa mère à l'égard d'une femme qu'il connaissait à peine. Le mépris qu'elle avait affiché pour Jeanette l'avait mis littéralement hors de lui, au point qu'il avait été submergé par un désir impérieux de protéger Jeanette, de la défendre. Jamais aucune femme n'avait suscité en lui pareil élan.

Pourtant, Jeanette n'avait nul besoin de protection. Malgré son allure frêle de petite fille abandonnée, elle avait tenu tête, sans céder le moindre pouce de terrain, à une femme qui impressionnait nombre de riches et de puissants. Il se demandait malgré tout si Jeanette avait bien pris la mesure des retombées potentielles de son attaque. Car Mme McDonald avait non seulement le bras long, mais un tempérament fâcheusement vindicatif. Peu importe que les torts de l'incident chez Bella lui aient incombé. Sa fierté avait été blessée, et elle s'acharnerait contre Jeanette, indépendamment du motif, même futile, de la dispute.

Il espérait malgré tout avoir un peu modéré les ardeurs vengeresses de sa mère par son propre ultimatum. Provisoirement en tout cas, car rien ne l'empêcherait au bout du compte de s'attaquer à Jeanette, surtout si elle appelait son mari à la rescousse. A eux deux, ils étaient imbattables pour pourrir la vie à quelqu'un. Il était bien placé pour le savoir!

Pour en revenir à Jeanette, s'il n'avait pas pris contact avec elle depuis la scène au restaurant, c'était uniquement… par peur! Quand elle tournait vers lui ses grands yeux noirs, quelque chose remuait en lui. Il perdait les pédales. Une sensation entièrement nouvelle… qui le terrorisait!

Toutes les années passées à louvoyer pour éviter les jeunes filles de bonne famille en quête du mari idoine lui avaient permis de garder une liberté pleine et entière. Il était toujours sorti avec des femmes effrontées et sûres d'elles-mêmes, à l'instar de cette Mary Vaughn qui le poursuivait de ses assiduités, à son corps défendant à lui. Il avait en effet utilisé pratiquement tout son stock d'excuses pour décliner des invitations qui, étrangement, lui paraissaient impensables à accepter. A cause de ce qu'il éprouvait pour Jeanette, sans aucun doute possible. Et cette réaction le troublait, car jamais jusqu'à présent il ne s'était autorisé à s'attacher à une femme, encore moins si elle proclamait se désintéresser totalement de lui. En jouant les don Juan auprès de celles qui ne prétendaient à rien de sérieux, il avait réussi à se concentrer sur sa priorité numéro un : sa carrière.

Il avait déjà expliqué à Jeanette qu'il ne comptait pas finir ses jours à Serenity, une ville trop petite et trop provinciale à son goût, même si son poste d'administrateur représentait une promotion par rapport à celui qu'il avait occupé précédemment à l'aménagement du territoire dans une commune tout juste assez grande pour justifier l'existence d'un feu rouge. Sans même parler de son rôle de trésorier principal dans une autre municipalité minuscule. Néanmoins, Serenity ne constituait pour lui qu'une étape de plus sur la route qu'il s'était tracée.

Après deux ans ici, trois tout au plus, il serait prêt à s'attaquer à une agglomération plus grosse, voire à Charleston, au risque de conduire prématurément ses parents à leur dernière demeure. Ceux-ci ne s'étaient toujours pas remis de sa décision de se cantonner au niveau municipal et supporteraient probablement assez mal l'humiliation de voir leur fils — leur unique fils qui plus est — exercer sous leur nez un emploi de simple fonctionnaire, quelle que soit l'importance de ses responsabilités. Son père, en particulier, insistait pour qu'il brigue un mandat régional, ou même national, afin de jouir du pouvoir et de la notoriété liés au statut d'élu.

— Les McDonald n'ont jamais travaillé pour un salaire de misère en dépendant des caprices d'un conseil de péquenots incompétents, avait plus d'une fois répété son père avec un mépris constant.

— Eh bien, je serai le premier alors, avait rétorqué Tom. C'est ma vie. C'est à moi de choisir ce que j'en fais.

— Comme tu voudras, mais ne viens pas pleurnicher dans mon giron quand tu prendras de l'âge et que tu n'auras pas deux sous devant toi.

— Plutôt mourir, avait lancé Tom, fier d'imposer sa volonté quand il aurait été tellement plus confortable de se plier à celle de son père.

C'est à ces moments-là qu'il se demandait s'il ne s'était pas dirigé dans sa carrière actuelle uniquement pour contrarier ses parents. Quoi qu'il en soit, la perspective d'aider une ville à définir ou à réinventer son identité lui plaisait. C'était incontestable. Il avait acquis une vision assez claire de ce que devait être une municipalité et de la façon de planifier avec rigueur et bon sens sa croissance et son développement.

Serenity l'avait attiré parce qu'une véritable métamorphose s'y amorçait. Jusqu'à présent, l'agglomération avait conservé son charme de petite bourgade. Grâce à des entrepreneurs inspirés — les femmes qui avaient ouvert le Club du Coin par exemple, ou encore Ronnie Sullivan, qui avait contribué à ressusciter le centre-ville avec sa quincaillerie de détail et de gros —, Serenity se démenait pour mettre en place une politique dynamique au lieu de sombrer dans le désespoir, comme tant de ses semblables qui ne maîtrisaient par leur expansion et laissaient les grandes surfaces ruiner les commerces de proximité.

L'ironie de la situation n'échappait cependant pas à Tom : ce qui lui plaisait le moins à Serenity — les festivités de Noël — constituait un moment phare de la vie municipale qui suscitait l'engouement de l'ensemble de la population. Pourquoi avait-il fallu par-dessus le marché qu'il rencontre une femme qui certes partageait son aversion pour ces fêtes, mais qui risquait pourtant de perturber ses projets professionnels mûris de longue date ?

— Et zut ! pesta-t-il entre ses dents en lançant son stylo à travers la pièce.

Comme d'habitude, il se complaisait dans l'analyse intellectuelle d'une situation, au lieu de saisir le taureau par les cornes. Ce n'est pas en restant terré dans son bureau qu'il passerait la soirée avec Jeanette ! Pour l'heure, elle avait vraisemblablement déduit de son silence qu'il avait finalement décidé de se ranger du côté de sa mère. Ce qu'elle avait peu de chances d'apprécier…

Sans plus tergiverser, il appela le Club du Coin… Hélas, Jeanette était déjà partie. Il consulta l'annuaire… Jeanette n'y était pas inscrite. Elle s'était certainement mise sur liste rouge… Bien sûr, il lui restait la possibilité de se renseigner auprès d'une des amies de Jeanette, mais il préférait ne pas s'exposer à l'avalanche de conseils que ne manqueraient pas de lui prodiguer ces femmes, connues par tous les habitants de Serenity sous le nom de « Sweet Magnolias ». « Sweet » ? Dans le sens d'adorables ? songea-t-il. « Indiscrètes » les qualifierait mieux, à coup sûr.

Tom n'avait pas encore renoncé à voir Jeanette ce soir. Son poste à la mairie lui donnait accès aux données informatisées concernant le foncier dans la commune. Autant profiter de ce privilège, se dit-il. Il tapa son nom… Chou blanc ! Elle devait donc être locataire de son logement. Mais de quel type de logement ? Si les immeubles, peu nombreux, étaient situés dans des zones bien délimitées, les maisons individuelles étaient en revanche disséminées dans toute l'agglomération. Avec une moue de dépit, il éteignit l'ordinateur.

Et maintenant ?

Les endroits où sortir le vendredi soir à Serenity n'étaient pas pléthore. En fait, il y en avait deux : le Sullivan et le Rosalina. Que risquait-il à aller y jeter un coup d'œil ?

C'est alors qu'en quittant la mairie il entendit comme une clameur. Levant la tête, il découvrit, au loin, le ciel d'octobre troué par des faisceaux de lumière vive. Du football ! Il devait y avoir un match au lycée ! Peu importe que Cal entraîne l'équipe de base-ball et non celle de football. Cal s'investissait tellement pour la promotion du sport à l'école que Tom se doutait qu'il le trouverait là-bas. Et avec lui Maddie et leurs amis… dont Jeanette.

Il se mit aussitôt au volant et traversa la ville jusqu'au lycée, où il ne dénicha une place de stationnement qu'à plusieurs pâtés de maisons de là. Comme il se hâtait vers le stade, des acclamations mêlées à des grognements consternés lui parvinrent, avec de plus en plus d'intensité au fur et à mesure qu'il approchait des grilles. Une fois à l'intérieur de l'enceinte, après avoir acheté un hot dog et un soda, il se planta en bas des gradins bondés et scruta la foule à la recherche de visages connus.

— Hé ! Tom ! Là-haut !

Cal l'appelait en agitant le bras. Maddie était assise à côté de lui, avec tous leurs enfants, y compris le petit dernier. Jeanette terminait la rangée et tenait Jessica Lynn sur ses genoux. Elle prit si ostensiblement garde à ne pas lui adresser le moindre regard qu'il en aurait presque souri. Elle avait donc remarqué son silence et en avait tiré les conclusions qu'il redoutait, se dit-il. Preuve qu'il ne lui était pas indifférent, après tout. Du moins, pas totalement. Très bien ! C'était un début…

Il grimpa les marches deux par deux puis, se faufilant devant Cal, Maddie et les gamins, s'assit à côté de Jeanette.

— Je pensais bien vous trouver là, dit-il au moment où Jessica Lynn, qui s'était emparée par surprise de la saucisse du hot dog de Tom, se barbouillait de moutarde en essayant de l'enfourner dans sa petite bouche.

Jeanette récupéra la saucisse qu'elle replaça dans le pain.

— Vous n'avez peut-être plus très envie de le manger, dit-elle tandis qu'elle essuyait les mains et le visage de la fillette, négligeant en revanche les taches jaunes qui maculaient son pimpant T-shirt rose.

— J'en achèterai un autre plus tard, répondit Tom avec un haussement d'épaules en posant à ses pieds le hot dog. Alors, on gagne ?

— Le panneau d'affichage est là-bas, répliqua Jeanette avec un mouvement du menton en direction de l'une des extrémités du terrain.

— Vous m'en voulez beaucoup ?

— De quoi ? demanda-t-elle en s'appliquant toujours à éviter son regard. Je ne vois vraiment pas à quoi vous faites allusion.

— Je vous avais promis de vous appeler et je n'ai pas tenu parole.

— Je ne suis pas restée plantée à côté du téléphone, figurez-vous.

— Oh ! Ça, je n'en doute pas un seul instant ! Je vous présente mes excuses, malgré tout. Je ne sais plus bien où j'en suis en ce moment.

— Parce que vous hésitez à être vu en compagnie d'une femme qui a ouvertement offensé votre mère, peut-être ?

— Non, ce n'est pas du tout ce qui me tracasse, répondit-il avec un sourire.

Il venait de marquer un point : elle avait enfin tourné les yeux vers lui.

— Pourquoi, alors ?

— Je me demande si je ne commence pas à trop m'attacher à vous.

Nom d'un chien ! Encore cette vague brûlante qui déferlait sur lui. C'était ça le problème. Un regard d'elle et il perdait les pédales. Il avait beau détester cette sensation, il ne pouvait s'empêcher d'en redemander !

— Nous ne pourrions pas aller dans un endroit plus calme pour parler ? proposa-t-il.

— Au cas où vous ne vous en seriez pas aperçu, j'assiste à un match de football avec des amis.

— Pourtant, vous ignoriez le score, riposta-t-il en s'efforçant d'effacer toute raillerie de sa voix.

Elle allait le combattre pied à pied, songea-t-il. Il espérait seulement que l'attraction qu'elle exerçait sur lui était réciproque et qu'elle finirait par y succomber, elle aussi.

— Si, je le connaissais. Je n'avais tout simplement pas envie de vous le donner. En fait, je n'avais pas envie de vous adresser la parole.

— Et à présent ?

— Vous êtes presque pardonné après que vous avez avoué votre crainte de trop vous attacher à moi.

— Presque ? Que faut-il que je dise pour obtenir l'absolution ?

— Que votre mère a été condamnée à l'exil en Sibérie, par exemple.

— Ce n'est pas exactement le cas, répliqua-t-il, amusé, mais je l'ai prévenue que je ne tolérerais plus une seule parole désobligeante contre vous.

— C'est vrai ? demanda-t-elle, visiblement étonnée. Et vous étiez sérieux ?

— Je l'ai abandonnée dans sa voiture, sur le parking du Sullivan, lorsqu'elle a ignoré ma mise en garde et s'est permis un commentaire déplacé.

— Merci, dit Jeanette dont le visage s'éclaira enfin.

— Je vous en prie. Bien, alors, on peut aller ailleurs pour bavarder, à présent ?

— D'accord, mais j'ai quelque chose à faire avant, déclara-t-elle tandis qu'une lueur inquiétante traversait son regard.

C'est alors qu'à la stupéfaction de Tom elle lui saisit la nuque et lui plaqua un baiser sur la bouche qui l'électrisa tout entier, déclenchant dans son corps un feu d'artifice plus éclatant que ne pourrait jamais espérer en allumer le lycée de Serenity pour célébrer une victoire sportive.

Quand elle s'écarta, il demeura hébété, les bras ballants.

— C'était en quel honneur ? demanda-t-il enfin.

Elle le considéra un instant, visiblement contente d'elle-même.

— Je vous expliquerai, un jour, promit-elle. Ou peut-être pas, ajouta-t-elle dans un sourire espiègle :

Alors, Tom prit conscience que Cal, Maddie et la moitié des spectateurs avaient les yeux braqués sur eux. Vu la rapidité avec laquelle les nouvelles circulaient à Serenity, toute la ville parlerait de ce baiser dès le lendemain matin. Pourquoi Jeanette s'était-elle soudain publiquement compromise avec lui ?

— J'ai l'impression que les gens s'intéressent davantage à nous qu'au match, commenta-t-il en l'observant attentivement.

— C'est parfait, répliqua Jeanette toujours avec cette mine satisfaite qui intriguait Tom. Bien, on y va ?

Quelle importance, après tout, qu'il ne comprenne pas ce qu'elle mijotait en s'affichant ainsi à ses côtés ? Pourquoi ne pas tout bonnement profiter de ce baiser qui l'avait si puissamment bouleversé ?

Il se leva et la suivit.

— Bonne nuit, dit-elle à ses amis en rendant au passage Jessica Lynn à Cal. Merci de m'avoir invitée.

— Ravi que tu aies pu venir, répliqua Cal avec un large sourire.

Maddie se contenta de la fixer avec un regard qui ne laissa aucun doute à Jeanette : dès son arrivée au centre le lendemain matin, sa patronne allait la mitrailler de questions.

Quelles que soient les intentions de Jeanette, songea Tom, qui avait renoncé à essayer de les deviner, elles portaient davantage de promesses que tout ce qu'elle avait dit ou fait jusque-là. Par le passé, cette petite victoire aurait peut-être suffi à guérir sa blessure d'amour-propre, et il n'aurait pas poussé plus loin l'aventure. Aujourd'hui cependant, il bouillait d'impatience de découvrir où le mènerait ce baiser.

Bien que consciente de s'être livrée à un acte de pure folie en étalant ainsi en public ses sentiments pour Tom, Jeanette se félicitait de sa manœuvre. Non seulement elle couperait l'herbe sous le pied de Mary Vaughn mais, par la même occasion, elle étoufferait dans l'œuf les rumeurs que sa cliente s'apprêtait à répandre sur la sexualité de Tom. C'était le moins qu'elle puisse faire pour un homme qui s'était rangé de son côté à elle contre sa propre mère. Une décision qui ne cessait de l'émouvoir profondément. D'autant plus qu'elle n'avait pas dû être facile à prendre !

— Où souhaitez-vous aller ? demanda-t-il tandis qu'il l'emmenait vers sa voiture.

— On pourrait se tutoyer, non ?

— Je n'osais pas le proposer, accepta aussitôt Tom. Alors, où allons-nous ?

— Personnellement, je meurs de faim.

— Pourquoi pas le Sullivan ?

Jeanette secoua énergiquement la tête.

— Dana Sue et Erik, dit-elle seulement, d'un ton suffisamment éloquent cependant pour que Tom comprenne le message.

— Bien sûr, que je suis bête ! Ils manquent un peu de discrétion.

— Exactement.

— Le Rosalina, alors ? suggéra-t-il.

— Nettement mieux. Et, comme le match n'est pas encore terminé, nous aurons le restaurant pour nous tout seuls, ou presque.

— Ah ah ! Serait-ce que tu cherches des coins isolés pour m'embrasser ?

— Non, pour parler. C'est bien ça que tu voulais, non ?

— La perspective d'un autre baiser me tente davantage.

— C'est bien ce que je craignais. Tu te fais des illusions.

— Je n'ai rien vu d'illusoire dans un baiser capable de mettre le feu à tout un village en Alaska.

Flattée malgré elle par cet éloge, elle ne laissa cependant rien transparaître de sa satisfaction quand elle répliqua :

— Ne crois surtout pas que cela va devenir une habitude.

Il poussa un soupir théâtral.

— C'est bien ce qu'il me semblait. Malgré tout, cela n'explique pas ce qui t'a poussée. As-tu réfléchi aux conséquences ? Comme les faux espoirs que je risque de nourrir, les commérages et j'en passe ?

— Mieux vaut ne pas s'appesantir sur mes motivations.

Peut-être Tom s'amuserait-il de la théorie de Mary Vaughn sur son homosexualité, mais rien n'était moins sûr. Elle ne voulait pas être la cause d'un ressentiment quelconque entre ces deux-là qui, en tout état de cause, seraient inévitablement amenés à se fréquenter professionnellement, lui en tant qu'administrateur de la ville et elle en tant que présidente de la chambre de commerce.

*
* *

Comme Jeanette l'avait prévu, ils étaient les deux seuls clients du Rosalina, un petit restaurant familial italien dont les senteurs d'ail, de tomate et de pâte à pain en train de cuire possédaient la même vertu apaisante que certaines plantes que Jeanette utilisait comme cosmétiques.

— Une grande pizza aux champignons, olives et poivrons ? s'enquit Tom lorsqu'ils furent assis.

Elle le regarda avec des yeux ébahis. De toute évidence, il l'avait impressionnée.

— Tu te rappelles ce que j'ai pris quand nous sommes venus avec Maddie et Cal !

— Rien de ce qui est important ne m'échappe, Jeanette, déclara-t-il avec gravité.

— Que crois-tu savoir d'autre sur moi ?

— Je vais te le dire, mais appelons la serveuse d'abord, proposa-t-il en joignant le geste à la parole.

— Pas de salade, n'est-ce pas ? s'assura-t-il auprès de Jeanette quand il eut commandé la pizza et les sodas.

— Non, les légumes de la garniture suffisent.

— Je vous apporte vos boissons dans une seconde, leur dit Kristi Marcella, la fille des propriétaires, une jolie brune qui aidait ses parents le week-end quand elle revenait de l'université. Pour les pizzas, il faut compter un quart d'heure à peu près.

— Merci, Kristi, dit Jeanette avant de se tourner vers Tom avec un regard interrogateur.

— Allez, vas-y, j'écoute. Que crois-tu savoir de moi ?

— Laisse-moi réfléchir. Tu sens la lavande. Tu adores les scones à l'orange et à la canneberge et l'*apple bread* du Sullivan. Tu es réservée et conciliante, sauf si tu te considères victime d'une injustice. Là, tu t'emportes, et plus rien ne t'arrête. Et puis tu refuses de sortir avec moi pour un motif inconnu que tu n'as révélé ni à moi ni à tes meilleures amies.

Elle allait contrer cette dernière affirmation quand il la fit taire en lui posant un doigt sur les lèvres.

— Je me souviens de ce que tu m'as dit. Mais le fait de savoir que je ne vais pas passer le reste de mes jours à Serenity n'explique pas tout. Il y a quelque chose de plus profond.

Sans répondre, elle se cala contre le dossier de sa chaise, ébranlée par l'observation de Tom.

— Alors? Comment je m'en suis sorti?

— Pas mal, reconnut-elle. Surtout pour quelqu'un qui me connaît à peine.

— C'est précisément ce qui m'intrigue. Même les gens qui te sont proches, qui te côtoient depuis beaucoup plus longtemps que moi, ne savent de toi que ce que tu veux bien leur laisser voir. Il y a un pan de ton passé que tu caches. Et un pan qui compte beaucoup, car c'est lui qui a forgé la personne que tu es aujourd'hui.

— Pas exactement, objecta-t-elle, troublée malgré tout par la finesse de l'analyse de Tom. Il y a simplement certains événements dont je n'aime pas parler et auxquels je préfère ne pas penser.

— S'ils sont si difficiles à évoquer, si leur souvenir te perturbe à ce point, c'est qu'ils sont importants. Je ne pense pas qu'il soit très sain de refouler ce genre d'émotions. Il est bon de partager ses soucis avec ses amis. Et tu as la chance d'en avoir de très bons.

— Où avez-vous mis votre divan, docteur McDonald? ironisa-t-elle assez sèchement. Je ne m'attendais pas à être psychanalysée ce soir.

A son grand soulagement, elle le vit faire aussitôt marche arrière en même temps qu'un sourire apparaissait sur ses lèvres.

— Je n'ai pas de divan, hélas, répondit-il avec une mine exagérément navrée. Ni de maison pour l'y mettre, de toute façon.

Ce changement de sujet fort opportun et l'arrivée de la serveuse qui apportait leur pizza permirent à Jeanette de rassembler ses esprits avant de demander :

— Où habites-tu ? Toujours au Serenity Inn ?

Il confirma de la tête.

— Leurs chambres sont minuscules, dit-elle. J'y ai logé quelque temps, à mon arrivée ici, mais j'avais hâte de trouver quelque chose de plus grand.

Elle découpa et posa sur son assiette une part de pizza encore fumante. Tandis qu'elle soufflait pour la refroidir après l'avoir humée avec délice, elle sentit le regard de Tom littéralement rivé à sa bouche, un regard fasciné et incroyablement intense.

— Tom, dit-elle doucement. Tom ! répéta-t-elle plus fort.

— Mmm ? fit-il en levant vers elle des yeux égarés. Oh pardon ! enchaîna-t-il. J'étais plongé dans mes pensées.

— J'ai remarqué, se moqua-t-elle gentiment.

— De quoi parlions-nous ?

— De ton hôtel. Je t'expliquais que moi aussi j'y ai habité au début de mon séjour ici. Tu as l'intention d'y établir domicile ? Après tout, puisque tu ne comptes pas t'éterniser à Serenity, tu n'as pas vraiment besoin de te casser la tête à chercher une maison.

— En fait, j'ai commencé à le faire.

— Je suis sûre que Mary Vaughn serait ravie de t'assister dans tes recherches.

— Elle m'a effectivement proposé ses services, dit-il, laissant entendre qu'il n'appréciait guère ses autres propositions. Mais je préfère me débrouiller tout seul. A moins que tu n'acceptes de m'aider, ajouta-t-il après un temps.

Elle se surprit elle-même à répondre :

— Je peux me libérer en fin d'après-midi demain, si tu tiens vraiment à avoir un autre avis.

Il parut tout aussi ébahi qu'elle-même de cette offre.

— Tu es sûre ?

— Oui, pourquoi pas ? dit-elle avec désinvolture.

Que risquait-elle à lui consacrer quelques heures, après

tout ? se demanda-t-elle. Il s'agissait de sillonner Serenity, pas de passer des heures en un tête-à-tête intime. Sans compter qu'elle-même envisageait aussi d'acheter une maison au lieu de continuer à payer un loyer. Ce serait donc l'occasion idéale pour voir ce qu'offrait le marché de l'immobilier.

— Tu veux que je passe te chercher au Club du Coin ?

— Oui. Nous gagnerons du temps si je n'ai pas à rentrer chez moi, après le travail.

— A quelle heure ?

— Je termine avec ma dernière cliente à 15 h 45. Je peux donc être prête pour 16 heures. Cela ne nous laissera pas énormément de temps, mais nous devrions quand même arriver à visiter quelques maisons.

— Pour aller plus vite, j'achèterai le journal et localiserai sur une carte celles qui paraissent les plus intéressantes.

— Bonne idée.

— C'est une affaire qui roule, alors, déclara-t-il.

Elle le soupçonna de donner un double sens à cette expression, mais ne releva pas.

— Pendant que nous en sommes aux détails pratiques, poursuivit-il, je me suis aperçu tout à l'heure que je ne sais ni où tu habites ni comment te joindre ailleurs qu'au salon de beauté. C'est parce que tu n'es pas inscrite dans l'annuaire téléphonique que je suis allé au match de football, en me disant que j'avais de bonnes chances de t'y trouver.

Feignant de ne pas comprendre l'appel du pied de Tom, elle demanda :

— Tu es allé au stade parce que tu me cherchais ? Je croyais que Cal t'avait invité, sous la pression de Maddie. Elle est parfaitement capable de ce genre de sournoiserie.

— Je sais. Mais, en l'occurrence, ce n'est pas le cas. Je me suis décidé au dernier moment, après avoir échoué à te joindre au travail.

Il s'interrompit un instant pour l'examiner.

— Vas-tu enfin me donner un numéro de fixe ou de portable ? Ou bien as-tu l'intention de continuer à jouer la carte du mystère ?

Elle prit le temps de la réflexion avant de rendre son verdict avec un petit sourire :

— La carte du mystère me réussit plutôt bien, semble-t-il, puisque grâce à elle tu parcours la ville à ma recherche.

— Un coup de téléphone serait plus rapide et agréable.

— Pour toi, peut-être. Mais l'idée que tu te donnes du mal ne me déplaît pas.

— Quelle perversité ! C'est une véritable provocation, ma parole.

— Tu t'ennuierais si tu n'avais pas de défis à relever, j'ai l'impression. Mon petit doigt me dit que tu as l'habitude que les femmes tombent à tes pieds dès qu'elles posent le regard sur toi. Tu es beau, drôle, riche. Un parti idéal en quelque sorte.

— Mais qui ne t'attire pas, conclut-il les yeux pétillants de malice.

— Attirée, je le suis, concéda-t-elle. Mais ferrée, non monsieur. Il va falloir davantage vous démener pour me mettre dans votre gibecière.

— Prends garde, Jeanette. Je t'ai déjà avertie que les défis et les paris me rendent un peu fou. Tu es sûre que c'est ce que tu veux ?

Quelque chose dans la voix de Tom, quelque chose dans l'atmosphère électrique qui crépitait autour d'eux lui fit perdre toute prudence.

— Ça marche ! déclara-t-elle en plantant son regard dans celui de Tom.

Dès qu'elle eut prononcé ces paroles fatidiques, dès qu'elle aperçut les yeux de Tom s'éclairer d'un éclat diabolique, elle sut qu'elle venait de franchir une frontière et de quitter un territoire paisible pour s'aventurer sur un terrain miné. Etrangement, elle n'en éprouva aucun regret.

Elle avait oublié ce vertige et cette excitation dans le creux de l'estomac qui suivaient une décision prise sur un coup de tête… Dana Sue avait raison. Si la prudence permettait d'éviter les dangers, elle empêchait aussi de vivre. Cela faisait bien trop longtemps qu'elle n'avait connu cet état d'exaltation ; bien trop longtemps qu'un homme ne l'avait regardée comme Tom la regardait en ce moment. Et si ce moment magique ne durait pas toujours ? Eh bien ! Elle avait connu tellement de peines de cœur qu'elle survivrait à une autre !

Quand Tom lui prit la main et la porta à ses lèvres pour lui baiser les doigts en un geste digne des vieux films en noir et blanc qu'elle affectionnait, elle s'autorisa dans un soupir à tomber un tout petit peu amoureuse. Méprisant tous les signaux qui l'avertissaient du désastre imminent — dont l'image effrayante de cette harpie de Mme McDonald —, elle pria silencieusement pour que la chance lui sourie enfin et lui permette de vivre une histoire d'amour qui, pour une fois, ne lui briserait pas le cœur.

Chapitre 11

Mary Vaughn aurait tout accepté plutôt que de demander quoi que ce soit à son ex-mari. Malheureusement, pour être en mesure d'offrir à Rory Sue le Noël traditionnel de ses rêves, elle se voyait contrainte de recourir à Sonny. Leur fille continuant à pester à l'idée de sacrifier ses vacances de ski à Aspen pour rentrer à Serenity, Mary Vaughn devait à tout prix respecter son engagement de transformer la fête en un moment aussi magique que lorsque Rory Sue était petite. Il lui fallait aussi obtenir de Sonny qu'au lieu de laisser leur fille les monter l'un contre l'autre ils lui présentent au contraire un front uni. Howard avait promis de ne pas intervenir et de la laisser régler le problème mais, si elle repoussait trop son entretien avec Sonny, son ex-beau-père finirait par s'en mêler, comme à son habitude. C'était plus fort que lui. Il ne pouvait s'empêcher de s'immiscer dans les affaires des autres.

Autant profiter de ce moment de creux pour téléphoner à Sonny, décida-t-elle. De toute façon, elle se morfondait tellement à attendre d'éventuels acquéreurs pour la maison qu'elle venait de mettre sur le marché que même une conversation avec Sonny serait bienvenue. Elle n'avait vu que cinq ou six clients au cours de la journée, dont aucun n'avait manifesté un enthousiasme débordant. La veille au soir, elle avait organisé une visite pour un jeune couple, qui n'était pas revenu malgré sa promesse.

Elle appela Sonny sur sa ligne directe. Quel choc d'entendre sa voix! Un choc agréable et électrisant… Etrange alors que leur relation conjugale antérieure ait tant manqué de fièvre ! Pourquoi cela aurait-il changé maintenant, après tant d'années ? se raisonna-t-elle. Surtout qu'elle souffrait encore de l'humiliation de ce divorce dont il avait pris, lui, l'initiative et qu'elle s'arrangeait pour croiser son ex-mari le moins souvent possible.

— Que se passe-t-il ? demanda Sonny de sa voix naturellement enjouée. Notre petite aurait-elle des problèmes ?

— Rory Sue va très bien, ne t'inquiète pas. Mais c'est quand même pour parler d'elle que je t'appelle.

— Ah oui ? Pourquoi ?

Puis, au lieu d'écouter les explications de Mary Vaughn, il murmura quelque chose à quelqu'un à côté de lui.

— Excuse-moi une minute, s'il te plaît.

Mary Vaughn se mit à tapoter impatiemment le sol du pied en attendant que Sonny daigne lui accorder toute son attention. Comme il l'avait si bien fait, autrefois, alors qu'ils étaient encore lycéens, se rappela-t-elle. C'était d'ailleurs la raison pour laquelle elle s'était jetée dans ses bras quand Ronnie Sullivan avait repoussé ses avances. Oui, Sonny avait été là pour elle, comme un petit chien débordant d'affection. Mais cette époque était bel et bien révolue, soupira-t-elle non sans un pincement au cœur car, neuf ans après, elle continuait à croire qu'il lui suffirait de claquer des doigts pour qu'il accoure vers elle. Hélas, elle n'était apparemment même plus capable de capter son intérêt le temps d'un appel téléphonique. Ce qui redoubla sa nervosité.

— Excuse-moi, répéta-t-il quand il reprit la communication. C'est la folie ici, aujourd'hui. On dirait que tout le monde a décidé de changer de pick-up en même temps. Je t'assure que je n'ai jamais eu autant de demandes depuis l'ouverture de la concession, il y a vingt-cinq ans. Bon, alors explique-moi vite la raison de ton appel.

— Il faut qu'on parle, Sonny.

— C'est ce que nous faisons, non ?

— De vive voix, répliqua-t-elle, énervée.

— C'est au sujet des sports d'hiver ? J'ai dit à Rory Sue que ça dépendait de toi.

— Et j'avais déjà refusé. Merci d'avoir abondé dans mon sens, lança-t-elle d'un ton amer.

— Hé ! Du calme, chérie ! Je ne savais pas que Rory Sue en avait déjà discuté avec toi. Elle ne m'a rien dit.

— Evidemment ! Tu n'as toujours pas compris sa tactique, Sonny Lewis ? Depuis qu'elle est bébé, elle vient toujours te voir quand elle n'a pas obtenu ce qu'elle voulait avec moi. L'autre jour, elle a même essayé ce stratagème avec ton père, mais je suis intervenue pour l'en empêcher. Pour une fois, Howard me soutient. Je m'étonne que tu puisses envisager une seconde de passer Noël sans Rory Sue.

— Pour être honnête, elle m'a appelé à un mauvais moment, et je n'ai pas bien écouté ce qu'elle demandait. Une fois que j'ai eu accepté, il m'était difficile de revenir en arrière, juste parce que je me mordais les doigts de ne pas avoir suffisamment réfléchi.

Exactement ce qu'elle avait deviné ! triompha tristement Mary Vaughn.

— Je parie qu'elle t'a téléphoné au beau milieu de ta réunion-bilan hebdomadaire. Je me trompe ?

— Eh bien... oui, c'est vrai, admit-il après un temps de réflexion. Cette gamine est beaucoup plus retorse que je ne l'imaginais. Il va falloir que j'y prenne garde, dorénavant.

— Est-ce que tu peux dîner avec moi au Sullivan, mardi, pour qu'on essaye de trouver une solution pour les vacances ? C'est moi qui invite, bien sûr.

Elle mettait un point d'honneur à montrer qu'elle avait aussi bien réussi que lui et que la pension alimentaire qu'il versait avait uniquement bénéficié à Rory Sue.

— Tu veux dîner avec moi ? demanda-t-il avec un étonnement qui irrita Mary Vaughn.

— T'inquiète ! Je ne vais pas te sauter dessus !

— Je ne pensais pas à ça ! répliqua-t-il dans un éclat de rire. Bon, d'accord pour mardi soir. A quelle heure ?

— 19 heures, ça te va ? J'ai un client qui vient visiter une maison à 18 heures.

— Ce qui veut dire que tu ne viendras pas avant 19 h 30, commenta-t-il sèchement. Mais peu importe, moi je serai au Sullivan à 19 heures tapantes.

— Merci, répondit d'une voix cinglante Mary Vaughn, qui raccrocha aussitôt.

Comment s'était-elle laissée aller à imaginer que, même pour le bien de leur fille, elle et Sonny pourraient coexister le temps d'un dîner — sans parler même de toute la période des fêtes — dans un climat paisible et joyeux ?

Mais elle oublia presque sa rancœur contre Sonny lorsque, en levant la tête, elle aperçut par la fenêtre Tom, qui remontait l'allée de la maison qu'elle faisait visiter…

En compagnie de Jeanette !

Elle avait eu beau être informée par trois personnes différentes du baiser que s'étaient échangé ces deux-là, la veille, pendant le match de football, elle s'était refusé à le croire. Mais elle devait maintenant se rendre à l'évidence : ils étaient là, sous ses yeux, un samedi après-midi, en train de visiter des maisons. Pas étonnant que Jeanette ne se soit pas appesantie sur la question de l'homosexualité de Tom ! Elle avait su ce qu'il en était. Elle était vraisemblablement sortie avec lui en cachette, preuve que même une femme aussi perspicace qu'elle, Mary Vaughn, ne démasquait pas toujours les petites traîtresses prêtes à poignarder les gens dans le dos.

*
* *

Jeanette reconnut instantanément la voiture de Mary Vaughn garée devant la maisonnette qui faisait partie de la liste des logements disponibles établie par Tom. La porte d'entrée était entrouverte, et le panneau « à vendre », sur la pelouse de devant, était décoré de ballons multicolores. Tout était fait pour attirer l'œil du passant : des jardinières croulant sous des fleurs d'automne d'un jaune éclatant avaient été placées de chaque côté des marches, l'herbe était drue, et les volets avaient été récemment peints en un blanc brillant qui contrastait coquettement avec le gris du mur.

Aussi charmant que soit ce spectacle, il ne suffit pas à enlever la boule d'appréhension qui nouait l'estomac de Jeanette.

— Ce bien fait partie de ceux proposés par l'agence de Mary Vaughn, dit-elle à Tom. Elle est là.

— Et alors? Il y a un problème?

— Aucun pour moi. Mais tu sais très bien qu'elle en pince pour toi. Elle risque de mal réagir en te voyant en ma compagnie.

Surtout si « l'événement » dans les gradins du stade du lycée lui était parvenu aux oreilles…

— Et ça t'inquiète, mon chou?

— Pour moi non, mais pour toi un peu. Elle supporte mal qu'on résiste à ses charmes.

Comme pour la contredire, Mary Vaughn apparut sur le seuil, un sourire vissé aux lèvres.

— Eh bien, vrai! s'écria-t-elle d'un ton exagérément jovial. Si je m'attendais à vous voir ensemble et, qui plus est, pour visiter une des propriétés de mon catalogue!

— Décision de dernière minute, répondit Tom sans scrupule pour cette entorse à la vérité. Jeanette a accepté de m'accompagner dans ma prospection.

C'est alors que, sous leurs yeux, Mary Vaughn se métamorphosa en agent immobilier, faisant surgir de nulle part un descriptif des lieux, qu'elle tendit à Tom.

— A mon avis, vous allez adorer celle-là. Elle est parfaite pour un célibataire, déclara-t-elle avec assurance… ou pour un jeune couple qui se prépare à fonder une famille, ajouta-t-elle, en lançant un regard plein de sous-entendus en direction de Jeanette.

Les pièces sont très agréables.

Elle continua à débiter son boniment avec le même entrain tandis qu'elle leur montrait le rez-de-chaussée, composé de deux chambres, d'une salle de bains, d'une grande cuisine et d'un salon — trop lourdement meublé et décoré au goût de Tom. Jeanette, elle, loin de s'arrêter à ce détail, imagina tout de suite comment transformer la pièce en un nid douillet et accueillant.

— Il y a une troisième chambre et une autre salle d'eau à l'étage. Pour le moment, ça ne paye pas de mine mais, avec quelques travaux, on pourrait les réunir pour former une belle suite.

Plongée dans ses pensées, Jeanette traînait un peu derrière ses deux compagnons. De toute évidence, Mary Vaughn avait reconnu sa défaite sur le plan sentimental, mais espérait emporter une victoire sur le plan immobilier.

— Ce n'est pas mal, commenta Tom après un coup d'œil rapide au premier étage. Mais le prix me paraît un peu élevé. Est-il possible de négocier ?

— Même si je ne devrais pas vous le dire parce que je suis censée défendre les intérêts du vendeur, chuchota-t-elle en confidence, entre vous et moi, Tom, c'est vous qui feriez une affaire à ce prix-là.

— Peut-être, intervint Jeanette. Il n'empêche que je connais Nancy Yates, et je sais qu'elle est pressée de vendre. Elle veut déménager en Floride pour se rapprocher de ses enfants. Je suis presque sûre qu'elle accepterait un rabais, dans la limite du raisonnable bien sûr. Je suis désolée, ajouta-t-elle en réponse au regard irrité de Mary Vaughn. Il se trouve que je suis au courant de la situation.

Mary Vaughn, en bonne professionnelle, se ressaisit rapidement.

— Il est bien sûr normal que Tom veuille obtenir les meilleures conditions possibles, mais il faut que j'en parle avec Nancy.

Lorsqu'ils eurent achevé la visite de l'intérieur, Mary Vaughn les emmena à l'arrière de la maison, dans un jardin abondamment fleuri, agrémenté d'un petit bassin et d'un jet d'eau. A cette vue, Jeanette tomba immédiatement amoureuse du lieu. La paix et la tranquillité de ce coin de verdure la touchèrent plus profondément qu'elle ne l'aurait imaginé. Si Tom voulait acheter cette maison, il allait trouver Jeanette sur son chemin.

— Nancy se passionnait pour le jardinage, expliqua Mary Vaughn. Elle passait beaucoup de temps ici, après avoir pris sa retraite. Vous ne trouverez nulle part à Serenity un endroit plus joli.

— J'aime beaucoup l'atmosphère paisible qui y règne, déclara Tom. Qu'en penses-tu, Jeanette ?

Elle hésita un instant avant de répondre, de crainte de donner un avis qui le déciderait à acheter cette propriété. Mais elle ne pouvait pas mentir non plus…

— J'adore. Il me rappelle le patio du spa.

— Je ne sais pas si j'aurai la main suffisamment verte pour l'entretenir, dit Tom.

— Les jardiniers sont faits pour ça, répliqua Mary Vaughn avec un grand sourire. Je peux vous en recommander plusieurs qui travaillent très bien. Vous n'aurez plus qu'à vous asseoir ici, le soir, et à vous détendre avec un verre de quelque chose.

— Et de la compagnie, compléta Tom en se tournant vers Jeanette.

Le regard de Mary Vaughn s'assombrit sur-le-champ. Elle

avait certes réussi à faire bonne figure, mais n'appréciait guère la situation, malgré tout. Heureusement, l'apparition d'un autre couple l'empêcha de faire le commentaire qui lui brûlait visiblement la langue...

— Ah ! Vous êtes revenus, finalement ! lança-t-elle chaleureusement aux nouveaux arrivants.

Malgré sa hâte d'aller accueillir ses visiteurs, elle prit le temps de demander à Tom :

— Je peux vous laisser seul un instant ?

— Oui, bien sûr, pas de soucis... Bien, dit-il après le départ de Mary Vaughn. Franchement, Jeanette, qu'en penses-tu ?

— Mary Vaughn a raison, la maison est très agréable, reconnut-elle sans trop s'avancer.

— Tu me caches quelque chose. As-tu repéré des taches de moisissure sur les murs ? Ou de l'humidité au plafond qui indiquerait une fuite par le toit ?

— Non, tout est parfait.

— Alors pourquoi ce manque d'enthousiasme ? Quel est le problème ?

— Je veux cette maison pour moi, avoua-t-elle enfin. J'ai eu le coup de foudre dès que j'ai posé le pied dans le jardin. Elle correspond exactement à la taille que je cherche, en plus. J'utiliserais une des chambres du bas comme bureau et dormirais dans l'autre en attendant de transformer celle de l'étage en suite, comme l'a suggéré Mary Vaughn. Il y a suffisamment de surface pour installer une baignoire et une grande douche. Je ferais poser un Velux aussi.

Laissant alors libre cours à son imagination, elle poursuivit :

— Je mettrais un lit king size avec des tonnes de coussins et un canapé dans lequel je pourrais me lover confortablement pour lire. Ce serait génial.

Quand elle osa glisser un regard vers Tom, elle s'aperçut qu'il l'observait avec attention.

— Une petite place de prévue pour moi ? Dans ce grand lit en particulier ?

— Nous parlons au conditionnel, n'est-ce pas ? réussit-elle à demander malgré sa gorge sèche.

— Si c'est indispensable, répondit-il avec un demi-sourire.

— Alors, oui. Il se pourrait qu'il y ait une place pour toi.

— Pourquoi ne pas m'avoir dit que tu cherchais toi-même une maison ?

— Ce n'était pas à l'ordre du jour, mais la pensée d'avoir un vrai chez-moi me trotte dans la tête depuis quelque temps. Je comptais juste me faire une idée du marché. Je ne m'attendais certainement pas à tomber sur la perle rare aujourd'hui. Et puis, quand nous sommes sortis dans le jardin, j'ai immédiatement su que j'avais trouvé la maison qu'il me fallait. Je suis désolée, conclut-elle avec un regard penaud.

— Non, inutile de l'être, la rassura-t-il en lui caressant la joue. Je vois bien que tu es tombée sous le charme. Et, franchement, je t'imagine parfaitement ici. Bien sûr, je m'y imagine aussi très bien avec toi, ajouta-t-il avec un sourire espiègle.

— Bon, comment allons-nous procéder ? demanda-t-elle sans relever. Allons-nous nous livrer une guerre des prix, tous les deux ?

— Non, pourtant Mary Vaughn s'en réjouirait probablement, s'esclaffa-t-il. Puisque tu penses que la propriétaire accepterait de négocier, as-tu réfléchi à la somme que tu veux mettre ? Es-tu prête à te lancer ?

Une bouffée d'angoisse envahit alors Jeanette à l'idée de s'endetter pour les trente années à venir mais, dès qu'elle se vit en pensée assise dans le jardin avec les Sweet Magnolias autour d'une Margarita, ses appréhensions s'apaisèrent.

— Tu es sûr ? s'inquiéta-t-elle. C'est toi qui as un besoin urgent de te loger. Tu ne peux pas rester indéfiniment à l'hôtel.

— Si mon sort t'inquiète autant, que dirais-tu de me prendre comme locataire ?

Jeanette ne put s'empêcher de pouffer.

— Je rêve ! Tu ne lâches jamais prise, toi !

— Je ne plaisante pas, Jeanette. En tout cas, pas totalement. Je pourrais te donner un coup de main pour les travaux et utiliser temporairement la pièce que tu comptes transformer en bureau. Je te verserais un loyer qui t'aiderait à payer les traites. Tout le monde y gagnerait dans l'histoire, non ?

Etait-il sérieux ou tâtait-il seulement le terrain ? Elle n'aurait su le dire et, dans le doute, préféra refuser sa proposition.

— Réfléchis encore, je t'assure, insista-t-il. Le bricolage, ça me connaît, tu sais.

— Tu as pensé aux commérages ? Tu risquerais de perdre ton travail.

— Juste parce que nous avons mis au point un contrat officiel, entre une propriétaire et un locataire ?

— A ton avis, combien de temps la situation en resterait-elle là ? demanda-t-elle en levant les yeux au ciel.

— Ça dépend de toi, répondit-il avec un air ingénu.

— Si je te pensais effectivement capable de respecter un accord comme celui-là, je l'envisagerais peut-être mais, l'un comme l'autre, nous savons pertinemment que c'est impossible. Il ne se passerait pas une seconde sans que tu essayes de m'attirer dans tes filets.

Au lieu de nier, il la regarda avec un petit sourire.

— Tu n'es pas une proie facile, pourtant.

— En général, non. Mais, avec toi, j'en suis moins sûre. Tu produis des effets imprévisibles sur moi. J'ai l'impression que tu pourrais m'entraîner dans des directions que je n'avais absolument pas prévues.

Il essaya, sans succès, de dissimuler son air satisfait.

— Je n'ai rien entendu de plus revigorant depuis longtemps.

Va vite faire une offre pour la maison. Nous réglerons les détails de notre pacte plus tard.

— Il n'y a pas de pacte, martela-t-elle.

— Plus tard, répéta-t-il en la chassant. Va, avant que cet autre couple n'emporte l'affaire.

Etait-ce raisonnable ? se demanda Jeanette. Pouvait-elle vraiment, sur une impulsion, poser une option sur une maison qu'elle venait de découvrir quelques petites minutes plus tôt ? S'étant toujours montrée économe, elle avait mis suffisamment de côté pour s'acquitter du premier versement. Même sans connaître le montant exact des mensualités et des impôts, elle savait qu'ils ne dépasseraient pas ses moyens. Elle gagnait bien sa vie au spa, et ses dépenses se limitaient, en gros, à l'achat de nourriture et au paiement de son loyer.

— Veux-tu que je fasse les comptes ? demanda Tom, qui devinait la raison de ses tergiversations. J'ai une calculette sur moi.

— Non, ce n'est pas la peine. Simplement, il ne s'agit pas d'une petite décision, et j'ai peur de sauter le pas.

— Bien. Analysons une par une les données du problème. Projettes-tu de quitter ton travail et de partir ailleurs dans un avenir proche ?

— Non ! répondit-elle en secouant énergiquement la tête. Je me plais trop ici.

— Disposes-tu d'un apport personnel suffisant pour ne pas être étranglée par le remboursement de l'emprunt ?

— Oui.

— Dans ce cas, au niveau financier il n'y a aucun obstacle et, si j'en juge par cette lueur dans tes yeux, au niveau de l'envie non plus.

Elle esquissa un sourire qui grandit, grandit jusqu'à envahir tout son visage.

— Aucun, vraiment, tu en es certain ?

— J'ai beau retourner la question dans tous les sens, non, je n'en vois aucun.

Instinctivement, elle lui prit la main et la serra.

— Merci, dit-elle.

Là-dessus, elle ouvrit la porte coulissante de la cuisine et appela :

— Mary Vaughn !

— Je suis dans le salon.

Quand Jeanette arriva dans la pièce, Mary Vaughn et l'autre couple de clients étaient assis autour de la table sur laquelle étaient étalés des papiers ... Ils s'apprêtaient à signer la promesse de vente, devina Jeanette.

— Je pourrais vous parler deux minutes, Mary Vaughn, s'il vous plaît ? En tête à tête. Je suis désolée de vous interrompre, ajouta-t-elle poliment à l'adresse du couple.

Pressentant que les deux parties allaient entrer en concurrence, Mary Vaughn s'excusa et suivit Jeanette dans la cuisine.

— Que se passe-t-il ? Tom a-t-il décidé de proposer un prix ? En tout cas, ce jeune couple est sur le point de conclure.

Jeanette sortit de son sac un bout de papier sur lequel elle griffonna un chiffre.

— Voilà mon offre. Si vous le souhaitez, je remplis le formulaire officiel tout de suite.

— Votre offre ? A vous ?

Mary Vaughn, les yeux écarquillés, regardait Jeanette bouche bée, oubliant même de prendre connaissance de la somme que Jeanette avait inscrite.

— Oui, confirma Jeanette.

— Et Tom, alors ?

— Nous nous sommes mis d'accord. Il va continuer à chercher.

Ou, plus vraisemblablement, il continuerait à la harceler pour qu'elle accepte de le laisser emménager avec elle. Une possibilité qu'elle se garderait bien de révéler à Mary Vaughn, de peur que cette dernière, par jalousie, ne s'arrange pour que l'affaire lui passe sous le nez. Bien sûr, Mary Vaughn devait servir les intérêts du vendeur en accordant la préférence au plus offrant mais, indépendamment de cet impératif professionnel, Jeanette devinait qu'elle n'hésiterait pas à comploter pour que l'autre proposition dépasse de quelques dollars la sienne, à seule fin de l'empêcher de cohabiter avec Tom.

Mary Vaughn consulta enfin le prix noté par Jeanette.

— Je vais vous chercher le document officiel, annonça-t-elle alors dans un haussement d'épaules.

— Mon offre est-elle plus élevée que la leur ? demanda Jeanette avec un mouvement du menton en direction du salon.

— Je soumettrai les deux à Nancy, répondit seulement Mary Vaughn. C'est elle qui prendra la décision.

— S'agit-il à peu près de la même somme ? insista Jeanette. Cette maison me tient à cœur, Mary Vaughn.

Elle n'avait pas terminé sa phrase qu'elle se rendit compte de son erreur : elle venait de révéler à Mary Vaughn qu'elle était prête à augmenter la mise, le cas échéant.

— J'appelle Nancy dès que les formulaires auront été dûment renseignés par les deux acquéreurs potentiels, déclara Mary Vaughn avec froideur en se dirigeant vers le salon.

Elle revint quelques instants plus tard avec plusieurs feuilles que Jeanette s'empressa de compléter.

— Je vais essayer de téléphoner à Nancy maintenant, annonça Mary Vaughn à Jeanette. Elle devait s'arranger pour être joignable pendant les heures de visite, aujourd'hui. Vous pouvez patienter ici si vous le souhaitez, mais elle risque de demander un temps de réflexion avant d'arrêter son choix.

— Je vais attendre dans le jardin, avec Tom.

Il était assis sur les marches devant la porte-fenêtre de la salle à manger et se leva en voyant Jeanette approcher.

— Alors ?

— J'ai fait une offre. Les autres aussi. Apparemment, c'est la seconde fois qu'ils viennent.

— Et maintenant, Mary Vaughn va les communiquer au vendeur, c'est ça ?

Jeanette acquiesça de la tête, la mine sombre.

— A mon avis, elle va faire tout son possible pour que Nancy opte en leur faveur.

— Pourquoi ?

— Pour se venger. Ça l'énerve de me voir ici avec toi.

— Mais non, voyons ! C'est une pro. Les intérêts de la personne qui lui a confié l'affaire passent avant ses sentiments personnels.

— Tu n'es quand même pas aussi naïf, si ? Ou alors, c'est que tu connais mal Mary Vaughn.

— C'est exact, je la connais très peu. Cela dit, elle n'aurait pas aussi bien réussi qu'on le dit si elle n'était pas absolument réglo.

Réglo, Mary Vaughn ? se dit Jeanette en se remémorant comment cette femme avait poursuivi Ronnie de ses assiduités. Il est vrai qu'il s'était agi là d'une affaire personnelle et non professionnelle.

— Peut-être respecte-t-elle effectivement un code de déontologie, admit-elle.

— Que s'est-il passé entre vous pour que tu te méfies d'elle à ce point ?

— Pas entre nous. Entre elle et Dana Sue. Quand Ronnie est revenu à Serenity, Mary Vaughn lui a couru après sans relâche alors qu'elle savait pertinemment qu'il essayait de se réconcilier avec Dana Sue. Elle le draguait ouvertement. L'histoire a failli mal tourner. Résultat des courses : Dana Sue et Mary Vaughn se détestent cordialement.

— Et, par conséquent, toi aussi tu la détestes.

— Bizarrement, non. Nous nous sommes toujours plutôt bien entendues toutes les deux. C'est une de mes clientes et c'est elle qui m'a convaincue de participer à la commission de Noël. Mais ça, c'était avant qu'elle ne te voie. Mon petit doigt me dit qu'elle me considère comme une rivale, à présent.

Il lui caressa la joue tout en lui souriant.

— Une rivalité impliquerait une compétition. Or, tu es la seule qui me plaise, Jeanette. La seule et unique.

Tant de sérieux et de conviction dans cet aveu ! Jeanette en frissonna.

— Arrête de dire des choses comme ça, le rabroua-t-elle pourtant en se forçant à détourner son regard.

— Même si elles sont vraies ?

— Elles ne peuvent pas l'être. Tu t'es simplement mis cette idée dans la tête parce que je suis inaccessible. Il y a des hommes comme ça, qui ne s'intéressent qu'à ce qui est hors de leur portée.

— Mais tu es à ma portée, dit-il avec une telle assurance qu'elle fut prise d'une folle envie de le gifler.

— Ça m'étonnerait, répliqua-t-elle en s'écartant prestement de lui.

Il pourrait le lui prouver de bien des façons. D'une seule petite caresse, par exemple. Elle le savait aussi bien que lui, mais se refusait à l'admettre.

Leur duel verbal fut interrompu par Mary Vaughn, qui ouvrit la porte coulissante de la cuisine.

— Jeanette ! Vous pouvez venir s'il vous plaît ?

Le ventre noué, Jeanette rejoignit Mary Vaughn dans la cuisine. L'autre couple avait disparu. Ce départ annonçait-il la bonne nouvelle qu'elle espérait ? Ou bien Mary Vaughn s'apprêtait-elle à lui apprendre que son offre avait été rejetée ?

Avec un sourire quelque peu forcé, Mary Vaughn lui tendit son téléphone portable.

— Nancy voudrait vous parler.

Le cœur battant, Jeanette prit l'appareil.

— Bonjour, Nancy. Comment allez-vous ? Et comment vous adaptez-vous en Floride ?

— C'est tout simplement formidable, répondit Nancy avec un entrain que Jeanette ne lui avait pas connu depuis des mois. Avec la plage et les enfants à proximité, je suis comblée.

— Je suis contente pour vous. Je sais que vous vous sentiez isolée ici, après la mort de Garrett.

— C'est vrai. Il n'empêche qu'il y a quelques minutes encore, la pensée de me séparer de ma maison de Serenity et de tous les souvenirs qui s'y attachent me paraissait presque insupportable. Il n'y a pourtant pas d'autre solution, si je veux rester ici, en Floride. C'est alors que Mary Vaughn m'a appelée pour me soumettre les deux offres qu'elle avait reçues, en me précisant que l'une était de votre part. Cette nouvelle a suffi à me rasséréner et à dissiper mes craintes. Dieu merci, poursuivit-elle en riant, c'est vous qui avez proposé le meilleur prix, qui est de surcroît plus élevé que ce que j'avais espéré. Je n'aurais pas fini d'en entendre parler si mes enfants avaient appris que j'avais laissé mes sentiments l'emporter sur mon intérêt financier.

— J'ai eu le coup de foudre pour votre maison au moment où j'ai mis le pied dans le jardin, confessa une Jeanette euphorique, qui tentait malgré tout de contenir son excitation.

— Nous avons eu quelquefois l'occasion de parler jardinage toutes les deux, dans le patio du spa, lui rappela Nancy. Et, grâce à ces conversations, je sais que vous vous occuperez bien de mes fleurs. En ce qui me concerne, Jeanette, c'est une affaire réglée. Vous verrez avec Mary Vaughn et la banque pour les détails et, sauf imprévu, la maison est à vous. Je veux malgré tout que vous me promettiez quelque chose.

— Tout ce que vous voudrez, l'assura sans hésiter Jeanette.

— M'autoriserez-vous à venir vous rendre visite si je passe par là ?

— Vous serez toujours la bienvenue, Nancy, répondit Jeanette qui, de peur de percer les tympans de son interlocutrice, se retenait pour ne pas hurler sa joie. Merci beaucoup. Oui, vraiment beaucoup. Vous n'avez pas idée de ce que cela représente pour moi. Je suis tellement excitée que j'en tremble.

— J'espère que vous vous y plairez autant que moi.

— Le contraire m'étonnerait. Au revoir, Nancy, et merci encore.

Alors qu'elle pivotait sur elle-même en coupant le portable, elle découvrit Tom, qui la dévisageait avec un sourire.

— C'est dans la poche ?

— Oui, ou tout au moins ce le sera lorsque la banque m'aura accordé un prêt et que nous aurons signé.

Elle était à peine arrivée au bout de sa phrase que Tom la soulevait de terre et la faisait tournoyer. Quand il la posa à terre après ce débordement d'allégresse, elle surprit Mary Vaughn qui les regardait avec dans les yeux une lueur de… de quoi au juste ? De tristesse peut-être ?

Jeanette n'eut guère le temps de préciser davantage, car Mary Vaughn reprit très vite sa mine avenante de commerçante.

— Bravo, Jeanette, dit-elle. Qu'est-ce que vous diriez, tous les deux, de célébrer l'événement autour d'un bon dîner et d'une bouteille de champagne ? Je vous invite au Sullivan.

— Qu'en penses-tu, Jeanette ? demanda Tom. Tu es libre ?

« Chapeau, Mary Vaughn, de faire ainsi contre mauvaise fortune bon cœur ! » la félicita silencieusement Jeanette. Peut-être tenait-elle aussi à prouver qu'elle n'était plus la mauvaise perdante qu'elle s'était montrée lorsque, pour la seconde fois, Ronnie avait méprisé ses avances et choisi Dana Sue. Pourquoi ne pas donner à Mary Vaughn l'occasion de se racheter ?

— Avec grand plaisir, Mary Vaughn, répondit-elle. Et merci d'avoir su trouver les mots pour convaincre Nancy de retenir mon offre.

— Oh ! Je n'ai eu à la convaincre de rien du tout. Il a

seulement été question de gros sous… et aussi de la gentillesse que vous lui avez témoignée quand elle était si mal, après le décès de Garrett. Une preuve de plus qu'on récolte toujours ce qu'on a semé, le bon comme le mauvais, conclut-elle dans un long soupir. Je ferais probablement bien d'en prendre de la graine, ajouta-t-elle à voix basse, plus pour elle-même que pour ses interlocuteurs.

— Ça va, Mary Vaughn ? s'inquiéta Jeanette, à qui le commentaire n'avait pas échappé.

Mary Vaughn replaça si vite le masque souriant qu'elle avait appris à porter que Jeanette crut presque s'être imaginé la note de lassitude et de résignation dans sa voix.

— Oui, tout baigne. Je suis en super forme, mais je prendrais volontiers un verre de champagne. On peut se donner rendez-vous au Sullivan dans un quart d'heure, si cela vous convient ? Le temps que je ferme ici et que j'accroche le panneau « en instance de vente ».

— Entendu, acquiesça Jeanette. A tout à l'heure.

Elle se douta que Mary Vaughn avait besoin de ce laps de temps pour reprendre ses esprits avant de pouvoir montrer à la ville tout entière qu'elle était une battante, indifférente à ce qui pouvait se passer entre Jeanette et Tom. Une réaction qui suscita l'admiration sincère de Jeanette : à la place de Mary Vaughn, elle se serait réfugiée chez elle et aurait englouti un litre de glace à la fraise pour se consoler.

Chapitre 12

Tom ne se rappelait pas s'être jamais apprêté à passer une soirée aussi délicate que celle qui s'annonçait. Dès qu'il entrerait au Sullivan avec Mary Vaughn et Jeanette, tous les yeux ne manqueraient pas de se braquer sur leur trio dans l'attente d'un crêpage de chignon entre les deux femmes.

Rien de surprenant d'ailleurs, puisque Mary Vaughn n'avait pas fait mystère de l'intérêt qu'elle lui portait et que Jeanette, quant à elle, l'avait publiquement revendiqué la veille comme chasse gardée, lors du match de football, même si, en privé, elle prétendait à présent ne pas vouloir engager de relation avec lui. Du moins pas dans le sens où lui l'entendait. Une attitude contradictoire qui, selon lui, trahissait un refus d'affronter les sentiments qu'il éveillait en elle. Hélas, il ne disposait d'aucun élément qui confirmerait cette intuition. Pour le moment...

Restait l'espoir que les habitants de Serenity s'abstiendraient de mettre leur nez dans leurs affaires, un espoir illusoire au vu de ce qu'il avait observé depuis son arrivée dans cette ville. Les Sweet Magnolias, leurs époux et sa propre secrétaire n'étaient-ils pas la preuve vivante que le mot « discrétion » était inconnu à Serenity ?

— On dirait que la perspective de ce dîner ne te réjouit guère, déclara Jeanette sur le trajet du restaurant.

— Comment l'as-tu deviné, madame la détective ?

— Parce que tu n'as pas décroché deux mots depuis que nous avons quitté Mary Vaughn.

— Tu ne crois pas que ce repas va être vraiment bizarre ?

— Si ! répondit-elle sans l'ombre d'une hésitation. Mais nous le lui devons.

Il la regarda, médusé. Décidément, ce qui se passait dans la tête de cette femme demeurait une véritable énigme pour lui.

— Pourquoi ?

— Elle essaye de sauver la face, de montrer qu'elle se moque que tu m'aies choisie, moi. Non pas que ce soit le cas, bien sûr.

— Mais si, Jeanette, je t'ai choisie, toi, dit-il fermement. Et quelle qu'ait été ta motivation hier soir, ce baiser que tu m'as donné dans les gradins du stade a proclamé au monde entier que tu m'as choisi en retour.

— J'avais mes raisons pour t'embrasser en public, répliqua-t-elle en rougissant. N'y attache pas plus d'importance que nécessaire.

Il lui jeta un coup d'œil ouvertement sceptique, avant de reporter son attention sur la route.

— Tu pourrais être plus explicite ?

— Non.

— Eh bien alors, je préfère continuer à croire que tu as délibérément déclaré ton attirance pour moi.

— Une interprétation qui conviendrait à ton égo, je n'en doute pas.

— En l'absence d'indication contraire, pourquoi ne m'y tiendrais-je pas ?

— Parce que je t'ai dit qu'elle était fausse.

— Tout ça, ce ne sont que des mots, dit-il avec dédain. Rien que des mots.

— Tu n'es pas obligé de dîner avec nous, tu sais, lança-t-elle avec irritation. Tu n'as qu'à me déposer, et je fêterai mon nouveau statut de propriétaire, seule avec Mary Vaughn.

— Mon absence l'empêcherait de prouver ce que tu crois qu'elle cherche à prouver.

— C'est incontestable que l'efficacité de sa démonstration

s'en trouverait considérablement réduite. En nous voyant tous les trois dîner gentiment ensemble, les gens comprendront qu'elle n'éprouve aucun ressentiment.

— Il est donc de mon devoir de participer à cette petite mise en scène, déclara-t-il avec solennité. Je ne voudrais pas qu'on accuse ma mère de ne pas m'avoir donné une éducation de parfait gentleman. Je suis prêt à tout pour défendre l'honneur d'une femme.

— Personne ne te demande de pérorer!

— Mais d'assister à un dîner, si! plaisanta-t-il tout en redoutant les conséquences de sa faiblesse.

A peine la serveuse du Sullivan les eut-elle conduits à une table que, à la surprise de Tom, Jeanette l'abandonna pour filer dans la cuisine. Peut-être allait-elle annoncer à ses amis qu'elle venait d'acheter une maison? Mais nul doute qu'elle voulait également leur faire part de quelques potins plus alléchants.

Dût-il passer les cinquante années à venir avec cette femme, il ne parviendrait jamais à la comprendre complètement, se dit-il. Bien sûr, tenter de découvrir ses secrets constituerait une expérience stimulante qui lui ouvrait des horizons entièrement nouveaux, à lui qui n'avait jamais auparavant trouvé de femme capable d'exciter suffisamment sa curiosité pour qu'il s'imagine passer sa vie à ses côtés.

Mary Vaughn, assise dans sa voiture sur le parking du Sullivan, retouchait son maquillage pourtant impeccable, tout en s'armant de courage en prévision de la soirée. Pourquoi diable n'avait-elle pas tourné sept fois sa langue dans sa bouche avant de lancer l'invitation à Jeanette et à Tom, tout à l'heure? Bien sûr, elle avait acquis une grande maîtrise dans l'art de feindre que tout allait pour le mieux dans le meilleur des mondes, même lorsque son univers s'écroulait autour d'elle. Elle craignait toutefois de ne pas réussir ce tour de force aujourd'hui. Le dernier revers qu'elle avait subi avec Tom était encore trop récent.

« Allez ! Il est trop tard pour reculer », se dit-elle en ouvrant sa portière.

Personne, absolument personne à Serenity, ne devait soupçonner combien ce nouvel échec l'affectait. Encore un homme qu'une rivale venait de lui souffler sous le nez ! Non pas qu'elle ait réussi à séduire Tom, mais elle avait cherché à le faire, comme cela était vraisemblablement de notoriété publique dans cette satanée ville. De même qu'avait été de notoriété publique ce qui se passait chez elle quand elle était petite… sans que quiconque intervienne pour les protéger elle et sa mère.

Fille unique, c'est d'une experte en la matière que Mary Vaughn avait appris à taire ses problèmes : sa mère. Cette dernière avait en effet enduré pendant des années les mauvais traitements verbaux et physiques de son mari alcoolique, sans jamais se plaindre. Lorsque Mary Vaughn avait été en âge de s'interroger sur les avanies dont elle était témoin, sa mère avait nié l'existence d'un quelconque dysfonctionnement, expliquant ses bleus par sa maladresse, traitant les scènes et les hurlements qui les accompagnaient de simples « discussions ». En refusant systématiquement de reconnaître la réalité des faits, elle avait contraint Mary Vaughn à garder le silence, elle aussi.

Mary Vaughn avait tenté de se convaincre que, si son père s'était attaqué à elle, sa fille, sa mère aurait alors volé à son secours et l'aurait emmenée loin de ce cauchemar. Mais l'aurait-elle vraiment fait ? Rien n'était moins sûr. Heureusement, sa théorie n'avait jamais été mise à l'épreuve, son père s'étant satisfait de passer ses nerfs sur sa seule femme.

Elle allait à l'école la tête haute, fermant l'oreille aux messes basses de ses camarades, qui avaient vu son père rentrer en titubant du bar le plus connu de Serenity et entendu les cris qui avaient suivi son retour chez lui. Elle avait nié en bloc quand des assistantes sociales pleines de compassion avaient cherché à l'aider. Bref, elle était devenue aussi habile que sa mère à vivre dans le mensonge.

Elle s'était éprise de Ronnie Sullivan en partie parce que, n'étant pas de Serenity, il ne l'avait pas accablée de sa pitié, à la différence des autres au lycée. Elle avait épousé Sonny parce qu'il l'avait aimée, en dépit de ce qu'elle avait vécu. Il l'avait même ouvertement admirée d'être parvenue à surmonter ses traumatismes et à tracer son chemin dans le monde.

A cette époque, elle avait déjà perdu ses deux parents, son père des suites d'une cirrhose du foie, sa mère d'une crise cardiaque. Si elle ne les avait pleurés ni l'un ni l'autre, elle avait en revanche souffert de ne jamais avoir connu une vie de famille normale.

Sonny, le fils du citoyen le plus respecté de Serenity, était devenu sa seule famille, qui s'était plus tard agrandie avec l'arrivée de Rory Sue. Certes, leur relation avait manqué de passion, mais Mary Vaughn avait su depuis le début qu'il ne la mettrait jamais en danger et la traiterait toujours avec égard. En outre, en tant que bru du maire de la ville, elle avait espéré être traitée avec respect par les habitants, même si elle s'était démenée pour le mériter par elle-même. Elle s'était dit que sécurité et estime mutuelle suffisaient dans un couple. Effectivement, elle s'en était parfaitement accommodée. Hélas, Sonny, lui, avait fini par aspirer à plus.

Quand il l'avait quittée, elle avait été de nouveau contrainte à marcher la tête haute et à demeurer sourde aux murmures sur son passage. C'est en puisant des forces dans le souvenir de cette expérience qu'elle pénétra dans le restaurant sans rien trahir de la douleur qui lui déchirait le cœur. Elle était venue ici célébrer la vente d'une maison et elle ne permettrait à personne d'imaginer quoi que ce soit d'autre.

Il n'y eut pas un étranglement dans sa voix, pas un tremblement dans son sourire, qui aurait signalé une faille dans la joie qu'elle affichait de savoir que Jeanette avait trouvé la maison de ses rêves… ainsi peut-être que l'homme qu'elle-même aurait voulu conquérir.

Au moment du champagne, elle leva son verre.

— Que votre nouvelle demeure comble tous vos vœux! déclara-t-elle avant de trinquer avec Jeanette et Tom. J'espère que vous y serez heureux.

— Vous avez bien compris qu'il s'agissait de *ma* maison, n'est-ce pas? précisa Jeanette. Tom continue à prospecter de son côté. Peut-être pourrez-vous l'aider à trouver quelque chose qui lui conviendrait?

— Naturellement! s'écria Mary Vaughn, rassérénée de savoir que, quoi qu'il se mijote entre Tom et Jeanette, ils n'avaient pas encore décidé de vivre ensemble.

C'est donc avec un sourire radieux qu'elle se tourna vers Tom.

— Le style de la maison que vous avez visitée aujourd'hui vous plaît-il ou souhaiteriez-vous quelque chose de plus moderne? Ou de plus imposant, davantage conforme à votre statut d'administrateur et à votre milieu social? Je suis sûre que vous avez l'habitude de vivre au large.

— En fait, mon travail me prend tellement qu'une pièce où me détendre, un coin cuisine et une chambre satisferont parfaitement mes besoins.

— Je crois qu'on peut trouver mieux. Je ne vous l'ai pas dit tout à l'heure, mais votre mère m'a téléphoné l'autre jour.

— Ah bon? dit Tom d'une voix glaciale, le visage soudain fermé.

— Elle avait pris une de mes brochures lors de sa dernière visite et elle a repéré quelques maisons qui, selon elle, pourraient vous convenir. En principe, elle doit m'appeler la semaine prochaine afin de fixer un rendez-vous pour les visiter.

— Quand vous l'aurez au téléphone, répondez-lui que c'est moi et non elle qui vous ai chargée de prospecter.

Mary Vaughn ne put retenir une grimace. Elle avait compris

que Clarisse McDonald n'accepterait pas facilement d'être mise à l'écart.

— Elle se rend compte que vous avez un emploi du temps chargé et elle essaye seulement de vous soulager, dit-elle dans l'espoir d'amadouer Tom. Et c'est vrai qu'entre votre prise de fonctions et l'organisation de Noël vous ne devez pas chômer.

— Je vous saurais infiniment gré de ne rien montrer du parc immobilier de Serenity à ma mère, déclara-t-il avec fermeté. A moins qu'elle n'ait l'intention de s'installer elle-même ici. Je ferai mon propre choix le moment venu. Si cela vous pose problème, j'irai voir un autre agent, et vous et ma mère serez libres de visiter tout ce que vous voulez.

Comprenant qu'elle venait de mettre le pied dans un sac de nœuds familial dont les tenants et les aboutissants lui échappaient, Mary Vaughn décida de faire machine arrière sur-le-champ. Mieux valait sauvegarder de bonnes relations avec Tom plutôt que de se glorifier de compter dans la clientèle de son agence Clarisse McDonald.

— Non, il n'y a aucun souci, Tom. Ne vous inquiétez pas. Si elle m'appelle, je trouverai une excuse pour la dissuader de venir.

Merci, Mary Vaughn.

— Connaissez-vous un entrepreneur à qui vous adresser pour effectuer vos travaux quand vous serez officiellement propriétaire des lieux? demanda Mary Vaughn à Jeanette.

— A vrai dire, je n'ai pas encore réfléchi à la question. Je suis encore toute chose d'avoir signé cette promesse de vente. Je pense que je verrai ça avec Ronnie. Il connaît bien le milieu du bâtiment de Serenity.

— En outre, je lui ai promis de l'aider, intervint Tom avec un regard insistant à l'adresse de Jeanette.

— Il me semblait avoir décliné ta proposition, répondit

cette dernière avec un petit sourire. Elle comportait trop de risques.

— Il nous est toujours possible de négocier, rétorqua Tom.

Mary Vaughn se laissa aller contre le dossier de sa chaise, en retenant difficilement un soupir de dépit. Peut-être ces deux-là n'allaient-ils pas vivre ensemble. Néanmoins, il passait entre eux un courant si brûlant qu'elle en ressentait presque la chaleur dans l'air ambiant.

Qu'est-ce qui, chez elle, faisait fuir les gens ? s'interrogea Mary Vaughn. A priori, elle était pourtant plus destinée que Jeanette à attirer un homme comme Tom McDonald. Elle avait de la classe, de l'argent et savait se conduire en société.

Elle avait réussi à la force du poignet à se bâtir une vie confortable de femme raffinée et bien éduquée qui lui permettait d'éviter d'être piégée dans un mariage calamiteux, à la différence de sa mère. Oui, elle s'était résolument ménagé la possibilité de choisir sa vie. Certes, Sonny avait été plus un pis-aller qu'un véritable choix, ce qui ne signifiait nullement qu'il n'était pas quelqu'un de bien et de bonne famille. Que non ! Il s'était toujours comporté de façon exemplaire avec elle et l'avait adorée. Pourtant, il l'avait quittée… Et, d'une certaine façon, cette rupture avait été plus difficile à accepter que son premier échec avec Ronnie Sullivan.

De toute évidence, elle souffrait d'une tare rédhibitoire. Mais laquelle ? Elle aurait donné cher pour le savoir. Se montrait-elle trop agressive, trop sûre d'elle-même, trop indépendante ? A moins que ce ne soit l'inverse ? Donnait-elle trop l'impression d'être en manque d'affection ?

Stupidement, elle s'était toujours tellement focalisée sur les hommes qu'elle avait totalement négligé de cultiver des relations féminines. Elle n'avait donc personne à qui demander conseil. Hier encore, en désespoir de cause, elle se serait peut-être tournée vers Jeanette. Un recours impensable à présent : elle n'allait pas s'exposer à l'humiliation de s'adresser à la femme dont Tom s'était entiché !

Il faudrait pourtant qu'elle finisse par trouver la réponse à sa question, car elle supportait de plus en plus difficilement la solitude de ses soirées et de ses nuits. Toute la fortune et la réussite du monde ne compenseraient jamais l'absence, dans sa vie, d'un être cher, autre que sa fille qui, de surcroît, était remontée contre elle la plupart du temps.

Elle prit une dernière gorgée de champagne et reposa son verre. Se soûler n'arrangerait rien. Au contraire, elle risquait même de broyer davantage de noir. Or, les gens acceptaient plus facilement les mauvais perdants que les personnes qui noyaient leur chagrin dans l'alcool.

Elle était une battante, nom d'un chien ! Quoi qu'il arrive, elle ne devait jamais l'oublier.

Jeanette, Tom et Mary Vaughn terminaient un somptueux gâteau au chocolat quand Maddie et Helen arrivèrent, époux et progéniture dans leur sillage. Au même moment, Dana Sue émergea de la cuisine avec une autre bouteille de champagne, du jus de pomme pétillant pour les petits et des verres pour tout le monde. Erik et Karen étaient sur ses talons et furent suivis quelques minutes plus tard par Elliot, qui amena les enfants de Karen.

— Que se passe-t-il ? s'étonna Jeanette. Pourquoi êtes-vous tous là ?

— Tu as acheté une maison, non ? s'exclama Maddie. Un événement pareil, ça se fête, il me semble. Pas seulement pour toi, mais pour nous aussi, car cela veut dire que tu ne vas pas nous quitter.

— Comment l'avez-vous appris ?

— Croyais-tu vraiment que Dana Sue allait garder la nouvelle pour elle ? se moqua Helen. Dana Sue, Maddie et moi redoutions que tu ne décides d'aller voir ailleurs, un de ces jours. Nous pensions que quelqu'un comme toi, qui as vécu à Charleston et même à Paris, risquait de ne pas vouloir passer sa vie à Serenity.

— Hé! Pas si vite, dit Jeanette. Rien n'est sûr, après tout. Je n'ai même pas encore déposé ma demande de prêt. Il faut que j'attende lundi.

— Arrête, Jeanette! Tu vas l'obtenir sans problème ton crédit, répliqua Helen. Tu donnes nos noms pour l'enquête de solvabilité. Crois-moi, l'affaire est dans le sac.

— C'est bien ce que je disais, conclut Dana Sue. Il s'agit d'une grande nouvelle qu'il est de rigueur de partager avec ses amis.

Elle accompagna cette dernière déclaration d'un regard appuyé à l'adresse de Mary Vaughn, comme pour lui signifier qu'elle était une intruse dans leur cercle.

Jeanette fut vraisemblablement la seule à voir l'éclair d'humiliation qui jaillit dans les yeux de Mary Vaughn, tant cette dernière avait été prompte à le dissimuler. En un instant, elle avait de nouveau endossé son costume d'agent immobilier et s'était levée, son éternel sourire professionnel aux lèvres.

— Bien. Je vais vous laisser à vos réjouissances, dit-elle en prenant son sac.

— Non, intervint Jeanette avec un regard menaçant en direction de Dana Sue. Restez. Au moins le temps de trinquer.

Mary Vaughn hésita, craignant visiblement la réaction de Dana Sue.

— Oui, restez, renchérit finalement cette dernière.

Une invitation ni très chaleureuse ni très aimable, mais qui suffit néanmoins pour que Mary Vaughn se rassoie… sur le bord de sa chaise, prête à s'esquiver.

La plupart des autres clients du restaurant étant partis, Ronnie aida Dana Sue à grouper quelques tables tandis que Kyle et Katie, les deux grands de Maddie, étaient chargés de surveiller Jessica Lynn et les deux petits de Karen pour qu'ils ne transforment pas la salle en champ de bataille. Les bébés, eux, dormaient tranquillement dans leur couffin.

— Allez! Raconte-nous tout, Jeanette, lui enjoignit Maddie. Je ne savais même pas que tu voulais déménager.

— Ce n'était pas prévu, en effet. C'est Tom qui cherchait à se loger. Je l'ai accompagné après le travail, aujourd'hui, et je lui ai volé cette maison, à son nez et à sa barbe.

— Ce qui m'a fendu le cœur, assura-t-il avec un long, très long soupir. Je l'adorais.

— Ce n'est pas vrai, se défendit Jeanette avec force. J'ai bien remarqué ta tête quand tu as vu la décoration du salon.

— Je ne nie pas qu'elle est un peu chargée à mon goût avec toutes ses fleurs, admit-il avec un sourire espiègle. Mais les meubles ne vont pas rester. N'est-ce pas, Mary Vaughn, ils vont partir?

— Qu'est-ce que ça peut te faire? s'enquit Jeanette. Ce n'est pas toi qui vas vivre là.

— Je croyais que nous avions un contrat, s'insurgea-t-il.

— Quel contrat? demanda aussitôt Helen d'un ton impérieux avant de se tourner vers Jeanette. Ne me dis pas que tu en as conclu un avec lui sans me le montrer d'abord. Je suis déjà un peu vexée que tu ne m'aies pas consultée avant de signer la promesse de vente.

— Je devais me décider très vite, se défendit Jeanette. Il y avait un autre acquéreur sur les rangs. Mais je te promets que je te chargerai de vérifier le document définitif. En fait, je te confie l'affaire à partir de maintenant. Je ne connais rien à tout ça.

— Et ce contrat avec Tom? persista Helen. De quoi s'agit-il?

Jeanette fusilla Tom du regard avant de répondre à Helen.

— Il se croit drôle. Il s'est mis dans la tête de louer une

de mes chambres en échange de son aide pour les travaux de rénovation.

— Tout le monde y trouverait son compte, insista Tom.

Ronnie le dévisagea avec un mélange d'ironie et d'admiration pour son astuce.

— C'est un bon plan, dit-il. Mais, sans vouloir t'offenser, tu sais comment t'y prendre avec un burin ?

— Je possède des talents qui sont utiles dans une maison, répliqua Tom.

— Nous parlons bricolage, pour le moment, Tom, précisa Cal, qui fut puni de son intervention par un coup de coude bien appliqué dans les côtes.

— Hé ! Maddie ! Qu'est-ce qui te prend ?

— Tu gênes Tom et Jeanette, lui expliqua Maddie.

— Ma remarque était parfaitement justifiée. Pas vrai, les gars ?

— Tout à fait justifiée, affirma Ronnie.

— Mets-moi à l'épreuve si tu veux, dit Tom en se tournant vers Ronnie. Donne-moi quelques outils et regarde-moi à l'œuvre.

— Peu importe que tu aies l'aval de ces messieurs ou un CAP d'ouvrier du bâtiment, déclara Jeanette, exaspérée. Il n'est pas question que tu viennes vivre sous le même toit que moi. J'ai l'intention de faire appel à un entrepreneur agréé. Ronnie, tu as quelqu'un à me recommander ?

— Dis-moi quand je peux passer. J'estimerai l'ampleur du chantier et je t'aiderai à trouver la personne convenable.

— Espèce de traître, murmura Tom, qui s'attira un sourire narquois de Ronnie.

— N'oublie pas que je rentre à la maison avec une de ces femmes, Tom. J'ai intérêt à ne pas m'opposer à elle, si je ne veux pas vivre un enfer.

— Et la solidarité masculine, où est-elle dans tout ça ? se lamenta Tom.

— Les hommes qui y croient encore ne sont pas mariés aux Sweet Magnolias, rétorqua Cal.

Pendant cet échange, Jeanette surprit par hasard le regard mélancolique de Mary Vaughn. Une tristesse qui, pour une fois, ne semblait pas spécifiquement suscitée par Ronnie, mais par les relations chaleureuses qui unissaient leur groupe d'amis. Jeanette se félicita alors de ne pas l'avoir exclue de leur fête. Elle avait déjà pressenti auparavant que, malgré sa réussite professionnelle, Mary Vaughn souffrait de solitude. Il lui sembla qu'elle souhaitait ardemment être intégrée à leur cercle, mais ne savait comment s'y prendre. Et son histoire avec Dana Sue et Ronnie devait lui compliquer la tâche.

— Merci à vous tous, dit Jeanette en regardant tour à tour chacun des membres de l'assistance. Je crois que si je me suis autant attachée à Serenity c'est grâce aux amis que je m'y suis faits. J'ai l'impression d'avoir trouvé une famille.

— La famille, la famille… Ce n'est pas toujours la panacée, commenta Mary Vaughn avec amertume.

Elle se tut alors, à la fois surprise et gênée d'avoir osé prendre la parole.

— Bien dit, acquiesça Tom avec compassion. On choisit ses amis, mais pas sa famille, c'est bien ça la formule ?

— C'est précisément la raison pour laquelle je me réjouis de vous avoir rencontrés, tous autant que vous êtes, insista Jeanette. Je propose que nous trinquions encore. A l'amitié, cette fois.

— Volontiers, s'écria Maddie, imitée par Helen, Dana Sue, Karen et même les hommes.

— Vous avez donné un sens à ma vie, déclara Karen, les yeux humides. Avec Elliot, bien sûr.

— Au fait, vous avez fixé une date, pour le mariage ? demanda Maddie un peu sèchement.

— Je pencherais plutôt pour un enlèvement romantique de ma bien-aimée, répondit Elliot. Mais, apparemment, Karen et ma famille tiennent absolument à une cérémonie grandiose à l'église. Pour ça, nous devons attendre que l'annulation du précédent mariage de Karen soit prononcée, ce qui, d'après le prêtre, peut durer encore quelques mois. Alors, j'essaye de prendre mon mal en patience.

— Et Dieu sait que ce n'est pas son point fort, se moqua gentiment Karen en lui enlaçant les doigts. Mais je veux tout faire dans les règles. Cette fois-ci, c'est pour la vie.

Jeanette réprima un soupir. Ils avaient tous assisté à l'éclosion de l'extraordinaire histoire d'amour entre ces deux êtres. Elliot était tombé sous le charme dès leur première rencontre ou presque, mais la situation de Karen — abandonnée avec ses enfants par son mari —, ajoutée à la réprobation de la famille d'Elliot à l'idée qu'il épouse une divorcée, avait compliqué les choses. Ces obstacles ne l'avaient cependant pas découragé, et tous les deux accédaient enfin au bonheur qu'ils méritaient.

Comme s'il devinait l'émotion qui avait envahi Jeanette au spectacle de ces amoureux, Tom lui prit la main sous la table et la serra doucement. Elle tourna la tête vers lui et découvrit dans ses yeux une empathie si profonde qu'elle fut de nouveau comme électrisée. Sous le choc, elle se dégagea brutalement de son emprise. C'était la deuxième fois qu'il produisait en elle cette sensation fulgurante qui lui faisait perdre pied. L'attirance physique, elle pouvait l'accepter, se dit-elle, mais tomber amoureuse… c'était hors de question ! Même pas un petit peu. Non, elle ne se le permettrait pas, malgré ses avances assidues, malgré le courant sensuel qui passait entre eux. Ou peut-être d'ailleurs à cause de cela. Elle devait garder la situation en main et se méfier de Tom… et d'elle-même aussi.

Peu importe qu'il s'entende si bien avec ses amis à elle. Peu importe qu'il se montre délicat et attentionné. Elle ne devait pas perdre de vue qu'au bout du compte sa carrière primerait sur sa relation avec elle. Il l'avait dit lui-même.

Comme s'il se doutait qu'elle lui avait retiré davantage que sa main, il captura son regard.

— Ça va, Jeanette ?

— Je l'ai échappé belle, répondit-elle en s'obligeant à sourire. Mais tout va bien maintenant.

— Tu pourrais m'expliquer ?

Elle secoua la tête et se leva.

— Merci à vous tous d'être venus ce soir, dit-elle en esquivant de façon délibérée le regard de Tom. Maintenant, je vais vous demander de m'excuser. Je me sauve, je suis épuisée. Vous pourriez me raccompagner chez moi, Mary Vaughn ?

— Je peux très bien m'en charger, proposa vivement Tom, que l'attitude de Jeanette plongeait dans un abîme de perplexité.

Mais, au grand soulagement de Jeanette, Mary Vaughn était déjà debout.

— Oui, pas de problème, annonça-t-elle. Cela nous permettra de récapituler les quelques points qui restent en suspens.

— D'accord. Bonne nuit, tout le monde.

Elle sortit presque en courant du Sullivan et arriva à la voiture de Mary Vaughn une bonne minute avant elle.

— Qu'est-ce qui vous a pris ? demanda Mary Vaughn tandis qu'elle déverrouillait les portières.

Comme Jeanette ne répondait pas, elle poursuivit :

— Pourquoi m'avoir demandé à moi de vous conduire chez vous, alors qu'il y avait des tas de gens dans ce restaurant qui n'auraient pas demandé mieux ?

— Parce que je pensais que vous seriez peut-être la seule personne qui ne me mitraillerait pas de questions. Me serais-je trompée ?

— Oh ! Des questions, je n'en manque pas. Mais je peux les garder pour moi.

— Je vous en serais infiniment reconnaissante, dit Jeanette en s'affalant avec un soupir contre le dossier du siège. Au fait, Mary Vaughn, comment vous sentez-vous ? Vous n'avez pas été trop mal à l'aise ? Je ne parle pas seulement du dîner, mais de l'ensemble de la soirée.

— A vrai dire, je m'étais attendue à pire. Est-ce que vous appréciez votre chance d'être entourée d'amis comme eux ?

— Oui. J'en remercie le ciel tous les jours.

Quand elle se fut garée devant la résidence de Jeanette — qu'elle connaissait pour y être venue un soir prendre livraison d'une commande de crème pour la peau après la fermeture du spa —, Mary Vaughn se tourna vers sa voisine.

— Est-ce que… pourquoi ne déjeunerions-nous pas ensemble un de ces jours ? A moins que vous ne préfériez aller au cinéma ? Je me rends bien compte que cette proposition peut vous paraître bizarre, dans la mesure où vous avez remarqué mon attirance pour Tom. Malheureusement, j'ai laissé filer ma chance. Je tiens seulement à vous assurer que je n'en garde aucune animosité. J'aimerais beaucoup que nous soyons amies, sauf si cela doit vous mettre en porte-à-faux vis-à-vis de Dana Sue et des autres.

Jeanette se remémora alors la lueur de mélancolie qui avait traversé le regard de Mary Vaughn, un peu plus tôt dans la soirée. Elle-même savait trop bien ce qu'était la solitude.

— Je ne vois pas en quoi cela les gênerait que nous déjeunions ensemble. Je n'ai pas mon agenda sur moi, malheureusement. Mais nous pourrions fixer une date lors de votre prochaine visite au Club du Coin.

— D'accord ! accepta sans hésiter Mary Vaughn. Je suis ravie que vous ayez acheté cette maison. Si quelque chose ne vous paraît pas clair lorsque vous négocierez votre prêt à la banque, appelez-moi. Sinon, on se voit au spa cette semaine. Je vais faire tout ce qui est en mon pouvoir pour accélérer les démarches administratives, afin que vous entriez dans vos murs le plus rapidement possible.

Cédant à une impulsion, Jeanette se pencha vers Mary Vaughn et l'embrassa.

— Bonne nuit, Mary Vaughn. A bientôt.

Quelle ne fut pas sa surprise de voir les yeux de Mary Vaughn s'embuer de larmes ! Elle avait donc pris la bonne décision en l'incluant dans le cercle des Sweet Magnolias et consorts. Derrière sa façade bien policée, derrière son acharnement à poursuivre les objectifs qu'elle s'était fixés, Mary Vaughn cachait les mêmes incertitudes que tout un chacun.

Chapitre 13

Le téléphone de Jeanette sonna à plusieurs reprises au cours de la journée du dimanche, mais elle s'efforça de ne pas y prêter attention et finit même par quitter son appartement pour ne pas être tentée de décrocher. Les renseignements affichés sur l'écran de l'appareil lui avaient indiqué que la plupart des appels venaient de Tom, et les autres de Maddie, Helen et Dana Sue qui, sans nul doute, brûlaient d'apprendre pourquoi elle leur avait si brusquement faussé compagnie la veille, au restaurant. A elles… et à Tom surtout.

Ce n'est que tard le soir, lorsque son téléphone se fut enfin tu, qu'elle s'avoua qu'elle n'avait reculé que pour mieux sauter : se refusant à se soustraire une seconde fois à la commission de Noël de peur de passer pour une lâche, elle allait fatalement se trouver face à face avec Tom à la première heure, à la mairie, le lendemain matin.

Avant de se coucher, elle prépara une de ses tenues préférées, histoire de se donner confiance. Elle se persuada que son pull rouge vif convenait parfaitement à la circonstance mais, en vérité, elle l'avait choisi parce qu'il mettait son teint en valeur. Pour le bas, elle se décida pour un pantalon gris et des chaussures rouges qu'Helen l'avait poussée à acheter, bien qu'elles aient coûté davantage que ce qu'elle dépensait en général pour l'intégralité de sa garde-robe. Au risque de payer sa folie d'un ulcère à l'estomac, elle avait même fini par se laisser fléchir et avait également pris le sac assorti.

C'est sûre d'elle-même et de son charme qu'elle pénétra

donc dans la salle de conférences de la mairie. Mais, en voyant le regard de Tom s'allumer, elle regretta de ne pas avoir opté pour une tenue moins susceptible de stimuler l'imagination de l'administrateur de Serenity… Elle toussota, se força à lui adresser un sourire poli, puis s'assit à côté de Ronnie.

— Tu ne peux pas l'esquiver indéfiniment, ma belle, lui glissa ce dernier à l'oreille. Cet homme-là t'a dans la peau.

— Mais non, objecta-t-elle. Je représente un défi pour lui, rien d'autre.

— C'est ce que tu te plais à croire, dit Ronnie en ricanant. Dis-moi, Jeanette, tu as quelque chose contre les hommes beaux et riches ?

— Non, rien du tout, je t'assure !

— Alors, pourquoi évites-tu Tom ? insista-t-il toujours à voix basse.

— Je ne l'évite pas.

— Ce n'est pas ce que suggèrent les nombreux appels de plus en plus affolés qu'il a passés chez nous, hier.

— Il a appelé chez vous ? Je suis vraiment désolée.

— Il était dans tous ses états parce qu'il n'arrivait pas à te joindre. Et le fait que Dana Sue s'était, elle aussi, cassé le nez n'arrangeait rien. J'ai dû déployer des trésors de persuasion pour qu'ils ne se précipitent pas chez toi, tous les deux. Ils craignaient qu'il ne te soit arrivé quelque chose. Crois-moi si tu veux, mais, si tu n'étais pas venue à la réunion ce matin, ils auraient immédiatement organisé une battue pour te retrouver.

— Je suis désolée, répéta-t-elle. Je n'avais franchement pas l'intention d'entraîner qui que ce soit dans mon histoire et mes incertitudes.

Une histoire qui n'existait d'ailleurs pas et qu'elle essayait de toutes ses forces d'empêcher de prendre forme.

— Tu n'as pas à t'excuser, Jeanette. Je leur ai expliqué que tu avais probablement besoin d'un peu de temps à toi après le grand pas que tu venais de franchir. L'achat de sa première maison n'est pas une mince affaire, et les motifs d'angoisse ne manquent pas. Il s'agit bien de ta première, n'est-ce pas ?

— Oui. Et tout s'est passé si vite ! Si ça se trouve, j'ai commis une énorme bêtise. Figure-toi que, ce matin, j'ai appelé la banque pour prendre rendez-vous au sujet de l'emprunt et j'ai raccroché avant qu'on ne me réponde !

— Le scrupule de dernière minute ou la panique de l'acquéreur, appelle ça comme tu veux... C'est une réaction classique. Tu vas la dépasser. Et n'oublie pas que tu peux compter sur nous tous, en cas de besoin.

— Merci.

Un silence s'installa durant lequel Ronnie examina Jeanette avec attention.

— En dehors de tes angoisses liées à la perspective de t'endetter pendant trente ans, ça va ?

— Très bien, répondit-elle en tournant vers lui un visage radieux.

— D'accord, je te crois. Mais fais attention, quand même, ajouta-t-il avec un sourire en coin. Il n'est pas impossible que Tom, ou ma tendre moitié, ne se satisfasse pas de cette réponse.

Jetant un coup d'œil dans la direction de Tom, elle s'aperçut qu'il braquait sur elle et Ronnie des yeux dévorés de curiosité.

— Message reçu, dit-elle.

Quelques instants plus tard, Tom ouvrit la séance et commença à traiter les différents points de l'ordre du jour au pas de charge. A la grande contrariété du maire !

— Il n'y a pas le feu, s'insurgea Howard lorsque Tom interrompit son exposé pour demander l'ajournement de la séance. Je pensais discuter aujourd'hui de l'achat du sapin de Noël.

— Où le prenez-vous d'habitude ? s'enquit Tom, qui peinait à cacher son exaspération.

— En général, aux abords immédiats de la ville. Récemment

encore, les alentours de Serenity étaient très boisés, mais beaucoup de forêts ont été abattues et transformées en zones constructibles.

Howard souligna cette dernière remarque d'un regard accusateur en direction de Tom, comme s'il le rendait responsable du boom immobilier.

— Nous allons devoir prospecter ailleurs, cette année, reprit-il. Il y a une pépinière de sapins de Noël à côté de Columbia. Nous devrions y aller voir. Cela nous coûtera peut-être un peu plus cher, mais nous y gagnerons en qualité et en choix.

— Entendu, déclara Tom. Je vous en charge, Howard.

Il s'apprêtait à abaisser son marteau pour clore la séance, lorsque Howard prit de nouveau la parole.

— C'est une mission dont je ne peux m'acquitter seul et qui concerne la commission tout entière, protesta-t-il avec énergie. Je propose que nous nous y rendions tous, le week-end prochain. Même si la température n'est pas encore de saison, nous écouterons des chansons de Noël sur la route et nous emporterons des Thermos de chocolat chaud, histoire de nous mettre dans l'ambiance. Ce sera génial !

Une conclusion enthousiaste qui ne remporta pas le suffrage de toute l'assemblée : presque simultanément, Jeanette et Tom poussèrent des soupirs accablés.

— Je ne peux pas me libérer le samedi, s'excusa Jeanette. C'est ma journée la plus chargée, au spa.

— Ce n'est pas un bon jour pour moi non plus, renchérit Mary Vaughn. En général, j'organise une journée portes ouvertes ou, sinon, j'emmène les clients visiter des maisons. Même chose le dimanche.

— Je suppose que vous allez me dire vous aussi que vous ne pouvez pas quitter votre quincaillerie le samedi, lança Howard à Ronnie avec une expression peu amène.

— Oui, c'est vrai, reconnut Ronnie dans un haussement d'épaules penaud.

— Eh bien, dans ce cas, nous irons en semaine. Est-ce que mardi en huit convient à tout le monde ? Cela vous laisse le temps de prendre vos dispositions. Jeanette, pourrez-vous vous arranger ?

Peu importe le jour, songea-t-elle avec résignation, une corvée restait une corvée…

— Je déplacerai mes rendez-vous, dit-elle. Je n'ai pas beaucoup de monde le mardi, en général.

— Parfait, se réjouit Howard avant de se tourner vers Tom. Rien de capital de prévu le mardi à la mairie, habituellement, n'est-ce pas ?

— C'est exact, concéda Tom à contrecœur.

— C'est entendu pour mardi, alors, annonça Howard d'un air ravi. Nous partirons à 7 heures du matin. Du coup, nous pourrons nous dispenser de notre réunion du lundi, ce dont personne ne se plaindra, je suppose. Eh bien, à présent, plus rien ne s'oppose à ce que vous clôturiez la séance, Tom.

— Merci. Je déclare la séance close ! Jeanette, pourriez-vous rester quelques minutes afin que nous fassions un point sur le marché de Noël ?

— Je dois aller au spa, répondit-elle, peu disposée à un tête-à-tête.

— Il y en a pour dix minutes, pas plus.

— Bon, d'accord, capitula-t-elle sans enthousiasme en le suivant dans son bureau.

Tom ferma la porte derrière eux et tira le verrou. Quand elle refusa de s'asseoir, il n'insista pas.

— Ça va ? demanda-t-il prudemment.

— Très bien.

— Tu m'en veux de quelque chose ?

— Non, absolument pas.

Une dénégation qui le plongea dans une perplexité encore plus profonde.

— Alors, pourrais-tu m'expliquer quelle mouche t'a piquée et pourquoi tu n'as pris aucun de mes appels, hier ?

— Je suis partie du restaurant parce que j'étais fatiguée, déclara-t-elle, sur la défensive. Et je n'ai pas décroché le téléphone hier parce que je n'avais pas envie de parler. Trop de choses me tournaient dans la tête.

— A propos de l'achat de la maison ?

— Essentiellement, oui.

— Et le reste me concernait-il moi ?

— Pourquoi crois-tu toujours que tu occupes mes pensées ?

Pour toute réponse, il leva un sourcil interrogateur.

— D'accord, oui, admit-elle enfin. C'était aussi un peu à ton sujet.

Elle marqua un temps d'arrêt puis planta son regard dans celui de Tom.

— Tu sembles attendre de moi beaucoup plus que je n'ai à donner, Tom. Nous nous connaissons à peine, et tu veux déjà que nous habitions ensemble. A moins que tu n'aies voulu plaisanter…

— Certainement pas, dit-il avec calme mais fermeté.

Elle frissonna. Comme chaque fois qu'elle l'entendait proférer ce genre de déclaration, elle sentait sa résolution — déjà fragile — de garder ses distances avec cet homme vaciller dangereusement. Elle leva la main, comme pour l'empêcher d'approcher.

— Voilà. Le problème est précisément là. C'est un engagement trop sérieux et trop rapide.

— Tu ne pourrais pas t'asseoir pour qu'on discute vraiment ? J'ai l'impression que tu as déjà un pied hors de la pièce.

— Comme je te l'ai déjà dit, je dois aller travailler.

— Déjeune avec moi, alors. Il faut absolument que nous mettions les choses à plat. Je suis un homme d'action et je n'aime pas tergiverser, quand je sais exactement ce que je veux.

— Et c'est moi que tu veux? demanda-t-elle d'un ton dubitatif. Arrête. Ça ne tient pas debout.

— Je dois reconnaître que je suis moi-même un peu désarçonné, avoua-t-il avec un hochement de tête.

— Mais cela ne te freine pas pour autant.

— Pourquoi donc? Je me fixe toujours des objectifs que je m'emploie ensuite à atteindre. Je ne laisse aucun obstacle me détourner de ma route.

— Mes sentiments ne sont-ils qu'un autre obstacle à surmonter, alors?

— D'une certaine façon, oui, reconnut-il avec une moue désolée.

— Eh bien, dans ces conditions, quand tu admettras que mes sentiments sont à prendre en compte; quand tu admettras que, lorsque je te dis que j'ai besoin de temps, ce ne sont pas des paroles en l'air, alors et alors seulement nous aurons peut-être un sujet de conversation.

Elle se dirigea vers la porte qui séparait le bureau de Tom de celui de Teresa et l'ouvrit d'un geste rageur. Elle avait presque gagné le vestibule lorsqu'il la rattrapa, la fit pivoter vers lui et l'embrassa.

Un long baiser brûlant destiné à lui couper les jambes et la respiration…

Une tentative parfaitement réussie!

— Je passe te chercher au Club du Coin à midi, annonça-t-il avec calme, indifférent à Teresa, qui les regardait bouche bée de stupeur. Nous bavarderons en mangeant.

— Tu n'as donc pas écouté un mot de ce que je t'ai dit? s'emporta Jeanette.

— Si. Pas un seul ne m'a échappé. Et ce baiser a contredit chacun d'eux, ou presque. On approfondira tout à l'heure. Et ne t'amuse pas à me poser un lapin, parce que je te trouverai, où que tu sois, et nous aurons cette explication.

Jeanette n'eut pas le temps de rassembler ses esprits pour

rétorquer : il était déjà retourné dans son bureau et en avait fermé la porte.

— Eh bé! murmura Teresa en s'éventant avec le procès-verbal du dernier conseil municipal. On m'avait raconté en détail votre coup d'éclat au match de football vendredi soir — toute la ville en parlait le samedi matin —, mais j'ignorais que…

Elle secoua la tête d'un air éberlué, sans achever sa phrase.

— Teresa, s'il vous plaît, ne soufflez pas un mot à Grace Wharton de ce que vous venez de voir, supplia Jeanette, qui savait pertinemment que Teresa se rendrait chez Grace dans trois heures au maximum, et plus tôt si elle s'octroyait une pause dans la matinée. Cela ne fera que compliquer la situation. Je sais que c'est moi qui ai tout démarré en l'embrassant en public l'autre soir, mais j'ai agi… comment dire… sur une impulsion. Ce genre de comportement ne me ressemble guère.

— Personne ne vous en tient rigueur, Jeanette, assura Teresa pour la calmer.

— Ce n'est pas ce que je cherchais à dire, répliqua Jeanette, la mine maussade. Je poursuivais un but précis ce soir-là. Il n'empêche que c'était une erreur. Une gigantesque erreur. Je regrette vraiment que nous soyons devenus la cible des commérages. Même si Tom semble s'en moquer comme de sa première chemise, il risque d'en pâtir, lui aussi.

— Vous voulez que je garde pour moi ce à quoi je viens d'assister?

— Oui, s'il vous plaît. Je vous ferai un soin du visage gratuit, en échange.

— C'est que mon silence vous tient drôlement à cœur, alors, commenta Teresa, qui semblait s'amuser de plus en plus.

— Et j'ajouterai un massage pour faire bonne mesure, promit Jeanette sans pouvoir totalement gommer de sa voix un certain désespoir.

A l'expression moqueuse que Teresa continuait à arborer,

Jeanette comprit qu'elle s'enferrait en montant en épingle le baiser que Tom venait de lui donner.

— A dire vrai, commença Teresa, je m'exposerais à de gros ennuis avec Tom si j'acceptais ce fort généreux pot-de-vin. Je me vois donc contrainte de le refuser. Il n'en reste pas moins, poursuivit-elle avec un sourire de plus en plus large, que le simple fait que vous me l'ayez proposé prouve combien votre relation avec Tom devient palpitante. Je ne révélerai pas ce dont j'ai été témoin aujourd'hui, mais ne vous faites pas d'illusions, toute la ville sera quand même au courant en un rien de temps. Une telle passion est impossible à cacher.

Exactement ce que Jeanette redoutait... D'ailleurs, elle peinait de plus en plus à se la cacher à elle-même.

Tom se félicitait encore de la façon dont il avait conclu son entrevue avec Jeanette, lorsqu'on frappa à la porte qui donnait sur la salle de conférences. Ronnie !

— Vous avez terminé votre tête-à-tête, tous les deux ? Alors, reprit-il lorsque Tom eut opiné, tu as peut-être le temps d'écouter un conseil de la part d'un homme qui s'est fourvoyé plus souvent qu'à son tour avec les femmes.

Son plan d'action n'ayant pas pris aussi bonne tournure que ce qu'il avait escompté, Tom invita Ronnie à s'asseoir.

— Tous les avis sont bons à prendre, dit-il.

— Fiche-lui la paix ! résuma Ronnie. J'ai parlé avec Jeanette avant la réunion. Même si elle est restée très discrète sur ce qui se passait entre vous, j'ai compris une chose.

— Laquelle ?

— Ce qu'elle ressent pour toi la terrorise.

— Si je ne la pousse pas dans ses retranchements, elle va tellement réfléchir qu'elle ne ressentira plus rien.

— Si tu ne lui laisses pas le temps de réflexion qu'elle te réclame, tu vas la perdre. Elle a l'impression que tu lui forces la main. Je me souviens que, lorsque j'essayais de reconquérir Dana Sue, j'avais tendance à la harceler. Résultat : je renforçais ses défenses. Et puis, au moment de l'ouverture de mon magasin quand, par force, je lui ai consacré moins de temps, elle s'est aperçue que je lui manquais. Elle a alors retrouvé ses marques, car elle se sentait désormais en position de prendre sa décision en toute liberté. Certaines femmes paniquent lorsqu'elles pensent ne pas contrôler une situation, surtout si elles ont connu des déboires par le passé.

Tom reconnut la sagesse de cette analyse. Mais il ne disposait pas de l'éternité pour convaincre Jeanette qu'il existait un lien fort et unique entre eux et il renâclait à gaspiller une seule minute.

— Combien de temps faut-il lui laisser ? demanda-t-il.

— Le temps qu'il faudra, répondit Ronnie, amusé par l'impatience de son ami.

— A partir de quand ? Parce qu'il est prévu que je déjeune avec elle, tout à l'heure.

— A toi de voir. Mais il ne serait peut-être pas mauvais d'annuler ce rendez-vous.

— Tu as vraiment dû en passer par là pour vaincre les résistances de Dana Sue ? demanda Tom avec un regard abattu.

— Par un chemin encore plus difficile. J'avais beaucoup à me faire pardonner et, crois-moi, elle ne m'a pas facilité la tâche. Je t'assure que la patience et la ténacité, je connais.

— Patience et ténacité ? répéta Tom pensivement.

La ténacité, cela ne le gênait pas. Mais la patience ? Non, ce n'était vraiment pas sa principale qualité…

— Je vais y réfléchir, dit-il enfin.

— J'espère que tu ne m'en veux pas de me mêler de tes affaires, dit Ronnie. Et, si tu sens que tu craques, tu peux toujours nous appeler, Cal ou moi. On ira jouer au foot. Rien de tel qu'un peu d'exercice physique et quelques bières pour se défouler.

— Exact, rien de tel, acquiesça Tom.

A part une nuit d'amour enfiévré avec la femme qu'il avait dans la peau, acheva-t-il pour lui-même.

Assise au restaurant, Mary Vaughn était gagnée par une nervosité de plus en plus incontrôlable tandis qu'elle attendait Sonny : de leur rendez-vous dépendait le déroulement des vacances de Noël. S'ils ne parvenaient pas à élaborer un projet vraiment convaincant, il lui serait difficile de refuser que Rory Sue aille au ski à Aspen durant les fêtes. D'ailleurs, Mary Vaughn préférait encore que sa fille parte, plutôt que de la voir traîner à la maison comme une âme en peine et d'encourir ses reproches acerbes.

Elle fut interrompue dans ses réflexions par l'arrivée de Sonny. L'étonnement qu'elle lut sur son visage quand il la découvrit déjà installée lui procura une intense satisfaction. Les allusions à ses retards systématiques l'avaient piquée au vif et, pour lui démontrer qu'il se trompait, elle avait annulé un client et s'était présentée au Sullivan avec un quart d'heure d'avance.

— Quelle surprise ! commenta-t-il en l'embrassant sur la joue. Ton client s'est-il décommandé ?

Quoique hérissée par cette façon d'insinuer qu'il n'imaginait pas d'autre explication à sa ponctualité, elle n'en laissa rien paraître.

— C'est moi qui l'ai déprogrammé. Je voulais te prouver quelque chose.

— Mais ma chérie, tu n'as rien à me prouver. Tu es comme tu es, et ça fait longtemps que je l'ai accepté.

Elle tendit l'oreille, sûre de déceler de l'ironie mordante dans son ton, mais Sonny paraissait seulement attendri… ou résigné.

— Figure-toi que j'ai décidé de changer et de veiller à ne plus faire perdre leur temps aux autres, déclara-t-elle sans parvenir à convaincre totalement Sonny, qui chercha des yeux la serveuse et l'appela.

— Tu veux boire quelque chose, Mary Vaughn ? Du vin ?

— Juste un verre. Ils ont un excellent zinfandel rouge.

Il commanda donc un ballon pour elle et une bière pour lui-même… au grand dépit de Mary Vaughn. Tous les efforts qu'elle avait déployés pour le convertir aux délices du vin étaient donc restés vains ! D'une certaine façon, elle admirait qu'il demeure fidèle à ses goûts, au lieu de chercher, comme elle, à impressionner son entourage en achetant des crus extravagants. A une époque, à l'instar de tous les jeunes, Mary Vaughn n'avait pas dédaigné boire sa part de bière, mais elle avait arrêté il y a bien longtemps. Un rejet qui s'expliquait par la passion immodérée de son père pour cette boisson.

Elle profita de ce que Sonny bavardait avec la serveuse — la fille d'un de ses vendeurs — pour observer son ex-mari. De fines pattes-d'oie étaient apparues autour de ses yeux, dont le bleu foncé était mis en valeur par son hâle, et le nombre de fils d'argent qui se mêlaient à ses cheveux châtain clair avait augmenté depuis la dernière fois qu'elle l'avait vu. Il était vêtu d'un pantalon bleu marine, d'une chemise de soie bleu ciel dont il avait remonté les manches. Quant à sa cravate de marque, qu'il avait desserrée, elle la reconnut : Rory Sue l'avait choisie avec elle comme cadeau de Noël, l'année précédente. Etait-ce pour cette raison qu'il l'avait mise aujourd'hui ? s'interrogea-t-elle. Il était aussi fort possible qu'il en ait oublié l'origine… Quoi qu'il en soit, Sonny portait toujours beau et paraissait en bonne forme. En nettement meilleure forme qu'au cours de leur dernière année de vie conjugale, durant laquelle l'atmosphère tendue qui avait régné dans leur ménage l'avait rendu en permanence soucieux et maussade. Malheureusement, elle ne s'en était aperçue que lorsqu'il avait été trop tard.

— Nous ne sommes pas encore prêts à commander la suite,

dit Sonny à la serveuse. Nous n'avons même pas regardé la carte. A moins que tu ne sois pressée ? demanda-t-il à Mary Vaughn.

— Non, j'ai tout mon temps, assura-t-elle en se détendant enfin, soulagée de voir qu'il n'avait pas l'intention d'expédier leur rendez-vous pour retourner à son garage.

— Dis-moi, Sonny, ça fait plaisir de voir comme tu respires la santé. Tu joues souvent au golf?

— Deux fois par semaine, environ. Et toi ? demanda-t-il en l'examinant. Tu travailles trop, comme d'habitude ?

— En général, oui. Surtout depuis le départ de Rory Sue.

— Tu as quelqu'un d'autre dans ta vie ?

Elle secoua la tête.

— Je croyais pourtant que quelque chose se tramait entre toi et le nouvel administrateur. Du moins, c'est le bruit qui courait chez Wharton, il y a une ou deux semaines.

— Fausse rumeur, commenta-t-elle. Et toi ? Tu vois quelqu'un ?

— On fait la paire tous les deux à se poser poliment des questions sur nos amours ! s'esclaffa Sonny. Qui aurait cru que nous serions un jour capables de pareille prouesse ?

— Au départ, nous étions des amis, lui rappela-t-elle en capturant son regard. Il m'arrive de regretter plus que tout cette époque où nous nous racontions par le menu les événements de notre vie, ajouta-t-elle avec une certaine tristesse.

— C'est vrai ? s'étonna-t-il.

— Oui. C'est bizarre, non ?

Pas tant que ça, répliqua-t-il en posant ses mains sur celles de Mary Vaughn. Moi aussi, j'en ai la nostalgie. Le seul problème, c'est que la tournure qu'a prise notre mariage a fini par oblitérer tout le reste.

— Je sais. Que va-t-on faire pour Noël ? demanda-t-elle

tout à coup, décidant d'en venir à l'objet de leur rencontre plutôt que de remuer inutilement le passé.

— Le fêter, non? répondit-il sans comprendre.

— Comment ai-je pu imaginer un seul instant que tu serais d'un quelconque secours? lança-t-elle avec un geste exaspéré.

— Ecoute, Mary Vaughn. Je suis nul pour organiser ce genre de choses. C'est toujours toi qui t'occupais des fêtes. Moi, je suivais, c'est tout. Qu'est-ce qui plairait à Rory Sue, à ton avis? Pourquoi je ne lui offrirais pas cette nouvelle décapotable dont elle rêve ?

— Hors de question, déclara vivement Mary Vaughn. Nous ne sommes pas là pour savoir comment soudoyer Rory Sue. La décapotable, tu la lui as promise pour son diplôme de premier cycle. Jusque-là, la voiture qu'elle a lui suffit largement.

Sonny haussa les épaules, mais ne discuta pas.

— Je n'ai pas d'autre idée.

— Je sais ce qu'elle souhaiterait plus que tout au monde, avoua enfin Mary Vaughn. Elle voudrait qu'on soit tous les trois, comme avant.

— Qu'est-ce que tu mijotes, Mary Vaughn? demanda Sonny en fronçant les sourcils d'un air soupçonneux. Tu veux qu'on se remarie pour faire plaisir à notre fille, quitte à nous rendre malheureux, nous?

— Non, bien sûr que non, se défendit-elle, les joues en feu devant la réaction humiliante de spontanéité de Sonny. Je suggère seulement de mettre nos désaccords de côté et de nous retrouver pour faire des choses ensemble pendant les fêtes.

— Quel genre de choses? s'enquit-il, rassuré.

Elle pensa à l'expédition prévue avec les membres de la commission pour trouver un sapin pour la ville.

— Pourquoi n'irions-nous pas abattre un sapin pour mettre dans la maison? proposa-t-elle. Tu te rappelles comme Rory

Sue sautait de joie ? Elle disait toujours que c'était le moment qu'elle préférait à Noël.

— Oui, pourquoi pas ? répondit-il sans conviction. Tu crois que ça suffira ?

— Evidemment non, s'exclama-t-elle, agacée. Mais c'est un début. On pourrait aller faire les magasins à Charleston un autre jour et regarder les vitrines illuminées.

— Et la foule devant, prédit Sonny d'un ton lugubre.

— Oh ! Cesse de jouer les rabat-joie. Le monde, ça fait partie du plaisir. Au retour, nous nous arrêterions dans le salon de thé Chez Lydia pour boire un chocolat chaud et manger des sablés, comme lorsque Rory Sue était petite. Tu n'aimerais pas qu'elle soit encore suffisamment gamine pour demander à voir le Père Noël ? demanda-t-elle, la voix soudain pleine de mélancolie. Il m'arrive parfois de sortir toutes les photos que nous avions prises d'elle à cette époque. C'était la plus jolie petite fille du monde, tu ne trouves pas ?

— Oh si ! Elle l'est toujours, d'ailleurs.

En voyant Sonny commencer à s'attendrir, Mary Vaughn s'autorisa à lui sourire.

— Si tu nous accompagnes pour la tournée des boutiques, tu auras le droit de porter les paquets, et moi je réglerai les achats. Ce n'est pas équitable, ça ? plaisanta-t-elle.

Il prit un air accablé et incrédule, sans pouvoir cependant dissimuler une lueur d'indulgence dans ses yeux.

— Voilà une drôle de conception du mot « équitable » ! Tu as d'autres bonnes idées comme celle-là ?

Mary Vaughn pensa aux fêtes du passé en essayant de se remémorer ce qui leur avait conféré leur charme particulier.

— Nous devrions aller à l'église le 24 décembre et ensuite réveillonner chez moi, avant de chanter à la maison de retraite, comme avant. A moins que tu n'aies déjà prévu autre chose ?

— Non, admit-il sans pour autant manifester un enthousiasme débordant pour le projet de Mary Vaughn. Et mon père, là-dedans?

— Il vient avec nous, bien sûr! Rory Sue serait déçue sinon. Entre le décès de ta mère et tes frères, qui sont éparpillés aux quatre coins du pays, la présence d'une vraie famille autour de lui lui manque. Alors, je pense qu'il appréciera, non?

— Oui, probablement. Et tu crois sincèrement que le fait de « faire comme si » pendant quelques jours va rendre son sourire à Rory Sue? demanda-t-il avec scepticisme.

— Qui te parle de jouer la comédie? Il fut un temps où nous nous amusions bien ensemble, Sonny. Je me rappelle même une époque où nous étions sans arrêt tordus de rire. Ce n'est quand même pas au-dessus de nos forces de nous entendre pendant quelques jours.

— Et si Rory Sue en tire des conclusions hâtives? s'enquit-il, visiblement soucieux. Tu la connais. Chaque fois que je la vois, elle me demande quand je vais te donner une seconde chance. Alors, elle risque de croire que je l'ai enfin écoutée et de reprendre espoir, non?

— Je lui expliquerai clairement qu'il ne s'agit de rien d'autre que de lui offrir de bonnes vacances de Noël, promit Mary Vaughn. Nous pourrions aussi organiser une journée « maison portes ouvertes ». Cela faisait également partie de nos habitudes.

Tout à coup, une vague de nostalgie la submergea.

— J'adorais ces moments-là, dit-elle. Les odeurs de résine et de gâteaux qui flottaient dans toutes les pièces, les guirlandes lumineuses qui clignotaient à l'intérieur et à l'extérieur de la maison, les gens qui entraient faire un petit coucou... Comme je regrette tout ça!

— Et pourquoi n'as-tu pas continué la tradition? demanda Sonny, étonné.

— Ce n'aurait pas été la même chose sans toi, admit-elle.

Elle n'avoua toutefois pas l'autre raison essentielle : elle avait redouté que personne ne vienne, persuadée que la plupart de leurs amis avaient pris le parti de Sonny après le divorce. Tout le monde croyait que c'était elle qui avait rompu le mariage, et Sonny n'avait pas démenti. Un geste chevaleresque pour lui permettre, à elle, de sauver la face, avait-elle supposé… Hélas, par un retournement ironique de la situation, les gens, qui adoraient Sonny, s'étaient dressés contre elle. Auraient-ils réagi différemment s'ils avaient appris que l'initiative de la séparation venait de Sonny ? Impossible à savoir…

En levant la tête, elle découvrit que Sonny la scrutait avec une certaine inquiétude.

— Tu es heureuse, n'est-ce pas, Mary Vaughn ?

— Bien sûr, oui, mentit-elle.

Puis, plutôt que de s'appesantir sur sa solitude déprimante, elle le gratifia d'un sourire lumineux en annonçant :

— Mais je meurs de faim. Je prendrais bien les côtelettes de porc. Et toi ?

— Oui, les côtelettes de porc me semblent une bonne idée, dit-il d'une voix étrangement distraite.

Il fit signe à Becky, la serveuse, et passa la commande.

— Une autre bière, aussi, s'il vous plaît. Et toi Mary Vaughn, un autre ? demanda-t-il avec un coup d'œil au verre de vin encore à moitié plein.

— En fait, vous pouvez m'apporter une bière, à moi aussi, déclara Mary Vaughn, décidant de laisser tomber les faux-semblants.

— Quoi ? De la bière ? s'exclama Sonny lorsque Becky se fut éloignée.

— Je peux te confier un secret ? murmura-t-elle en se penchant vers lui.

— Naturellement, répondit-il, perplexe.

— Je n'ai jamais aimé le vin.

Il resta un instant muet de surprise.

— Dans ce cas, pourquoi toute cette comédie ? Pourquoi as-tu affiché pendant tout ce temps une passion pour le vin ?

— Parce que je pensais que c'était chic, que ça me donnait une image plus raffinée et mondaine, reconnut-elle avec un haussement d'épaules désabusé.

Sonny n'en crut pas ses oreilles, et c'est en secouant la tête d'incrédulité qu'il dit :

— Mon chou, tu as toujours été la femme la plus raffinée que je connaisse, avec ou sans vin.

Puis, brusquement, il prit une expression pensive.

— C'est à cause de ton père ! Il buvait de la bière, et pour rien au monde tu ne voulais qu'on l'associe à toi.

— Sonny Lewis, tu as toujours réussi à me percer à jour mieux que personne, murmura-t-elle la gorge serrée, les yeux humides.

Elle se leva alors et se hâta vers les toilettes pour ne pas se donner en spectacle en éclatant en sanglots. Elle y resta une bonne dizaine de minutes, le temps de reprendre contenance et de réparer les dégâts causés à son maquillage par ses larmes. Quand elle sortit enfin, ce fut pour trouver Sonny…, qui l'attendait derrière la porte !

— J'étais à deux doigts d'entrer te chercher, dit-il. Ça va ? Excuse-moi. Je ne voulais pas te faire de peine.

— Ce n'est pas ce que tu as dit qui m'a mise dans cet état, confessa-t-elle. C'est le fait que tu me connaisses si bien. J'ai tellement besoin de quelqu'un qui me comprenne, ajouta-t-elle en le regardant droit dans les yeux. Tu n'en as pas idée, Sonny.

L'espace d'un instant, il sembla se pétrifier.

— Arrête de dire des choses pareilles. Sinon, tu vas me faire perdre la tête.

— Et alors ? demanda-t-elle sans prendre le temps de réfléchir. Ce serait si épouvantable ?

— Tu connais la réponse à cette question, dit-il doucement en lui prenant la main.

Un rappel à l'ordre contredit par le regret qu'elle lut dans ses yeux…

Comment avait-elle pu un jour traiter les sentiments de cet homme avec si peu de considération ?

Mais elle allait se racheter !

S'il était inutile d'espérer recommencer une vie conjugale, il était peut-être malgré tout possible de ressusciter l'amitié qui les avait liés autrefois.

Chapitre 14

Depuis une semaine, Jeanette travaillait comme un automate. Elle se montrait irritable, désagréable avec ses amies, tout juste polie avec ses clientes, et son incapacité à s'expliquer cette humeur, elle d'habitude si avenante, l'agaçait davantage encore.

Enveloppée dans un chandail pour se protéger de la fraîcheur, elle était assise dans le patio du spa devant un verre de thé — qu'elle avait commandé plus par habitude que par véritable envie — lorsque Maddie, Helen et Dana Sue fondirent sur elle.

— Hou la la ! marmonna-t-elle entre ses dents en considérant le trio avec inquiétude. Un problème ?

— C'est à toi de nous le dire, rétorqua Maddie. On ne te reconnaît plus depuis une semaine et, aujourd'hui, tu as même insulté Emily Blanton.

— Mais non ! protesta-t-elle avec un regard horrifié à Maddie.

Elle avait beau se creuser la tête, à aucun moment de sa conversation avec Emily, elle ne se rappelait avoir proféré des insultes…

— Je t'assure, Maddie, ce n'est pas vrai, affirma-t-elle avec force.

— Tu lui as déclaré qu'il n'existait pas de crème pour régler son problème, insista Maddie d'un ton rieur.

— Ce n'est pas une injure, si ? demanda-t-elle en cherchant le soutien des autres.

— C'en est une, répondit Dana Sue en pouffant, si la remarque insinue que la cliente a dépassé le stade où on pouvait améliorer les choses.

— Et c'est exactement ainsi qu'elle l'a interprétée, conclut Maddie sans plus contenir son hilarité.

— Bien sûr, la vérité constitue probablement ta meilleure ligne de défense, dit Helen d'un ton compatissant. Rien, absolument rien, ne réparera la peau de cette femme. Comment peut-elle espérer qu'une crème réparera miraculeusement les dégâts causés par cinquante années passées à se faire rôtir au soleil ?

— Emily est une femme adorable que je ne voulais pour rien au monde blesser, se désola Jeanette en enfouissant son visage dans ses mains. Je ne sais pas ce qui m'arrive. Vraiment, je ne sais pas.

— Quand as-tu vu Tom pour la dernière fois ? s'informa Dana Sue de son air le plus ingénu.

— Il y a exactement une semaine aujourd'hui, répondit Jeanette sans saisir où son amie voulait en venir. Lors de la commission de Noël. Nous devions déjeuner ensemble, mais Teresa a appelé pour annuler.

— Et depuis, tu ne l'as ni vu ni eu au téléphone ? insista Dana Sue.

Jeanette confirma d'un hochement de tête.

— Eh bien ! Ne cherche pas plus loin ! déclara Maddie. C'est à cause de Tom que tu n'es plus dans ton état normal.

— N'importe quoi ! protesta avec véhémence Jeanette, ulcérée qu'on puisse imaginer qu'un homme, et en particulier Tom, soit capable d'altérer son humeur. C'est impossible.

— Et pourquoi donc ? s'étonna Helen.

— C'est impossible, point final, s'obstina Jeanette.

— Nous sommes toutes passées par là, la rassura Maddie. Moi y compris. Il n'y a rien de gênant là-dedans.

— Et d'une, je ne suis pas gênée, et de deux, je ne vais

certainement pas m'arracher les cheveux et disjoncter parce qu'un homme ne m'a pas téléphoné, contre-attaqua avec force Jeanette.

— D'accord, d'accord, acquiesça Maddie pour l'apaiser. Envisageons les choses sous un autre angle. En quoi serait-il catastrophique que tu t'intéresses à Tom ? D'après ce que nous avons vu, c'est un type super. Pas vrai, les filles ?

— Absolument, approuva Dana Sue. Ronnie l'aime bien, lui aussi. Il trouve que c'est quelqu'un de droit.

— Même son de cloche chez Cal, ajouta Maddie.

— Que veux-tu de plus ? demanda Helen. Il a reçu l'aval des Sweet Magnolias.

— Mon opinion à moi ne compte pas, alors ? s'insurgea Jeanette.

— Bien sûr que si, répliqua Maddie. Mais il faut que tu nous expliques ce qui te perturbe. Tu sais que notre soutien t'est assuré.

Rien ne l'obligeait à se justifier, bien sûr. Néanmoins, elle décida de se soumettre, au nom de l'amitié qui la liait à ces femmes.

— Pour faire court, ce qui me dérange, c'est qu'un jour ou l'autre sa carrière passera avant moi dans l'ordre de ses priorités. Dès qu'il entreverra la possibilité d'un poste plus intéressant dans une ville plus importante, il prendra ses cliques et ses claques. De toute évidence, il a fini par comprendre, comme moi, qu'il ne rime à rien de se lancer dans une liaison sans avenir. Il y a un autre petit détail, ajouta-t-elle en fronçant les sourcils. Sa mère ne peut pas me voir en peinture.

— Tom ne me donne pas l'impression d'être du genre à laisser sa mère décider de ses fréquentations, commenta Maddie avec un petit rire.

— Oui, je le croyais aussi, convint Jeanette avec une mine lugubre. Avant qu'il n'annule un déjeuner qu'il m'avait pratiquement supplié à genoux d'accepter.

— Appelle-le, lui conseilla Helen. Invite-le à manger, par exemple.

— Sûrement pas, rétorqua Jeanette. Les choses sont très bien ainsi.

— Dans ce cas, dis-nous pourquoi tu sembles si abattue, demanda Dana Sue.

— C'est à cause de la maison, répondit Jeanette après un moment de silence. Toutes ces paperasses à remplir pour le crédit, ça me mine le moral. J'ai l'impression de me lancer dans une aventure, sans savoir ce qu'elle me réserve.

— Un peu comme le mariage, commenta Maddie. La vie n'offre pas de garantie, ma grande, en tout cas lorsqu'il s'agit de relations humaines ou de maisons. Le mieux qu'on puisse faire pour se prémunir est de prendre des décisions mûrement réfléchies.

— Justement, répliqua Jeanette fiévreusement en se penchant vers ses compagnes. J'ai fait tout le contraire. Quand je suis allée dans le jardin, j'ai immédiatement décrété que je le voulais et j'ai proposé un prix. La maison proprement dite était presque secondaire dans l'histoire. J'ai cédé à une impulsion, ce qui ne m'arrive jamais. Vous m'entendez ? Jamais.

— Eh bien ! Il est grand temps que tu te laisses un peu aller ! déclara Maddie. Ecoute, Jeanette, nous connaissons les lieux. Nous y allions sans arrêt quand nous étions gamines. Or, aucune de nous ne pense que tu as fait une bêtise. Si tu ne te fies pas à ton instinct, fie-toi au nôtre. Cette maison est parfaite pour toi.

— Vous cherchez seulement à me retenir pour que je ne largue pas le spa. Comment voulez-vous que j'accorde foi à votre jugement, dans ces conditions ?

— Dis donc ! l'interpella Helen, visiblement vexée. Cite-moi une seule occasion où nous n'avons pas été franches avec toi, même lorsque cela allait contre nos intérêts ?

— Excusez-moi. Voilà que je remets ça. Je dis n'importe

quoi, en ce moment. Vous êtes géniales, les filles. Les meilleures amies dont je puisse rêver. Franchement.

— Excuses acceptées, déclara Helen. Mais revenons-en à nos moutons. Personnellement, je te conseille de voir Tom le plus rapidement possible et de coucher avec lui. Ça améliorera non seulement ton humeur, mais ton teint aussi.

Bien qu'elle n'ait guère eu le cœur à plaisanter, Jeanette ne put s'empêcher de rire.

— Des soins par le sexe ? Si ça se sait, nous allons perdre des clientes. Pour le moment, les femmes font appel à nous pour que nous leur donnions une peau veloutée et une mine éclatante. Si elles découvrent que faire l'amour aboutit au même résultat, Dieu sait quand nous les reverrons !

— D'accord, déclara Helen quand elle eut récupéré de son fou rire. Nous gardons ce remède secret. Mais je ne retire pas ma suggestion pour autant. Maintenant, je vais rejoindre mon mari. Cette petite conversation égrillarde m'a donné des idées.

— A moi aussi, renchérit Dana Sue en se levant. Je vais peut-être essayer de coincer Ronnie dans la réserve du magasin. Et je ne verrouillerai pas la porte. Le risque donne du sel à la chose.

— Malheureusement, avec Cal, nous devons nous fixer rendez-vous pour ce genre d'activité, en ce moment, soupira Maddie. Nous avons trop d'enfants dans les pattes.

Elle marqua un temps d'arrêt, comme si elle hésitait à poursuivre.

— Au point qu'il nous est arrivé d'aller en catimini au Serenity Inn dans l'après-midi, confessa-t-elle enfin en rougissant devant les yeux ébahis de ses trois amies.

— Je me demande ce qu'Erik penserait de cette idée, dit Helen d'un ton rêveur. Il dispose d'une heure de battement entre la fin du service du déjeuner et le début des préparatifs pour le dîner. Je ne me trompe pas, n'est-ce pas, Dana Sue ?

— Non, confirma cette dernière, hilare.

— Alors, reprit Helen, voilà qui va égayer l'après-midi de demain.

— Nous allons être obligées d'établir un emploi du temps, dit Maddie avec une moue. Cal ne va pas apprécier, si nous rencontrons toutes nos connaissances sur le parking du Serenity Inn !

— J'espère que vous ne croiserez pas Tom, intervint Jeanette. Il n'a pas besoin qu'on lui donne d'idées de ce genre. Il les a tout seul. Ou il les avait.

— Appelle-le, répéta Helen.

— Avant demain, renchérit Maddie. Et présente tes excuses à Emily Blanton.

Jeanette opina de la tête, mais demeura silencieuse. Mieux valait que ses amies ignorent à quoi elle acquiesçait : si s'excuser auprès d'Emily Blanton ne lui posait aucun problème, en revanche elle ne concevait pas de téléphoner à Tom. De toute façon, elle allait le voir à la première heure le lendemain, à l'occasion de l'expédition « sapin de Noël ». Peut-être réussirait-elle alors à comprendre les raisons de son comportement, tout en gardant ses distances ?

Tom avait décidé de suivre le conseil de Ronnie pendant une semaine — un délai écoulé depuis la veille — et il se demandait si Jeanette avait seulement remarqué son absence. Cette question l'obsédait au point de le rendre presque fou.

En ce mardi matin, il arpentait le parking devant la mairie en attendant le reste des membres de la commission. Howard était arrivé quelques minutes plus tôt, au volant d'un minivan flambant neuf d'où n'avaient pas encore été retirés les autocollants publicitaires du concessionnaire. Il était prêt pour la virée à la pépinière. Il avait baissé les vitres et mis à plein volume un CD de chants de Noël. La perspective d'être enfermé pendant plusieurs heures dans cet environnement sonore donna la chair de poule à Tom…

— Grimpez, lui dit Howard d'un ton enjoué. Vous n'avez qu'à vous asseoir à l'avant, à côté de moi. Vous pourrez vous occuper du lecteur de CD. J'ai apporté une douzaine de disques de Noël. Avec ça, nous devrions tenir tout le voyage. Il y a aussi des Thermos de chocolat chaud. Servez-vous, si le cœur vous en dit.

— Je préfère le café, dit Tom en montrant le gobelet qu'il avait pris chez Wharton en chemin.

Howard, bien que déçu, n'insista pas, distrait par l'apparition de Mary Vaughn, qui s'engageait sur le parking.

— Une de plus, se réjouit-il. Espérons que Ronnie et Jeanette ne tarderont pas et que nous pourrons nous mettre en route bientôt. Je me fais une joie de cette journée.

C'est alors que Tom repéra Jeanette, qui se dirigeait vers eux… d'un pas traînant, manifestement guère plus emballée que lui par cette excursion. Quand il la vit éclater de rire au moment où Ronnie la rattrapa et lui glissa quelque chose à l'oreille, une jalousie fulgurante lui lacéra le cœur. Ronnie n'aurait-il pas écouté son propre intérêt en lui recommandant de s'éloigner de Jeanette ? s'interrogea-t-il avant de repousser instantanément cette idée absurde. Ronnie était éperdu d'amour pour sa femme. Une passion qui sautait aux yeux de quiconque les voyait ensemble.

— Mary Vaughn, installez-vous donc à l'avant avec Howard, suggéra Tom tandis qu'il se tournait pour aider Jeanette à monter par la portière latérale. Il indiqua d'un signe de tête à Ronnie de prendre place sur le siège près du hayon, avant de s'asseoir lui-même à côté de Jeanette, qui le dévisageait avec méfiance.

Tom attendit qu'Howard ait démarré et que la musique ait recommencé à brailler pour se tourner vers Jeanette.

— Comment ça va ?

— Ça va. Et toi ?

— Bien. Mais j'ai passé une semaine de dingue.

— Oui, moi aussi.

Tom retint un soupir. Les choses se présentaient mal : Jeanette ne donnait pas le moindre signe d'avoir souffert de leur séparation. Elle se montrait même plus distante que jamais…

Au diable les recommandations de Ronnie ! décida-t-il en se penchant vers sa voisine.

— Tu m'as manqué, lui chuchota-t-il.

Les joues de Jeanette s'enflammèrent, mais elle continua à regarder droit devant elle.

— Et moi, je t'ai manqué ? demanda-t-il.

Elle lui décocha enfin un bref coup d'œil.

— Pas particulièrement.

Une déclaration démentie par le rouge maintenant cramoisi de ses pommettes…

Un éclat de rire à peine étouffé fit se retourner Tom.

— Tu as dit quelque chose, Ronnie ? s'informa-t-il, l'œil mauvais.

— Non, absolument rien, assura Ronnie avec un air de petit saint. Mais je pensais qu'on pourrait chanter des chants de Noël, histoire de passer le temps.

Jeanette, bien que gênée par sa ceinture de sécurité, se tourna vers lui pour le fusiller du regard.

— Tu es devenu fou ou quoi ? lui lança-t-elle à mi-voix tandis qu'Howard, lui, exultait.

— Excellente idée ! C'est exactement ce qu'il nous faut pour nous mettre dans l'ambiance. Mary Vaughn, regarde sur la pochette du disque quel est le prochain titre, de façon à ce que nous nous préparions.

— C'est *White Christmas*, claironna Mary Vaughn en même temps que Tom s'effondrait dans son siège.

— Tout le monde connaît les paroles, bien sûr, dit Howard,

qui entonna la chanson dès qu'elle démarra, imité peu après par Mary Vaughn, puis par Ronnie.

Tom et Jeanette, eux, échangèrent un regard affligé.

— Allez, tous les deux, les incita Howard en leur jetant un coup d'œil dans le rétroviseur. Lancez-vous. J'ai l'impression qu'on a de quoi former une jolie petite chorale dans cette voiture. Apparemment, nous allons de nouveau chanter dans la maison de retraite pour le réveillon, cette année. Vous pourriez vous joindre à nous.

— Compte là-dessus, dit Tom entre ses dents.

— Et bois de l'eau, compléta Jeanette avec une telle conviction que Tom éclata de rire.

— C'est une très bonne idée, Howard, déclara Ronnie dans le seul but d'agacer ses deux amis. Et n'oubliez pas que nous vous attendons tous au Sullivan pour le dîner de Noël. Vous êtes toujours prêt à faire le Père Noël, cette année, Howard ?

— A votre avis ? répondit ce dernier. C'est en tête de mes priorités pour les fêtes.

Alors que Jeanette se recroquevillait d'horreur sur son siège, Tom lui saisit la main, autant pour le plaisir de la toucher que pour lui témoigner sa solidarité. A son grand soulagement, elle ne se dégagea pas, mais poussa un imperceptible soupir avant de tourner la tête vers lui. Il eut l'impression que son cœur s'arrêtait de battre quand il lut le désir qui embrasait ses yeux.

Peut-être le stratagème ridicule de Ronnie avait-il fonctionné, après tout, se dit-il. S'il avait permis que Jeanette se languisse de lui ne serait-ce qu'une minute, qu'elle se pose la question, même une seule fois, de savoir s'il s'était désintéressé d'elle, alors il ne regrettait pas l'enfer qu'il avait vécu toute cette semaine.

Jeanette s'était attendue à ce que la visite à la pépinière tourne au cauchemar. Cependant, après quelques minutes, les parfums de résine qui embaumaient l'air lui rappelèrent brusquement les Noëls merveilleux de son enfance : petits gâteaux et sucres d'orge, guirlandes multicolores brillant de mille feux dans le sapin décoré par elle et son frère…

La température était suffisamment basse pour évoquer Noël, et à chaque pas montaient du tapis d'aiguilles de pin des senteurs hivernales.

— Tu as froid ? demanda Tom en lui enlaçant la taille par-derrière.

Jeanette se laissa aller contre lui quelques secondes avant de se redresser.

— Non. C'est une fraîcheur vivifiante. Ça sent délicieusement bon, tu ne trouves pas ? demanda-t-elle en levant les yeux vers lui.

— On dirait le produit pour nettoyer les sols qu'on utilise à la mairie.

— N'importe quoi ! s'offusqua-t-elle. Ça sent exactement l'odeur qu'on attend, un matin de Noël.

— Peut-être, dit Tom dans un haussement d'épaules. Dans ma famille, nous n'achetions que des sapins artificiels, parce que les vrais ne durent pas des semaines et font trop de saletés. Et je ne parle pas des risques d'incendie, bien sûr.

— Tu n'as jamais eu un vrai sapin chez toi ? demanda-t-elle avec effarement.

— Autant que je m'en souvienne, non. Les décorateurs insistaient sur le côté pratique des faux sapins.

— Les décorateurs ? Vous n'installiez pas l'arbre vous-mêmes ?

— *Les* arbres, tu veux dire. Nous en avions en général cinq ou six, un dans chacune des pièces du rez-de-chaussée, en plus des rameaux d'épicéas suspendus un peu partout. Eux aussi étaient en plastique. Il fallait plusieurs semaines pour tout mettre en place et transformer notre maison en une espèce de parc d'attractions.

— Je n'en reviens pas. Et tu ne fabriquais pas de décorations ?

— Si, quelques-unes à l'école, mais elles ne servaient jamais chez nous. Je crois que la gouvernante les gardait pour chez elle. Ma mère fixait un thème différent tous les ans. Je me souviens que, si mes sœurs et moi cassions quelque chose, nous devions le rembourser avec notre argent de poche.

— Quelle horreur ! s'écria Jeanette sans réelle surprise cependant.

Le récit de Tom la confortait en effet dans l'opinion qu'elle s'était forgée de Mme McDonald : une caractérielle autoritaire, doublée d'une snob.

— Vous n'observiez pas de rites bien à vous ?

— Non, à part l'église, le 24 au soir. Oh ! Et puis la succession de réceptions qui commençaient fin novembre, juste après Thanksgiving. Mes sœurs et moi en avons été exclus jusqu'à ce que nous ayons atteint l'âge de nous comporter comme des êtres civilisés.

— Mais Noël devrait être un moment féerique, surtout pour les enfants, s'apitoya Jeanette.

Elle comprenait mieux à présent l'animosité que ces réjouissances suscitaient chez Tom. Son dégoût à elle trouvait ses origines dans le drame familial après lequel les rituels qui l'avaient jusque-là émerveillée avaient perdu leur sens. Tom, lui, n'avait jamais connu l'atmosphère joyeuse des fêtes. Quelle situation était la pire ? Difficile de trancher.

— C'était comme ça, dit Tom, gêné par la compassion que lui manifestait Jeanette. Je n'ai jamais connu autre chose.

— En tout cas, la raison de ton attitude vis-à-vis de Noël est claire, maintenant.

— Et pour toi ? C'était toujours idyllique ?

Elle hésita un moment. Puis, submergée par une vague de nostalgie, elle dit doucement :

— Oui, quand j'étais petite.

Aussitôt, Tom rebondit sur le sous-entendu.

— Et pourquoi cela a-t-il changé ?

Elle ouvrit la bouche, puis se ravisa, consciente que les paroles qu'elle prononcerait pour expliquer à Tom le revirement de situation anéantiraient le plaisir qu'elle éprouvait à être entourée de tous ces arbres magnifiques.

— Jeanette, dis-moi ce qui s'est passé, insista-t-il.

Avec un soupir résigné, elle commença lentement son récit :

— J'avais un frère aîné, Benjamin, que tout le monde aimait.

Elle ferma les yeux et le revit, portant avec majesté la tenue de l'équipe de football, une jeune fille énamourée à chaque bras. Les mots lui vinrent plus facilement alors.

— Il avait obtenu une bourse pour intégrer le département des sports à l'université de Caroline du Sud. Mes parents exultaient ! Ni mon père ni ma mère n'avaient pu faire d'études supérieures. Mon père est agriculteur. Il a repris la ferme de son père, qui avait lui-même assuré la suite de son propre père. Il aspirait à autre chose pour Ben.

Tom écoutait attentivement et n'interrompit pas Jeanette, même lorsqu'il vit ses yeux s'embuer, puis déborder de larmes.

— C'était la veille de Noël, poursuivit-elle, perdue dans le souvenir qui avait bouleversé sa vie. J'avais quinze ans, et Ben venait de fêter son dix-huitième anniversaire. Nous étions tous allés à l'église, mais Ben avait pris sa propre voiture pour passer chercher sa petite amie. Après l'office, il nous a dit qu'il nous rejoindrait à la maison…

Elle laissa sa phrase en suspens, la gorge nouée par l'évocation de cette terrible nuit.

— Ensuite ? demanda Tom en lui caressant tendrement la joue.

— Il n'est jamais arrivé.

Elle se tut un long moment, incapable de parler.

— Après avoir déposé sa copine, reprit-elle enfin, il a dérapé sur une plaque de verglas. D'après la police, il roulait trop vite. La voiture a fait un tête-à-queue avant de s'écraser contre un arbre. Il serait mort sur le coup, semble-t-il.

— C'est effroyable ! Ma pauvre Jeanette ! s'écria Tom en lui essuyant les joues. Je n'arrive même pas à imaginer le choc que cela a dû être pour vous tous.

— Depuis, nous avons cessé de fêter Noël, dit-elle d'une voix pleine de regret. L'année suivante, lorsque j'ai sorti les décorations, ma mère s'est effondrée, et mon père les a instantanément rapportées dans le grenier. Je n'ai plus jamais essayé.

— Ce n'est pas étonnant que tu détestes cette période de l'année, avec des souvenirs aussi affreux.

— Bizarrement, ce n'est pas eux qui me rendent triste, tenta-t-elle d'expliquer. Pas directement, en tout cas. En réalité, c'est plutôt la transformation radicale de mes parents, après la mort de Ben. Avant, c'étaient des gens chaleureux, généreux, pleins d'entrain. Mon père nourrissait de grandes ambitions pour mon frère et moi. Son adoration à mon égard était presque excessive. Après, j'ai eu l'impression d'être devenue transparente. J'aurais aussi bien pu être morte, moi aussi, car rien de ce que je faisais ne semblait les affecter, d'une manière ou d'une autre. Tu n'as pas idée comme on se sent seul et coupé du monde quand les personnes qui sont censées s'intéresser le plus à toi t'ignorent, conclut-elle en levant les yeux vers Tom.

— Moi, confia Tom, mes parents se sont toujours beaucoup trop mêlés de ma vie. J'avais l'impression d'étouffer. Ils avaient des attentes qui ne correspondaient pas aux miennes. Mes résultats scolaires brillants ne suffisaient pas. Il fallait que j'excelle dans les matières que mon père avait choisies pour moi. Je devais fréquenter les filles qui avaient reçu l'aval de ma mère. Je me suis plié à leurs exigences jusqu'à l'obtention de mon diplôme de droit. Après, j'ai décidé de suivre ma propre voie. C'est là que les affrontements ont véritablement débuté…

Alors, non, poursuivit-il après un court silence, je ne sais pas ce que c'est d'être traité avec indifférence, mais j'imagine comme tu as dû souffrir.

— Ce n'est pas terminé.

— Vous en êtes toujours au même point? demanda-t-il stupéfait. Ce drame remonte à combien d'années, maintenant?

— A presque vingt ans, et rien n'a bougé. Quand je leur ai téléphoné il y a quelques semaines, c'est à peine si ma mère a reconnu ma voix et, lorsque j'ai demandé à parler à mon père, elle a prétendu qu'il était dehors et ne pouvait pas prendre la communication. Elle n'a pas proposé qu'il me rappelle, et je ne sais même pas si elle l'a informé de mon coup de fil. C'est toujours comme ça lorsque j'essaye de renouer le contact. Je ne renonce pas, malgré tout. Je continue à espérer qu'un beau jour ils se rappelleront qu'ils ont un autre enfant, qui est en vie et qui a toujours besoin d'eux.

En la voyant frissonner, Tom enleva sa veste et lui en enveloppa les épaules. Elle ne tenta même pas de lui expliquer que rien ne pourrait la protéger du froid qui la glaçait de l'intérieur. Elle se pénétra plutôt de la chaleur de son corps, tout près d'elle, et du parfum acidulé de sa lotion après-rasage. Même si ses souvenirs ne se dissipaient pas pour autant, cette proximité lui procurait un réconfort indéniable.

Tom brûlait d'aller trouver les parents de Jeanette pour leur ouvrir les yeux. Quel que soit leur chagrin, ils auraient dû se rendre compte combien leur fille pâtissait de leur désintérêt.

Aussi déficientes que soient ses relations avec ses propres parents, au moins le contact n'était-il pas rompu. Même lorsqu'un différend les opposait, il ne doutait jamais de leur amour; même lorsqu'il était particulièrement fâché — comme à l'heure actuelle à cause de l'attitude de sa mère vis-à-vis de

Jeanette —, il n'imaginait pas un seul instant couper définitivement les ponts.

Comment les parents de Jeanette pouvaient-ils l'avoir abandonnée ainsi et se regarder dans la glace le matin ? Incapable de trouver une réponse à cette question, il décida de surveiller Jeanette pendant le reste de la journée, à l'affût du moment opportun où lui faire savoir par un geste ou une caresse qu'il existait quelqu'un sur terre qui l'estimait et l'appréciait.

Il la comprenait beaucoup mieux à présent. Du moins le pensait-il. Il comprenait sa réaction épidermique à l'idée qu'elle pourrait ne pas être au premier plan de ses préoccupations. Malheureusement, il ne voyait pas comment modifier l'impression qu'il lui avait laissée. Selon le programme qu'il avait établi pour son avenir professionnel et qu'il suivait avec détermination, il était inéluctable qu'il quitte Serenity un jour. Evidemment, l'amour n'était pas entré dans son plan initial. Il devait d'abord atteindre son but : obtenir la gestion d'une grosse agglomération. Alors, il dégagerait du temps pour autre chose que le travail. Comment ? Il ne l'avait pas encore décidé.

Voilà que sur cette route bien tracée avait soudain surgi Jeanette, une femme qui le captivait, qui lui donnait l'envie de la protéger, qui le rendait fou de désir. Qu'était-il censé faire, surtout à présent qu'il connaissait les problèmes qui la torturaient ?

En ce moment, elle se tenait à côté du sapin qu'Howard avait choisi pour la place principale de Serenity. Elle paraissait toute petite à côté de l'arbre gigantesque et, lorsqu'elle leva la tête vers sa cime, elle eut une expression à la fois émerveillée et ébahie, comme si elle contemplait un sapin pour la première fois de sa vie. Ce qui était peut-être la réalité, d'une certaine façon. La première fois sinon de sa vie, du moins depuis ce Noël tragique où son monde avait disparu en même temps que son frère.

Il s'approcha d'elle et emprisonna sa main dans la sienne.

— Il est beaucoup trop grand, dit-il.

— Non, il est parfait, protesta-t-elle. Howard a raison. C'est celui-là le mieux. Je n'en ai jamais vu de pareil. Je l'imagine déjà scintillant sous des centaines de petites ampoules. Ça va être magnifique.

— Il va surtout coûter les yeux de la tête, objecta-t-il encore.

— Eh bien, tu n'as qu'à trouver l'argent ! riposta-t-elle sur un ton qui rappelait étrangement celui d'Howard. Tom, c'est ce sapin-là qu'il nous faut, pas un autre.

— C'est si important pour toi ? demanda-t-il en plongeant son regard dans le sien.

— Oui, avoua-t-elle tout en caressant l'écorce de l'arbre avec un respect proche de la vénération.

— Bien. Alors, nous débloquerons des crédits. Mais je te préviens, si des habitants se plaignent parce qu'il reste des nids-de-poule qui n'ont pas été bouchés, je vous les adresse, à toi et à Howard.

Justement, Howard revenait, suivi de Mary Vaughn et de Ronnie. Il avait la mine sombre.

— Le propriétaire demande une fortune pour celui-là, annonça-t-il. Nous allons devoir nous résoudre à en prendre un plus petit.

— Non ! s'écria Jeanette. Vous lui avez expliqué qu'il serait dressé sur la place centrale ?

— Bien sûr ! Je lui ai raconté tout ce que nous organisons : les chorales, les animations pour les enfants, le Père Noël... Il n'a pas voulu en démordre. Remarquez, il est normal qu'il essaye de rentabiliser son entreprise. Il n'empêche que je suis déçu.

— Nous allons acheter ce sapin, décréta Tom d'un ton sans appel.

Howard se tourna vers lui, éberlué.

— C'est pourtant vous qui avez insisté pour que nous ne dépassions pas le budget.

— Je m'arrangerai pour dénicher quelques dollars supplémentaires.

— Tu es optimiste, intervint Ronnie. C'est plus vraisemblablement une affaire de quelques centaines de dollars.

Sans relever la remarque de Ronnie, Tom regarda tour à tour chacun des membres de la commission.

— Ce sapin-là plaît-il à tout le monde ?

— Oui, répondit Mary Vaughn avec des yeux aussi pétillants que ceux de Jeanette. Nous n'en avons jamais eu un aussi magnifique.

— Dans ce cas, je donne mon autorisation pour cette dépense. Pas d'objection, monsieur le maire ?

— Vous pensez réussir à trouver l'argent nécessaire ?

— Faites-moi confiance.

Oui, il le trouverait, quitte à le sortir de sa poche. Il était prêt à tout pour voir de nouveau cet éclat dans les yeux de Jeanette. Pour l'y conserver, il irait éventuellement jusqu'à participer à la décoration de ce monstre végétal… en ronchonnant quand même, pour le principe.

Jeanette lui sauta au cou et l'embrassa avec fougue sur la joue. Une autre motivation fort appréciable, songea-t-il avec un sourire rêveur.

— Où est le pépiniériste ? demanda-t-il. Allons verser un acompte et nous mettre d'accord pour la livraison.

— Je m'en occupe, proposa un Howard rayonnant. Je savais bien que vous n'étiez pas le pisse-froid anti-Noël que vous prétendiez être.

— Oh, que si ! cria Tom alors qu'Howard s'était déjà éloigné.

— Arrête ! dit Jeanette. Plus personne ne croira à ta petite comédie, désormais. Tu as acheté l'arbre parfait.

— La perfection, ça n'existe pas, maugréa-t-il dans l'espoir de perpétuer son image de râleur impénitent. Je parie que ce sapin n'est pas droit. Son tronc est probablement tordu comme une vieille canne. Quelqu'un a-t-il vérifié ?

— Trop tard, mon vieux, s'esclaffa Ronnie. Que ça te plaise ou non, tu es le héros du jour.

— Le mien, en tout cas, déclara Jeanette avec une ardeur surprenante.

Eh bien vrai ! se dit Tom. Jamais il n'aurait pensé qu'un sapin de Noël à mille dollars aurait réussi là où ses baisers volés avaient échoué !

Chapitre 15

Après deux mois dans son poste, Tom avait établi un semblant de routine. En se rendant au travail le matin, il s'arrêtait chez Wharton boire un café et écouter les derniers ragots. A midi, il déjeunait dans son bureau et le soir il allait courir pour évacuer l'énergie accumulée pendant une journée passée assis sur une chaise, entre quatre murs. Il s'était inscrit au centre sportif de Dexter mais, comme tout le monde l'en avait averti, l'atmosphère y était si déprimante qu'il dépassait rarement le rythme de deux séances hebdomadaires.

Son travail s'avérait beaucoup plus passionnant qu'il ne l'aurait cru. Avec l'expansion économique dont bénéficiaient Serenity et ses alentours, les projets affluaient qu'il devait examiner tous minutieusement, personne d'autre à la mairie ne possédant les compétences requises pour détecter les éventuels problèmes et prévoir les répercussions du lotissement de nouvelles zones sur les écoles et autres institutions de Serenity.

Il s'était démené pour trouver des commerçants qui accepteraient de s'installer au centre-ville et avait discuté longuement avec les propriétaires de locaux vides dans Main Street afin qu'ils concèdent des baux d'un an pour l'ouverture de magasins. Il espérait aussi qu'une réduction des frais initiaux inciterait des candidats à miser sur le centre-ville pour établir leur affaire. Pour le moment, deux personnes s'étaient engagées à démarrer un commerce au 1er janvier, et trois autres l'envisageaient pour le printemps. Des avancées qu'il comptait annoncer lors du prochain conseil municipal.

Il avait aussi demandé que soit procédé à une inspection systématique et méticuleuse des infrastructures de la ville, dont la dernière remontait à la nuit des temps. Ainsi, l'étroit pont qui enjambait l'un des affluents de la rivière Great Pee Dee l'avait inquiété, mais l'examen mené par les ingénieurs avait conclu que sa structure était saine, pour le moment. Il se félicita néanmoins d'avoir pris les devants, car son initiative permettrait désormais de surveiller régulièrement l'état de l'ouvrage et d'intervenir à temps, le cas échéant. Les canalisations d'eau et les égouts, vétustes, devaient être rénovés. En fait, à cause de l'augmentation considérable de la population, il allait être obligé de revoir tout le système de traitement et de distribution des eaux et comptait demander aux promoteurs de prendre en charge les frais de raccordement.

Il s'était également engagé à financer le lancement du projet de Cal concernant la Little League de base-ball. A cet effet, et avec la bénédiction du conseil municipal, il avait ajouté une ligne au budget des espaces verts et des loisirs.

L'un dans l'autre, et malgré sa nomination récente, il avait le sentiment d'avoir déjà apporté sa contribution à l'amélioration de la vie à Serenity. Cependant, avec autant de fers au feu, il n'avait guère eu le loisir de chercher une maison ni d'être aussi assidu qu'il l'aurait souhaité auprès de Jeanette. D'où une tension accrue, qui rendait indispensable son jogging vespéral. La plupart du temps, il traversait la ville, puis tournait autour du lac entre les buissons d'azalées — dont il imaginait le feu d'artifice de couleurs au printemps.

Ce soir-là, il effectuait un dernier tour du lac lorsque son téléphone portable sonna. Il fut un instant tenté de ne pas décrocher mais, par conscience professionnelle — il devait être joignable en permanence par la police et les pompiers —, il s'arrêta de courir et, plié en deux pour reprendre son souffle, consulta le nom affiché à l'écran… Sa mère ! C'était la cinquième fois qu'elle appelait aujourd'hui. Il avait réussi à ne pas répondre jusque-là mais, devant son obstination, il capitula.

— Bonsoir, maman.

— Qu'est-ce qui t'arrive? On dirait que tu es essoufflé.

Elle paraissait plus agacée qu'inquiète, remarqua Tom.

— J'étais en train de courir. Bien, qu'est-ce que tu veux?

— As-tu enfin trouvé une maison?

— Je n'ai pas eu le temps de chercher.

— C'est précisément pour cette raison que je voulais m'en charger à ta place, commenta-t-elle d'un ton pincé. Mais on m'a clairement signifié de m'occuper de mes oignons.

— Je doute fort que Mary Vaughn ait formulé ainsi les choses.

— Non, bien sûr! C'est une femme charmante… et libre, je crois, précisa-t-elle avec un manque caractéristique de subtilité.

— Je suis au courant.

— L'as-tu déjà invitée au restaurant?

— Maman! s'exclama-t-il, une note menaçante dans la voix.

— Tu n'envisages quand même pas de sortir avec cette petite catin. Jeanette, c'est ça?

— Ça suffit, maintenant. Je te parlerai un autre jour, quand tu auras décidé de te comporter de façon civilisée.

Il allait couper lorsqu'il l'entendit qui l'appelait avec insistance. Il se laissa fléchir.

— Quoi?

— Ecoute, je ne voulais pas te fâcher. C'est la dernière chose à faire avec toi. Je devrais le savoir, après toutes ces années à vous côtoyer, ton père et toi. Tu es un vrai gamin. Tu prends systématiquement le contre-pied de ce que je suggère, uniquement pour le plaisir de me contrarier.

— Serais-tu en train de t'excuser?

Telle une tragédienne, elle soupira longuement.

— Pardonne-moi. Bon, écoute, je ne t'ai pas appelé pour parler de ça, déclara-t-elle en reprenant le dessus.

— Alors, pour quoi ?

— Les rideaux de ton bureau sont prêts. Je pensais te les donner demain et ensuite aller visiter quelques maisons avec toi.

Ce fut au tour de Tom de pousser un soupir théâtral.

— Apporte les rideaux si tu veux, mais je n'ai pas le temps de prospecter demain.

— Tu trouveras quand même un moment pour déjeuner, non ?

Tôt ou tard, il lui faudrait consacrer quelques heures à sa mère, qui n'était pas du genre à se laisser éternellement oublier, surtout par un de ses enfants. Même si elle s'y prenait fort mal avec eux et obtenait souvent un résultat inverse à celui qu'elle escomptait, elle essayait de jouer au mieux son rôle… tel qu'elle le concevait. Tom avait mis trente-cinq ans à le comprendre.

— D'accord. A une condition, cependant.

— Laquelle ? demanda-t-elle, aussitôt sur ses gardes.

— Que Jeanette vienne aussi et que tu promettes de te conduire correctement avec elle.

— C'est hors de question, répliqua-t-elle sans hésiter.

— Eh bien, dans ce cas, pas de déjeuner.

— Thomas McDonald, je n'aime pas beaucoup le chantage que tu exerces sur moi pour m'obliger à supporter la compagnie d'une femme que j'abomine.

— Tu la connais à peine.

— Peut-être. Il n'empêche que ce que je connais d'elle me suffit, s'obstina-t-elle.

Tom savait que sa mère s'acharnait à tenir Jeanette à distance davantage par orgueil que par snobisme. Nul doute qu'elle se sentait honteuse d'avoir causé ce scandale chez Bella. Du moins l'espérait-il.

— Et le fait qu'elle représente beaucoup pour moi ne t'importe pas ? demanda-t-il calmement.

— Comment ça beaucoup ? s'enquit-elle, abasourdie.

— Je ne sais pas encore exactement, mais là, maintenant, je dirais énormément. Et je te serais infiniment reconnaissant de lui donner sa chance. Allez, maman ! Ce ne sera pas la première fois de ta vie que tu devras te montrer aimable avec quelqu'un que tu n'apprécies pas. Tu te prêtes à ce jeu sans arrêt pour tes œuvres caritatives. C'est trop te demander de faire la même chose pour moi ?

— Eh bien, présenté comme ça, je suppose que je n'ai pas le choix, concéda-t-elle d'un air renfrogné. Je passerai à ton bureau à 11 h 30 pour déposer les rideaux. Réserve une table au restaurant pour midi et préviens ta demoiselle de ne pas être en retard.

— A vos ordres, madame, répondit-il, amusé par le ton autoritaire de sa mère qu'il interpréta comme une tentative de garder la main.

Il raccrocha, satisfait d'avoir jeté les bases d'une trêve entre elle et Jeanette. Malheureusement, il restait à convaincre Jeanette d'accepter cette rencontre, et il pressentait qu'elle allait se révéler une cliente beaucoup plus coriace.

— Tu n'y penses pas ? s'écria Jeanette en regardant Tom avec des yeux effarés comme s'il avait brusquement perdu la raison. Il est hors de question que je déjeune avec ta mère ! Même pour un million de dollars !

— Même pour me remercier de l'achat du plus beau sapin de Noël que Serenity ait jamais connu ? dit-il pour tenter de l'amadouer.

— Oui, décréta-t-elle catégoriquement.

Si elle avait pu deviner la raison de sa soudaine apparition à la porte de son appartement les bras chargés d'une pizza et d'une bouteille de bon vin, elle l'aurait immédiatement chassé à coup de pied dans son joli petit postérieur. A présent hélas, avec l'odeur de pizza qui lui chatouillait les narines, elle s'imaginait mal le jeter dehors. Ce qui ne signifiait pas pour autant qu'elle devait consentir à son projet.

— Ta mère ne m'aura pas plus tôt vue qu'elle me lancera le contenu de son verre à la figure, prédit-elle.

— J'ai déjà obtenu sa promesse qu'elle se tiendrait bien.

— Tu as dressé une liste des règles qu'elle devait respecter ? C'est ça ?

— Il ne s'agit pas d'une liste. Je lui ai simplement rappelé qu'elle a déjà prouvé sa capacité à se conduire convenablement en maintes circonstances, même les plus délicates, et que je n'attendais pas moins d'elle à cette occasion.

— Super ! Difficile de ne pas se sentir à l'aise dans un climat aussi chaleureux ! ironisa-t-elle en prenant un morceau de pizza aux olives noires et aux champignons… sa favorite.

« Autant en manger une part avant que la conversation ne tourne mal », songea-t-elle. Car la conversation allait mal tourner. C'était inévitable.

— Bois un peu de vin avec, proposa Tom en lui emplissant son verre à ras bord.

— Pas la peine d'essayer de me soûler. Je ne céderai pas.

Elle prit néanmoins une gorgée… d'un excellent cru ! Trop bon pour qu'il l'ait acheté à Serenity… A moins qu'il n'ait réussi à l'extorquer à Dana Sue, au Sullivan ?

— Ecoute, Jeanette. Je sais que ma mère s'est comportée de façon inacceptable avec toi mais, au fond, elle est gentille.

— Gentille ? Parlons-nous de la même femme ? Celle qui a été si odieuse la dernière fois que nous nous sommes rencontrées que tu es parti en lui claquant la porte au nez ?

— Oui, de la même, confirma-t-il sans cacher son dépit.

— Malgré tout, tu crois qu'un déjeuner avec elle est une bonne idée, poursuivit-elle pensivement. Tu n'aurais pas perdu le sens des réalités, par hasard ? attaqua-t-elle de nouveau en le transperçant du regard.

— Très probablement, si, reconnut-il. Mais on peut essayer, quand même. Elle m'a promis de garder son calme et de ne pas oublier ses bonnes manières. Si tu fais de même de ton côté, tout devrait se passer à peu près normalement.

— Est-ce que tu t'entends ? demanda-t-elle, incrédule. Tu m'invites à un déjeuner qui « devrait se passer à peu près normalement » ? Quelle perspective alléchante ! Irrésistible, même ! Au fait, pourquoi cette rencontre t'importe-t-elle tellement ?

— Parce que, malgré tous ses défauts, elle reste ma mère, et parce que je tiens à toi. J'aimerais vraiment que vous arriviez à vous entendre toutes les deux.

— Tu veux dire mieux nous entendre qu'elle et toi ?

Elle venait de marquer un point. Néanmoins, devinant qu'elle était en train de mollir, il se rapprocha encore d'elle pour lui susurrer :

— Je t'en serais vraiment, mais vraiment, reconnaissant.

Elle le dévisagea un instant entre ses paupières mi-closes.

— Reconnaissant comment ?

— Très.

— Assez pour me donner un coup de main pour mon déménagement, le moment venu ?

— De toute façon, j'avais l'intention de t'aider, répondit-il en souriant.

— Ah bon ? C'est sympa. Ta reconnaissance irait-elle jusqu'à m'aider à peindre le salon et la chambre du bas ?

— Avec un peu de persuasion, pourquoi pas ? dit il avec un sourire de plus en plus large.

— Tu réparerais tous les robinets défectueux de la maison ?

Il marqua un temps d'hésitation à cette question.

— Je veux bien essayer, mais il vaudrait mieux que tu

demandes à Ronnie, ou que tu fasses venir un plombier. Je t'en trouverai un.

— Et un électricien aussi ? Je pense installer plein de ventilateurs au plafond.

— C'est comme si c'était fait.

— Et pour le remplacement de la toiture ? Non, je plaisante, dit-elle en éclatant de rire devant l'air éberlué de Tom. Le toit est en parfait état. Je voulais juste voir jusqu'où tu irais.

— Assez loin, en fait. Ecoute, Jeanette, personne ne sait aussi bien que moi comme ma mère est insupportable, par moments. Mais, si cela peut te consoler, elle était tout aussi impossible avec les jeunes gens que mes sœurs voulaient épouser, alors que tous avaient leurs arrières assurés financièrement parlant et un arbre généalogique qui remontait au Mayflower. C'est une mère poule, c'est tout.

— Sauf que nous, nous ne prévoyons pas de nous marier, déclara Jeanette.

— Parle pour toi.

« Eh bien ! C'est ce qu'on appelle faire monter brutalement la pression ! » se dit-elle en attendant un déferlement de panique… qui n'arriva pas.

Finalement, elle s'aventura à lever la tête vers Tom. Devant ses yeux suppliants, elle tenta de juguler la vague d'émotions qui menaçait de l'envahir… mais, fatalement, elle perdit la bataille.

— D'accord. Mais ne viens pas te plaindre, après. Je t'aurai prévenu. C'est une mauvaise idée.

— Non, dit-il avec assurance. Tu vas l'ensorceler.

« Si je termine le repas sans l'étrangler, ce sera déjà un exploit », songea Jeanette.

La voiture que conduisait Mary Vaughn se mit à toussoter, puis à hoqueter, avant de s'arrêter finalement sur le bord de la route, à une quinzaine de kilomètres de Serenity. Mary Vaughn l'avait choisie malgré sa voracité en essence pour sa prétendue robustesse, mais aussi pour narguer Sonny, qui ne jurait que par les véhicules qui sortaient de son magasin.

Elle en était bien punie à présent, car le plus proche concessionnaire de la marque se trouvait à une bonne heure de route, et la plupart des mécaniciens de Serenity refusaient de toucher à ce moteur. Elle allait devoir appeler une dépanneuse et trouver quelqu'un qui la ramènerait chez elle.

En désespoir de cause, elle composa le numéro de téléphone de Sonny et, serrant les dents, se prépara à écouter ses sarcasmes et sa diatribe habituelle.

— Je suis en panne, annonça-t-elle d'emblée. J'ai besoin d'aide, pas d'un sermon.

— Tu as crevé ?

— Non, cette saleté de bagnole m'a lâchée. Heureusement, il n'y avait pas de circulation, et j'ai pu me garer sur le bas-côté sans qu'on m'emboutisse.

— Où es-tu exactement ? Quoi qu'il arrive, reprit-il lorsqu'elle lui eut indiqué sa position, ne sors pas de ta voiture. Les secours sont en route.

Pour une fois, elle lui fut reconnaissante de son efficacité à traiter les problèmes. Elle se rappelait de multiples circonstances où, alors qu'elle avait cherché compassion et attention, il ne lui avait donné que conseils pratiques et solutions concrètes. Ce qu'elle avait alors considéré comme un défaut rédhibitoire lui apparaissait aujourd'hui comme une qualité inestimable.

— Merci, Sonny.

— De rien, mon chou. Ne bouge pas.

Une vingtaine de minutes plus tard, une dépanneuse se garait à sa hauteur… suivie par Sonny.

— Je suis venu aussi parce que j'ai pensé que tu voudrais qu'on remorque ta voiture jusque chez le concessionnaire et que tu ne saurais plus comment rentrer chez toi.

Elle l'observa avec méfiance, tandis qu'il sortait pour lui tenir la portière, un geste de galanterie que sa rareté rendait d'autant plus appréciable.

— Et puis cela te donnera l'occasion de triompher, ajouta-t-elle en prenant place sur le superbe siège en cuir du véhicule de Sonny.

— Ah ! Je n'y avais pas pensé, mais, si cela te fait plaisir, je peux arranger ça, plaisanta-t-il.

— Non, ne te donne surtout pas cette peine.

Après avoir communiqué ses instructions au dépanneur, Sonny revint s'installer au volant de sa voiture.

— Ça va ?

— Oui. Je suis énervée, c'est tout. Dieu sait combien de temps les réparations vont prendre !

— Je te procurerai un véhicule de remplacement, ne t'inquiète pas.

Elle se tourna vers lui, sourcils froncés.

— Pourquoi es-tu si gentil ?

— Et pourquoi ne le serais-je pas ? rétorqua-t-il avec la même mimique qu'elle.

— Ça paraît bizarre, après tout ce qui s'est passé entre nous. Je sais que nous sommes convenus d'une trêve pendant le séjour de Rory Sue, mais là, ça dépasse de loin notre accord.

Il la regarda droit dans les yeux pour lui demander :

— Pourquoi m'as-tu appelé si tu croyais qu'on allait se disputer ?

La réponse ne vint pas tout de suite. Mary Vaughn se tortilla nerveusement pendant quelques instants, avant d'avouer :

— Parce que je savais que je pouvais compter sur toi.

— Ah ! Tu vois ! Le bon vieux Sonny Lewis répond toujours présent quand on a besoin de lui ! s'exclama-t-il avec une note d'amertume dans la voix qui surprit et chagrina Mary Vaughn.

Elle avait dû l'agacer, se reprocha-t-elle. De façon totalement involontaire ! Car elle avait au contraire cherché à lui adresser un compliment...

Elle tendit le bras et enveloppa entre ses doigts la main de Sonny, inhabituellement crispée sur le volant.

— Je suis désolée, dit-elle.

— De quoi ?

— Je ne sais pas, répondit-elle après un temps de réflexion. Peut-être de tout ce que je t'ai infligé.

— Inutile de t'excuser si tu ne sais même pas de quoi, répliqua-t-il durement en dégageant sa main.

Elle se cala contre le dossier de son siège, les yeux braqués droit devant elle, l'estomac noué à l'idée qu'elle l'avait de nouveau blessé malgré elle.

Pendant le silence qui suivit, chaque fois qu'elle coula un regard dans sa direction elle se heurta au même visage fermé, à la même moue rageuse.

— Je m'en veux vraiment, Sonny, insista-t-elle dans un murmure.

Il jura entre ses dents avant de se tourner brièvement vers elle.

— Ne te mets pas martel en tête. Tu vois, Mary Vaughn, j'avais l'impression d'avoir réussi à me bâtir une vie qui me comble. Et puis là, brusquement, je m'aperçois que tu as toujours le pouvoir de m'atteindre en plein cœur. Et je n'aime pas ça, Mary Vaughn. Je n'aime pas ce que cela dit sur moi.

— Ça en dit plus sur moi, répliqua-t-elle avec douceur. Quand je pense que je continue à te faire souffrir après la gentillesse et l'attention extraordinaires que tu m'as témoignées sans relâche ! J'ai honte de l'égoïsme et de l'ingratitude que je découvre en moi.

Il ne réagit pas. Il ne s'empressa pas de la contredire en lui assurant qu'elle n'était ni égoïste ni ingrate, comme il l'aurait vraisemblablement fait autrefois. Les mots qu'elle venait de prononcer restaient suspendus dans l'air, sans que personne ne les conteste. En dépit de la douleur aiguë que ce silence lui causa, pas un seul instant ne lui vint la tentation de remettre en cause la justesse du jugement qu'elle avait porté sur elle-même. De toute évidence, Sonny non plus n'était pas disposé à le discuter.

— Tu crois qu'il est possible de changer? demanda-t-elle. Je veux dire, à notre âge, peut-on perdre ses mauvaises habitudes?

— Bien sûr, répondit-il sans l'ombre d'une hésitation. En tout cas, je l'espère.

— Moi aussi.

Peu après, alors que Sonny s'engageait sur le parking de son magasin, colère et désarroi s'évanouirent, et il reprit son masque souriant de commerçant.

— Entre, que je règle cette histoire de prêt de voiture, dit-il.

— Tu n'es pas obligé, tu sais.

— Ne dis pas de bêtises, maugréa-t-il, la mine de nouveau sombre. Tu as besoin d'un véhicule, et je peux en mettre un à ta disposition. C'est aussi simple que ça. Inutile de compliquer les choses.

— Bon, d'accord. Mais je vais te payer, bien sûr.

— Cherches-tu vraiment à me faire perdre patience, Mary Vaughn? rétorqua-t-il avec un regard de plus en plus dur.

— Je peux au moins t'inviter à déjeuner, alors? Ou à dîner?

— D'accord, à déjeuner, accepta-t-il de guerre lasse.

— Demain?

— Oui, pourquoi pas?

Mary Vaughn ne put s'empêcher de sourire devant sa réticence à peine voilée.

— Je te promets que ce sera sans douleur, dit-elle d'un ton léger.

— Ne fais pas de promesses que tu es incapable de tenir,

mon chou. Où se retrouve-t-on ? Au Sullivan ? Ou te sens-tu le courage d'aller jusqu'à ce restaurant spécialisé dans la cuisine du Sud que tu aimais bien autrefois ?

— Je suis sûre que tu préfères prendre un hamburger au Wharton.

— En d'autres circonstances, ce serait vrai.

— Tu veux dire avec quelqu'un d'autre que moi ?

— Tu imagines bien que les langues vont aller bon train si on nous voit ensemble au Wharton. Et mon père ne sera pas en reste.

— Ce ne sera pas la première fois que je serai en butte aux commérages, lui rappela-t-elle. Personnellement, je m'en moque. A toi de voir.

Entendu, acquiesça-t-il après avoir attentivement examiné Mary Vaughn. Chez Wharton. C'est une affaire qui marche.

Dans un élan spontané, suscité par la joie que lui procurait cette décision, Mary Vaughn l'embrassa sur la joue, avant de s'en aller. Elle n'aurait su expliquer précisément ce qui s'était passé entre elle et Sonny, mais elle retirait de leur entretien le sentiment qu'avait été en jeu davantage qu'un simple déjeuner de remerciement dans leur discussion.

Le lendemain midi, Mary Vaughn entra bravement dans la salle de Chez Wharton et se dirigea droit vers une des tables de la terrasse vitrée. Puisqu'ils avaient choisi le quartier général des ragots pour leur tête-à-tête, avec Sonny, autant aller jusqu'au bout et se rencontrer au vu et au su de tous. Tenter d'échapper aux regards ne servirait qu'à exacerber les rumeurs.

Mary Vaughn n'était pas encore assise que Grace Wharton accourait, les yeux brillants de curiosité.

— Ça fait un bail que vous n'avez pas déjeuné ici, en tout cas toute seule, dit-elle tandis qu'elle déposait la carte sur la table en Formica.

— J'attends quelqu'un, annonça Mary Vaughn, hésitant sans savoir pourquoi à révéler qu'il s'agissait de Sonny.

Malgré son indifférence proclamée aux potins, elle se demanda tout à coup si la décision de voir ici son ex-mari ne relevait pas de la folie furieuse. En effet, comme le lui avait rappelé Sonny, Howard venait régulièrement déjeuner chez Wharton avec ses copains alors qu'au Sullivan, au moins, le gros de la clientèle du midi était composé de touristes en excursion pour la journée, attirés par l'article élogieux d'un magazine régional. Quant au restaurant qui proposait des spécialités du Sud, ils n'y auraient vraisemblablement croisé aucune de leurs connaissances.

— Un acquéreur, je suppose ? s'enquit Grace en plaçant un autre menu en face de Mary Vaughn.

Grace était une femme sympathique qui mettait son point d'honneur à se tenir informée de tous les événements de Serenity. Pour ce faire, non seulement elle restait en permanence l'œil et l'oreille aux aguets, mais elle n'hésitait pas à poser des questions indiscrètes. Chose surprenante : personne ne lui en tenait rigueur. Qu'elle ne compte cependant pas sur elle pour l'aider dans sa tâche ! se dit Mary Vaughn tandis qu'elle regardait Grace droit dans les yeux.

— Un thé glacé, s'il vous plaît, Grace. Et, pendant que vous y serez, apportez un soda allégé pour l'autre personne.

Habituellement, loin de décourager Grace, ces manières fuyantes l'auraient au contraire incitée à poursuivre son interrogatoire. Aujourd'hui cependant, pour quelque obscure raison, elle tourna les talons et partit chercher la commande.

A peine deux minutes plus tard, au moment où Grace posait les consommations devant Mary Vaughn, Sonny entra, retira ses lunettes de soleil et s'immobilisa, le temps de s'habituer au changement de luminosité. A l'état de sa coiffure, Mary Vaughn devina qu'il était venu dans une décapotable empruntée à son garage. Elle l'avait toujours trouvé terriblement sexy quand il avait, comme aujourd'hui, les cheveux en bataille, les manches retroussées jusqu'au coude et le col de sa chemise ouvert… Une fois de plus, elle se sentit intimidée par cet homme qu'elle avait pourtant presque toujours connu.

— Regardez un peu qui voilà ! s'exclama Grace en jetant un coup d'œil tour à tour à Mary Vaughn et à Sonny. Il est probablement venu voir son paternel.

Mary Vaughn ne répondit rien. Elle avait la gorge sèche au point d'être incapable de prononcer un mot. Dieu qu'il était séduisant ! S'il n'y avait là rien de nouveau pour elle, jamais auparavant en revanche elle n'avait ressenti pareil trouble. Jamais auparavant son cœur ne s'était affolé à ce point.

Lorsque Sonny se dirigea résolument vers Mary Vaughn sur la terrasse, Grace, le souffle coupé, se contenta de murmurer « Eh ben, vrai ! », avant de partir en courant, sans nul doute pour répandre le bruit aux quatre coins de la ville que Mary Vaughn et Sonny Lewis s'apprêtaient à déjeuner ensemble et qu'ils se comportaient avec la plus parfaite civilité. Dans une demi-heure, le Wharton serait plein à craquer de curieux qui voudraient vérifier la nouvelle de leurs propres yeux. D'ici à la fin de la journée, des paris seraient pris sur la signification de ce tête-à-tête.

— Tu avais raison, soupira Mary Vaughn. C'était une très mauvaise idée.

Il haussa les épaules, avec la même indifférence qu'elle avait elle-même affectée la veille.

— On est à Serenity, mon chou. Ici, les gens causent. Ils ne peuvent pas s'en empêcher.

— Mais ils vont parler de nous, Sonny !

— Ce ne sera pas la première fois, lui rappela-t-il. On commande ? J'ai une réunion avec les représentants, en début d'après-midi.

Mary Vaughn était si mal à l'aise qu'elle ne se sentait même pas le courage de lever les yeux vers l'ardoise qui annonçait le plat du jour.

— Je prendrai la même chose que toi, dit-elle.

— Cheeseburger et frites ? s'étonna-t-il.

D'habitude, Mary Vaughn déjeunait d'une salade et d'un yaourt, sauf lorsqu'elle était avec un client.

— Oui, un burger, c'est très bien, assura-t-elle.

« Au diable la sagesse ! décida-t-elle. Aujourd'hui est la journée de toutes les folies ! »

— Et des frites ? insista Sonny comme s'il ne parvenait toujours pas à en croire ses oreilles.

— Oui.

Un sourire étira les lèvres de Sonny.

— Tu te rappelles ce que nous disions, hier, à propos de la capacité des gens à changer ? demanda-t-il.

— Oui, naturellement.

— Si, en plus, tu commandes un milk-shake, alors tu feras de moi un vrai croyant.

— C'est d'un déjeuner qu'il s'agit, pas d'une conversion, le rabroua-t-elle, piquée au vif par son ton taquin.

— Tu admettras qu'il est difficile de ne pas s'étonner de ton nouveau régime, toi que j'ai toujours vue brouter des feuilles de laitue.

— Tu riras moins quand mes cuisses ressembleront à deux pastèques rentrées de force dans un pantalon.

— Tu vois, Mary Vaughn, c'est encore une chose que tu n'as jamais comprise à mon sujet. Tu es très belle, c'est incontestable, mais je t'ai toujours aimée pour toi, pas pour ton physique.

Elle le considéra d'un œil dubitatif, mais, avant qu'elle n'ait pu rétorquer quoi que ce soit, Howard entra dans le restaurant, les avisa… et se figea, la bouche grande ouverte.

— Eh bien ! Si je m'attendais à vous voir assis là, tout guillerets ! dit-il enfin. Vous êtes venus parler de nos projets de Noël pour Rory Sue ?

Mary Vaughn laissa à Sonny le soin de trouver une explication.

— Non, répondit-il. Nous sommes venus en amoureux.

Malgré les battements soudain effrénés de son cœur, Mary Vaughn lança un regard noir à son ex-mari.

— Pas du tout, protesta-t-elle.

— Comment formulerais-tu les choses, alors ?

— J'appellerais ça une erreur, asséna-t-elle sèchement.

— Quoi qu'il en soit, cela fait plaisir de vous voir ensemble, déclara Howard avec jovialité. Rory Sue serait aux anges si elle le savait.

— Interdit de lui en souffler un seul mot, décréta Mary Vaughn.

— Elle a raison, papa, renchérit Sonny. Garde ça pour toi. Il ne faudrait pas qu'elle s'imagine des choses. Elle serait trop déçue après.

— Tu en es bien sûr ? demanda Howard en scrutant son fils. Je n'ai jamais compris pourquoi vous vous êtes séparés, tous les deux. A aucun moment tu ne m'as donné d'explications qui tiennent debout.

— Cela ne te regardait pas, papa. Va rejoindre tes amis. Je crains que leurs yeux ne finissent par sortir de leur orbite à force de nous regarder. Autant que tu leur racontes pourquoi nous sommes ici, Mary Vaughn et moi.

— Mais je l'ignore, nom d'un chien ! s'écria Howard sur le point de s'emporter.

— De cette façon, vous n'aurez pas grand-chose à leur dire sur la question et vous pourrez passer directement à des sujets de conversation plus passionnants, intervint Mary Vaughn en gratifiant son ex beau-père de son plus charmant sourire.

— Tu n'as décidément pas perdu ton impertinence ! commenta Howard avec une certaine admiration.

— Et je m'en flatte !

— Quelle que soit la raison de votre présence ici, amusez-vous bien, leur souhaita Howard avant de rejoindre sa table.

— Un peu gênante cette rencontre, déclara Mary Vaughn.

Sonny, lui, semblait très joyeux. Ses yeux pétillaient de malice.

— Reconnais malgré tout que c'était drôle de le voir s'énerver, dit-il. Il déteste que des informations concernant la famille lui échappent et, tel que tu le vois, il est persuadé que nous lui cachons quelque chose.

— C'est une façon intéressante d'envisager les choses, admit Mary Vaughn. Etant donné le nombre de fois où ton père m'a harcelée pour une raison ou une autre, et en particulier parce qu'il ne voulait pas que nous nous mariions toi et moi, je dois admettre qu'il est assez jubilatoire de le voir espérer que nous allons nous remettre ensemble. J'aurais pourtant parié qu'il remercierait le ciel jusqu'à la fin de ses jours de notre divorce.

L'espace d'un instant, Sonny demeura immobile, comme frappé de stupeur.

— A ton avis, c'est ce qu'il souhaite ? Qu'on se remette ensemble ?

— Je crois qu'il veut que sa petite-fille soit heureuse. Or, son vœu le plus cher, à elle, c'est qu'on mette fin à notre séparation.

Mary Vaughn éclata de rire devant l'expression hébétée de Sonny.

— Tu as peur que ton père recommence à s'immiscer dans nos affaires ? demanda-t-elle lorsqu'elle eut repris son sérieux.

— Ce ne serait pas étonnant de sa part, prédit Sonny d'un

air morose. Et, si j'étais toi, ça ne m'amuserait pas autant. Mon père obtient presque toujours ce qu'il veut.

Mary Vaughn se sentit tressaillir. Etait-ce d'appréhension ou d'excitation ? Elle n'aurait su le dire…

Chapitre 16

Jeanette entra au Sullivan directement par la cuisine et se précipita vers la porte qui donnait sur la salle à manger, pour voir par l'entrebâillement si Tom et son horrible mère étaient déjà installés.

— Ce n'est pas que je n'ai pas plaisir à te voir, l'interpella Erik, mais pourrais-tu m'expliquer ce que tu fabriques ici au lieu d'être assise à une table, comme les autres clients ?

— C'est à cause de la mère de Tom, murmura-t-elle.

— Tu mènes une enquête sur elle ? demanda Erik sans cacher sa perplexité.

— Inutile. Je connais déjà cette vieille sorcière.

— Tom sait-il en quelle estime tu tiens sa mère ? s'informa Erik en retenant à grand-peine un sourire.

— Oui, affirma-t-elle en s'installant sur un tabouret. Et figure-toi qu'il veut que je déjeune quand même avec eux !

Cette fois, Erik laissa libre cours à son hilarité.

— Sors d'ici, ordonna-t-il le doigt tendu vers la salle. Je ne veux pas être mouillé dans cette histoire.

— Dana Sue ne me chasserait pas, elle, protesta Jeanette.

— En l'absence de Dana Sue, c'est moi qui commande.

— Et qui t'oblige à être méchant ? s'insurgea Jeanette avec un regard noir.

— Tu te renseigneras auprès de Karen ou de Dana Sue pour le savoir. Ou d'Helen éventuellement, même si cette cuisine est le seul lieu où elle accepte de recevoir des ordres de ma part. Maintenant que nous sommes mariés, elle ne m'obéit plus jamais, conclut-il avec une mine exagérément affligée.

— Si j'avais le temps, je te plaindrais, se moqua Jeanette. Mais j'ai suffisamment à faire à m'apitoyer sur mon propre sort.

— Eh bien! Va t'apitoyer là-bas. Ma cuisine est interdite au public. Fiche-moi le camp!

— D'accord. Mais je te préviens, ni porcelaine ni cristal sur notre table! Il risque fort d'y avoir du bris de vaisselle avant la fin du repas.

— N'oublie pas de me signaler quand tu décideras de commencer à faire voler les assiettes, que je procède à l'évacuation des autres clients auparavant. A moins que je ne leur réclame un supplément pour le spectacle, ajouta-t-il avec un clin d'œil espiègle. Allez, va!

— Dis donc, la compassion et toi, ça fait deux, commenta Jeanette.

Elle finit cependant par se lever de son tabouret et se dirigea sans enthousiasme vers la table à laquelle Tom et sa mère étaient en train de prendre place.

Dès que Tom l'aperçut, son visage s'éclaira. « Le meilleur moment du repas, sans aucun doute », songea-t-elle. Car, une fois que Mme McDonald l'aurait vue, la situation allait certainement se dégrader.

— D'où viens-tu? demanda Tom en lui présentant une chaise.

— Je suis passée par la cuisine pour dire un mot à Erik, expliqua-t-elle sans rougir de son mensonge.

Mme McDonald lui lança un regard hargneux.

— Probablement pour lui demander de verser de l'arsenic dans mon plat, marmonna-t-elle.

— Maman! la rappela aussitôt à l'ordre Tom.

— Ah zut! s'exclama Jeanette avec un sourire enjoué. Comment n'y ai-je pas pensé?

— Jeanette, s'il te plaît! dit Tom, agacé.

Mais Jeanette, à son grand étonnement, surprit Mme McDonald qui étouffait prestement un sourire. Ce petit signe de complicité, aussi infime qu'il ait été, lui donna un peu d'espoir. Qui sait si Mme McDonald n'appartenait pas à cette catégorie de femmes qui prennent un malin plaisir à déclencher une guerre et jubilent de voir leur adversaire jeter un peu d'huile sur le feu au lieu de rendre les armes ? Peut-être même admirait-elle les femmes dotées d'un fort tempérament. Et du tempérament, Jeanette en avait à revendre !

— Erik a préparé des quiches aux brocolis aujourd'hui, annonça-t-elle. Il en sortait justement une du four pendant que j'étais là-bas.

— Je n'ai jamais compris le succès des quiches, répondit Mme McDonald.

— Une de leurs spécialités est le pain de viande, poursuivit Jeanette en s'efforçant de garder calme et bonne humeur. Et puis Erik n'a pas son pareil pour cuisiner les poissons.

— Elle a raison, intervint Tom. J'ai goûté les deux et je te les recommande sans réserve. Personnellement, je vais prendre le plat du jour : du bar à la vapeur accompagné d'une julienne de légumes. Et toi maman, qu'est-ce qui te ferait envie ?

— Je me contenterai d'un bol de soupe, répondit-elle sans même consulter la carte.

— Leur gaspacho est délicieux, conseilla Jeanette.

— C'est trop épicé.

— Le consommé de poulet, alors ? proposa Tom, qui commençait à désespérer. Ils y mettent des vermicelles faits maison.

— C'est un plat pour les malades, ça, dit-elle avec véhémence. Je vais goûter la soupe aux lentilles.

— J'appelle la serveuse, coupa Tom, qui semblait maintenant se mordre les doigts d'avoir provoqué cette rencontre et avait autant hâte que Jeanette qu'elle se termine.

Après avoir commandé, il se laissa aller contre le dossier

de sa chaise et observa la suite des événements en se forçant à l'optimisme. Un silence s'installa, que ni sa mère ni Jeanette n'entreprit de rompre. Aussi Tom posa-t-il discrètement sa main sur la cuisse de Jeanette en accompagnant son geste d'un regard implorant... et tellement irrésistible qu'elle se reprocha son attitude. Elle se devait de faire un effort, se rabroua-t-elle. Quitte à ce que la situation explose. De toute façon, Tom ne pourrait lui en vouloir. Elle l'avait averti qu'il demandait la lune.

— D'après ce que je sais, vous vous occupez d'un certain nombre d'œuvres caritatives, madame McDonald. Travaillez-vous sur un projet particulier actuellement ?

Tom lui adressa un sourire reconnaissant, qu'il transforma en un regard menaçant à l'adresse de sa mère lorsqu'elle fit mine d'ignorer la question.

— Le bal pour l'Association de lutte contre le cancer va bientôt avoir lieu, répondit-elle d'un ton revêche.

— Un événement qui a toujours suscité un énorme engouement à Charleston, commenta Jeanette. Je me souviens que beaucoup de clientes venaient nous voir dans les jours qui précédaient. Tout le monde voulait apparaître sous son meilleur jour.

Erreur fatale ! Que n'avait-elle tourné sept fois sa langue dans sa bouche avant de parler ! se fustigea-t-elle. Par mégarde, elle venait de rappeler à Mme McDonald comment elle gagnait sa vie et où elle avait travaillé. Pire encore, si sa mémoire ne la trompait pas, c'était précisément lors de la visite de Mme McDonald chez Bella en prévision de ce bal de l'Association de lutte contre le cancer, qu'elle lui avait appliqué la fameuse crème.

Mme McDonald la toisa avec hauteur avant de se tourner vers son fils.

— Tu vois, Tom, je te l'ai toujours dit. Ces manifestations ne sont pas de simples futilités à l'intention des gens riches. Elles constituent une source de revenus pour beaucoup de monde.

Puis, s'adressant à Jeanette, elle ajouta :

— Je suis sûre que ces pourboires supplémentaires vous permettaient de joindre les deux bouts. Même dans les quartiers moins recherchés de Charleston, les loyers sont chers.

— En fait, Bella me versait un très bon salaire, répondit Jeanette, qui refusa de mordre à l'hameçon. Il est vrai aussi que mes clientes se montraient très généreuses. Comme ici, d'ailleurs. J'aime à croire qu'il s'agit d'une reconnaissance de mes compétences.

« Et non d'une marque de pitié, histoire de me permettre d'avoir un toit au-dessus de ma tête, comme le sous-entend cette chipie », acheva Jeanette pour elle-même.

— Mais ce n'est pas l'argent qui m'intéresse dans ce métier, poursuivit-elle à voix haute avec une amabilité contrainte. J'adore ce que je fais. Et je tire beaucoup de fierté d'avoir participé à la création d'un spa capable d'attirer une clientèle nouvelle qui, dans la plupart des cas, n'avait jusque-là jamais pensé à entrer dans un centre de remise en forme.

— Vous adaptez donc vos tarifs pour les mettre à la portée de toutes les bourses, c'est ça ? se moqua méchamment Mme McDonald. J'ai toujours pensé que qualité et prix sont étroitement liés.

Jeanette n'y tenait plus. Elle était à présent à deux doigts d'exploser, ce que Tom sembla deviner.

— Maman, pourquoi ne parles-tu pas à Jeanette de la croisière que tu as projetée avec papa, en janvier ?

Sa mère lui sourit, avec une expression presque gâteuse. Comment rester aveugle et insensible à l'amour que cette femme portait à son fils ? se dit Jeanette malgré ses préventions. Peut-être Mme McDonald n'était-elle pas entièrement mauvaise, finalement ? Elle s'efforcerait de lui accorder le bénéfice du doute. Pour Tom.

— Tu n'as pas oublié ? Je n'en reviens pas, avec tout ce dont tu dois t'occuper, mon pauvre Tom !

« Il ne risque pas d'oublier tant il doit avoir hâte qu'elle parte en vacances ! » ironisa Jeanette en son for intérieur.

Mais elle se houspilla aussitôt d'avoir eu cette pensée. Ne venait-elle pas de prendre la résolution de ne pas se braquer systématiquement contre Mme McDonald ?

— Nous allons faire une croisière de deux semaines dans les Caraïbes, expliqua Mme McDonald à Jeanette. En première classe naturellement, avec accès illimité à un spa splendide, précisa-t-elle.

— Avec quelle compagnie ? s'informa Jeanette.

Lorsque Mme McDonald daigna lui répondre, Jeanette hocha la tête.

— Laine Walker est responsable de leur centre de bien-être et de remise en forme. Je la connais très bien.

— Vous connaissez Laine ? demanda Mme McDonald, interloquée.

— Oui, nous avons suivi une formation à Paris, toutes les deux.

— Vous ? Vous avez suivi une formation à Paris ? répéta Mme McDonald, les yeux écarquillés.

— Pendant plusieurs années, répondit Jeanette, jubilant intérieurement d'avoir ainsi déstabilisé la mère de Tom. C'est là que Bella m'a repérée. Je travaillais dans l'un des instituts les plus courus de la ville quand elle a entrepris de me débaucher pour me faire venir à Charleston. Comme j'avais un peu le mal du pays, j'ai accepté son offre généreuse.

— Je l'ignorais, murmura Mme McDonald.

Elle avait réussi à clouer le bec à cette vieille peau !

Le reste du repas se déroula sans accrocs, Tom se chargeant d'alimenter la conversation, veillant à y inclure les deux femmes et prenant garde à n'aborder que des sujets anodins : le temps, la nourriture, les bons restaurants de Charleston…

Quand il parut à court d'idées, Jeanette consulta sa montre et se leva.

— Excusez-moi, mais je dois retourner travailler. Je n'ai pas un moment de creux cet après-midi.

— Maman, jette donc un coup d'œil à la carte des desserts pendant que j'accompagne Jeanette à sa voiture.

— Au revoir, madame McDonald, dit Jeanette, incapable d'ajouter qu'elle avait été enchantée de cette rencontre, comme l'auraient pourtant réclamé les convenances.

— Eh bien ! s'exclama Tom avec soulagement lorsqu'ils furent sur le trottoir. Ça n'a pas été si terrible que ça, si ?

— Par rapport à une séance de torture, tu veux dire ?

— Allez, dit-il d'un ton enjôleur. Admets qu'elle a fait des efforts, quand même.

— Non. Tout ce que je peux lui reconnaître, c'est d'avoir résisté à la tentation de me jeter sa soupe à la figure. Ça la démangeait, je t'assure. Je le lisais dans ses yeux.

— Oui, avant que tu ne parles de ton stage à Paris. Là, tu l'as franchement épatée. Pourquoi ne m'en avais-tu jamais parlé ?

— Tu ne me l'as jamais demandé, tout simplement. Quant à ta mère, elle ne regardera plus Paris du même œil maintenant que j'ai souillé cette ville par ma présence.

— N'exagère pas, Jeanette.

— Estime-toi heureux que je sois restée jusqu'au bout et que je ne vous aie pas plantés là, tous les deux.

— Tu trouves vraiment que ça ne s'est pas bien passé ?

Elle en demeura pantoise.

— Tu étais là, non ?

— Oui, bien sûr. Et je n'ai vu aucun liquide projeté à la figure de l'autre, aucune assiette voler, aucune goutte de sang couler. Pour moi, c'est une réussite.

— Dans ce cas, tu avais placé la barre très bas.

— Avais-je une autre solution ? répliqua Tom avec un haussement d'épaules désabusé. Vous étiez parties sur de mauvaises bases, à Charleston, toutes les deux. Oui, de sa faute à elle, précisa-t-il vivement. Dans ces conditions, il est impossible de conclure la paix en un seul jour. Cela étant, tu verras que vous finirez par vous amuser de cet incident, un jour.

Une prédiction accueillie par une moue sceptique de Jeanette.

— En tout cas, je t'en supplie, ne me demande plus jamais de participer à un repas comme celui d'aujourd'hui. C'est ta mère, et je ne veux pas la blesser, mais elle m'est profondément antipathique. Comme je le suis pour elle, d'ailleurs. Disons qu'on a fait match nul et arrêtons là les frais.

— Cela me paraît difficile.

— Pourquoi ?

— Tu imagines les complications, le jour du mariage ? lança-t-il en l'embrassant avec fougue avant de tourner les talons et d'entrer dans le restaurant.

Jeanette, pétrifiée, bouche bée de stupéfaction, le regarda s'éloigner. Le jour du mariage ? Etait-il devenu fou ? C'était la deuxième fois qu'il y faisait allusion et, bien qu'elle soit flattée, voire tentée, elle savait avec une certitude absolue qu'il lui était impossible de se marier avec l'héritier d'une famille comme celle de Tom. De toute façon, à quoi bon gamberger, alors qu'elle n'en était même pas encore arrivée au point où elle envisageait de sortir avec lui ?

En revanche, une nuit avec lui…

Tom entra en sifflotant dans son bureau… éveillant sur-le-champ la curiosité de Teresa.

— Vous voilà d'humeur fort joyeuse ! Faut-il voir là un rapport avec votre déjeuner avec Jeanette, au Sullivan ?

— Avec Jeanette *et* ma mère, comme cela ne vous a naturellement pas échappé, puisque vous vérifiez mon agenda afin de vous assurer que je ne prévois pas de rendez-vous à votre insu. Un agenda que vous m'avez obligé à tenir, soit dit en passant.

— Ce serait une faute professionnelle de ma part de ne pas me tenir informée de vos activités pendant les heures de bureau, se défendit-elle avec un sourire. Ainsi, tout s'est bien passé ?

Elle semblait dubitative.

— Pour être franc, l'atmosphère était un peu tendue, avoua-t-il. Mais j'ai de grands espoirs pour ce soir.

— Je suppose que vous parlez d'une soirée avec Jeanette, pas avec votre mère.

— Evidemment ! Bien. Ne me transférez pas les appels téléphoniques. J'ai des affaires à régler et je ne veux pas être dérangé.

Teresa le suivit dans son bureau.

— Qu'est ce que vous mijotez ?

— Cela ne vous regarde pas.

— Si j'osais, je me permettrais de vous dire que vous avez une façon très étrange de faire la cour.

— Cela ne vous regarde pas, répéta-t-il plus fermement sans parvenir, hélas, à décourager Teresa.

— Vous voulez séduire Jeanette ou pas ?

Vaincu, Tom se laissa tomber dans son fauteuil et leva les yeux vers Teresa. Il aurait dû s'attendre à ce que sa secrétaire veuille mettre son grain de sel.

— Manifestement, vous trouvez que je m'y prends très mal.

— Enfin, monsieur McDonald ! Vous l'avez emmenée déjeuner avec votre mère ! Votre mère, pour qui elle a le plus profond mépris, si j'en crois ce que j'entends. Et, comme vous le savez, j'entends beaucoup de choses, ajouta-t-elle avec un sourire en coin.

— Ça, je vous l'accorde.

— Et, après ça, vous espérez qu'elle ait envie de passer une soirée avec vous ? Franchement, j'en serais étonnée, voyez-vous. A mon avis, elle a pris ses jambes à son cou et fui Serenity, à l'heure qu'il est.

— Pourquoi ferait-elle ça ?

— Pourquoi ? Mais tout simplement parce que vous lui avez infligé de passer une heure avec une femme qui se trouve être votre mère et qu'elle déteste. Et, en me basant sur l'histoire des rideaux, je la comprends, si vous voulez bien me pardonner ma franchise.

D'un geste de la main, il indiqua qu'il l'excusait. Comment, en effet, ne pas souscrire au jugement de Teresa sur ce point ?

— Je cherchais à les rapprocher, à faire la paix, à rétablir la communication, se justifia-t-il.

— Je suppose que vous avez seulement réussi à leur rappeler leur animosité mutuelle. Ce qui ne joue pas en votre faveur, croyez-moi.

— Qu'est-ce qui me prend de discuter de cela avec vous ? C'est totalement déplacé.

— Vous avez besoin de mon aide, répondit Teresa. Comme la plupart des hommes, vous ne comprenez rien de rien aux femmes, et en particulier à Jeanette, qui s'est imposé depuis son arrivée à Serenity, il y a trois ans, de ne pas avoir d'aventures. Elle s'en est fait une règle absolue. Si vous espérez qu'elle l'enfreigne, vous auriez intérêt à lui proposer autre chose qu'une prise de bec avec votre mère.

— On me considère parfois comme un beau parti, vous savez.

— Peut-être. Les jurés de Serenity n'ont pas encore rendu leur verdict sur ce point. Je veux seulement que vous compreniez que vous allez devoir frimer si vous voulez arriver à vos fins avec Jeanette.

— Comment ça « frimer » ? demanda-t-il d'un air un peu égaré.

— Montrez-lui quel genre d'homme vous êtes. Traitez-la avec dignité et révérence. Faites-lui la cour dans les règles de l'art. Et surtout, laissez votre mère en dehors de tout ça !

Il ne demandait pas mieux ! Hélas, n'était-ce pas trop tard ?

Mme McDonald était déjà un sujet flagrant de discorde entre eux.

— Alors, madame la directrice de la rubrique sentimentale, que me conseillez-vous comme prochaine étape ? Je ne peux pas continuer à lui envoyer des scones et de l'*apple bread,* ni débarquer chez elle avec une pizza.

Teresa s'assit pour réfléchir.

— De combien d'argent disposez-vous ? s'enquit-elle enfin.

— Pardon ?

— Je ne vous demande pas le détail de votre compte en banque. Je veux seulement savoir si vous avez assez pour quelque chose de complètement fou.

— Par exemple ?

— L'emmener dîner à Paris, répondit Teresa, le regard dans le vague. Jeanette serait incapable de résister à un homme qui lui réserverait une surprise pareille. Elle adore Paris.

Tom envisagea un instant cette possibilité, puis la rejeta. Il doutait déjà de réussir à convaincre Jeanette de passer la journée avec lui à Savannah. Alors, un voyage à Paris…

— Je crois qu'il vaut mieux renoncer à Paris pour le moment, déclara-t-il.

— Ce n'est pas avec une partie de bowling que vous allez marquer des points.

— Qui parle de bowling ? demanda Tom dont la tête commençait à tourner.

— Il n'y a guère d'autres distractions à Serenity.

Je serais étonné que Jeanette ait choisi Serenity pour sa vie nocturne. Teresa, je vous remercie sincèrement de votre contribution, mais je crois que je vais me fier à mon instinct.

Il la regarda droit dans les yeux avant d'ajouter :

— Et disons que c'est la dernière fois que nous discutons de ma vie amoureuse. D'accord ?

— Pas de problème, dit-elle en se levant pour regagner son bureau.

S'arrêtant sur le seuil, elle lança par-dessus son épaule :

— Juste un point à préciser, si vous me permettez. D'après ce que je peux voir, vous n'avez pas de vie amoureuse.

Là-dessus, elle sortit et ferma la porte un peu plus énergiquement que nécessaire. De toute évidence, il l'avait froissée.

— Merci de me le faire remarquer ! cria-t-il.

— Je vous en prie ! cria-t-elle en retour.

Il y a quelques semaines encore, il vivait une existence sereine, et son avenir était planifié, songea-t-il, dépité. Voilà qu'en un rien de temps il se trouvait piégé entre une mère mécontente, une secrétaire indiscrète et une femme captivante qui proclamait ne pas s'intéresser à lui. Certainement un des tours que le destin se plaisait à jouer !

Non ! Ce déjeuner ridicule avec Mme McDonald ne devait pas lui mettre la tête à l'envers ! se sermonna Jeanette tandis qu'elle enfilait sa tenue de travail. Et non ! Elle ne passerait pas sa colère sur ses clientes. Même si cela devait lui coûter, elle prendrait sur elle pour afficher une amabilité sans faille pendant tout l'après-midi. Il était également hors de question — oui, totalement hors de question — qu'elle s'autorise à penser à ce baiser que Tom lui avait imposé sur le trottoir, devant le Sullivan, après cette seconde allusion à leur mariage.

La nouvelle avait déjà probablement fait le tour de la ville. Dès son retour au Club du Coin, en voyant la lueur malicieuse dans les yeux de sa patronne, Jeanette avait compris que Maddie était au courant et elle s'était aussitôt réfugiée dans les toilettes pour échapper à tout interrogatoire à ce propos.

Hélas, elle s'était trop vite crue sauvée en ayant réussi à éviter Maddie. Elle avait en effet oublié la rapidité et l'efficacité redoutables du téléphone arabe à Serenity !

— Qu'y a-t-il entre vous et le nouvel administrateur ? s'enquit Drew Ann Smith à peine Jeanette eut-elle entamé son soin du visage. Tout le monde s'interroge.

— J'ignore pourquoi.

Une réponse évasive qui déclencha instantanément l'hilarité de Drew Ann.

— Vous l'avez embrassé pendant le match de football. Les spectateurs se demandent encore comment les poutrelles qui soutiennent les gradins n'ont pas fondu !

— J'avais seulement quelque chose à prouver, dit Jeanette avec désinvolture.

— Et vous l'avez prouvé ?

— Oh ! Je crois que oui.

Malheureusement, elle avait mis le doigt dans un engrenage infernal : ces baisers échangés avec Tom, qu'elle les donne ou qu'elle les reçoive, avaient créé un véritable besoin chez elle. Inutile de se mentir : elle était en manque…

— Apparemment, vous avez recommencé aujourd'hui devant le Sullivan, persista Drew Ann, sa voix assourdie par la serviette dont Jeanette lui avait délibérément enveloppé le visage dans l'espoir, hélas déçu, de la réduire au silence.

En quoi ce qui se passe entre Tom et moi intéresse-t-il les gens ? se lamenta-t-elle.

— C'est ça, Serenity, déclara Drew Ann avec fatalisme. Nous vivons dans la routine et l'ennui. Alors, pour nous distraire, nous tenons un journal détaillé des histoires d'amour fou entre les habitants de la ville.

Il n'y a aucune histoire d'amour fou entre Tom et moi.

Drew Ann se débarrassa d'un geste brusque de sa serviette et regarda Jeanette avec des yeux médusés.

— Vous avez perdu la raison ou quoi ? Si un homme aussi séduisant et qui embrasse avec autant d'ardeur me manifestait de l'intérêt, je vous prie de croire que je n'hésiterais pas une seconde.

— Wendell aurait peut-être son mot à dire, non? lança Jeanette, qui faisait allusion au mari de Drew Ann, le directeur de l'un des deux cabinets d'assurances de Serenity.

— Wendell serait probablement ravi d'avoir un peu de répit, s'esclaffa Drew Ann.

— Drew Ann! s'offusqua Jeanette.

— Je vous assure! Depuis que je suis ménopausée, je suis obsédée par le sexe. Vraisemblablement parce que je n'ai plus à craindre de tomber enceinte.

Jeanette se sentait terriblement gênée de discuter de la vie sexuelle de Drew Ann. Mais écouter les clientes faisait partie du métier. Aussi laissa-t-elle Drew Ann continuer son bavardage, glissant des commentaires au moment approprié et tentant de chasser de son esprit l'image de Drew Ann et Wendell en train de copuler comme des lapins. Néanmoins, lorsqu'elle retourna enfin dans son bureau après le départ de sa cliente, elle dut s'éventer et boire un verre de thé glacé, tant ces histoires grivoises l'avaient émoustillée.

Alors qu'elle s'apprêtait à accueillir son rendez-vous suivant, le téléphone sonna. Elle se hâta de décrocher, sachant que la standardiste ne lui aurait pas transféré la communication si elle n'avait pas été importante.

— Jeanette? dit sa mère d'une voix tremblotante.

— Maman? Ça va? demanda Jeanette, une boule d'angoisse dans le ventre.

Quelle question idiote! Bien sûr que quelque chose n'allait pas! Sinon sa mère ne l'aurait pas appelée! Il y avait certainement une urgence…

— C'est ton père. Il est à l'hôpital. J'ai pensé qu'il fallait que tu le saches.

— Que s'est-il passé? demanda Jeanette en se laissant tomber lourdement sur une chaise.

— Il a eu un accident avec le tracteur. Il a versé dans un fossé, et l'engin est tombé sur lui. C'est arrivé il y a une semaine et…

— Il y a une semaine ? coupa Jeanette, sidérée. Et tu ne me téléphones qu'aujourd'hui ?

— Nous ne voulions pas que tu te fasses du souci. Mais maintenant, il a en plus attrapé une pneumonie et une infection nosocomiale. Le médecin est inquiet et m'a conseillé de te prévenir.

— Dans quel hôpital l'a-t-on mis ?

— Au CHU de Charleston.

« On ne l'aurait pas transféré là de préférence à la clinique locale, si son état n'était pas vraiment grave », s'affola Jeanette.

— J'arrive dès que possible.

— Ce n'est pas la peine de te presser, tu sais.

— Si papa ne va pas bien, j'ai envie de le voir, riposta Jeanette en se retenant de toutes ses forces pour ne pas hurler sa rage.

Une semaine ! Son père avait eu un accident de tracteur il y a une semaine, et elle ne l'apprenait qu'aujourd'hui ! Sans les complications médicales et sans l'insistance du médecin, sa mère ne l'aurait peut-être jamais mise au courant ! D'ailleurs, à tous les coups, elle regrettait déjà de l'avoir appelée…

Elle se précipita vers le bureau de Maddie à qui elle exposa rapidement la situation.

— Je peux m'occuper de Maxine, mais après il faut que je parte. Quelqu'un peut-il se charger d'annuler mes deux derniers rendez-vous de la journée ?

— Je vais le faire, promit Maddie. Pourquoi n'expliquerais-tu pas à Maxine que tu as un imprévu d'ordre familial ?

— Non, elle est déjà arrivée et elle a presque une heure de route pour venir jusqu'ici. Je vais la prendre, dit Jeanette en s'apercevant soudain qu'elle tremblait et que ses yeux s'embuaient.

En un rien de temps, Maddie avait contourné sa table de travail pour la rejoindre.

— Assieds-toi. Ne t'avise pas de bouger d'ici avant que je ne revienne. Je vais parler à Maxine et demander qu'on prévienne tes autres clientes. La prochaine fois, tu offriras un soin du visage gratuit à Maxine pour compenser le dérangement.

— Oui, je veux bien finalement.

Après le départ de Maddie, Jeanette ne retint plus ses pleurs. Elle versait des larmes pour son père bien sûr, dont elle redoutait qu'il ne soit dans un état beaucoup plus alarmant que ne le disait sa mère, qui avait tendance à tout minimiser. Mais surtout, elle pleurait la disparition de la famille aimante et gaie qu'elle avait connue dans son enfance.

Lorsque la porte du bureau de Maddie s'ouvrit, elle s'essuya les yeux et leva la tête pour découvrir… Tom!

— Maddie m'a appelé. Je t'emmène à Charleston.

— Non, refusa-t-elle énergiquement.

Elle avait suffisamment de soucis en tête sans en rajouter!

— Tu n'es pas en état de conduire. Tous les autres sont pris. Je suis ton dernier recours. Ne discute pas. Tu sais très bien que tu ne gagneras pas contre moi et encore moins contre Maddie.

— Bon, d'accord, comme tu veux, murmura-t-elle en étouffant un sanglot. Que m'arrive-t-il? Je n'arrête pas de pleurer.

— Tu t'inquiètes pour ton père. Ça ira mieux une fois que tu l'auras vu et que tu te seras fait une idée par toi-même. Allons-y.

— Ce n'est pas uniquement que je crains pour mon père. J'enrage contre ma mère, aussi. Elle m'a caché cet accident, comme s'il ne me concernait pas. Tu te rends compte que papa s'est retrouvé sous le tracteur! Il aurait pu être tué!

Elle hurlait presque, incapable de contrôler sa voix.

— L'idée de me prévenir ne lui est venue qu'après coup et sur les recommandations d'un médecin !

— Il n'est pas mort, murmura Tom avec douceur après s'être accroupi à côté d'elle et lui avoir pris les mains. Dis-toi ça. Quant à l'infection et à la pneumonie, c'est ennuyeux, mais ça se soigne.

— Quand je pense que je critiquais ta mère et que je la trouvais monstrueuse ! dit-elle en hochant la tête d'un air abattu. La mienne remporte le pompon haut la main.

— Tu crois que le moment est bien choisi pour comparer les névroses de nos mères ? Mieux vaut aller à l'hôpital.

— Il n'a pas intérêt à mourir avant mon arrivée, pesta-t-elle. Sinon, je jure que je ne leur parlerai plus jamais, ni à l'un ni à l'autre.

Tom se contenta de la regarder, sourcils levés, sans faire le moindre commentaire.

— Bon, d'accord, s'esclaffa-t-elle nerveusement, sa colère un peu apaisée. Maintenant, tu vas croire que je perds la boule.

— Non, pas du tout, répondit-il en la tirant doucement par le bras. Ta réaction est parfaitement compréhensible.

Il lui entoura les épaules dans une étreinte rassurante, et tous deux sortirent par la porte de derrière.

Jeanette traînait des pieds.

— Je n'ai pas envie d'y aller, dit-elle.

— Parfaitement compréhensible aussi, répliqua-t-il avec un sourire plein de tendresse.

Il continua à la faire avancer jusqu'à ce qu'ils arrivent à sa superbe petite voiture deux places, un modèle que Jeanette n'avait jamais vu ailleurs que dans les magazines, ni entre les mains de Tom auparavant d'ailleurs.

— Tu es vraiment plein aux as, dis donc !

— Mes parents, tu veux dire, rectifia-t-il. Ils me l'ont offerte pour ma licence, à l'époque où ils fondaient encore de grands espoirs en moi.

— Je peux la conduire ?

— Non, pas aujourd'hui, répondit-il en ouvrant la portière côté passager.

— A quelle vitesse monte-t-elle ?

— Assez haut. Pourquoi ? Tu envisages de prendre la fuite ? plaisanta-t-il, arrachant un autre sourire à Jeanette.

— Tu serais d'accord pour m'accompagner ?

— Repose-moi la question quand tu auras vu ton père. Il se pourrait que je n'y vois pas d'obstacle majeur.

— Tom, commença-t-elle, de nouveau sérieuse. Est-ce que tu crois qu'on peut s'enfuir de chez soi quand on ne sait même plus où se trouve son « chez-soi » ?

— Franchement, je ne sais pas, avoua-t-il avec gravité. Mais il vaut mieux en discuter calmement un autre jour, quand les circonstances s'y prêteront davantage.

— Oui, tu as vraisemblablement raison.

Elle s'appuya contre son dossier et ferma les paupières. Elle aurait voulu tirer le rideau devant le tourbillon de pensées qui la harcelait. Impossible, malheureusement. Pendant tout le trajet, des souvenirs ne cessèrent de défiler dans sa tête. Dans la plupart d'entre eux, c'est son père, tel qu'elle aimait à se le rappeler, qui lui apparut : un père qui l'adorait, un père toujours prêt à la consoler ou à lui lire une histoire ou à la faire rire. Il avait été si fier d'elle et de Ben ! Il les avait toujours rassurés par sa présence indéfectible. Il avait été le ciment qui unissait la famille. C'est pourquoi elle ne s'était jamais habituée à l'idée que cet homme-là se soit transformé en un ours, coupé des autres et de la vie, après la mort de Ben.

Ce soir, elle voulait se jeter au cou du papa de son enfance. Elle redoutait plus que tout cependant de ne trouver sur le lit d'hôpital que l'autre individu, celui pour qui elle semblait ne plus exister.

Chapitre 17

Une désagréable odeur de désinfectant saisit Jeanette à la gorge sitôt qu'elle eut franchi le seuil de l'hôpital. Puis elle se mit à frissonner en entendant les bips réguliers des divers appareils de surveillance médicale qui se mêlaient au grincement horripilant des chaussures des infirmières sur le revêtement du sol des couloirs. Si Tom ne lui avait pas fermement tenu la main, qui sait si elle n'aurait pas battu en retraite ?

Elle marqua un temps d'arrêt en arrivant devant la porte de l'unité de soins intensifs.

— Il vaut peut-être mieux que je voie ma mère d'abord. Elle doit être dans la salle d'attente.

— Comme tu veux, lui dit Tom. Je crois que c'est au bout du couloir.

Elle resta là, hésitant entre deux possibilités qui lui déplaisaient tout autant l'une que l'autre.

— Je suis encore trop en rogne contre ma mère, déclara-t-elle enfin. Je risquerais de me disputer avec elle, et ce n'est vraiment pas le moment.

— Comme tu voudras. Va passer quelques minutes avec ton père, dans ce cas. Pendant ce temps, j'irai chercher du café. A moins que tu ne préfères que je t'accompagne ? proposa-t-il devant sa mine anxieuse. Je me ferai tout petit. Ton père n'aura même pas conscience de ma présence.

— L'accès est strictement réservé aux membres de la famille, dit-elle en indiquant du doigt le règlement affiché sur la porte.

Tom s'éloigna donc, et elle dut lutter de toutes ses forces pour ne pas courir après lui. Comment était-il donc soudain devenu pour elle un tel soutien ? Quelqu'un qui, elle en avait l'intime conviction, l'aiderait à traverser cette crise ? Elle l'ignorait…

S'armant de tout son courage, elle appuya enfin sur le bouton qui commandait l'ouverture des portes coulissantes et pénétra dans un environnement futuriste où quelques petites chambres étaient disposées en arc de cercle autour du poste des soignants. Elle arrêta une infirmière qui passait par là.

— Je cherche Michael Breech.

— Vous êtes ?

— Sa fille.

— Suivez-moi, lui dit Patsy Lou — son nom était inscrit sur son badge — en adressant un regard compatissant à Jeanette. C'est un peu difficile pour lui en ce moment, mais nous espérons que les antibiotiques vont agir. Ne vous affolez pas en voyant tous les tuyaux et le respirateur artificiel. Ils sont là uniquement pour l'aider à se rétablir.

Jeanette avala sa salive avant de demander :

— Il est sous assistance respiratoire ?

— Pas de panique, dit Patsy Lou pour tenter de la rassurer. Son état s'améliore. Déjà, on ne lui met plus le masque en permanence. Une fois que ses poumons auront complètement récupéré leur fonction, il n'en aura plus besoin du tout.

— Il est conscient ?

— Par intermittence. Nous sommes obligés de lui administrer des doses assez fortes de sédatifs pour qu'il n'arrache pas les tuyaux.

En entrant dans la petite pièce vitrée, Jeanette eut un mouvement de recul à la vue de son père : ses deux jambes étaient plâtrées — l'une jusqu'au genou, l'autre jusqu'à la hanche —, et il avait le teint cireux. Ses cheveux, autrefois aussi noirs que les siens, avaient presque entièrement blanchi. C'est à peine si elle reconnut le grand gaillard costaud qu'elle avait vu un an plus tôt, lors de sa dernière visite à Charleston. Une visite pénible comme à l'accoutumée, d'ailleurs.

Elle s'approcha lentement et installa une chaise au chevet de son père. Cet homme immobilisé sur ce lit était-il bien celui qu'elle avait connu en perpétuel mouvement ? Tout à sa tristesse, elle n'entendit pas l'infirmière sortir de la pièce.

— Papa, murmura-t-elle en prenant sa main, posée sur le drap blanc.

C'était la seule partie de son corps qui n'était pas attachée à quelque tube ou électrode. Elle était chaude et rugueuse, comme dans son souvenir ; tannée par le soleil, à l'exception de la marque laissée par son alliance, dont l'absence la faisait paraître encore plus vulnérable. Elle enlaça ses doigts entre les siens.

— Oh ! Papa ! Que t'est-il arrivé ? demanda-t-elle en fondant en larmes.

Et alors, comme s'il l'avait entendue, il bougea légèrement.

— Reste tranquille, lui dit-elle. Repose-toi et rétablis-toi. Je ne partirai pas d'ici tant que tu n'iras pas mieux.

Peut-être n'était-ce que le respirateur artificiel, mais il lui sembla qu'un soupir de satisfaction accueillit sa promesse. Elle s'accrocha à l'espoir, probablement vain, qu'il avait conscience de sa présence et s'en réjouissait.

Peu importe ! De toute façon, elle n'avait aucune intention de rentrer chez elle avant qu'il ne soit sorti d'affaire et en état de la chasser lui-même, si tel était son désir. Mais peut-être — oui, qui sait ? — lui demanderait-il de rester, pour une fois ?

En revenant de la cafétéria avec trois tasses de café, Tom repéra la mère de Jeanette dans la salle d'attente. Impossible de se méprendre. Elle avait la même taille et la même silhouette menue que sa fille ; les mêmes yeux noirs, à la différence près que les siens étaient cernés et angoissés ; le même visage un peu enfantin mais émacié. Sa robe à fleurs, dont les couleurs avaient été délavées par de multiples passages en machine, était impeccablement repassée.

Tom s'approcha, veillant à ne pas interrompre les prières silencieuses que Mme Breech récitait tout en égrenant un rosaire. Il s'assit non loin d'elle.

— Madame Breech ? s'assura-t-il lorsqu'elle leva enfin la tête.

Il lut dans ses yeux du désarroi, puis de la frayeur.

— C'est Michael ? Il est arrivé quelque chose ?

— Tout va bien, pour autant que je sache. Je suis désolé de vous avoir alarmée. Je ne suis pas médecin, je suis un ami de Jeanette. Je l'ai amenée en voiture.

— Jeanette est là ? demanda-t-elle en parcourant la salle d'attente du regard.

— Elle est au chevet de votre mari. J'en ai profité pour aller acheter des cafés. Vous en voulez ?

Elle accepta le gobelet qu'il lui tendit mais, au lieu de le porter à ses lèvres, elle l'entoura de ses mains comme pour s'imprégner de sa chaleur.

— Je ne me suis pas présenté, au fait. Tom McDonald, l'administrateur de Serenity.

— Ah ! Très bien, dit-elle distraitement en se levant. Je ferais peut-être bien d'aller chercher Jeanette. Ils ne veulent pas qu'on reste trop longtemps près de lui pour ne pas le fatiguer.

— Elle ne va certainement pas tarder. Vous devriez vous reposer un peu. Désirez-vous manger quelque chose ? Je peux retourner à la cafétéria et vous apporter de la soupe ou un sandwich.

— C'est très aimable à vous, mais non merci. Je n'ai pas faim.

Elle jeta un coup d'œil à la porte de l'unité de soins intensifs.

— Puisque Jeanette est avec son père, je vais aller à la chapelle.

Je ne voulais pas m'éloigner tant que j'étais toute seule ici, au cas où quelque chose serait arrivé, vous comprenez ?

— Oui, bien sûr. Ne vous faites pas de souci, je dirai à Jeanette où vous trouver.

— Vous n'allez pas repartir tout de suite après qu'elle aura vu son père ?

— Je ne crois pas, non.

— Bien. J'y vais, dans ce cas.

Tom regarda la mère de Jeanette s'éloigner, puis but une gorgée de son café — amer mais chaud — tout en réfléchissant à cette entrevue, pour le moins déroutante... En effet, si Mme Breech s'inquiétait visiblement beaucoup pour son mari, elle ne s'était en revanche à aucun moment préoccupée de ce que Jeanette éprouvait. Comment cela était-il possible ? se demanda-t-il, effaré.

Il commençait à se forger une image plus précise du tableau que Jeanette lui avait brossé de cette famille où les liens affectifs s'étaient dissous. En comparaison, ses propres parents apparaissaient exemplaires. Malgré l'importance ridicule qu'ils accordaient au statut social, malgré la fréquence des désaccords souvent explosifs sur les choix de leurs enfants, malgré leur ingérence dans la vie de leur progéniture, pas une seule fois Tom n'avait douté de l'amour qu'ils leur portaient, à ses sœurs et à lui-même. « Un amour trop étouffant peut-être, d'ailleurs », se dit-il en se remémorant ce match de football, à la fac, au cours duquel il s'était blessé. Toute la famille avait aussitôt accouru à l'hôpital et avait rendu fou médecins et infirmières, à force de les assaillir de questions. Son père avait même voulu affréter un avion pour amener des spécialistes. Quant à sa mère, si on ne l'en avait empêchée, elle aurait appelé un traiteur de peur que son fils ne meure de faim ou ne s'empoisonne. Comme de nombreuses femmes de sa génération, dans le Sud, elle associait de manière presque réflexe la nourriture aux situations de crise.

L'arrivée de Jeanette l'arracha à ses souvenirs.

— Ça va ? demanda-t-il en se levant d'un bond à la vue de ses joues humides.

Elle le rassura d'un signe de tête, mais son regard était éteint.

— Il ne respire même pas par lui-même, dit-elle d'une voix étranglée. Il a un masque à oxygène et il a les deux jambes dans le plâtre. C'est horrible.

Elle regarda alors autour d'elle.

— Je pensais trouver ma mère.

— Elle était là. Je lui ai parlé un peu, et elle est ensuite allée à la chapelle. Elle devrait bientôt revenir, mais tu peux la rejoindre là-bas.

— Je parie qu'elle avait son rosaire.

— Exact.

Jeanette poussa un soupir.

— Avant la mort de Ben, nous n'allions guère à l'église que pour Noël et Pâques. Non pas que nous rejetions la religion, mais mon père travaillait sept jours sur sept pour maintenir la ferme à flot. Ma mère l'accompagnait dans les champs et, lorsque nous avons été en âge, Ben et moi aussi.

Elle but un peu de son café et ferma les yeux, un sourire aux lèvres.

— Aussi dure qu'ait été notre vie, aussi éreintés que nous ayons été à la fin de la journée, nous étions heureux à cette époque, dit-elle doucement. Lorsque Ben est mort, tout s'est écroulé. Mon père restait dans les champs encore plus tard qu'avant et, quand il rentrait, il mangeait et allait se coucher sans adresser la parole ni à ma mère ni à moi. Ma mère s'est alors tournée vers l'Eglise. Elle la fréquentait tous les jours quand je vivais encore chez eux. Elle préparait des gâteaux pour les ventes de charité et pour le goûter dominical de la paroisse. Je ne sais pas si c'était pour sauver l'âme de Ben ou la sienne, ou bien si elle essayait seulement de fuir l'atmosphère sinistre qui régnait à la maison.

— Si ça lui apportait un peu de réconfort…

— Mais non! l'interrompit Jeanette. Quand quelque chose réconforte, on se sent plus gai, plus sociable, non? Pour elle, c'était une façon de se replier sur elle-même, de se couper de tout. Mon père travaillait; elle allait à l'église. Manifestement, elle continue.

Elle se tut un instant, assaillie par un nouvel accès de larmes.

— Je viens de me rendre compte d'une chose, reprit-elle. Avec ses blessures, mon père ne pourra pas s'occuper de sa ferme avant longtemps. Comment va-t-il réagir?

— A chaque jour suffit sa peine, dit Tom pour la raisonner. D'abord, il faut qu'il se rétablisse.

Tout en parlant, il avisa la mère de Jeanette, qui hésitait à la porte de la salle d'attente. Malgré la rancœur qu'il éprouvait à son égard pour avoir ainsi exclu Jeanette de la vie familiale, il la plaignait. Elle semblait tellement perdue et seule!

— Madame Breech, appela-t-il en se levant.

Jeanette redressa brutalement la tête.

— Maman!

— Bonjour, Jeanette, répondit timidement sa mère.

Tom les regarda tour à tour, lut dans l'expression de Jeanette son désir mêlé d'appréhension et, dans les yeux de sa mère, l'irrésolution. Il vit quelque chose d'autre aussi…

— Elle a autant besoin de toi que tu as besoin d'elle, glissa-t-il à l'oreille de Jeanette. Je vais aller faire un tour et vous laisser seules. D'accord?

Elle sembla vouloir objecter quelque chose, puis finit par acquiescer d'un signe de tête.

— Mais reviens vite, s'il te plaît.

— Je m'absente quelques minutes, pas plus, dit-il en lui caressant la joue. Promis.

En passant devant Mme Breech, il lui toucha doucement la main, puis s'en alla, en se demandant si quelques minutes — ou même quelques jours d'ailleurs — suffiraient pour que ces deux femmes se retrouvent enfin.

Malgré la colère qui l'avait révoltée contre sa mère un peu plus tôt dans la journée, Jeanette ne put retenir une bouffée de pitié devant son regard égaré d'angoisse et ses traits tirés. Le même visage que pendant les mois qui avaient suivi la disparition de Ben, durant lesquels tout semblait avoir perdu son sens.

— Ne reste pas à la porte, maman. Viens t'asseoir. A moins que tu ne veuilles retourner voir papa tout de suite.

— Non, pas encore. Il faut espacer les visites pour ne pas trop le fatiguer.

— Alors, prends une chaise. Dis-moi, maman, as-tu réussi à te reposer un peu ?

Mme Breech répondit d'un haussement d'épaules tandis qu'elle s'asseyait à côté de sa fille, puis expliqua :

— Au début, je rentrais à la maison le soir, mais, depuis qu'ils l'ont mis dans ce service à cause de sa pneumonie et de l'infection, je reste ici en permanence. Je somnole de temps en temps.

— Pourquoi ne vas-tu pas le voir un peu maintenant ? Ensuite, tu pourrais rentrer dormir quelques heures à la maison. Tu en profiterais pour te doucher et changer de vêtements. Tu te sentirais mieux après. J'attendrai ici jusqu'à ton retour.

— C'est M. McDonald qui t'a amenée ici, d'après ce que j'ai compris. Il ne doit pas partir, lui ?

— Rien ne l'en empêche, s'il le souhaite. Quelqu'un viendra me chercher quand je serai prête.

Bien sûr, Maddie, ou Helen, ou Dana Sue accourrait le cas échéant. Mais Jeanette savait aussi que ce ne serait pas nécessaire. Tom n'allait partir nulle part, elle en était certaine après avoir vu son air buté, tout à l'heure, quand il avait décrété qu'il la conduirait voir son père. Elle en était demeurée interdite, car tous les hommes qu'elle avait connus jusque-là avaient pris leurs jambes à leur cou au premier incident de parcours. Un de ces jours, quand cette crise serait derrière elle, elle prendrait le temps de réfléchir à la signification de cette étonnante différence.

— Est-ce que… tu tiens à ce jeune homme ? s'enquit timidement sa mère, comme si elle ne s'estimait pas le droit de poser cette question.

— C'est un ami.

Une lueur fugitive anima enfin les yeux de Mme Breech.

— De nos jours, cela peut vouloir dire bien des choses. Je regarde les séries à la télévision, figure-toi, où on entend si souvent la phrase « et plus si affinité ». Enfin, je te donne la version édulcorée de ce qui se dit vraiment…

— Maman ! s'écria Jeanette en s'étranglant de surprise et de rire.

— Ça t'étonne, hein ? demanda Mme Breech avec un sourire en coin qui rappela à Jeanette l'humour malicieux de sa mère… autrefois.

— Tom n'entre pas dans cette catégorie, répliqua-t-elle, les joues écarlates. C'est juste un ami, ne va pas t'imaginer autre chose.

« Hélas, d'ailleurs ! » soupira silencieusement Jeanette, consciente malgré tout qu'il ne tenait qu'à elle de changer la donne.

— Quoi qu'il en soit, je suis contente de savoir que tu as quelqu'un sur qui tu peux compter.

Jeanette crut un instant que sa mère allait ajouter un commentaire, mais Mme Breech se tut et se mit à inspecter ses mains.

Elles venaient de passer à deux doigts d'un moment important et exceptionnel de complicité, regretta Jeanette, confirmée dans ce sentiment par la volonté de sa mère de dévier la conversation.

— Comment as-tu trouvé ton père ? demanda Mme Breech en relevant la tête.

— A le voir aussi immobile, j'avais l'impression que ce n'était pas papa.

— C'est pareil pour moi. J'ai du mal à rester près de lui tellement ça me fait mal. Même durant ces dernières années, où il était pourtant renfermé sur lui-même et peu bavard, il se dégageait de lui une telle force, une telle vitalité ! dit-elle avec une expression nostalgique. Je t'ai raconté comment je l'ai rencontré ?

— Je ne crois pas.

Quand Jeanette avait enfin été en âge d'entendre les confidences qu'aurait pu lui faire sa mère sur un tas de sujets, la mort de Ben était survenue, anéantissant tout espoir de conversations intimes.

— C'était en été. Il faisait une chaleur écrasante, et j'avais accompagné ton grand-père, qui souhaitait s'entretenir avec le père de Michael. En fait, j'avais saisi l'occasion de couper aux corvées ménagères. Quand nous sommes arrivés à la ferme, après une heure de route, Michael était perché sur un gros tracteur. Il portait un jean délavé et un T-shirt blanc moulant. J'ai cru que mon cœur allait s'arrêter de battre. Il a accroché mon regard et puis il est descendu de son engin, a marché droit vers moi… et m'a souri. Il avait un petit air insolent, mais son sourire était tellement adorable que j'en aurais presque défailli. Et tu sais ce qu'il a dit ? Que j'étais la plus jolie fille qu'il ait jamais vue et qu'il allait m'épouser. Là, comme ça. Tu imagines un peu ?

— En fait, oui, assura Jeanette d'un air rêveur en se remémorant les moments où Tom, à brûle-pourpoint, lui avait fait des déclarations tout aussi incroyables. Que lui as-tu répondu ?

— Qu'il lui faudrait beaucoup plus que de belles paroles pour me convaincre de le fréquenter. Mais, en réalité, il avait déjà gagné mon cœur, et nous le savions tous les deux.

— Au bout de combien de temps as-tu cédé et vous êtes-vous mariés ? s'enquit Jeanette.

Une question pas totalement désintéressée, car elle se demandait si elle pouvait comparer la situation de sa mère à l'époque à la sienne aujourd'hui et en tirer des leçons sur ce qui l'attendait peut-être.

— Je suis obligée de répondre en deux temps, ma fille. J'ai cédé bien avant de lui dire « oui ».

— Maman ! s'écria Jeanette, médusée.

— Eh bien oui, le mariage devait attendre. J'avais à peine dix-huit ans, et mes parents refusaient de me laisser épouser un homme sur un coup de tête. Nous aurions pu nous enfuir, bien sûr, mais je voulais une vraie cérémonie, et ton père n'a jamais rien pu me refuser. Alors, nous avons patienté. Pendant un an, jour pour jour, après notre première rencontre. C'est ton père qui a choisi la date. Tu te rends compte comme c'est romantique ?

— T'est-il arrivé de le regretter ?

— Pas une seule seconde. Figure-toi qu'encore maintenant le jour de notre anniversaire de mariage, je grimpe sur le tracteur avec lui, et nous partons faire un tour dans la ferme.

— C'est vrai, je m'en souviens, dit Jeanette, encore sous le coup de la stupéfaction. Je n'en avais jamais compris la signification avant aujourd'hui. Surtout que, le reste du temps, tu refusais catégoriquement de t'approcher de ce tracteur.

— J'ai toujours éprouvé une sainte peur des machines agricoles. Elles sont énormes et dangereuses quand on ne sait pas les manipuler. Regarde ce qui est arrivé à ton père. Et encore, il a eu de la chance. Ça aurait pu être pire.

— Maman, pourquoi ne m'as-tu pas prévenue la semaine dernière, au moment de l'accident ? demanda Jeanette sans réussir à gommer totalement son ton accusateur.

La question fut accueillie par un long silence, que sa mère finit par rompre.

— Tu es partie depuis si longtemps. Ton père et moi avons pris l'habitude de régler les problèmes par nous-mêmes.

— A t'entendre, on dirait que je vous ai abandonnés, s'échauffa Jeanette.

Il était trop tard pour faire marche arrière. Elle devait aller jusqu'au bout de ce qu'elle avait commencé.

— Je n'existais plus pour vous, se lança-t-elle. C'est pour cela que j'ai quitté la maison. Je ne voyais plus de raisons de rester. Même quand j'ai parlé de venir vous rendre visite, il y a deux mois, j'ai eu l'impression que vous n'en aviez pas envie.

Mme Breech baissa la tête sous les reproches de sa fille. Elle demeura ainsi un assez long moment avant de lever enfin les yeux vers Jeanette.

— Pardonne-moi. Je ne sais franchement pas comment nous en sommes arrivés là, comment tout a pu se détraquer à ce point. Quand Ben est mort, j'étais complètement déboussolée. Tout me paraissait insurmontable. Et le peu de force que j'avais encore… eh bien, je l'ai consacré à ton père. Il avait besoin de moi, conclut-elle dans un haussement d'épaules, comme si elle s'excusait.

— Moi aussi j'avais besoin de toi, rétorqua Jeanette.

Dans un élan spontané de désarroi, Mme Breech tendit le bras vers Jeanette pour lui prendre la main.

— Je sais, Jeanette. Chaque fois que je te regardais, je lisais ton chagrin dans tes yeux, mais je ne savais pas comment m'y prendre pour te soulager. Après la disparition de Ben, ton père et moi n'avons plus joué notre rôle de parents envers toi. J'en ai parfaitement conscience. Je crois que ni lui ni moi n'étions capables d'agir différemment, mais je te demande de nous excuser. Je regrette notre attitude, vraiment.

Ainsi, de son propre aveu — même fugace —, sa mère s'était rendu compte du chagrin de sa fille…

Soudain, Jeanette se sentit plus disposée au pardon.

— Vous aviez beaucoup de peine, papa et toi. Ça, je le comprenais.

— Toi aussi, tu souffrais, répliqua sa mère sans complaisance vis-à-vis d'elle-même. Comment avons-nous pu délibérément nous aveugler de la sorte ? Ça me dépasse. Il est vrai que tu avais toujours été très autonome…

Elle s'arrêta.

— Non, cela ne justifie rien. Nous sommes impardonnables.

Ce mea culpa de sa mère arrivait bien tardivement certes, mais il allégea cependant la douleur qui pesait sur le cœur de Jeanette depuis trop longtemps. Bien sûr, elle n'en avait pas terminé avec cette souffrance, tant s'en faut, mais elle venait de franchir le premier pas vers la guérison.

— J'aurais peut-être dû insister davantage, rentrer à la maison plus souvent, au lieu d'abandonner, dit Jeanette, qui cherchait à endosser au moins une petite part de responsabilité dans la détérioration des relations entre sa mère et elle.

— Maintenant, tu es là, dit Mme Breech en lui serrant la main. Ton père va être tellement content de te voir en se réveillant. Tu lui as manqué. Il est trop fier pour te le dire, mais je le sais.

Elle poussa un profond soupir avant de poursuivre :

— Espérons que les choses changent et que nous nous retrouvions enfin. A quelque chose malheur aura été bon, alors.

Jeanette le souhaitait de tout son cœur. Mais cela serait-il aussi facile que sa mère le croyait ?

Jeanette passa presque toute la semaine suivante à l'hôpital. Comme sa mère l'avait prédit, le visage de M. Breech s'éclaira de bonheur en découvrant sa fille à son chevet, à son réveil. Hélas, après des retrouvailles baignées de larmes, il se mura de nouveau dans le silence, alors qu'il se rétablissait pourtant avec une rapidité étonnante.

— A mon avis, il fait une dépression, diagnostiqua Maddie quand Jeanette lui eut décrit la réaction de M. Breech.

Les Sweet Magnolias s'étaient relayées pour tenir compagnie à Jeanette à l'hôpital, chaque fois que Tom en était empêché.

— Tu devrais en parler à son médecin, Jeanette. Ou lui conseiller d'aller voir quelqu'un.

— Ce n'est même pas la peine d'y penser, répliqua Jeanette d'un air abattu. Pour lui, aller chez un psychiatre ou un psychologue, c'est une perte d'argent et de temps. Même attitude vis-à-vis des médicaments.

— C'est ridicule ! s'exclama Maddie.

Jeanette se contenta de hausser les sourcils en signe d'impuissance.

— Il y a sûrement une solution, persista Maddie. Le médecin pourrait lui administrer des antidépresseurs à son insu, pendant son séjour à l'hôpital ou à la maison de convalescence et de rééducation.

— Je ne crois pas que leur déontologie autorise les médecins à ce genre de pratique. En revanche, un membre du corps médical aura peut-être davantage de poids que moi pour le convaincre d'accepter de l'aide.

— L'intervention d'une personne neutre suffit souvent, surtout si elle porte une blouse blanche.

« Pourvu que la situation se débloque aussi facilement ! » pria Jeanette, qui partageait le diagnostic de Maddie.

— Merci de ton soutien, Maddie, mais ne te sens surtout pas obligée de faire sans arrêt le trajet jusqu'ici. Dès que mon père sera parti en rééducation, dans quelques jours tout au plus, je reprends le travail. Je ne te remercierai jamais assez de m'avoir permis de m'absenter autant, en tout cas. Je me rends bien compte que mes jours de congé ont eu des répercussions sur le chiffre d'affaires.

— A ce propos, il faut que je te parle. Je voulais attendre que tu rentres, mais, comme tu abordes le sujet, autant en profiter. Dana Sue, Helen et moi-même sommes d'avis qu'il faut engager quelqu'un d'autre pour le secteur soins esthétiques.

— Je peux revenir plus tôt, si nécessaire, proposa sur-le-champ Jeanette, soudain inquiète.

— Il ne s'agit pas de cela. Il n'y a aucun rapport avec les quelques jours que tu as pris. Le spa est florissant. Nous refusons du monde. Il est donc temps de nous agrandir. Helen pense que nous devrions ouvrir un second institut de beauté. Si nous nous lançons, c'est toi qui seras chargée de le mettre en place.

— J'ignorais que vous envisagiez d'en ouvrir un autre. Tu sais où ?

— Non. Nous n'y avons pas encore réfléchi. Avant de régler les détails, nous voulions ton avis. Nous devons nous réunir pour étudier à fond la question et peser le pour et le contre. Tu n'es pas obligée de donner ta réponse tout de suite. Mais ne traîne pas trop, quand même.

— Entendu.

Jeanette sentit soudain sa tête se mettre à tourner, comme si elle allait s'évanouir...

— Ça va, Jeanette ? s'inquiéta Maddie. Ce sont de bonnes nouvelles, tout ça, tu en es consciente, n'est-ce pas ?

Oui, sans doute ... Il n'empêche qu'elle avait l'impression que le sol se dérobait de nouveau sous ses pieds. Elle pensait avoir enfin trouvé à Serenity la stabilité qu'elle cherchait, maintenant qu'elle était installée dans ses propres murs et entourée d'amis. Et voilà que brusquement Maddie venait lui parler de la possibilité d'ouvrir un autre salon dont, de surcroît, elle assumerait la responsabilité, elle, Jeanette !

Elle ne comprenait vraiment plus rien... Les Sweet Magnolias s'étaient pourtant réjouies lorsqu'elle avait acheté sa maison, parce qu'elles y avaient vu l'assurance qu'elle allait rester à Serenity. Or voilà qu'aujourd'hui...

— Je ne veux pas déménager, dit-elle abruptement, à la grande surprise de Maddie.

— Qui te parle de déménager, ma belle ? Tu m'as mal comprise. Je voulais simplement dire que nous comptions sur ton aide pour mettre au point le projet. Tu seras peut-être amenée à te déplacer un peu, mais nous ne te laisserons pas partir, que ce soit du spa ou de Serenity. Je croyais que nous avions été assez claires à ce sujet lorsque nous avons célébré l'achat de ta maison.

— Excuse-moi, dit Jeanette, qui accueillit les propos de Maddie avec un immense soulagement. Je n'ai pas réfléchi. Je suis un peu perturbée en ce moment. Il s'est passé tellement de choses ces derniers temps que j'ai du mal à surnager.

— C'est précisément pour cela que nous sommes derrière toi. Et Tom, aussi, j'ai l'impression. Il a sacrément donné de sa personne.

— Oui, il a été génial, acquiesça Jeanette en se remémorant toutes les heures qu'il avait passées à l'hôpital, la gentillesse qu'il avait témoignée à sa mère, les repas qu'il avait apportés du Sullivan ou des meilleurs restaurants de Charleston.

Ses absences répétées avaient dû amener Howard au bord de l'hystérie, se dit-elle soudain. Mais, s'il avait subi de quelconques pressions de la part du maire, il n'en avait jamais rien laissé paraître lors de ses visites.

— Il n'est pas donné à tout le monde de se montrer à la hauteur en cas de crise, commenta Maddie. Ce n'est quand même pas rien, tu ne trouves pas ?

« Je te vois venir avec tes gros sabots », s'amusa Jeanette intérieurement.

— Oui, Maddie, il a marqué des points.

— Beaucoup, j'espère.

— Je n'ai pas tenu les comptes au jour le jour.

— Peut-être que tu devrais, murmura Maddie en embrassant

Jeanette sur la joue. A bientôt au spa. Appelle si tu as besoin de quoi que ce soit.

— Merci.

— N'oublie pas que tu viens à la maison pour Thanksgiving. Ce n'est plus dans très longtemps maintenant. Je te laisse le soin de transmettre l'invitation à Tom. J'espère qu'il ne rentre pas chez lui, à Charleston.

— Comme tu sembles tant tenir à nous voir ensemble, je m'étonne que tu t'en remettes à moi au lieu de te charger directement de la commission, s'esclaffa Jeanette.

— Je ne peux pas diriger ta vie à ta place. Je peux simplement t'indiquer la bonne direction.

— Et ça te coûte, pas vrai ?

— Encore plus que tu ne crois.

Jeanette riait encore quand son amie disparut. Puis, reprenant son sérieux, elle décida d'aller passer quelques instants au chevet de son père, qui avait quitté les soins intensifs pour être transféré dans une chambre normale. A cette bonne nouvelle, signe incontestable que son mari se rétablissait vraiment, Mme Breech avait accepté d'aller passer une journée entière à la ferme.

Quand Jeanette entra, M. Breech avait les yeux fixés sur un talk-show télévisé qu'il n'écoutait jamais chez lui et qui ne semblait guère le passionner à en juger par son regard vide.

— Bonjour, papa, dit-elle gaiement en tirant une chaise près du lit.

C'est à peine s'il lui adressa un coup d'œil avant de tourner de nouveau la tête vers l'écran.

Jeanette dut mobiliser toute son énergie pour ne pas se laisser décourager par cet accueil et se réconforta en constatant qu'il avait meilleure mine et qu'il avait fait l'effort de se peigner. On l'avait rasé aussi, si bien que le creux de ses joues n'était plus accusé par sa barbe naissante.

— Le médecin est content de tes progrès. Tu vas partir en centre de rééducation d'ici à un jour ou deux.

A cette annonce, M. Breech lança à sa fille un regard mauvais.

— Je n'irai certainement pas dans un centre de rééducation. Ta mère peut très bien s'occuper de moi à la maison.

— Non, pas tant que tu ne seras pas en mesure de te déplacer tout seul, objecta fermement Jeanette.

Elle avait déjà dû se bagarrer avec sa mère à ce sujet, mais elle était déterminée à ne pas céder, et le médecin la soutenait.

— Ce serait trop dur pour elle. Elle n'est pas assez costaude pour te relever si tu tombes, ou pour t'aider à aller aux toilettes, et je ne parle même pas de l'escalier à monter et à descendre à longueur de journée.

— N'importe quoi ! pesta-t-il entre ses dents tandis que, de rage, il martelait son plâtre de son poing. Ça n'aurait jamais dû arriver.

— C'est vrai. Tu es tellement prudent, en général.

— Je me suis mis à penser à autre chose. Quelques instants d'inattention tout au plus et vlan ! je me suis retrouvé dans ce fossé près de la grand-route, avec le tracteur sur moi. Les choses ont dû se passer de la même façon pour Ben, ajouta-t-il, les yeux humides. Je comprends, maintenant. Il suffit d'une fraction de seconde pour que la vie bascule à tout jamais. Ou s'arrête.

Quand Jeanette voulut lui prendre la main, il la retira brutalement.

— Je ne veux pas de ta pitié.

— Mais enfin, papa, je n'éprouve pas de pitié, dit Jeanette, se rebiffant. Je t'aime et je me désole de te voir souffrir.

— Je ne souffre pas, rétorqua-t-il sèchement.

— Je ne parle pas de douleur physique. Je voulais dire que tu ne t'es pas remis de la mort de Ben et que le cœur te saigne encore.

— Evidemment, répliqua-t-il avec agacement. C'était mon fils.

— Et tu te reproches de l'avoir laissé conduire alors que les routes étaient verglacées.

Bien sûr ! Quelle idiote de ne pas avoir compris plus tôt que son père culpabilisait !

— Papa, tu n'es pour rien dans ce qui est arrivé. Les routes ne présentaient aucun danger au moment où nous sommes partis pour l'église. C'est pendant que nous assistions à l'office qu'il s'est mis à geler.

— Mais les marches étaient glissantes quand nous sommes sortis de l'église. Je savais qu'il en serait de même pour les chaussées et que ton frère manquait de l'expérience et des réflexes nécessaires. J'aurais dû insister pour qu'il laisse sa voiture sur place et qu'il rentre avec nous.

— Arrête, papa ! N'oublie pas que Ben avait déjà filé quand nous avons quitté l'église, lui rappela-t-elle. Tu ne pouvais rien faire. Absolument rien !

— C'était à moi, son père, de le protéger, insista-t-il dans un état d'agitation croissante.

Cette fois, Jeanette lui saisit fermement la main pour l'empêcher de la retirer.

— Papa, tu as été le meilleur père qu'on puisse souhaiter. C'était un accident, comme toi avec le tracteur. Cesse de te torturer.

— Ta mère continue à me rendre responsable de la disparition de Ben, dit-il en levant vers sa fille des yeux ravagés de chagrin.

— Mais non, pas du tout !

Aurait-il néanmoins raison ? s'interrogea Jeanette. Etait-il possible que, pendant toutes ces années, sa mère ait adressé des reproches silencieux à son mari et qu'il les ait entendus ? Fallait-il voir là une autre explication de l'atmosphère tendue qui avait régné chez elle ?

— Tu n'en sais absolument rien, rétorqua-t-il en se détournant.

— Je sais en tout cas une chose, riposta-t-elle avec douceur. A supposer même que tu aies porté une part de responsabilité dans l'accident de Ben — ce que je persiste à nier —, tu as payé le prix de ta faute depuis longtemps. Tu dois te pardonner, papa. Et, si maman t'accuse, elle aussi doit tourner la page.

Ses paroles furent accueillies par un long silence, suivi d'un murmure :

— Et toi, Jeanette ?

Elle le regarda, éberluée.

— Je ne t'ai jamais incriminé, pas une seule fois, assura-t-elle avec force sans réussir à le convaincre, visiblement.

— Mais tu semblais nous en vouloir, pourtant. On ne te voit plus depuis des années, mis à part ces visites en coup de vent.

Jeanette n'avait pas prévu d'aborder ces questions aujourd'hui, mais son père avait entrouvert une porte qui était restée verrouillée depuis tant d'années qu'elle préféra ne pas la refermer.

— Je me suis éloignée de vous parce que tout, dans votre attitude, me signifiait que je ne comptais plus ni pour maman ni pour toi. Vous m'aviez encore, moi, mais cela ne compensait pas la perte de votre fils. Et n'imagine surtout pas que je n'aimais pas Ben. Sa mort m'a brisé le cœur. J'avais autant besoin que maman et toi d'être consolée, d'être entourée, mais ni l'un ni l'autre vous ne m'avez aidée. Je vous ai excusés. Au début du moins. Mais, quand j'ai constaté qu'au fil du temps vous continuiez à me traiter de la même façon, oui, je vous en ai voulu, avoua-t-elle avec amertume en plongeant son regard dans celui de son père. Tu te rappelles les fêtes d'anniversaire, avant l'accident, et nos joyeux délires pour Noël ? poursuivit-elle.

Son père acquiesça de la tête, attentif pour une fois.

— Après, je n'ai même plus eu droit à un gâteau d'anniversaire, dit-elle en essuyant d'un geste rageur les larmes qui coulaient sur ses joues, malgré elle. Vous m'avez interdit de mettre un sapin dans la maison et encore plus d'écouter des chants de Noël. La première année, je l'ai admis. Vraiment. Mais cette interdiction s'est prolongée jusqu'à mon baccalauréat. Lui non plus, nous ne l'avons pas célébré, entre parenthèses. J'avais la sensation d'être devenue invisible, d'être morte en même temps que Ben.

Renonçant à contrôler ses pleurs, elle s'enfouit le visage dans les mains.

— Je suis désolée, papa, murmura-t-elle entre deux sanglots. Je n'aurais pas dû ressasser le passé comme ça alors que tu es censé te reposer.

C'est alors… qu'elle sentit son père lui effleurer les cheveux. Avec tant de retenue au début qu'elle crut un instant l'avoir imaginé.

— J'ignorais tout ça, avoua-t-il d'une voix étranglée. Oui, totalement. J'étais tellement perdu dans ma propre douleur que je n'ai jamais réfléchi à ce que je vous faisais subir, à ta mère et à toi.

Sentant une ouverture possible qui, peut-être, ne se présenterait plus jamais, elle leva la tête vers lui.

— Papa, j'aurais une requête à te soumettre.

— Tout ce que tu veux, Jeanette.

— Explique au médecin ce que tu ressens depuis la mort de Ben et laisse-le t'aider.

— M'aider comment ? demanda-t-il avec méfiance.

— Je ne sais pas ce qu'il te conseillera, mais quoi qu'il te propose promets-moi d'accepter. Pas pour moi uniquement, mais pour toi. Tu promets ?

Devant son expression butée et hautaine et son silence, qui lui sembla durer une éternité, elle crut qu'il allait refuser. Mais il reprit sa caresse sur ses cheveux, et son visage devint triste.

— Je lui parlerai.

C'était une concession certes, mais elle voulait davantage. La question était trop grave pour qu'elle se contente de demi-mesures.

— Et tu l'écouteras ? insista-t-elle.

Il se détourna pour attraper la carafe d'eau sur la table de chevet et remplit son verre. Sa main tremblait.

— Papa. S'il te plaît.

Il but une gorgée puis se tourna de nouveau vers elle avec un regard noir.

— Tu vas m'enquiquiner jusqu'à ce que je dise « oui » ?

— Exactement.

— Bon, d'accord, je l'écouterai.

Ce fut au tour de Jeanette de se montrer méfiante. Ne lui aurait-elle pas, par mégarde, laissé une échappatoire ? Son père était un tel filou…

— Je vais formuler ma question autrement, dit-elle. Tu suivras ses conseils ?

— Je l'écouterai, répéta-t-il.

— Papa !

— Bon, capitula-t-il. Je suivrai ses conseils. Mais c'est bien parce que c'est toi.

— Merci, papa ! dit-elle en posant sa tête sur la poitrine de son père.

Il l'entoura de ses bras, dans une étreinte timide et gauche.

— Je t'aime, ma chérie. De toute mon âme. Et je m'en veux de ne pas te l'avoir dit assez souvent.

— Le principal, c'est que tu me l'aies dit, murmura-t-elle, le cœur débordant d'allégresse.

Chapitre 18

Tom se rongeait d'inquiétude pour Jeanette, qui lui avait paru un peu plus épuisée chaque fois qu'il lui avait parlé au téléphone. Heureusement, elle rentrait définitivement à Serenity aujourd'hui. Elle avait fait un saut de quelques heures pour Thanksgiving, mais était repartie tout de suite après au centre de rééducation de Charleston où elle avait décidé de rester jusqu'à ce que son père ait récupéré suffisamment, tant au niveau physique que psychologique.

Maddie s'était proposée pour aller la chercher ce matin, car lui-même avait un empêchement. Howard avait en effet requis la présence de toute la commission sur la place centrale durant la mise en place des décorations de Noël, bien que le travail ait été confié à des employés municipaux compétents, supervisés par Ronnie.

— De toute ma vie, je n'ai jamais mis de guirlandes sur un sapin et encore moins accroché des flocons de neige à des réverbères, avait argué Tom pour échapper à la corvée.

Hélas, comme il le redoutait, Howard avait fait la sourde oreille.

— Vous avez passé votre enfance dans une maison qui servait d'exemple à tous, pendant les fêtes. J'ai vu des photos dans le journal. Ce savoir-faire a dû un peu déteindre sur vous.

— Non, pas du tout, avait assuré Tom.

— Imaginez qu'un problème survienne. En tant qu'administrateur de la ville, il est de votre devoir d'être présent pour le régler. Le pépiniériste doit livrer le sapin demain matin tôt. Je veux que vous soyez là quand il arrivera. Point final.

Voilà donc pourquoi à 7 heures, en ce matin particulièrement froid pour la saison qui rappelait davantage le climat de New York que celui de Caroline du Sud, Tom faisait le pied de grue sur la place de Serenity. Sa respiration se condensait dans l'air et, malgré un gros pull-over et un épais manteau, il était transi. Par bonheur, Ronnie avait apporté du Sullivan une énorme Thermos de café, préparée spécialement par Erik, qui aidait un peu à supporter la température.

— Pourquoi tires-tu cette tête ? Parce que ça t'ennuie d'être là, parce que tu as froid ou parce que tu as hâte de voir Jeanette ? demanda Ronnie tandis que les ouvriers, après avoir déchargé l'arbre du camion, le hissaient au milieu de la place.

Au fur et à mesure qu'ils coupaient le filet qui comprimait les branches, celles-ci s'étalaient de toute leur impressionnante envergure. Bien sûr, rien de comparable avec le sapin du Centre Rockefeller ou de la Maison-Blanche. Il n'empêche qu'il n'aurait tenu dans aucun des bâtiments de Serenity.

— Pour toutes ces raisons à la fois, répondit Tom. C'est moi qui aurais dû aller chercher Jeanette ce matin.

— Maddie la ramènera saine et sauve, ne t'inquiète pas.

— Ce n'est pas la question !

— Tu espérais marquer quelques points supplémentaires ? plaisanta Ronnie. Je sais de source sûre que tu en as déjà accumulé un certain nombre.

— Ce n'est toujours pas la question, bougonna Tom.

— Depuis quand exactement ne l'as-tu pas vue ?

— Quatre jours. Je suis passé au centre de rééducation peu après Thanksgiving mais, depuis, Howard ne me lâche plus. A croire que le bon déroulement des fêtes de Noël à Serenity dépend entièrement de moi et de ma présence ininterrompue, vingt-quatre heures sur vingt-quatre. Franchement, il me semblerait plus important qu'il se soucie de l'état des routes ou du pont.

— C'est toi l'administrateur, lui rappela Ronnie avec un sourire ironique. Il compte sur toi pour veiller sur tout, des infrastructures aux animations.

Plutôt que de relever la moquerie, Tom dirigea son attention sur le sapin, qui balançait dangereusement.

— Comment diable ont-ils prévu d'arrimer ce monstre ? Je n'ose imaginer ce que les assurances nous demanderont de payer à l'avenir, s'il tombe et écrase des gamins.

— Quel optimisme ! Décidément, si tu n'existais pas, il faudrait t'inventer ! On dirait vraiment le vieillard grincheux du *Conte de Noël* de Dickens.

— Crois-moi, toi, Howard et Mary Vaughn, vous compensez largement ! En tout cas, heureusement que quelqu'un ici a les pieds sur terre.

Ronnie éclata ouvertement de rire.

— C'est toi qui dis ça ? Toi qui as mis de ta poche pour que la ville puisse acheter le sapin sur lequel Jeanette avait jeté son dévolu ?

— Comment l'as-tu appris ? demanda Tom en fronçant les sourcils.

— Par Teresa. Elle m'a dit que tu as payé la facture avec un chèque à ton nom.

— Elle ne sait décidément pas tenir sa langue ! Je devrais la renvoyer.

— Mais tu ne le feras pas. Elle est bien trop indispensable.

— Exact, concéda Tom en même temps que son portable sonnait.

Un coup d'œil à l'écran… Jeanette ! Pour la première fois de la matinée, il se détendit.

— Bonjour, dit-il à voix basse. Tu es en route ?

— Maddie va arriver d'ici à quelques minutes. Je devrais être à Serenity dans une heure environ.

— On déjeune ensemble ?

— Il vaut mieux que j'aille directement au travail.

— Pas avant d'avoir mangé. Je sais que tu te nourris n'importe comment depuis l'accident de ton père.

— Je n'ai jamais laissé une miette de ce que tu m'apportais.

— Ce n'est pas avec un repas par-ci par-là que tu vas tenir le coup. Nous irons au Sullivan pour que Dana Sue te dorlote.

— Tu n'es pas censé surveiller l'installation des décorations ?

— Même un bagnard a droit à une pause-déjeuner. Rejoins-moi directement sur la grand-place. Tu pourras mettre ton grain de sel toi aussi. Après tout, autant que j'aie un avis supplémentaire.

— Le sapin est déjà en place ?

— Oui, oscillant comme un pendule en ce moment même.

— Il est beau ? demanda-t-elle d'une voix brusquement pleine d'une douce mélancolie.

— Il est parfait. Il faut que tu le voies de tes propres yeux.

— A tout à l'heure, Tom.

Tandis qu'il fermait son portable, Tom surprit le sourire en coin de Ronnie.

— Quoi ? Qu'est-ce qu'il y a ?

— Tu es vraiment accroché, mon pauvre. Depuis que tu as mis les pieds sur cette place tu n'arrêtes pas de râler, mais moins de deux minutes de conversation téléphonique avec Jeanette et te voilà doux comme un agneau.

— N'importe quoi !

— Si, si, je t'assure, doux comme un agneau, répéta Ronnie affectueusement. C'est une métamorphose fascinante à observer. Bienvenue au club. Tu as officiellement gagné ta carte de membre.

— De quel club ?

— Celui des hommes amoureux d'une Sweet Magnolia. Un club très fermé dont les membres sont de véritables veinards.

En se rappelant l'effet que Jeanette produisait sur lui, Tom se dit que Ronnie avait raison finalement : il avait sombré dans le sentimentalisme. Et alors ? Qu'y avait-il de mal à cela, après tout ? se surprit-il lui-même à penser.

Dana Sue s'affairait autour de Jeanette comme si elle était partie depuis un an, et non trois malheureuses petites semaines. Elle avait accompagné la salade que Jeanette avait commandée comme plat unique de pain de viande et de purée, en insistant pour qu'elle finisse entièrement son assiette.

— Tu as maigri. Dieu sait pourtant que tu n'étais déjà pas bien épaisse. Je sais que depuis l'anorexie d'Annie j'ai tendance à me focaliser sur les habitudes alimentaires des gens, mais, si tu ne te remplumes pas un peu, tu vas t'envoler à la première bourrasque de vent.

Jeanette lui serra doucement la main. Tout le monde savait quel enfer elle avait traversé avec sa fille Annie qui, heureusement, était à présent sortie d'affaire et s'alimentait normalement. Par précaution, ses parents contactaient régulièrement les responsables de sa résidence universitaire qui, au courant du problème, la surveillaient de près. Même si Annie rechignait devant cette atteinte à sa vie privée, elle comprenait malgré tout la nécessité de ce suivi, tant pour sa propre santé que pour la tranquillité d'esprit de son père et de sa mère.

— Arrête de t'inquiéter, Dana Sue, dit Jeanette. Je n'ai sauté que quelques repas. Je vais récupérer mes kilos perdus en un rien de temps maintenant que je reprends une vie normale.

— J'y veillerai, compte sur moi, assura Tom.

— Parfait, alors. Je vais voir si Erik a sorti du four la tourte aux pommes. Si elle est prête, j'en apporte une part avec une boule de glace par-dessus.

— Dana Sue, je vais éclater, objecta Jeanette d'un ton suppliant.

— Tom t'aidera. N'est-ce pas, Tom ?

— Certainement.

Tandis que Dana Sue se sauvait vers la cuisine, Jeanette se tourna vers lui.

— Pourquoi as-tu accepté ? Je ne peux plus rien avaler.

— Tu veux qu'elle continue à se tracasser pour toi ?

— Non.

— Ou que moi aussi je m'inquiète, d'ailleurs ? J'ai une ville à décorer. Je n'ai pas le temps de vérifier que tu n'as pas été emportée par une bourrasque de vent.

— Je n'ai pas maigri à ce point, protesta-t-elle vivement.

— Quand même un peu, insista-t-il avec une certaine gravité en lui tâtant les joues. Tu m'as manqué, Jeanette. Je suis content que tu sois revenue.

— Et moi, je suis contente d'être de retour, déclara-t-elle, la gorge soudain asséchée par l'ardeur du regard de Tom.

— Ton père s'habitue-t-il à son centre de convalescence et de rééducation ?

— Ce matin, il ne s'était pas enfui. C'est à peu près tout ce que je peux dire. Mais il supporte toujours aussi difficilement d'être enfermé.

— Et où en sont vos relations entre vous deux et entre toi et ta mère ?

— Mieux. Le médecin a réussi à convaincre mon père de prendre un antidépresseur. On aurait dit qu'on le forçait à ingurgiter un poison, mais il l'a avalé. Il est encore trop tôt pour savoir si le traitement agit. Je croise les doigts. Il faudra peut-être essayer d'autres médicaments avant de trouver celui qui convient. Quand je pense qu'on a perdu tout ce temps alors qu'il aurait pu se faire aider depuis des années ! Malheureusement, ni ma mère ni moi ne nous étions rendu compte que son chagrin s'était transformé en dépression.

— Tu n'étais encore qu'une gamine quand c'est arrivé, lui rappela Tom et, ensuite, tu es partie de chez toi. Quant à ta mère, elle n'est pas la première à ne pas avoir su détecter la dépression d'un être proche, surtout qu'il était beaucoup plus facile de mettre l'état de ton père sur le compte de la douleur. Elle-même partageant cette peine, c'était une situation qu'elle appréhendait.

« Quel plaidoyer en faveur de ma mère ! » s'amusa Jeanette.

— Elle t'a trouvé très sympathique, tu sais. Ça se voit. Tu l'as épatée. Non seulement parce que tu arrivais toujours avec de quoi manger, mais aussi parce que tu m'as soutenue sans jamais te défiler.

Elle n'inventait rien. Sa mère et elle avaient discuté de Tom après chacune de ses visites.

— Elle dit qu'un poisson comme toi, on ne le rejette pas à l'eau, conclut-elle avec un regard en coin.

— Ah bon ? s'étonna-t-il, visiblement ravi. Et toi ? Tu en penses quoi ?

— J'en pense que tu m'as manqué beaucoup plus que je ne l'aurais cru, avoua-t-elle en le regardant droit dans les yeux. Oui, beaucoup plus.

— Bien, dit-il lentement, comme s'il hésitait sur la conduite à adopter. C'est quoi « beaucoup » exactement ?

Sans le quitter des yeux, renonçant à toute prudence, elle déclara :

— Tu ne m'as pas encore embrassée.

— Voilà une erreur facile à corriger, assura-t-il en lui enserrant la tête entre ses mains avant de coller ses lèvres aux siennes, pour un baiser qui, commencé tendrement, se transforma rapidement en une étreinte enfiévrée... de part et d'autre.

— Eh bé ! murmura-t-il, étourdi, en s'écartant. Quelle mouche t'a piquée ?

— Toi, je crois, avoua-t-elle avec un sourire devant le regard égaré de son compagnon.

Le portable de Tom se mit à sonner, mais il ne décrocha pas.

— Tu devrais répondre, non ? dit-elle.

— Tu me fais des avances. Du moins, c'est ce que j'ai cru comprendre, ajouta-t-il plein d'espoir.

— C'est exact.

— Et tu veux que je prenne la communication ?

— C'est effectivement la chose raisonnable à faire. Tu es l'administrateur de cette ville et aujourd'hui tu es responsable de sa décoration pour Noël. C'est extrêmement important.

— Pas autant que toi.

Comme la sonnerie persistait, Jeanette plongea la main dans la poche de Tom.

— Tiens, dit-elle.

Il lui prit l'appareil des mains et le coupa.

— Alors, de quoi parlions-nous ?

— De Noël.

— De séduction, rectifia-t-il.

— Ah oui ! C'est vrai ! Malheureusement, il faut que j'aille travailler.

— Travailler ? répéta Tom, incrédule. Tu veux aller travailler, là, maintenant ?

— Ce n'est pas que j'y tienne particulièrement, mais le devoir m'appelle. Je ne peux pas m'attarder davantage.

— Tu pourrais, intervint Dana Sue qui, debout à côté de la table une part de dessert à la main, les regardait d'un air attendri.

— Ça fait combien de temps que tu nous espionnes ? demanda Jeanette sèchement.

— Assez pour que la tourte ait refroidi et la glace fondu.

A vrai dire, moi aussi je commençais à avoir des suées. Si tu veux, j'appelle Maddie pour lui dire que tu es rentrée chez toi te reposer un peu. Mieux encore, que je t'ai ordonné d'aller te reposer.

— Bonne idée, approuva Tom sans détacher ses yeux de Jeanette.

— Mais…

— Téléphone, Dana Sue, coupa Tom.

— C'est à toi de décider, Jeanette, déclara Dana Sue en espérant visiblement que Jeanette ferait le bon choix.

Jeanette sentit la main de Tom, sous la table, qui remontait lentement le long de sa cuisse… Un éclair de désir l'électrisa…

— Téléphone, murmura-t-elle, la gorge sèche, tandis qu'elle se levait de la banquette et prenait son manteau… qu'elle avait bien trop chaud pour enfiler…

— Ouf! s'exclama tout bas Dana Sue en s'éventant avec une serviette alors que Tom et Jeanette s'éloignaient.

Jeanette tourna la tête et lui lança, avec un sourire complice :

— N'oublie pas de téléphoner avant de te précipiter dans les bras de Ronnie!

— Comment as-tu deviné? demanda Dana Sue en rougissant.

— Quelque chose dans l'air, je présume, répliqua Jeanette.

Toujours est-il qu'elle-même avait la tête qui tournait dans un vertige d'impatience. Un de ces jours, il lui faudrait prendre le temps de réfléchir à ce qui la poussait aussi soudainement dans le lit d'un homme dont elle avait jusque-là obstinément rejeté les assiduités. Pour le moment, elle savait seulement qu'elle ne voyait rien de mal à ce qui allait se passer comme si tout, depuis le début, avait inéluctablement conduit vers cet instant. Quant à ses émotions contradictoires, il serait toujours temps de les analyser… plus tard.

Tom roulait à vive allure dans les rues de Serenity en direction de l'appartement de Jeanette, en lui jetant des coups d'œil incessants.

— Tu ne vas pas revenir sur ta décision, j'espère ?

— Je ne crois pas, répondit-elle en le regardant avec une certaine solennité.

— Je préférerais que tu en sois sûre. Autrement, je vais devoir me précipiter sous une douche froide ou plonger dans le lac.

— Non ! Tu risquerais d'attraper une pneumonie.

Quand il se fut garé sur le parking devant l'immeuble de Jeanette, il se tourna vers elle.

— Qu'est-ce qui a changé, Jeanette ? Jusque-là, tu as systématiquement trouvé une excuse pour ne pas sortir avec moi. Voilà qu'aujourd'hui même cette étape tu es prête à la sauter.

— Ça te pose un problème ? demanda-t-elle avec un rire nerveux.

— Non, mais ton brusque revirement m'interroge néanmoins. Est-ce pour me remercier de t'avoir tenu compagnie pendant le séjour de ton père à l'hôpital ?

— C'est vrai que je t'en suis très reconnaissante. Mais pas suffisamment pour coucher avec toi.

— Alors explique-moi. Je ne comprends vraiment pas. Il y a encore une quinzaine de jours, tu affirmais ne pas vouloir te lancer dans quoi que ce soit avec moi.

— Je crois que nous avons tous les deux conscience du côté irréaliste de cette décision, rétorqua-t-elle avec une moue espiègle.

— Vraiment ? Tu me semblais pourtant déterminée à me tenir à distance.

— Je l'étais effectivement, avoua-t-elle. Mais cela n'a pas suffi à te refroidir.

Elle marqua une pause et planta son regard dans celui de Tom.

— Tu embrasses sacrément bien. Te l'a-t-on déjà dit ?

— On me l'a déjà laissé entendre.

Pourquoi ressentait-il le besoin de discutailler ? Il n'aurait su l'expliquer précisément, mais son intuition lui soufflait qu'ils étaient poussés par de mauvaises raisons. S'il profitait de l'humeur actuelle de Jeanette pour parvenir à ses fins, il s'en mordrait vite les doigts : elle finirait par le lui reprocher.

— Donc, voilà. Tu aimes ma façon d'embrasser.

— Oh oui ! dit-elle avec un sourire béat.

Dieu sait pourquoi, mais la réaction de Jeanette l'agaça.

— Je vais te déposer au spa et retourner surveiller la mise en place des décorations, annonça-t-il de but en blanc.

Elle le regarda, abasourdie.

— Pourquoi ? Qu'est-ce que j'ai dit ? Je t'ai fait un compliment.

— Non, tu m'as dit que tu voulais coucher avec moi pour mon savoir-faire.

— Eh bien, ce n'est pas un compliment, ça ?

Il la regarda durement tandis qu'il démarrait la voiture.

— Comment réagirais-tu si je te disais que je te draguais uniquement pour ton physique ?

Elle resta un instant sans voix, les yeux écarquillés de stupeur, avant de protester avec force :

— Ce n'est pas ce que je t'ai dit !

— Tu en es sûre ?

Elle hésita si longtemps qu'il crut voir ses cellules grises s'agiter sous son crâne.

— Je croyais te faire plaisir, murmura-t-elle. Je pensais t'offrir ce que tu voulais.

— Et, à ton avis, qu'est-ce que je veux? demanda-t-il en plissant les yeux.

— Une liaison amoureuse sans lendemain, histoire de te distraire pendant ton séjour à Serenity.

La réponse de Jeanette le glaça.

— Nom d'un chien, Jeanette! Tu penses vraiment que j'ai une aussi piètre opinion de toi? Dieu sait que j'ai envie de faire l'amour avec toi. Depuis la première fois où je t'ai vue, en fait. Mais, à ce moment déjà, je savais que ce qui existerait entre nous ne serait pas uniquement physique.

Elle le regarda sans comprendre.

— Mais enfin… Tom… tu ne vas pas rester à Serenity. Tu l'as dit toi-même. J'ai mis du temps à le digérer, mais à présent ça y est, je me suis faite à l'idée.

La facilité avec laquelle Jeanette s'accommodait de si peu accrut encore la colère de Tom. Contre elle ou contre lui-même? Il n'aurait su le dire.

— Tu te satisferais d'une aventure passagère?

Elle confirma de la tête… avec un petit air triste.

— Non seulement tu me connais mal, mais tu ne te connais pas toi-même si tu crois vraiment à tes propos, asséna-t-il en passant la marche arrière.

Il devait s'éloigner d'elle avant que son désir ne prenne le dessus sur sa conscience morale…

Il ne desserra plus les dents jusqu'au moment où il s'arrêta devant le Club du Coin.

— Il ne s'agit pas seulement d'une histoire de sexe entre toi et moi, Jeanette, déclara-t-il alors avec gravité. Je suis en train de tomber amoureux de toi. Quand tu en seras là, toi aussi, fais-moi signe.

Elle demeura un instant totalement désemparée, à le fixer avec des yeux stupéfaits, puis se précipita hors de la voiture. Il la regarda partir…

« Bravo! On n'aurait pu concevoir tête-à-tête plus charmant! » soupira-t-il avec amertume.

Pour couronner le tout, il devait à présent rejoindre un groupe d'excités, fanatiques de Noël! Quelle galère!

Jeanette n'avait pas encore repris ses esprits après la déclaration de Tom quand elle entra dans le spa et passa la tête par la porte du bureau de Maddie.

— Margaritas ce soir chez moi! annonça-t-elle avec une note de désespoir dans la voix. Ça marche?

— Qu'est-ce que tu fais ici? s'étonna Maddie en la dévisageant avec inquiétude. Peu importe. Tu veux que je prévienne les autres?

— Oui, s'il te plaît.

Elle s'imaginait difficilement affronter tout de suite les questions que ses amies — et en particulier Dana Sue — ne manqueraient pas de lui poser. A moins de s'effondrer avant la fin de l'après-midi.

— Tu veux qu'on parle un peu maintenant? proposa Maddie.

Jeanette refusa de la tête.

— Ce soir. D'accord?

— Nous serons chez toi à 7 heures, promit Maddie.

C'est ainsi que les Sweet Magnolias opéraient. Quand l'une d'entre elles traversait une mauvaise passe, les autres accouraient pour offrir écoute et conseils, qu'ils soient ou non les bienvenus. Jeanette avait hâte d'entendre leur réaction, car elle-même ne savait plus quoi penser. Elle était encore sous le coup des propos de Tom. Il croyait l'aimer? En tout cas, il avait réellement prononcé les mots. Plus exactement, il les lui avait jetés à la figure...

Elle s'occupa de sa première cliente avec des gestes mécaniques, acquiesçant au moment voulu, relançant de temps à autre la conversation par un bref commentaire. Mais son esprit était ailleurs. Tout se déroula sans anicroche, la cliente — une nouvelle — n'ayant demandé qu'un simple soin du visage. Elle partit satisfaite, le teint frais et le sac rempli de produits onéreux.

Malheureusement, elle fut remplacée par… Mary Vaughn qui, après avoir jeté un coup d'œil à Jeanette, fronça les sourcils.

— Vous avez une mine affreuse, déclara-t-elle sans prendre de gants.

— Je vous remercie, dit Jeanette sans pouvoir s'empêcher de sourire malgré son humeur maussade.

— Excusez-moi. C'est normal après la période que vous venez de traverser avec votre père. Il va mieux, paraît-il?

— Oui, merci, répondit Jeanette qui, s'absorbant aussitôt dans son travail, entreprit de nettoyer le visage de Mary Vaughn avec une lotion démaquillante.

— Vous avez vu les décorations de Noël? s'enquit Mary Vaughn.

— Je les ai aperçues avant d'aller déjeuner.

— Avec Tom, compléta Mary Vaughn en accrochant le regard de Jeanette dans le miroir. Je vous ai vus partir ensemble. Je dois dire que vous aviez l'air nettement plus gaie qu'en ce moment. Il est arrivé quelque chose? Vous ne vous êtes pas disputés, au moins?

— Il n'y a aucun problème entre nous, assura Jeanette en espérant ne pas mentir.

En dehors du fait qu'ils campaient sur des positions si éloignées qu'ils auraient pu se trouver dans deux mondes différents, il n'y avait en effet aucun problème!

— Racontez-moi, Mary Vaughn. Les préparatifs de Noël prennent-ils tournure? Serons-nous prêts?

Bien que visiblement peu disposée à abandonner le sujet des relations entre Tom et Jeanette, Mary Vaughn finit par s'exécuter.

— Il y a eu des discussions plutôt vives entre les chorales. Toutes voulaient chanter *Douce Nuit,* mais j'ai fini par faire entrer dans la tête des chefs de chœur qu'il existe plein d'autres possibilités. Je vous assure que j'avais l'impression de négocier avec des divas. Je brûlais de leur dire de sortir leur recueil de cantiques et d'en choisir un avant que je ne le fasse pour eux.

— Vous auriez porté un coup fatal à l'atmosphère de paix qui est censée régner pendant les fêtes, dit Jeanette, amusée.

— Je ne le sais que trop.

— Et Sonny ? Vous êtes-vous réconciliés tous les deux pour permettre à Rory Sue de passer un bon Noël ?

A la grande surprise de Jeanette, les yeux de Mary Vaughn s'embuèrent. Elle allait pleurer !

— Qu'est-ce qu'il y a ? Vous ai-je blessée par une parole maladroite ?

— Non, non, répondit Mary Vaughn en secouant la main. C'est juste que tout va comme sur des roulettes entre nous.

— Et vous le regrettez ?

— Il y a de quoi, quand vous êtes divorcée et que votre ex-mari a tourné la page.

— Vous voulez dire qu'il a rencontré quelqu'un ?

Mary Vaughn acquiesça de la tête d'un air malheureux.

— Je l'ignorais, moi aussi, jusqu'à ce que je les voie ensemble au Sullivan, hier soir, confia-t-elle. Elle travaille pour lui. Elle était comptable ou secrétaire, je ne me rappelle plus exactement. Mais elle a été récemment promue coresponsable des ventes. A en juger par les regards que Sonny lui lançait, je crois savoir comment elle a obtenu cet avancement.

— Mary Vaughn ! la rappela à l'ordre Jeanette.

— C'est pourtant exactement de cette façon que certaines femmes opèrent.

Jeanette l'examina avec attention.

— En quoi cela vous concerne-t-il ? Vous êtes divorcés depuis longtemps, tous les deux.

— Je sais, admit Mary Vaughn dans un soupir. Mais, depuis qu'on recommence à parler et à se voir, je me demande si ce n'était pas une erreur. Je parle du divorce.

— Vous éprouvez encore quelque chose pour Sonny ? interrogea Jeanette, ébahie.

— Oui. Ça fait un choc, n'est-ce pas ? Surtout, n'en parlez à personne, je vous en supplie. Vous imaginez comme c'est humiliant ? Il m'a fallu des années de flirt et de mariage plus un divorce prononcé il y a une éternité pour que je m'aperçoive enfin à quel point c'est un garçon épatant. Remarquez, j'ai toujours su que c'était quelqu'un de bien. Mais je ne prends conscience qu'aujourd'hui que nous nous accordons parfaitement. Grâce à ce que nous avons vécu ensemble, nous nous comprenons à demi-mot. Il devine ce que je pense. Il sait exactement comment je fonctionne. Vous vous rendez compte comme c'est rare ?

— Et vous ? demanda Jeanette en la transperçant du regard.

— A présent, oui, je m'en rends compte. Pourquoi ai-je mis si longtemps à ouvrir les yeux ? Peut-être fallait-il que je le perde, non pas à cause du divorce, mais de cette autre femme qui est entrée dans sa vie, pour que je guérisse de ma cécité ?

— Vous aimeriez recommencer avec lui ?

— Oui, je crois, répondit Mary Vaughn avec une petite hésitation que Jeanette nota.

— Ecoutez, Mary Vaughn, je suis la dernière personne capable de donner des conseils dans le domaine amoureux, surtout aujourd'hui, mais vous ne semblez pas sûre à cent pour cent de vouloir repartir à zéro avec Sonny. Tant que vous ne le serez pas, n'essayez pas de briser la liaison que vous le soupçonnez d'avoir nouée. N'essayez pas de le séduire.

— Vous avez raison. Je l'ai fait tellement souffrir, déjà. Vous n'en avez pas idée. Je ne veux pas répéter les mêmes erreurs. Mais comment puis-je être sûre à cent pour cent de vouloir de nouveau vivre avec lui, si nous n'essayons pas ?

— Peut-être les fêtes, en vous donnant l'occasion de le côtoyer plus longuement, vous fourniront-elles la réponse.

— Ce n'est pas mon style de rester à attendre les bras ballants. Je préfère aller droit au but.

— C'est à vous de décider, bien sûr.

Elle repensa à la façon dont elle était elle-même allée « droit au but » tout à l'heure. Un vrai désastre !

— Mais ne vous lancez pas si vous craignez de ne pas supporter un rejet.

— Vous savez, Jeanette, j'ai essuyé tellement de rebuffades au cours de mon existence, que c'est presque devenu un mode de vie pour moi.

— Dans ce cas, il est peut-être temps de changer de méthode et de laisser venir les choses.

— Je vais y réfléchir, promit Mary Vaughn. Mais, entre-temps, je ne vais pas regarder sans rien faire cette petite sotte me voler mon homme, ajouta-t-elle avec une lueur inquiétante dans les yeux.

Jeanette dut étouffer un sourire devant la fougue avec laquelle sa nouvelle amie venait de signer l'arrêt de mort de la liaison que Sonny entretenait avec cette autre femme, quelle qu'en soit la nature exacte.

Chapitre 19

Jeanette préparait des Margaritas dans la cuisine de son appartement lorsque Dana Sue entra sans frapper.

— Qu'est-ce qui s'est passé ? demanda-t-elle sans préambule en déposant un gros bol de guacamole et un paquet de chips sur la table. Quand vous avez quitté le restaurant cet après-midi, Tom et toi, vous paraissiez pleins d'ardeur.

— Je sais, dit Jeanette au moment où Maddie arrivait avec un plat de brownies gorgés de chocolat.

— Ne dis rien avant qu'Helen ne soit là, conseilla Maddie en se saisissant d'un verre, sinon tu devras tout recommencer.

— Me voilà ! annonça Helen.

Elle sortit d'un sac un assortiment de fromages ainsi que des biscuits salés qu'elle disposa sur les assiettes que Jeanette retira des cartons qu'elle avait déjà préparés en vue de son déménagement.

— Alors, quelqu'un va-t-il m'expliquer la raison de cette réunion ? demanda Helen.

Submergée de gratitude pour ses amies qui avaient toutes accouru à son appel et à présent convaincue d'appartenir pour de bon aux Sweet Magnolias, Jeanette regarda tour à tour chacune de ses trois compagnes… et éclata en sanglots.

— Mince, alors ! s'exclama Helen.

La moins démonstrative du groupe, elle tapota maladroitement Jeanette dans le dos, avant de la confier à Maddie.

— Allons nous asseoir dans le salon pour goûter à ton breuvage et reprendre l'histoire au début, proposa Dana Sue en fourrant une poignée de mouchoirs en papier dans la main de Jeanette.

Les trois amies transportèrent les plats dans l'autre pièce tandis que Jeanette se chargeait du pichet de Margarita, une opération périlleuse pour quelqu'un dont les jambes flageolaient et les larmes brouillaient la vue.

— Bien, dit Dana Sue quand elles furent toutes assises. La dernière fois que je vous ai vus, toi et Tom, vous étiez en route pour ta chambre et ton lit.

— Quoi ? s'exclama Maddie. Vous comptiez coucher ensemble aujourd'hui ? Pourquoi personne ne m'en a rien dit ? Je croyais que vous deviez vous voir pour manger, seulement. Après, Dana Sue m'a téléphoné pour me prévenir que tu allais faire une sieste… Ah ! D'accord ! J'y suis !

Jeanette étant incapable d'articuler le moindre mot, Dana Sue expliqua avec un sourire :

— Eh oui ! Un enchaînement de circonstances, en quelque sorte.

— C'est ce que je vois, commenta Maddie. Ça a dû être quelque chose ce déjeuner !

— Et alors, que s'est-il passé après ? s'enquit Helen, impatiente. Il n'a pas été à la hauteur ?

Jeanette étouffa un rire. Ou un sanglot peut-être ?

— Je ne sais pas, avoua-t-elle. Il m'a… Oh ! C'est trop humiliant !

— Il t'a quoi ? poursuivit Helen avec un ton impérieux d'avocat, certainement très efficace lorsqu'elle interrogeait un témoin récalcitrant au tribunal, mais très pénible quand elle l'utilisait avec ses amies.

— Laisse-la parler, Helen, intervint Maddie en lui donnant un coup de coude dans les côtes.

— Il n'a pas voulu de moi, confessa Jeanette d'un air penaud. Et ensuite, il m'a dit qu'il m'aimait. Ou qu'il pensait m'aimer. Enfin, un truc de ce style. J'étais trop vexée pour prêter vraiment attention à ce qu'il racontait.

— Un homme te déclare son amour, et tu n'écoutes pas ? demanda Dana Sue sans en croire ses oreilles.

— Oui, mais c'était après qu'il a refusé de coucher avec moi, lui rappela Jeanette.

— Allons, allons, intervint Maddie pour calmer le jeu. T'a-t-il expliqué pourquoi il ne voulait pas faire l'amour avec toi ? Il avait certainement une raison. Tout le monde à Serenity sait qu'il n'a d'yeux que pour toi depuis qu'il est arrivé ici.

— C'est vrai, renchérit Helen. Chez Wharton, les clients ont pris des paris sur le moment où tu céderas.

Jeanette la dévisagea, interloquée. Pourtant, elle savait que chez Wharton on misait sur tout et n'importe quoi. Puisqu'on avait joué sur la question de savoir si elle sortirait ou non avec Tom, alors pourquoi pas sur celle de savoir si elle irait plus loin ou non ?

— Il fallait vraiment que tu racontes ça maintenant ? reprocha Maddie à Helen. Le moment est franchement mal choisi.

— Je rapportais simplement des faits, se défendit Helen d'un air boudeur.

— Ne fais pas attention à elle, dit Maddie en se saisissant fermement de la main de Jeanette. Si elle a le temps d'écouter les ragots, c'est qu'elle ne sait pas comment s'occuper en ce moment. Qu'est-ce que Tom t'a dit d'autre ?

Jeanette vida son verre de Margarita d'un coup avant de répondre :

— Que… que tout ce qui m'intéressait chez lui, c'étaient son physique et ses talents sexuels.

Les trois autres Sweet Magnolias restèrent un instant pantoises, à considérer Jeanette avec stupéfaction, puis se tournèrent les unes vers les autres. Maddie fut la première à succomber au fou rire qu'elle avait vainement essayé de juguler. Bientôt, toutes les trois étaient pliées en deux. Une hilarité si contagieuse que

Jeanette, comprenant enfin le comique de la situation, se mit à rire elle aussi, jusqu'à en avoir mal au ventre.

— Je crois que je suis un peu éméchée, murmura-t-elle enfin.

— Pas après une seule Margarita ! s'exclama Helen. Même une comme celle-là, capable de réveiller un mort.

— Il me semble que tu t'es arrêtée à un aspect secondaire de la situation cet après-midi et que tu as négligé l'essentiel, commenta Maddie quand elles eurent repris leur sérieux. Tom t'a déclaré qu'il était amoureux de toi. N'est-ce pas ce qui compte ?

Jeanette se versa un autre verre de son cocktail, puis répondit d'un ton abattu :

— J'avais vraiment très, très envie de faire l'amour avec lui, même s'il a une mère infernale. Vous ai-je dit que ma mère et lui ont sympathisé ? Il s'en sort mieux que moi, qui déteste la sienne.

— Elle est peut-être effectivement ivre, chuchota Helen en entendant la voix pâteuse de Jeanette. Tu n'en es qu'à ta deuxième Margarita, Jeanette ?

— Non. J'en avais bu quelques-unes avant votre arrivée.

Un aveu qui fit lever les yeux au ciel à Helen.

— Nous perdons notre temps, dans ce cas, dit-elle. Va te coucher. Nous reprendrons cette conversation demain.

— Mais j'ai besoin de conseils tout de suite, protesta Jeanette.

— Pourquoi ? demanda Helen. Tom doit-il te rendre visite ce soir ?

— Non, mais…

Les trois femmes étaient suspendues à ses lèvres…

— Je ne sais pas pourquoi, admit-elle.

— Tu vois bien ! s'exclama Helen en se mettant debout. Ouste ! Va prendre une douche et au lit !

— Je vais rester avec elle, proposa Dana Sue, histoire de

m'assurer qu'elle ne se noie pas. Après tout, c'est en partie ma faute. Je leur ai pratiquement donné mon blanc-seing pour cet après-midi.

Incapable de se lever tant la tête lui tournait, Jeanette demeura affalée dans le canapé, pendant que Maddie et Helen débarrassaient la table basse, puis s'éclipsaient.

— Allons-y, dit Dana Sue en tirant Jeanette par le bras quand elle fut seule avec elle.

— Où ça ?

— Dans la douche et dans ton lit.

Jeanette tenta de se dégager.

— Je ne veux pas aller au lit avec toi, bredouilla-t-elle.

— Ah ça ! Moi non plus, crois-moi !

— Seulement avec Tom, soupira Jeanette en s'avançant sous le jet d'eau…

— C'est gelé ! protesta-t-elle en reculant précipitamment.

Dana Sue la força à retourner dans la cabine.

— Tu me remercieras demain matin.

Quelques minutes plus tard, vêtue d'un T-shirt trop grand pour elle, Jeanette se glissa entre ses draps et avala l'aspirine que Dana Sue lui tendait.

— Ne t'en fais pas, Jeanette, vous allez résoudre le problème avec Tom, promit Dana Sue en lui caressant la joue.

— Je ne vois pas comment.

— En parlant. En cherchant des compromis qui satisfassent vos attentes respectives.

— Trouver la longueur d'onde, murmura avec difficulté Jeanette avant de fermer les yeux.

Oui, ils devaient se régler sur la même longueur d'onde. Sans cette douleur qui lui déchirait la tête, peut-être parviendrait-elle à déterminer laquelle ?

*
* *

Tom, assis à sa table de travail, feuilletait d'un air maussade un rapport sur l'état alarmant des infrastructures de la ville quand Cal, Ronnie et Erik firent irruption dans son bureau, la mine sombre.

— Que vous arrive-t-il ? Amenez-vous de mauvaises nouvelles ?

— Tu as fait de la peine à Jeanette, annonça Cal.

Tom sourcilla devant la dureté du ton.

— Vous êtes donc venus me donner une correction, c'est ça ?

— On peut formuler les choses comme ça, répondit Ronnie avec un sourire en coin. Nous sommes censés te parler entre quat'z-yeux.

— Quoique, pour être franc, je ne suis pas sûr de comprendre en quoi tu es en tort, déclara Erik. Tu lui as dit que tu l'aimais, non ?

— Oui, confirma Tom, découvrant sans aucune surprise que ses amis étaient au courant.

Il avait enfin pris en compte l'efficacité diabolique du téléphone arabe de Serenity. Plus rapide qu'internet, même.

Il les défia quelques instants du regard avant d'attaquer.

— En quoi cela vous concerne-t-il ? Pardon, question idiote ! C'est la solidarité Sweet Magnolias qui est à l'œuvre, je suppose.

— Exactement, répondit Cal. Elles ont organisé une de leurs petites réunions Margarita chez Jeanette, hier soir. Jeanette s'est mise à pleurer. Ça a suffi à signer ta condamnation, mon vieux.

— Jeanette a pleuré ?

— C'est aussi ce qu'on m'a dit, confirma Erik.

— Alors, quelle est la sentence, pour moi ? s'enquit Tom. Le goudron et les plumes ?

Il ne plaisantait qu'à moitié car, si ces garçons lui paraissaient des êtres raisonnables, leurs femmes en revanche, prises collectivement, le terrorisaient.

— Je crois que notre mission consiste à nous assurer que tu ne recommenceras pas.

— Et une promesse de ma part suffira-t-elle ?

— Personnellement, oui, répondit Erik dans un haussement d'épaules.

— Moi aussi, dit Cal.

— Parfait, alors, conclut Ronnie, qui ne trouva visiblement rien à redire. Maintenant, il faut que j'aille travailler.

— Moi aussi, déclara Cal.

— Sympa les gars ! s'insurgea Erik. Vous me laissez la tâche d'annoncer que la mission est accomplie, c'est ça ? Vous savez pourtant qu'Helen est coriace et qu'on ne lui fait pas avaler n'importe quoi !

— Contente-toi d'un rapport à Dana Sue quand tu la verras au restaurant, suggéra Ronnie. Elle se chargera de transmettre la commission.

— Pour que ma femme me le reproche pendant un mois ? Non, merci. Je vais le dire à Helen. Mais fais attention, ajouta-t-il en se tournant vers Tom, si elle n'est pas satisfaite du résultat de notre entretien, elle risque de frapper à ta porte avant la fin de la journée. Tu as intérêt à te préparer, parce que, par rapport aux siennes, les techniques d'interrogatoire de l'Inquisition, c'était de la gnognote.

— Je m'en souviendrai, dit Tom. Ça vous dirait de faire quelques paniers, ce soir, les gars ?

— Tu ne devrais pas plutôt essayer d'obtenir ton pardon ? demanda Cal.

Après un moment de réflexion, Tom répondit :

— Avant, je préfère voir comment se passe le reste de la journée. De toute façon, ça n'empêche pas une petite partie de basket.

— J'en suis, dit Ronnie.

— Je viendrai aussi, promit Cal. Et toi, Erik, tu es libre ce soir ?

— Oui. Je serai là, à moins qu'Helen ne décide d'exécuter le messager séance tenante. Cela te dérange si je brode un peu en disant que tu avais l'air très abattu et que tu es prêt à te mettre à plat ventre devant Jeanette ? ajouta-t-il avec un sourire à l'adresse de Tom.

— Vas-y, brode !

Quoi qu'Erik invente, ce ne serait de toute façon pas très éloigné de la vérité, songea Tom. En effet, une fois sa colère tombée, il avait été assailli de remords et de regrets. Pourquoi diable avoir laissé filer l'occasion de faire l'amour avec la femme dont il s'était épris ? Certes, un réflexe de gentleman et l'espoir de la voir un jour partager ses sentiments l'y avaient poussé. Il n'empêche que ses sens supportaient très mal la frustration qu'il leur avait imposée.

— Nous pouvons toujours compter sur toi pour aider Jeanette à déménager, samedi ? demanda Cal.

— Aucun problème, assura Tom.

— J'en ferai part aussi à Helen, dit Erik. Tous les points en ta faveur sont bons à prendre.

— Je croyais en avoir déjà accumulé pas mal.

Cal ne put retenir un regard de pitié devant une telle naïveté.

— Tu l'as fait pleurer, mon vieux. Tous les points de l'univers ne suffiront pas à racheter pareil péché.

Tom secoua la tête de dépit. Pour un homme qui avait toujours su s'y prendre avec les femmes, il avait manifestement encore beaucoup à apprendre quand il s'agissait des Sweet Magnolias.

Jeanette était au courant de la démarche des trois époux auprès de Tom, mais ignorait la teneur de leur conversation ainsi que la façon dont on les avait persuadés de s'acquitter de cette mission. C'était en tout cas une vexation de plus parmi toutes celles qu'elle avait dû endurer ces derniers temps. Heureusement, elle avait été trop prise par son travail et la préparation des cartons pour s'en soucier outre mesure.

La résiliation du bail de son appartement n'avait posé aucun problème, et le déménagement était prévu le lendemain matin, à la première heure. Tous les garçons avaient accepté de donner un coup de main. Maddie lui avait assuré que Tom aussi viendrait prêter main-forte, mais elle en doutait. D'ailleurs, souhaitait-elle réellement sa présence ? En fait, au stade où elle se trouvait actuellement, elle n'était même pas sûre de vouloir le revoir un jour, aussi divins que soient ses baisers, car elle ne savait toujours pas quoi penser de sa déclaration d'amour, ou de ce qu'il croyait être de l'amour.

En entendant le ronflement du camion de location, elle regarda par la fenêtre : Cal et Erik sortirent de la cabine…, mais ni de Ronnie ni de Tom à l'horizon !

— Qu'est-ce que je disais ! marmonna-t-elle entre ses dents avec un soupir de déception qu'elle ne réussit pas à retenir.

Elle devait pourtant à tout prix cacher son désarroi aux autres ! Aussi vissa-t-elle un sourire joyeux sur ses lèvres avant d'accueillir Cal et Erik.

— Il y a du café et des viennoiseries dans la cuisine, annonça-t-elle. C'est vraiment adorable de votre part de venir m'aider. J'ai tout emballé, pour faire gagner du temps, et je me suis arrangée pour que les cartons ne soient pas trop lourds. Comme ça, je les descendrai pendant que vous vous occuperez des meubles. D'accord ?

En guise de réponse, Cal la considéra d'un œil sévère.

— Il n'est pas question que tu portes quoi que ce soit. Nous sommes là pour ça. En fait, tu ferais bien d'aller dans ta nouvelle demeure pour réfléchir à l'endroit où tu veux qu'on entrepose le tout.

— J'ai inscrit sur les caisses ce qu'elles contiennent.

— Non, Jeanette, intervint Erik. Tu ne vas pas éparpiller des cartons, sinon tu auras du fouillis partout. C'est déprimant. Choisis une pièce dans laquelle nous entreposerons toutes ces boîtes, en les groupant en fonction de leur destination finale. Après, tu emporteras un carton à la fois là où il faut, et ta maison restera habitable à quatre-vingt-dix pour cent.

— Génial! s'écria Jeanette avec un large sourire. Dommage que je ne me sois pas organisée comme ça lors de mes précédents déménagements!

— Bon! Allez, maintenant file choisir la pièce-entrepôt. Et puis, je te conseille de surveiller les autres.

— Quels autres?

— Helen, Maddie et Dana Sue sont en train de tout nettoyer à fond, pendant que Ronnie et Tom peignent. Ils nous aideront à décharger tout à l'heure.

Jeanette en demeura muette d'ébahissement. Pas un moment, elle ne s'était doutée que ses amis avaient prévu d'entreprendre des travaux. Elle avait seulement compté sur leurs muscles pour transporter toutes ses affaires.

— Elles nettoient, et ils peignent? répéta-t-elle quand elle eut recouvré l'usage de la parole.

— En ce moment même, oui, assura Cal. Tom clamait haut et fort qu'il allait laquer les murs d'une des chambres en bleu marine. Je ne sais pas si c'est ce que tu avais prévu, mais lui paraissait très décidé.

— Comment ça? s'exclama-t-elle.

Elle se rappela alors le projet de Tom d'habiter avec elle. Elle aurait pourtant parié qu'il avait abandonné l'idée depuis longtemps, surtout après la façon dont il avait réagi aux avances qu'elle lui avait faites. Apparemment, elle s'était trompée.

Tandis qu'elle attrapait son sac sur la table de la salle à manger, elle demanda aux deux hommes :

— Vous êtes certains que vous n'avez pas besoin de moi, ici ?

— Pas autant que les autres là-bas, répondit Erik avec un sourire en coin.

— Nous maîtrisons la situation, assura Cal.

Jeanette franchissait le seuil de l'appartement quand Cal lui lança :

— Dis donc, Jeanette, si tu décides de l'étrangler, attends que nous soyons là, d'accord ?

— Pour voler à son secours ?

— Non, non, répondit Cal, pour assister au spectacle.

— C'est vrai ! renchérit Erik. Pour une fois que ce n'est pas nous qui allons essuyer l'orage ! Nous, nous avons déjà donné, alors à son tour, maintenant !

— A qui voulez-vous faire croire ça ? demanda Jeanette, les yeux au ciel. Vos femmes vous adorent.

— Ce qui ne les empêche pas de piquer une rage contre nous, de temps en temps, commenta Cal. Ne perds jamais cela de vue.

— Où veux-tu en venir exactement ?

— Une dispute par-ci par-là fait partie de l'aventure, expliqua Erik. C'est compliqué l'amour.

— Et tortueux, compléta Cal.

— Qui vous parle d'amour ? riposta Jeanette.

— Tout le monde, répondit Cal avec un clin d'œil. En tout cas, à moi, on m'en a parlé.

— A moi aussi, confirma Erik.

— Vos femmes sont beaucoup trop bavardes !

— A qui le dis-tu ! s'esclaffa Erik. Ce qui ne les empêche pas d'être adorables.

— C'est vrai, reconnut Jeanette.

Les Sweet Magnolias étaient prêtes à la protéger, par n'importe quel moyen qu'elles jugeraient utile, songea-t-elle. Quitte à dévoiler des secrets qui la mortifiaient…

*
* *

Tom avait déjà passé une couche de bleu marine sur les murs de la chambre d'amis du rez-de-chaussée, quand Jeanette entra en trombe dans la maison. Elle s'arrêta net sur le seuil de la pièce.

— Qu'est-ce que tu fabriques ? s'exclama-t-elle, indignée.

— Ça ne se voit pas ?

— Du bleu marine ? Qui voudrait dormir dans un cadre aussi sombre ?

— Moi.

— Mais il n'est pas question que tu couches dans cette chambre. Ni dans cette maison, d'ailleurs.

— Ce n'est pas ce que tu as laissé entendre la dernière fois...

— Un vrai gentleman s'abstiendrait de le rappeler.

— Alors, nous savons tous les deux ce que cela fait de moi, répliqua-t-il sans arrêter son travail.

— Un odieux personnage. Et encore, je suis gentille, lança-t-elle.

Au moins, elle lui parlait ! se réjouit Tom sans laisser transparaître son soulagement. Il avait tellement craint qu'elle ne lui adresse pas la parole !

Elle avança jusqu'à lui à grandes enjambées rageuses.

— Ça te fait rire ? Je t'en prie, dis-moi que tu ne ris pas.

— Je ne ris pas, répondit-il docilement, bien que ses lèvres s'étirent malgré lui.

— Tom McDonald, il n'y a rien de drôle. Je ne veux pas que vous vous mettiez de fausses idées dans la tête sur moi ou sur cette pièce.

— Trop tard. J'ai déjà plein d'idées. Et c'est toi qui es la source de la plupart d'entre elles.

— Eh bien, chasse-les.

— Désolé, ma chérie, c'est impossible. Surtout quand tu es là, bouillonnante, à quelques centimètres de moi. Ça me donne envie de t'embrasser.

Elle recula d'un pas, comme prise de panique.

— Non, pas ça.

Il la dévisagea d'un air grave.

— On dirait que tu ne sais pas trop ce que tu veux, ces derniers temps, commenta-t-il.

— Oh ! Et puis zut ! s'exclama-t-elle en s'en allant à grands pas furibonds.

Alors, il ne retint plus son sourire. Il était satisfait de cette rencontre. Oui, elle s'était déroulée nettement mieux qu'il ne l'avait escompté.

Il avait beaucoup réfléchi à la stupidité de sa réaction, dans la voiture, devant l'immeuble de Jeanette, et il s'était promis de ne plus refuser ses avances, si elle les renouvelait. Bien sûr, après l'humiliation qu'il lui avait infligée la dernière fois, il devrait attendre avant de l'amener à franchir de nouveau le pas. Comme la patience n'était pas sa principale qualité, il allait devoir donner un coup de pouce au destin pour accélérer le cours des choses.

La provocation semblait une tactique efficace… Nul doute que, s'il avait poursuivi sur sa lancée moqueuse, il lui aurait arraché un autre baiser mémorable.

Bien que Jeanette n'ait pas été à la tête d'une quantité suffisante de meubles pour garnir l'ensemble de la maison, ceux qu'elle possédait avaient trouvé leur place et luisaient de cire. Le parquet brillait lui aussi, et les pièces du rez-de-chaussée avaient toutes été repeintes, y compris la chambre d'amis avec son bleu marine ridicule. En fait, le contraste avec le blanc laqué des boiseries était plutôt réussi. Un jugement qu'elle garderait pour elle ! Elle avait d'ailleurs délibérément choisi cette pièce pour ranger toutes ses caisses, histoire de bien enfoncer le clou auprès de Tom. Il était pratiquement impossible de passer la porte.

Les éboueurs avaient emporté les emballages de pizzas et les bouteilles de bière, ainsi qu'un tas d'objets dont elle n'avait plus l'utilité et un premier lot de cartons vides.

Elle était à présent seule dans son nouveau logis. Alors qu'elle parcourait le salon du regard, des larmes d'émotion lui montèrent aux yeux : elle habitait enfin chez elle, dans un cadre agréable où elle pourrait bâtir la vie qu'elle choisirait !

Avec la fin du dernier CD, le silence s'abattit sur la maison. Après tant d'années passées dans des appartements exigus dont les cloisons en plâtre ne l'isolaient guère des voisins, cette solitude lui parut presque inquiétante. Si bien qu'elle sursauta en entendant frapper à la porte.

Elle écarta le rideau en dentelle pour découvrir… Tom, sur le perron, une bouteille de champagne dans une main et un bouquet de fleurs dans l'autre ! Son cœur s'arrêta de battre puis repartit à un rythme effréné. Pourquoi Tom était-il venu justement au moment où elle se sentait seule et vulnérable ?

— Qu'est-ce que tu veux ? demanda-t-elle par l'entrebâillement de la porte.

— Célébrer avec toi ton emménagement.

— Tu étais là quand nous avons porté un toast tout à l'heure. Ça suffit.

— J'ai pensé qu'une cérémonie plus confidentielle s'imposait.

— Je ne te comprends pas, murmura-t-elle.

— Moi non plus je ne te comprends pas, répliqua-t-il avec une esquisse de sourire.

Elle hésita un long moment… Enfin, elle se recula pour le laisser entrer.

— Juste quelques minutes, alors. Le temps de boire un verre de champagne.

— Parfait, accepta-t-il avec le plus grand sérieux.

— Qu'est-ce qu'il y a dans le sac ?

— Des flûtes. Je n'étais pas sûr que tu en possèdes ou que tu les aies déjà déballées.

Il sortit deux élégants verres en cristal. « Anciens et précieux », jugea Jeanette.

— Tu as fait une descente dans le vaisselier de ta mère ?

— En quelque sorte, s'esclaffa-t-il.

— La classe ! commenta-t-elle quand elle repéra la signature « Waterford » sur le pied en cristal.

— Je suis content qu'elles te plaisent. Comme tu m'as limité à un seul verre, je les remplis à ras bord.

— Merci, dit-elle en prenant la flûte qu'il lui tendait.

Après avoir trinqué, elle but une gorgée avant d'oser enfin lever la tête vers lui et poser la question qui la taraudait depuis le matin.

— Pourquoi es-tu venu ? Je ne parle pas seulement de ce soir, mais du déménagement aussi.

— Ça ne saute pas aux yeux ?

— Pas aux miens.

— J'essaye de m'excuser.

— De quoi ?

— De t'avoir repoussée. De t'avoir mise dans une situation embarrassante. De t'avoir une seule seconde laissée imaginer que tu ne me plaisais pas.

Il s'arrêta un instant pour affronter son regard.

— Comment je m'en sors ?

— C'est un bon début. Continue.

— J'ai été pris au dépourvu. Cela faisait tellement de temps que j'avais envie de toi ! Et voilà que tu t'offrais à moi, de ton plein gré, avec fougue… Quel sinistre imbécile j'ai été de commencer à ergoter sur tes motivations !

— Non, pas tant que ça, en fait, reconnut-elle avec une moue contrite. Tu as eu raison de t'interroger sur les raisons qui me poussaient à agir de la sorte. Et tu avais raison aussi de penser que j'allais regretter ce que nous nous préparions à faire si ça ne signifiait rien de plus profond.

— Si, bien sûr que cela aurait été davantage qu'un simple rapport physique, objecta-t-il avec force. Le contraire n'est pas possible. Pas entre nous.

— Peut-être, mais ce n'aurait pas été ce que je cherche. Ce n'aurait pas été un engagement, un premier pas vers une histoire susceptible de durer à jamais.

— Tu as l'air bien sûre de toi.

— Oh oui! Je le suis. Tu es ambitieux. Tu as planifié ton avenir. Et j'admire les gens qui savent où ils vont. Ne fais pas cette tête-là, je le pense vraiment. Simplement, il n'y a pas de place pour moi sur cette route bien tracée.

Contrairement à ce que Jeanette avait vaguement espéré, Tom ne protesta pas. Il hocha au contraire la tête... en signe de confirmation.

— Il y a quelques semaines, je n'avais pas compris par quel raisonnement tu parvenais à cette conclusion, dit-il. Maintenant, je crois entrevoir l'explication.

— Ah bon?

— Tu m'as raconté ce qui s'est passé après la mort de ton frère. Comment tes parents, dans leur chagrin, t'ont mise à l'écart, si bien que tu as pensé ne plus compter pour eux. Tu as dû souffrir énormément de ce rejet.

— Tu n'en as pas idée.

— Ce genre de blessure laisse des cicatrices et aide à mûrir aussi. C'est pourquoi tu refuses de laisser qui que ce soit te traiter de nouveau de cette façon, de te négliger au lieu de te témoigner l'intérêt que tu mérites.

— Non, ce n'est pas exactement ça, coupa-t-elle. Pendant longtemps, j'ai justement cru que je méritais cette indifférence. J'entamais des relations que je savais dès le début vouées à l'échec. Et, bien sûr, il arrivait exactement ce que j'avais prévu :

je venais toujours en seconde position après une carrière, après une autre femme, après tout un tas de choses. Quand j'ai décidé de m'installer à Serenity à la suite d'un énième fiasco sentimental, je me suis fait le serment de ne plus jamais me laisser entraîner dans une histoire d'amour.

— Donc, pour te protéger, tu as veillé à ce que personne ne t'approche. En particulier, un client à risques comme moi.

— Exactement.

— Et si je réussissais à te prouver que je ne suis pas un aussi mauvais client que tu le crois ?

— Il y a peu de chances que tu y parviennes. Tu m'as déjà clairement exposé tes projets. Difficile de revenir en arrière, maintenant.

— Tu veux bien que j'essaye quand même ?

— Je ne vois pas comment tu resterais sourd aux sirènes de l'ambition professionnelle. Tes plans sont tes plans, dit-elle d'un air triste.

— Ils peuvent changer.

— Pas du jour au lendemain.

— C'est vrai. Cela va me demander du temps de te convaincre que nous pouvons nous sortir de cette impasse.

— Mais tu ne vois donc pas que c'est la seule chose dont nous ne disposons pas ? Tu es de passage. Tu finiras par partir, même si ce n'est ni demain, ni le mois prochain, ni même l'année qui vient. Moi, j'ai trouvé l'endroit où je voulais m'établir définitivement.

Il parut un instant découragé mais, se ressaisissant, il lui prit les mains et les serra entre les siennes.

— Imagine que je te démontre que c'est dans mon cœur que tu souhaites t'établir définitivement. Dans ce cas, peu importe où nous habiterons.

Jeanette fut tentée de se laisser fléchir par le miel de ses paroles, par la sincérité de son expression. Mais un signal de danger clignotait en même temps devant ses yeux. Trop souvent auparavant, elle avait misé sur l'honnêteté d'un homme. Trop souvent auparavant, elle s'était fiée à son cœur, au mépris des faits. Elle ne répéterait plus ces erreurs.

— Ce n'est pas seulement la maison, ou même la ville, qui est en jeu, dit-elle.

— Je sais. Ce qui est en jeu, c'est la place que tu occupes. Tu veux compter plus que tout le reste. Ce que j'essaye de te dire c'est que, pour moi, il me semble que c'est le cas. La seule façon d'en acquérir la certitude absolue, c'est de laisser le temps au temps.

— Il y a tellement d'obstacles !

— Cite-m'en un seul.

— Ta mère.

— C'est une contrariété, pas un obstacle. Quoi d'autre ?

— Tu n'aimes pas Noël.

— Toi non plus, fit-il dans un éclat de rire.

— Détrompe-toi. Pour la première fois depuis des années, je me rappelle enfin combien j'adorais les fêtes quand j'étais petite. Je crois que le déclic s'est produit lorsque j'ai vu le sapin chez le pépiniériste. L'odeur de cet arbre, sa majesté… Soudain, tout m'est revenu.

— D'accord. Si Noël est aussi important pour toi, ce n'est pas un problème. C'est une affaire de quelques semaines tous les ans. Je sais simuler.

— Je ne manquerai pas de te le rappeler si jamais les circonstances s'y prêtent, un jour, dit-elle durement.

Il marqua un temps d'arrêt, visiblement pris de court par la réaction de Jeanette, mais reprit vite contenance.

— Voilà ce que je te propose. A partir d'aujourd'hui et jusqu'au Nouvel An, nous vivons comme un couple normal. Nous fêtons Noël comme tu l'entends. Nous passons du temps ensemble et dans nos familles respectives. Nous voyons nos amis. J'irai même chanter des chants de Noël chez les gens, si ça te fait plaisir.

— Quelle abnégation ! ironisa-t-elle. Moi, il faut que je sois aimable avec ta mère alors que toi, tu dois seulement chanter en public ? Ce n'est pas très équitable, tout ça.

— Je pousserai quelques « hourras » au moment du coup d'envoi des illuminations. Je serai un modèle d'enthousiasme et de bonne humeur.

La perspective de le voir ravaler sa hargne contre Noël était trop tentante. Du moins s'accrocha-t-elle à cette excuse pour justifier sa capitulation.

— D'accord, acquiesça-t-elle enfin.

Le visage de Tom s'illumina tandis qu'il demandait :

— Je peux emménager ?

— Je ne me souviens pas qu'il ait été question dans les négociations de coucher avec moi, ou même dans ma chambre d'amis.

— Tu es sûre ? Je croyais que cela allait de soi.

— Je doute qu'un négociateur expérimenté comme toi laisse des clauses d'un contrat ouvertes à l'interprétation, se moqua-t-elle.

— Tu es absolument certaine que tu ne veux pas qu'on revoie notre accord oral ?

— Oui. Mais rien ne t'empêche de t'assurer de temps en temps que je ne suis pas revenue sur ma décision.

Devant le sourire craquant de Tom et l'ardeur de son regard, elle devina qu'il risquait de ne pas avoir beaucoup à se démener pour la faire changer d'avis.

Chapitre 20

Le lundi avant le lancement des festivités — prévu pour le deuxième dimanche de décembre —, la commission de Noël se réunit dans la salle de conférences de la mairie pour une ultime séance. Howard était à son affaire, impatient comme un gamin de voir les guirlandes lumineuses s'allumer, la grand-place se garnir de stands, et d'entendre la musique de Noël se déverser en un flot continu sur le centre de Serenity. Il pinaillait sur les moindres détails. Tom en devenait fou.

Comment avait-elle pu, un jour, trouver son ex-beau-père impressionnant ? se demandait Mary Vaughn en regardant s'agiter ce grand enfant.

— Quelqu'un a-t-il vérifié l'heure précise à laquelle la nuit tombe, en ce moment ? demanda-t-il, adressant une énième question à Tom. Il faut que ce soit réglé à la seconde près. Nous devons absolument démarrer les illuminations à l'instant même où le soleil se couchera, ni une minute avant ni une minute après. Le but est de créer le maximum d'effet pour émerveiller la foule.

Tom n'eut pas le temps de répondre. Howard s'était déjà tourné vers Mary Vaughn.

— Rory Sue sera-t-elle là ce week-end ? Elle adorait ce moment, autrefois.

— Non. Il faut qu'elle révise ses deux derniers partiels, qui ont lieu la semaine prochaine. Elle viendra après.

Howard ne chercha même pas à cacher sa déception.

— Je suppose qu'on ne peut rien y faire, maugréa-t-il. C'est dommage, quand même. Sa présence aurait été un heureux présage pour la suite de la saison.

Mary Vaughn, pour sa part, commençait à douter que la période des fêtes répondrait à ses attentes. Rory Sue refusait obstinément de renoncer aux sports d'hiver, et chaque conversation se terminait en dispute. Aucun des projets élaborés par ses parents ne semblait lui agréer, comme si elle avait décidé de se gâcher ses vacances à Serenity dans le seul but de contrarier Mary Vaughn et Sonny.

« Ça fait pitié ! »

Mary Vaughn avait si souvent entendu ce commentaire qu'elle devait chaque fois se mordre la langue pour ne pas enjoindre à Rory Sue de modérer ses réactions, sinon… Sinon quoi ? Là résidaient le problème et la raison pour laquelle Mary Vaughn s'obligeait à se taire. Elle pouvait difficilement priver sa fille de sorties et encore moins la punir… en lui interdisant de rentrer à Serenity pour les fêtes ! Rory Sue sauterait de joie et partirait pour le Colorado avec son amie, sans demander son reste.

Plus la réunion s'éternisait, plus Mary Vaughn cédait à l'abattement. Elle avait tellement espéré que cette période de fêtes marquerait un moment spécial pour sa fille ! Comme pour toute sa famille d'ailleurs. Au fil des semaines et des rendez-vous avec Sonny pour préparer un Noël comme autrefois, sa hâte impatiente de vivre de nouveau ces événements si forts de leur vie à tous n'avait cessé de grandir. Pour la première fois depuis des années, ils allaient passer les fêtes en famille. Elle n'avait pris conscience que récemment de la valeur que cet événement revêtait pour elle. De même qu'elle n'avait pas mesuré jusque-là combien la fréquentation de Sonny lui avait manqué. Oui, elle venait de comprendre le bonheur qu'elle éprouvait à côtoyer quelqu'un qui écoutait avec attention les idées qu'elle proposait et qui cherchait à lui faire plaisir.

Elle avait accepté tellement de choses comme allant de soit tout au long de leur mariage ! Après la rupture, elle s'était persuadée qu'elle se débrouillerait parfaitement toute seule, tant pour mener sa vie personnelle que pour élever Rory Sue. Et elle avait effectivement fait ses preuves, en particulier sur le plan financier. Mais au prix de quelle solitude!

Tout à ses pensées, elle sursauta presque en entendant Jeanette s'adresser à elle, alors que la réunion s'achevait.

— Quelque chose ne va pas? Vous n'avez pas l'air dans votre assiette.

Mary Vaughn voulut instinctivement nier, sauver la face comme d'habitude...

— C'est vrai, avoua-t-elle cependant dans un soupir, vaincue par la nostalgie qui l'étouffait.

— Venez. Allons boire un thé au spa. Vous me raconterez ce qui vous arrive.

— Pourquoi? demanda Mary Vaughn, déroutée par la proposition de Jeanette.

— Parce que cela vous fera du bien qu'une amie vous écoute, répondit très simplement Jeanette.

Aussitôt, et de manière totalement inattendue, des larmes montèrent aux yeux de Mary Vaughn. Une amie? Oui, c'était exactement ce dont elle avait besoin. Après tant d'années employées à trouver un mari, elle s'apercevait que ce qui lui manquait vraiment dans sa vie était l'amitié. Elle brûlait du désir de connaître quelqu'un qui lui donnerait des conseils sincères, avec qui elle partagerait des confidences et des fous rires. Comme les Sweet Magnolias dont elle enviait la solidarité complice.

— Vous n'êtes pas obligée de jouer à être mon amie, dit-elle par réflexe.

Un réflexe guère surprenant de la part de quelqu'un qui avait passé sa vie à camoufler sa détresse.

— Je ne joue pas, rétorqua Jeanette avec un certain agacement. Je croyais que nous nous étions déjà expliquées là-dessus. Ce n'est pas parce que nous n'avons pas réussi à organiser une sortie au cinéma ou au restaurant que nous ne sommes pas amies. Maintenant, sortons d'ici avant que quelqu'un, votre ex-beau-père pour ne pas le nommer, ne s'aperçoive que vous pleurez et ne vous importune de ses questions.

— Je ne pleure pas, protesta Mary Vaughn… avant de renifler et d'essuyer les larmes qui coulaient sur ses joues.

Jeanette l'entraîna d'un pas vif jusqu'au patio du Club du Coin.

— Asseyez-vous. La température est un peu fraîche pour rester dehors, mais personne ne viendra nous déranger, ici. Je vais chercher nos consommations. J'en ai pour une minute.

Mary Vaughn prit place à la table en fer forgé et attendit que Jeanette revienne avec deux verres de thé et deux muffins fourrés de grosses myrtilles dodues.

— Je n'ai pas faim, objecta Mary Vaughn automatiquement.

— C'est bon pour le moral, déclara Jeanette en posant un gâteau devant Mary Vaughn sans tenir compte de ses protestations. A présent, expliquez-moi ce qui vous tracasse. C'est Rory Sue ?

Oui… et non. Mary Vaughn réfléchissait à la meilleure façon d'exposer la situation. Ce faisant, elle prit une bouchée de son muffin… et soupira de contentement lorsque, en croquant dans la pâte moelleuse, elle libéra le jus savoureux des myrtilles.

— Tout a commencé avec Rory Sue, effectivement, dit-elle enfin. Elle voulait partir pendant les vacances de fin d'année.

— Aux sports d'hiver, si je me rappelle bien ?

— Exactement, confirma Mary Vaughn en continuant à attaquer son gâteau. Et, comme je n'y étais pas favorable, j'ai pris contact avec Sonny pour que nous lui organisions un Noël de rêve.

— Pour le moment, je vous suis. Et tout ne s'est pas déroulé comme vous le souhaitiez ? Sonny ne coopère pas comme vous l'espériez ? Pourtant, la dernière fois, vous m'aviez dit que si.

— Non, ce n'est pas Sonny le problème ! Il est adorable. Vraiment adorable ! répéta-t-elle avec conviction.

— Vous avez repris une liaison avec lui ? demanda Jeanette, les yeux ronds de stupeur.

— Non, répondit Mary Vaughn dont les joues s'empourprèrent pourtant.

Puis elle baissa la voix bien qu'elles aient été seules dans le patio.

— Mais j'aimerais bien. J'ai tout à coup été prise d'un désir fou pour mon ex-mari. C'est bizarre, vous ne trouvez pas ?

— Voyons, Mary Vaughn, bien sûr que non. Est-ce que je vous ai paru scandalisée lorsque vous m'avez avoué que vous aimeriez reprendre votre vie avec lui, l'autre jour ? Il est séduisant, drôle, il dirige une entreprise florissante. Dans ces conditions, il n'y a rien de surprenant à ce qu'il vous attire.

Rassérénée par le ton raisonnable de Jeanette, alors qu'elle s'était attendue à de l'indignation, Mary Vaughn se laissa aller à la confidence :

— Mais il ne me produisait pas cet effet quand nous étions mariés. Je ne l'appréciais pas à sa juste valeur. Il était simplement Sonny, le gars qui m'avait aimée depuis toujours, mon refuge indestructible.

— Et à présent ?

— Je le trouve terriblement séduisant, dit-elle en prenant une nouvelle bouchée de muffin. Il me fait rire. Et puis, il me comprend. Il sait tout sur moi, sur mon passé. A une époque, je considérais cela pesant, mais aujourd'hui j'apprécie de ne pas avoir à m'expliquer sur tout ou à dissimuler ce que je ressens. Je peux me permettre de ne rien lui cacher parce que je sais qu'il ne me jugera pas.

Elle se tut et s'enfouit le visage dans les mains.

— Je vous ai déjà dit tout ça, n'est-ce pas ? Vous devez en avoir assez de m'écouter. Mais voyez-vous, je n'ai personne d'autre avec qui discuter, personne pour me guider dans les décisions à prendre. Parfois, il faut formuler ses idées à haute voix pour savoir si elles tiennent la route. Ce n'est pas de tourner en rond chez moi en me parlant toute seule qui fera progresser les choses. La possibilité de se confier à un interlocuteur change tout.

— Je sais, dit Jeanette avec douceur. En tout cas, vous me donnez l'impression d'avoir mûri et aussi d'être tombée amoureuse.

— Oui, je le crains, reconnut Mary Vaughn d'un air désolé.

— Vous le craignez ? Pourquoi ?

— Parce que Sonny a tourné la page. Vous savez que je l'ai vu avec une femme, n'est-ce pas ? J'ignore toujours ce qu'il y a exactement entre eux deux. Je me suis renseignée, mais personne ne semble être au courant. Une chose est certaine : je ne l'intéresse plus. J'ai tué ce qu'il a un jour éprouvé pour moi.

— Comment pouvez-vous en être sûre si vous ne lui avez pas déclaré vos sentiments ? argumenta Jeanette.

— Je le sais, c'est tout. Il ne répond à aucun des signaux que je lui envoie.

— Quels signaux ? Des signaux de fumée ? plaisanta Jeanette. Voyons, Mary Vaughn. Avec les hommes, il faut y aller franco, ne pas prendre de détours.

— Ecoutez Jeanette. J'ai émis l'idée, en passant, que nous avions peut-être commis une erreur en divorçant, et il l'a aussitôt énergiquement réfutée. Je ne peux pas aller plus loin. Je ne veux pas qu'il m'éclate de rire à la figure.

— Après les nombreuses heures que vous avez passées ensemble ces dernières semaines, la question ne le fera peut-être pas rire, objecta Jeanette. Les relations évoluent. Les gens aussi. Avec le temps, on commence à envisager les choses différemment. Ce qui était vrai à une époque ne l'est plus nécessairement aujourd'hui. La seule solution pour lever vos doutes est d'avoir une conversation sérieuse avec lui.

Ah ! Si seulement Jeanette pouvait avoir raison ! songea Mary Vaughn en tendant la main vers son muffin… pour s'apercevoir qu'il ne restait que des miettes sur l'assiette.

— Je vous assure qu'il a tourné la page, insista-t-elle d'un air abattu. C'est lui qui a demandé le divorce, contrairement à ce que tout le monde croit. C'est lui qui m'a quittée.

— S'est-il remarié ?

— Bien sûr que non ! s'indigna Mary Vaughn. Jamais je ne m'attaquerais à un homme marié.

L'expression dubitative de Jeanette la mit hors d'elle. Aussi rétorqua t elle avec force :

— Ronnie n'avait pas épousé Dana Sue quand je lui courais après. Pourquoi s'obstine-t-on à oublier les faits ? Ils étaient divorcés, nom d'un chien !

— D'accord. Mais nous nous écartons du sujet. Restons-en à la question de vous et de Sonny. Vous croyez donc qu'il y a quelque chose de sérieux entre lui et cette femme, à son travail ?

— Je n'en suis pas absolument certaine, mais…

— Pourtant, il est prêt à passer toutes les fêtes avec vous, coupa Jeanette. Vous pensez bien que, si quoi que ce soit de durable existait entre eux, elle ne le tolérerait pas. A mon avis, il n'a pas tourné la page, en tout cas ni complètement ni définitivement. J'avais cru comprendre que vous n'hésiteriez pas à vous battre pour le reconquérir. Alors, si vous voulez vraiment qu'il revienne, si vous estimez vraiment que le divorce était une erreur, vous allez devoir prendre le risque de lui dévoiler vos sentiments. Il n'y a pas longtemps, vous étiez prête à le faire, non ?

Mary Vaughn avait beau savoir mener rondement une affaire et se mettre en danger dans le cadre professionnel, dans sa vie personnelle elle manquait de l'expérience nécessaire pour agir pareillement. Sauf avec Ronnie. Et voilà où cela l'avait menée ! Elle avait été la risée de toute la ville.

— Vous est-il déjà arrivé de vous trouver dans cette situation, Jeanette ?

— En fait, assez récemment, oui, admit-elle avec un sourire embarrassé.

— Et alors ? Comment ça s'est passé ?

— Pas très bien, pour être franche.

— Eh bien ! Vous parlez d'un encouragement ! s'exclama Mary Vaughn non sans dépit.

— Oui… Pour moi non plus, cela n'a pas été vraiment un moment inoubliable. Cela dit, du coup, la situation s'est débloquée, et il m'est revenu à la mémoire ce que n'arrêtait pas de me répéter ma mère : « On juge de la valeur d'un bien à l'énergie qu'on est prêt à dépenser pour l'obtenir. »

Des paroles qui trouvèrent un écho chez Mary Vaughn. Combien de fois ne les avait-elle prononcées, bien des années auparavant, lorsqu'elle luttait pour construire sa vie, après son enfance cauchemardesque ? Elle s'était battue bec et ongles pour décrocher ce à quoi elle aspirait mais, étrangement, au moment où elle visait l'objectif le plus important de sa vie, elle avait omis ce précepte et avait baissé les bras par peur de perdre la bataille.

Après avoir terminé son verre de thé, elle se leva et embrassa Jeanette chaleureusement.

— Merci. Merci beaucoup.

— Je n'ai rien fait d'autre qu'écouter.

— Non, vous m'avez offert votre amitié à un moment crucial. Vous n'imaginez pas ce que cela signifie pour moi. Ecoutez, nous organisons une soirée portes ouvertes, chez moi, après le coup d'envoi des illuminations. J'espère que vous pourrez venir. Amenez Tom aussi.

— Cela me ferait très plaisir, assura Jeanette. J'en parle avec Tom et je vous appelle.

— Ce n'est pas la peine. Vous n'aurez qu'à passer si vous pouvez.

— Sonny sera-t-il là ?

— En principe, oui, confirma Mary Vaughn.

Et elle savait qu'elle pouvait compter sur sa présence, car c'était l'homme le plus digne de confiance qu'elle ait jamais connu.

Evidemment si elle lui avouait tout ce qui lui avait traversé la tête et le cœur ces derniers temps, nul doute qu'il prendrait ses jambes à son cou pour passer les fêtes aussi loin de Serenity — et d'elle — que possible.

Tom trouva la luxueuse enveloppe dans le courrier de l'après-midi. Un simple coup d'œil à l'adresse calligraphiée suffit à lui apprendre qu'il s'agissait d'une invitation venant de ses parents. Ils lançaient invariablement les célébrations de fin d'année par une réception fastueuse à laquelle il était censé assister, le deuxième samedi de décembre. Mais, comme cette année elle coïncidait avec le coup d'envoi des festivités à Serenity, il serait contraint de se désister. Il frissonnait déjà à la perspective de la scène que sa mère allait lui faire en apprenant la nouvelle…

« Autant s'en débarrasser tout de suite », décida-t-il.

Il composa donc le numéro personnel de Mme McDonald car, durant cette période très chargée, elle engageait une secrétaire pour répondre aux appels sur le téléphone de la maison et tenir à jour son emploi du temps.

Sa mère décrocha à la première sonnerie.

— Bonjour, maman.

— Comment vas-tu, mon chéri ? s'exclama-t-elle d'un ton joyeux. J'attendais ton coup de fil. Tu as reçu l'invitation ?

— Oui, elle vient d'arriver.

— Tu viendras accompagné ou faut-il que je prévoie de te

trouver une voisine de table ? demanda-t-elle avec une indubitable note d'espoir dans la seconde partie de sa question.

— Je suis désolé, maman, mais il m'est impossible de me libérer cette année.

Un silence de mort suivit cette annonce.

— Comment ça ? s'enquit-elle, indignée. Nous organisons cette soirée tous les ans, à la même date. Ce n'est pas comme si je t'avais pris de court. Tu ne peux pas ne pas venir. Ce que tu as prévu à la place n'est certainement pas aussi important. Annule.

— Je n'ai pas le choix, maman. Il s'agit d'une obligation professionnelle. Les animations de Noël débutent ce jour-là. Ma présence est indispensable.

— Pour quoi faire ? Pour vérifier que les guirlandes du sapin s'allument correctement ? se moqua-t-elle avec mépris.

— Eh bien, oui ! Et aussi pour passer voir les commerçants qui tiennent les stands et m'assurer qu'il n'y a pas de problèmes.

— C'est absurde. Ils n'ont pas besoin de quelqu'un comme toi pour s'occuper de ces trivialités. Délègue, bon sang ! Demande à cette fille de s'en charger.

— Si tu parles de Jeanette, elle a ses propres tâches à assumer ce soir-là, auxquelles elle ne peut ajouter les responsabilités qui m'incombent.

— Thomas McDonald, je ne peux pas croire que tu choisisses de faire passer cette cérémonie ridicule dans cette petite ville minable avant ta propre mère.

Elle jouait sur la corde sensible. Comme il s'y était attendu ! Il dut néanmoins prendre une profonde inspiration avant de répondre car, malgré son agacement, il ne pouvait passer outre à l'attachement de sa mère à ces manifestations mondaines, quel que soit le mépris dans lequel lui les tenait.

— Ce n'est pas une question de choix ou de préférence, maman. Ça fait partie de mon travail. Si je pouvais venir, je le ferais, parce que je sais combien cela compte pour toi.

— Attends un peu que j'annonce la nouvelle à ton père ! Ça ne va pas se passer aussi facilement avec lui !

— Je n'en doute pas, marmonna Tom entre ses dents.

Aussi loin que Tom s'en souvienne, son père avait tenu le rôle d'exécuteur officieux des lois décrétées par sa mère. Tom n'avait jamais bien compris la répartition des pouvoirs à l'intérieur du couple que formaient ses parents, ni pourquoi son père, pourtant si autoritaire, obéissait au doigt et à l'œil à sa mère.

— Qu'est-ce que tu dis ? demanda sa mère avec irritation.

— Rien. Ecoute, je suis désolé de te contrarier, mais je ne peux pas faire autrement. On se verra une autre fois.

Le week-end d'après alors, dit-elle, saisissant sur-le-champ cette ouverture. Je donne un autre dîner le vendredi. Quelque chose de plus intime, pour quelques-uns des associés de ton père. Je comptais t'en parler samedi, mais, vu tes nombreuses occupations, mieux vaut que tu le notes tout de suite dans ton agenda.

Cette nouvelle invitation ne le tentait guère plus que la précédente, mais il savait qu'il aurait été tout à fait déraisonnable de sa part de décliner l'offre sans excuse valable. S'il voulait que sa mère respecte ce qui lui importait, il devait lui témoigner les mêmes égards, au moins pour garantir la paix.

— Nous viendrons, promit-il.

— Nous ? demanda-t-elle avec méfiance.

— Jeanette et moi.

— Voyons, Tom, ce serait tout à fait déplacé.

— Déplacé ? répéta-t-il d'un ton glacial dénué à présent de toute indulgence. Si Jeanette n'a pas sa place chez vous, alors je me demande vraiment si j'y ai la mienne.

— Oh ! La barbe ! Amène-la ! capitula Mme McDonald avec irritation. Mais ne viens rien me reprocher si elle se sent exclue.

— Je ne te le pardonnerai pas si tu ne te mets pas en quatre pour l'accueillir courtoisement. S'il te plaît, maman, fais-le pour moi.

— Ne me demande pas l'impossible, dit-elle avec moins d'animosité dans la voix, malgré tout.

— Nous savons tous les deux que tes invités régleront leur attitude sur la tienne. Veille donc à leur donner le bon exemple si tu ne veux pas te dispenser de ma présence pendant le reste des fêtes.

— Vous êtes un jeune homme affreusement obstiné et rebelle, Thomas McDonald, déclara-t-elle… avec un manque de conviction audible.

— Des qualités que j'ai acquises sous la férule de deux maîtres, répliqua-t-il. Dis bonjour à papa de ma part, s'il te plaît.

— Oui, bien sûr, mais je vais m'abstenir de lui parler de ton entêtement.

— Mais non ! s'esclaffa Tom. C'est la première chose que tu vas lui dire. Tu ne pourras pas résister. Je t'embrasse, maman.

— Moi aussi, mon chéri, répondit-elle dans un soupir digne d'une tragédienne.

Il avait incontestablement mis l'amour de sa mère à rude épreuve, songea-t-il. Et ce ne serait probablement pas la dernière fois, si Jeanette restait dans sa vie. Pourquoi sa mère détestait-elle tant Jeanette ? se demanda-t-il, perplexe. Instinctivement, il devinait que l'incident ridicule chez Bella n'expliquait pas entièrement cette antipathie et que ce n'était pas Jeanette personnellement qui la suscitait, mais davantage ce qu'elle représentait.

Mais pourquoi ? se répéta-t-il, impuissant à trouver la réponse. En quoi Jeanette gênait-elle ses parents ? La considéraient-ils comme une menace pour leur propre relation avec lui ? Elle ne le serait que s'ils persistaient dans leur hostilité à son égard.

Si tout évoluait entre lui et Jeanette comme il l'espérait, une explication avec ses parents s'avérerait indispensable afin de sortir de l'impasse. Il tenait absolument à ce qu'ils l'apprécient autant que lui. Si cela était au-dessus de leurs forces, alors… Il préférait ne pas penser aux conséquences que cela entraînerait. Chaque chose en son temps, se dit-il.

Jeanette arrivait au bout d'un gros tas de papiers administratifs lorsque, en levant la tête, elle découvrit avec surprise une silhouette masculine vaguement familière dans l'encadrement de la porte de son bureau : un sosie de Tom, en plus âgé ! Même si elle ne l'avait aperçu que de loin quelques semaines plus tôt, elle aurait reconnu le père de Tom entre mille. Mais pourquoi était-il venu là ? s'interrogea-t-elle, encore sous le choc.

— Que puis-je pour vous, monsieur McDonald ?

— Vous me connaissez ? s'étonna-t-il.

— Vous vous ressemblez beaucoup, avec votre fils. Et nous avons failli nous rencontrer lors de votre première visite à Serenity. Entrez donc vous asseoir. A moins que vous ne préfériez aller dans le patio ?

— Ici, c'est très bien, répondit-il en s'avançant dans le bureau, qui parut soudain encore plus exigu que d'habitude.

Il s'assit sur le bord du fauteuil, en face d'elle, et la dévisagea sans vergogne, un long moment.

— Je comprends ce qui attire mon fils, déclara-t-il enfin. Il y a en vous une délicatesse quasi surnaturelle.

Ne sachant comment prendre la remarque, Jeanette préféra se taire.

— Vous n'êtes pas faite pour lui, vous savez.

— Il y a quelques semaines, j'aurais pensé comme vous, répliqua Jeanette avec une franchise qui surprit visiblement son visiteur. Nous venons de mondes tellement éloignés. Mais Tom m'a presque convaincue qu'il est possible de combler le fossé.

M. McDonald saisit au vol le mot qui avait éveillé une lueur d'espoir dans les propos de Jeanette.

— Presque ?

— Tom est assez persuasif, quand il veut.

Aussitôt, le visage de M. McDonald s'assombrit tandis qu'il dardait son regard sur Jeanette entre ses paupières mi-closes.

— Qu'est-ce qu'il vous faudrait pour changer d'avis ?

— Je vous demande pardon ?

Elle avait dû mal entendre ou, plus vraisemblablement, il s'était mal exprimé et n'avait pas voulu dire ce qu'elle avait cru comprendre…

— D'après ma femme, vous avez vécu à Paris. Vous n'êtes donc pas une oie blanche qui débarque de sa campagne et croit au pouvoir absolu de l'amour, je suppose. Vous avez l'expérience du monde et de ses rouages.

— Je l'espère, répondit-elle prudemment.

— Bien. Alors, que vous faudrait-il pour rompre avec mon fils ?

— Que me faudrait-il ? répéta-t-elle. Vous n'êtes quand même pas en train de m'offrir de l'argent pour que j'arrête de voir Tom ?

— De l'argent, un travail dans une autre ville, n'importe quoi, confirma-t-il. Mon fils est promis à un avenir brillant. Il suffit qu'il renonce enfin à perdre son temps à travailler dans de simples municipalités. Pour s'épanouir et exploiter toutes ses compétences, il a besoin à ses côtés d'une femme capable de l'aider dans sa tâche. D'une femme de sa condition, en d'autres termes.

Jusque-là, Jeanette avait été trop éberluée par l'apparition de M. McDonald pour se sentir vraiment insultée. Mais il venait de franchir une limite.

— Il vaut mieux que vous partiez, monsieur, dit-elle en se levant.

— Pas avant que nous ayons conclu un marché.

— Dans ce cas, vous allez rester ici tout seul un bout de temps. Je n'ai aucune intention d'écouter un mot de plus venant de vous. Vos propos sont injurieux non seulement pour moi, mais aussi pour votre fils. De toute évidence, vous ne respectez en lui ni sa gentillesse, ni son honnêteté, ni sa conscience professionnelle. Il aime son travail, et ce qu'il entreprend dans ce cadre influe sur la vie de beaucoup de gens.

— Comme l'organisation des festivités de Noël ? lança-t-il avec une moue sarcastique. Quelqu'un de l'envergure et du statut social de Tom devrait utiliser ses compétences à améliorer le monde en élaborant des lois, au lieu de décorer un misérable sapin de Noël.

— Parce que c'est le genre de choses pour lesquelles vous et votre femme payez de petites gens ? riposta Jeanette. Tom m'a raconté la superproduction qui a lieu chez vous, tous les ans. J'en conclus que quelqu'un y attache de l'importance. Votre femme, peut-être ? Mais elle ne s'abaisserait pas à accrocher elle-même une seule décoration. Les tâcherons sont là pour ça.

— Ce que je veux dire…

— Ce que je veux dire, moi, monsieur McDonald, c'est que vous êtes un snob. Ce que vous pensez de moi ou de votre fils ne m'intéresse pas, et ce qui se passe entre lui et moi ne vous regarde pas.

— Vous vous trompez, mademoiselle, s'emporta-t-il. Je ne permettrai pas que mon fils gâche sa vie à cause de quelqu'un comme vous.

— Vous ne me connaissez même pas. Et maintenant, dehors !

— Comptez sur moi pour rapporter à mon fils votre insolence et votre attitude irrespectueuse, déclara-t-il avec hauteur.

— Et comptez sur moi pour lui rapporter votre conduite blessante et votre muflerie, répliqua-t-elle avec un sourire ironique. A qui de nous deux en voudra-t-il le plus, à votre avis ?

M. McDonald sembla interloqué, vraisemblablement peu accoutumé à ce qu'on lui tienne tête.

— Vous ne manquez pas de cran au moins, je dois le reconnaître, dit-il malgré lui.

— Vous feriez bien de vous en souvenir.

— J'avais bien dit à Clarisse que ce n'était pas une bonne idée, murmura-t-il en déposant les armes.

Jeanette apprit ainsi, sans en être outre mesure étonnée, que Mme McDonald tirait les ficelles. Elle savait que la mère de Tom la détestait cordialement, mais au point d'envoyer son mari en mission commandée pour essayer de l'acheter… elle ne l'aurait pas imaginé.

— Là-dessus, nous sommes d'accord, dit-elle. C'était une idée exécrable.

— En d'autres circonstances…, commença-t-il.

— Quoi ? insista Jeanette, qui crut déceler comme une note d'admiration dans la voix du père de Tom.

— Cette animosité entre vous et ma femme est vraiment profonde, déclara M. McDonald, renonçant à exprimer l'idée qui l'avait effleuré.

— Vous ne m'apprenez rien, mais je n'en comprends pas bien la raison, en fait. Pas plus que je ne comprends ce qui vous a incité à venir jusqu'ici pour me soudoyer afin que je sorte de la vie de Tom. Ce n'est pas à cause de ce qui s'est passé chez Bella, si ?

Il secoua la tête. Apparemment, il essayait de déterminer ce qu'il gagnerait à s'expliquer franchement.

Alors, elle attendit… Et, enfin, M. McDonald se décida.

— Voyez-vous, mon fils et moi nous nous affrontons depuis des années à propos de son avenir.

— Oui, il m'en a touché deux mots.

— Ce n'est pas que je veuille contrôler sa vie ou que j'attache de l'importance à son statut social.

— Mais votre femme, si, de toute évidence.

Une remarque qui attira sur elle un regard presque penaud.

— Vous dites ça avec le même dédain que Tom. Ce dont vous ne vous rendez pas compte, ni l'un ni l'autre, c'est la valeur que certains milieux accordent à la position sociale. Clarisse vient d'une famille riche et estimée. Je ne peux pas en dire autant de la mienne. Oh ! Nous pouvions nous aussi nous targuer d'une belle fortune et d'un statut enviable à une époque ! Hélas, mon père a petit à petit dilapidé tout notre patrimoine et sali notre nom par-dessus le marché. Outre la gestion catastrophique de ses affaires, il jouait et entretenait des maîtresses. Rien d'exceptionnel, a priori, s'il n'avait pas manqué totalement de discrétion. Tout le monde était au courant à Charleston. Vous imaginez l'humiliation pour ma mère ? Quant à mon frère et moi, dès que nous avons atteint l'âge adulte, nous nous sommes démenés pour éviter la ruine à la famille, sans qu'il lève le petit doigt.

— Cela a dû être extrêmement pénible, commenta avec douceur Jeanette, pour qui bien des mystères commençaient à s'éclaircir.

— On ne peut imaginer à quel point, à moins d'être passé par là. J'étais donc un jeune homme désargenté malgré mes relations dans le monde des affaires, lorsque j'ai rencontré cette femme extraordinaire que tous les hommes courtisaient. Les parents de Clarisse, qui connaissaient l'état calamiteux des finances des McDonald ainsi que les frasques amoureuses de mon père, s'opposèrent catégoriquement à toute idée de mariage.

Une expression nostalgique traversa alors son visage, lui adoucissant les traits.

— Clarisse a été formidable, comme d'habitude. Elle s'est rebiffée contre le veto de ses parents. Elle m'aimait et croyait en moi. Elle voyait l'avenir que nous pourrions bâtir, alors que moi-même j'étais assailli de doutes. Comme ses parents refusaient de céder, nous nous sommes enfuis. Vous vous rendez compte de la confiance qu'elle avait placée en moi ? Vous comprendrez pourquoi je suis prêt à tout pour elle, conclut-il en regardant Jeanette droit dans les yeux.

— Oui, dit Jeanette. Et je comprends aussi pourquoi elle considère qu'une femme comme moi risque de mettre en péril les ambitions qu'elle a nourries pour votre famille. Elle veut que Tom épouse quelqu'un qui lui facilitera la vie, pas quelqu'un qu'il sera peut-être amené à protéger. Quelqu'un qui n'appartient pas à son monde, en d'autres termes.

— Quelle générosité de votre part d'envisager la situation de son point de vue ! s'exclama-t-il avec surprise. Surtout après ma conduite d'aujourd'hui. Je vous présente mes sincères excuses.

Jeanette les accepta de bon cœur avant de demander :

— Tom est-il au courant de votre passé familial ?

— Non. Quand ses sœurs et lui étaient petits, nous n'avons pas voulu les ennuyer avec nos tracas d'adultes. Nous souhaitions qu'ils aient l'enfance heureuse et normale à laquelle ils pouvaient prétendre en tant que McDonald.

— Ce serait peut-être bien que vous lui révéliez votre histoire.

— Vous avez probablement raison. Clarisse et moi aimons à penser que cette histoire est enterrée mais, malheureusement, elle ne l'est pas. Elle influence certaines de nos réactions, aujourd'hui encore.

— Parlez-lui, insista Jeanette.

— A condition que vous fassiez quelque chose pour moi, de votre côté.

— Je ne vais pas tout arrêter avec votre fils.

— Non, ce n'est pas ce que j'attends, répliqua-t-il avec un sourire presque affectueux. Je vous demande seulement de laisser à ma femme le temps de s'habituer à l'idée. Une fois qu'elle aura appris à vous connaître, je suis sûr qu'elle jugera que vous êtes la femme idéale pour notre fils. Vous êtes foncièrement honnête, et c'est une qualité qui prime sur tout le reste, pour elle.

— Je vous remercie, monsieur McDonald.

— Et si on oubliait cette visite ? proposa-t-il avec des yeux quasi implorants.

— J'en retiendrai une partie, si vous le permettez. Vous m'avez éclairée sur certains points qui m'échappaient.

— Alors, elle n'a pas été entièrement négative ?

— Non, pas entièrement, confirma-t-elle dans un sourire.

— Très bien. L'accompagnerez-vous à la réception que nous donnons ? Il est important qu'il y assiste, et ma femme a le sentiment qu'il ne viendra pas sans vous.

Rechignant à avouer que Tom ne lui avait pas parlé de ce dîner, elle se cantonna à une réponse évasive :

— J'en discuterai avec lui.

— Vous me rappelez quelqu'un, commenta-t-il d'un air amusé.

— Ah bon ?

— C'est assez drôle quand on y réfléchit, mais vous ressemblez beaucoup à ma femme.

— Juste au moment où nous commencions à nous entendre ! lança-t-elle avec un froncement de sourcils réprobateur qui arracha un éclat de rire à M. McDonald.

— C'est la vérité, vous savez. Vous êtes toutes les deux volontaires et obstinées. Et, quand vous aimez quelqu'un, vous l'aimez de tout votre être, sans penser aux conséquences. Rien d'étonnant à ce que mon fils se soit épris de vous. J'en arrive presque à le plaindre.

— Je vous demande pardon ?

— C'est un homme marié depuis quarante ans à une femme de cette trempe qui vous parle. Certes, cela donne de l'intérêt à l'existence. Mais la vie n'est pas un long fleuve tranquille dans ces conditions !

Sur cet aveu, il s'en alla, laissant Jeanette bouche bée.

Elle aurait ri au nez de quiconque lui aurait dit, une heure plus tôt, qu'elle serait touchée par un homme qui avait tenté de l'acheter. Mais cet entretien lui avait ouvert les yeux, et M. McDonald, par sa franchise, avait gagné sa sympathie. Qui sait si, de son côté, il n'avait pas commencé à l'estimer un peu, elle aussi ?

Restait à voir si cette visite permettrait réellement à la situation d'évoluer.

Chapitre 21

Depuis des heures, Tom essayait de joindre Jeanette sur son portable. Sans résultat. En désespoir de cause, il se rendit au spa.

Apercevant une lumière dans le bureau de Jeanette, il frappa à la porte. Pas de réponse… Aussi contourna-t-il le bâtiment pour aller cogner à la fenêtre.

Jeanette souleva lentement le store d'une main tandis que de l'autre… elle brandissait un presse-papiers de plusieurs kilos.

— C'est toi ? s'exclama-t-elle en posant son arme sur une chaise. Tu cherches à me faire mourir de crise cardiaque ?

— Laisse-moi entrer.

— Je n'ai pas le temps.

— Cinq minutes, pas plus, insista-t-il. Il faut qu'on parle.

— Moi, il faut que je travaille. Maddie veut ces rapports sur son bureau pour demain matin, et j'ai en outre des commandes de fournitures à passer. Tout s'est accumulé pendant que je m'occupais de mon père.

— Il est plus urgent que nous discutions.

— Bon, d'accord. Cinq minutes, alors. Je te retrouve à l'entrée.

Pourquoi cette froideur alors qu'elle lui avait paru beaucoup plus démonstrative avec lui, ces derniers temps ? s'interrogea-t-il. Que cachait ce revirement ? Certainement rien de bon…

Quand elle eut ouvert la porte, elle demeura sur le seuil, lui interdisant le passage.

— Qu'est-ce que tu veux ?

— Plus la même chose qu'au départ, à vrai dire. J'étais venu pour te faire une proposition, mais à présent il me semble plus urgent de parler des raisons de ta soudaine agressivité.

— Je ne suis pas agressive, protesta-t-elle en le fusillant du regard.

— Ah bon ?

Elle se passa la main dans les cheveux d'un geste vif qui l'ébouriffa, lui donnant un air encore plus juvénile et émoustillant. Il n'avait qu'une envie : mettre un terme à cette dispute absurde et l'embrasser. Une audace qui lui vaudrait certainement une gifle, vu l'état d'esprit actuel de Jeanette. Mais, comme elle s'était délestée du presse-papiers, peut-être cela valait-il la peine de courir le risque…

— Ecoute, dit-elle, je suis vraiment très occupée. Remettons cette discussion à un autre jour.

— Tu as dîné ? demanda-t-il, feignant de ne pas avoir entendu la requête de Jeanette, car il voulait avant tout comprendre les causes de sa mauvaise humeur.

— Non. J'avalerai quelque chose chez moi.

Il avait donc vu juste, même si un état d'hypoglycémie ne justifiait probablement pas tout. En tout cas, sur cette cause-là il pouvait intervenir.

— Non, le dîner ne peut pas attendre. Il faut que tu manges tout de suite. Allons-y.

— Depuis quand es-tu devenu autoritaire comme ça ? maugréa-t-elle.

— Ça m'a pris deux minutes après être arrivé ici. Ferme le salon, et allons au Sullivan. Quand nous aurons l'estomac plein, nous pourrons peut-être parler entre gens raisonnables. Et, si tu veux terminer ton travail après, je te raccompagnerai ici.

— Entre gens raisonnables ? répéta-t-elle en lui lançant un regard noir. Qu'est-ce que tu insinues ?

— Jeanette, s'il te plaît, pourquoi sors-tu tes griffes comme ça ? On dirait que tu cherches à tout prix la bagarre.

— Et alors ? En tout cas, je ne tiens pas à me disputer avec toi au Sullivan, sous le nez de Dana Sue.

— Très bien, acquiesça-t-il en prenant sur lui pour garder son calme. Nous nous arrêterons au Sullivan pour prendre un repas à emporter avant d'aller chez toi. Si ce plan ne te convient pas non plus, nous commanderons une pizza.

— Pourquoi t'entêtes-tu à me faire manger ?

Tom commençait à perdre patience, mais il se maîtrisa pour ne pas envenimer une situation déjà inutilement tendue. Hélas, il ne formula pas sa réponse avec suffisamment de soin.

— J'espère que cela te mettra dans de meilleures dispositions pour écouter ce dont je suis venu te parler.

Elle plissa les yeux et le dévisagea.

— Je suis dans de très bonnes dispositions, ou du moins je le serais si tu cessais de me soutenir le contraire. De quoi souhaites-tu me parler ? Ne serait-ce pas de cette réception chez tes parents, par hasard ?

Tom la fixa avec des yeux médusés, tandis que les pièces du puzzle se mettaient brusquement en place. Jeanette n'avait pu être mise au courant de ce dîner que d'une seule façon, qui l'avait évidemment hérissée.

— Ma mère t'a appelée ? demanda-t-il. Que t'a-t-elle dit ? A-t-elle été désagréable ? T'a-t-elle ordonné de ne plus me voir ? Est-ce pour cela que tu te comportes de cette façon ?

— Je n'ai pas parlé à ta mère, répondit-elle en rougissant.

— Alors, comment diable sais-tu que mes parents donnent une réception ?

A peine eut-il posé sa question que la vérité lui sauta aux yeux. Il ne savait que trop comment opérait sa mère. Quand elle ne voulait pas susciter la colère de son fils en intervenant directement, elle déléguait son mari.

« Mais c'est bien sûr ! » se dit-il.

Il pivota sur lui-même et se mit à faire les cent pas, tentant d'endiguer sa rage. Quand il eut réussi à se calmer suffisamment, il s'arrêta devant Jeanette, décidé à vérifier sa théorie.

— Elle t'a envoyé mon père, c'est ça ? Rassure-moi. Il n'a pas fait irruption ici pour t'intimider, quand même ?

— C'est bon, Tom, laisse tomber, dit-elle avec une nuance dans la voix que Tom interpréta comme une confirmation.

— Comment veux-tu que je laisse tomber ? Je n'accepterai pas qu'ils s'immiscent dans ma vie ou qu'ils essayent d'exercer des pressions sur toi. Il est largement temps que je mette les choses au point avec eux.

— J'ai su prendre ton père et je l'ai même amadoué, déclara-t-elle non sans une certaine fierté. En fait, je crois même que nous nous comprenons parfaitement maintenant, lui et moi.

— De la même façon que tu as su prendre ma mère ? s'inquiéta-t-il, n'osant imaginer la scène.

Pour la première fois, Jeanette sourit.

— J'ai déployé un iota de plus de diplomatie. Lui aussi a fait des efforts. A la fin, en tout cas.

— Que t'a-t-il dit ?

— Peu importe. Et tu vois ta réaction ? C'est exactement pour cette raison que je lui avais promis de te cacher sa visite. Je pensais avoir davantage de temps pour trouver un moyen de ne pas gaffer. C'est trop tard, maintenant. Je n'ai pas tenu parole.

— De toute façon, tu n'aurais jamais dû lui promettre quoi que ce soit, répliqua Tom en sortant d'un geste brusque son portable de sa poche.

— Qu'est-ce que tu fais ?

— Je l'appelle.

Elle lui arracha l'appareil des mains.

— Non. Nous avons signé la paix, lui et moi. Enfin, une sorte de paix. Si tu lui téléphones, la trêve va être rompue, et il ne m'accordera plus jamais sa confiance.

Il avait beau comprendre la logique de l'argumentation de

Jeanette, la conclusion ne lui plaisait pas pour autant. Non vraiment pas.

— Bon, d'accord, concéda-t-il pourtant. En tout cas, nous ne pouvons plus accepter l'invitation, à présent.

— Si, le contredit-elle calmement. Sur ce point aussi, je lui ai donné ma parole. Je veux établir des relations sereines avec tes parents, Tom. Pour de bon. Un grand pas a été franchi dans cette direction aujourd'hui.

Tom était désarçonné. Qu'est-ce qui avait pu rendre Jeanette si conciliante, brusquement ?

— Avec ma mère aussi ?

Elle acquiesça de la tête avant d'expliquer :

— Je la comprends nettement mieux, à présent.

— Comment ça ?

— Nous avons beaucoup parlé avec ton père. Il y a des tas de choses que tu ignores.

— Sur ma famille ? demanda-t-il avec ahurissement.

— Oui. Il faut que vous ayez une conversation à cœur ouvert, tous les trois. Vous auriez dû le faire depuis longtemps. A mon avis, cela changerait considérablement vos rapports.

— Pourquoi ne me racontes-tu pas ce que tu sais ?

— Ce n'est pas mon rôle. C'est une affaire qui vous concerne vous et que vous devez régler entre vous.

— Quel revirement ! commenta-t-il, ne sachant trop ce qu'il devait en penser.

La paix serait-elle aussi facile à conclure que Jeanette le laissait entendre ? Il en doutait, mais était malgré tout prêt à tenter le coup.

— Tu es sûre de ce que tu avances ? demanda-t-il.

— Oui, répondit-elle avec gravité en affrontant son regard. Je ne m'immiscerai pas entre toi et tes parents, Tom. Je sais ce que c'est de voir des rancœurs anéantir les liens familiaux et je ne veux pas en être la cause, chez toi. S'il doit exister quelque chose entre nous, nous devons essayer d'apaiser nos relations avec tes parents.

Elle marqua un temps d'arrêt, durant lequel elle tendit le bras vers lui et posa sa main sur sa joue.

— En plus, tu l'as promis.

A ce simple contact, il oublia pratiquement le sujet de la discussion et davantage encore les termes d'une prétendue promesse.

— Qu'est-ce que j'ai promis ?

— Que les fêtes se dérouleraient différemment cette année, que tu essaierais vraiment de te mettre dans l'esprit de Noël. « Paix sur la terre aux hommes de bonne volonté », ça ne te dit rien ?

— Je ne m'attendais pas à ce que les choses prennent cette tournure-là, protesta-t-il.

— Allons, Tom ! Cesse de te voiler la face ! Ce sont tes parents après tout, et tu avais certainement deviné qu'ils feraient des histoires. Mais si moi je peux leur donner leur chance, toi aussi.

— Je me demande si tu es bonne pour l'asile ou si tu es une sainte, déclara-t-il avec des hochements de tête.

— Ni l'un ni l'autre, répliqua-t-elle dans un sourire. En attendant, je meurs de faim. Alors, allons manger une pizza chez Rosalina.

Avec quelle facilité Jeanette écartait l'altercation avec son père ! songea Tom. C'en était déroutant. Trop déroutant pour qu'il y réfléchisse le ventre vide.

— Et la paperasserie qui te tracassait tant, tout à l'heure ?

— Je verrai plus tard, répondit-elle avec un haussement d'épaules.

Plongeant alors son regard dans celui de Jeanette, Tom dit :

— J'ai une proposition à te soumettre.

— Vas-y.

— Pourquoi ne ferait-on pas livrer la pizza chez toi ? Avant qu'elle n'arrive, je pourrais allumer un feu et ouvrir une bouteille de vin. Qu'en penses-tu ? demanda-t-il plein d'espoir.

Elle parut tentée mais hésitante malgré tout…

— C'est une idée très romantique, admit-elle enfin.

— Mais ? s'enquit Tom en entendant la légère hésitation dans la voix de Jeanette.

— Ce n'est pas pour autant que tu emménages chez moi.

— Evidemment ! acquiesça-t-il en même temps qu'il se penchait vers elle pour couvrir sa bouche de la sienne, sans que Jeanette ne proteste… bien au contraire ! Mais peut-être pourrais-tu m'inviter à passer la nuit chez toi ?

— Nous ne sommes plus des gamins qui vont dormir les uns chez les autres, riposta-t-elle, les yeux pétillants de malice.

— Crois-moi, j'ai remarqué ! s'esclaffa-t-il.

— Ah ! Ce n'est donc pas une nuit innocente entre petits camarades de classe à laquelle tu penses ? le taquina-t-elle.

— A ton avis ? demanda-t-il en suivant de son pouce le tracé des lèvres de Jeanette.

— Mon avis ? C'est que nous perdons un temps précieux à discutailler, alors que nous pourrions déjà être en route vers chez moi.

— En tant qu'administrateur de cette ville, je dois vous remercier pour votre sens de l'efficacité, mademoiselle Breech, plaisanta-t-il.

— Je savais que cet aspect de ma personnalité finirait par me servir, déclara-t-elle en filant prendre son sac et ses clés dans son bureau.

Une fois qu'elle eut verrouillé la porte du club, elle se tourna vers Tom et proposa :

— La nuit est belle. Nous rentrons à pied ?

Perdu dans les profondeurs de ses yeux noirs, il murmura :

— Ma voiture est plus rapide.

— Dans ce cas, pas d'hésitation, prenons-la, décréta-t-elle, le souffle un peu court.

Puis, soudain prise d'un doute, elle le dévisagea avec méfiance.

— Tu ne vas pas changer d'avis au dernier moment, n'est-ce pas ?

— Non. En général, j'essaye de tirer des leçons de mes erreurs afin de ne jamais commettre deux fois la même.

— Je suis ravie de l'apprendre, déclara-t-elle avec un réel soulagement.

Pendant le court trajet qui les séparait de chez elle, Jeanette commanda une pizza par téléphone. On avait dû la croire au bord de l'inanition, car ils furent livrés à peine quelques minutes après leur arrivée.

Tom avait néanmoins eu le temps d'allumer un feu et les bougies du salon ainsi que de déboucher une bouteille de zinfandel rouge que Jeanette gardait pour une grande occasion… comme celle de ce soir.

Il avait aussi disposé tous les coussins du canapé par terre, devant la cheminée. Il savait de toute évidence créer l'atmosphère feutrée adaptée à un tête-à-tête amoureux, songea Jeanette, remettant à une autre fois les questions que ce savoir-faire soulevait sur ses expériences passées.

Ce soir, elle allait se laisser porter par les événements.

— C'est sympa comme ambiance, commenta-t-elle tandis qu'elle apportait le plat, les assiettes et les serviettes.

— J'espérais plutôt que tu la trouverais romantique, rétorqua-t-il en la tirant par le bras pour qu'elle s'assoie à côté de lui.

— Elle l'est aussi, assura-t-elle, frémissant d'émotion sous l'intensité du regard de Tom.

— Jeanette…

— Quoi ? murmura-t-elle tandis qu'il posait une main sur

sa nuque en l'attirant vers lui pour un long baiser langoureux qui chassa sur-le-champ toute pensée de repas de l'esprit de Jeanette.

Quand il s'écarta, il paraissait aussi étourdi qu'elle. D'une main dont les tremblements trahissaient son émoi, il se saisit pourtant de la bouteille de zinfandel et, après avoir empli deux verres, en tendit un à Jeanette, qui but une gorgée du vin capiteux.

— Tom…, commença-t-elle, les yeux rivés sur ses lèvres.

Il la scruta, comme s'il était incertain de ses intentions.

— Je croyais que tu mourais de faim, dit-il.

— Mes priorités ont changé.

— Vraiment ? demanda-t-il avec un espoir retrouvé.

— Oh oui !

— Alors le dîner peut attendre ?

Elle espérait ce moment depuis trop longtemps pour le sacrifier à un repas qu'elle pourrait prendre n'importe quand.

— Oui, je crois. La pizza sent très bon, mais je suis presque sûre que tu pourrais me la faire oublier facilement.

Lentement, les lèvres de Tom s'infléchirent en un sourire infiniment viril.

— Je vais m'y employer, promit-il en s'emparant de nouveau de la bouche de Jeanette.

Elle se coula dans ce baiser. Pour la première fois, elle se libéra de ses craintes sur l'avenir et de ses douloureux souvenirs pour s'abandonner entièrement au moment présent. Et quel moment ! Des torrents de feu l'embrasaient d'un désir si intense qu'elle était sur le point de défaillir. Elle savait qu'il était un maître dans l'art du baiser, mais jamais elle n'aurait imaginé l'inventivité dont il était capable, la quantité de nuances qui existait dans cette simple étreinte entre un homme et une femme.

En un éclair, ses lèvres, jusque-là douces et tendrement persuasives, se mirent à la dévorer, sa langue à l'explorer avec une fougue qui la liquéfia. Même lorsqu'il se contentait de déposer de délicats baisers sur son front ou le long de son cou, ses jambes se mettaient à flageoler.

Pourquoi donc s'était-elle privée de ce bonheur? s'interrogea-t-elle tandis que les doigts de Tom, affairés à déboutonner son corsage, effleuraient sa peau nue. Tout en la caressant avec douceur ici, avec des gestes plus osés là, il l'emprisonnait de son regard, comme pour lire ses attentes et les satisfaire dans l'instant.

Parfois, il la faisait languir, attendre quelque chose de plus — un baiser plus profond, une caresse plus intime… Quand, n'y tenant plus, elle s'apprêta à repousser ses mains pour défaire elle-même les derniers boutons de son chemisier, il se chargea de la tâche et posa délicatement ses lèvres à l'endroit qu'il venait de dévoiler, puis sur chaque parcelle de peau qui apparaissait au fur et à mesure que son corsage glissait le long de ses bras. La nudité de son torse protégée par la seule dentelle de son soutien-gorge, Jeanette se tenait maintenant devant lui, tremblante sous l'ardeur de son regard.

Se penchant, il prit le bout de son sein dans sa bouche et le mordilla à travers la dentelle… Elle se hissa sur la pointe des pieds, cherchant avec ses hanches son membre viril. Cet instant, si longtemps repoussé, semblait à présent trop lent à arriver. Elle le désirait. Le désirait tout entier. Elle voulait le sentir enfoui en elle. Elle voulait connaître ce moment inouï où deux êtres se fondent l'un dans l'autre.

Tom, lui, ne se hâtait pas, décidé à déguster chaque seconde, à faire durer ces préliminaires tant qu'il ne sentirait pas Jeanette frémir tout entière sous sa main.

— La lumière du feu qui danse sur ta peau t'embellit encore, susurra-t-il tandis que de ses doigts il suivait le mouvement des flammes sur son corps, avec un tel art qu'elle crut qu'elle allait se disloquer sous le raffinement de ses caresses.

Alors qu'il paraissait à présent impatient de la combler, ce fut au tour de Jeanette de vouloir savourer l'instant.

— Attends, murmura-t-elle en immobilisant la main qu'il avait posée sur sa cuisse.

En un rien de temps, elle avait déboutonné sa chemise et la lui avait retirée. Quand elle lui enleva ensuite son T-shirt, elle découvrit une poitrine musclée et des abdominaux magnifiquement dessinés, chauds et fermes sous ses mains fiévreuses. Il gémit à ce contact, puis s'arrêta un instant de respirer lorsqu'elle défit sa ceinture pour prendre entre ses doigts son membre tumescent. Il bouillonnait, consumé à présent par la même impatience qu'elle. Les vœux de Jeanette se réalisaient enfin : ils vibraient ensemble, enfin sur la même longueur.

Il se débarrassa de son pantalon, elle du sien. Puis ils se retrouvèrent, peau contre peau, fièvre contre fièvre, se dévorant à pleines mains, à pleines bouches, jusqu'à ce que, à bout de souffle, ils se déclarent impuissants à contenir davantage leur désir.

— Je n'en peux plus, dit-elle. J'ai attendu si longtemps!

Par pure bêtise! reconnut-elle. Pourtant, elle savait aussi que, si elle avait cédé plus tôt, elle n'aurait pas connu le miracle d'aujourd'hui : l'union de deux êtres à l'unisson. Oui, plus tôt, ce n'aurait été qu'une affaire de sexe. A présent, qui sait s'il ne s'agissait pas… d'amour?

Elle frissonna lorsque Tom lui ôta le bout de tissu qui lui tenait lieu de culotte et enleva son propre caleçon. Appuyé sur ses bras, il se hissa au-dessus d'elle et la captura dans son regard tandis qu'il plongeait en elle, répondant à son appel. Puis il se retira et plongea de nouveau, encore et encore, en un rythme naturel et délicieux qui emporta Jeanette jusqu'à l'explosion des sens, la laissant béate de bonheur et de passion.

Elle récupérait tout juste de cette extase, lorsque Tom reprit son va-et-vient, l'entraînant vers des contrées de plaisir jusqu'alors inconnues d'elle, avant de parvenir lui-même au summum de la jouissance. Deux êtres qui n'en formaient plus qu'un, exactement comme elle l'avait rêvé. Elle en aurait presque pleuré d'émerveillement…

Tom remarqua soudain la larme qui roulait sur la joue de Jeanette.

— Tu pleures ? s'inquiéta-t-il.

— Non, dit-elle au mépris de l'évidence.

— Qu'est-ce qui ne va pas ?

— Rien. Tout va merveilleusement bien.

— Tu es sûre ? Tu es bien silencieuse.

— Je suis incapable de parler. J'ai l'esprit complètement vide.

— Dois-je prendre cette remarque comme un compliment ? demanda-t-il avec un sourire satisfait auquel elle réagit en lui donnant un coup de coude dans les côtes.

— Il faut vraiment mettre les points sur les i avec toi ? Il ne te suffit pas de voir que j'arrive à peine à bouger et à reprendre mon souffle ?

— Simple vérification. Au fait, au cas où tu te poserais la question, tu sais y faire, toi aussi.

— Je ne me pose aucune question à ce sujet, répliqua-t-elle avec impertinence. Je ne doute pas de mes talents.

— Tu ne manques décidément pas de confiance en toi ! C'est la première chose qui m'a sauté aux yeux chez toi.

— Et moi qui croyais que c'était mon physique.

— Ça, c'était la deuxième. Juste après que tu m'as renvoyé du Club du Coin.

Sans se couvrir, elle se redressa et le regarda avec sérieux.

— Quoi d'autre ?

— Comment ça « quoi d'autre » ? demanda-t-il sans comprendre.

— Qu'est-ce qui t'attire en moi ? Et je t'en prie, ne me dis pas que c'est l'hostilité que je provoque chez tes parents.

— Ça n'a rien à voir, déclara-t-il avec fermeté tandis qu'il promenait son regard enfiévré sur le corps nu de Jeanette.

Crois-moi, tu as beaucoup d'atouts. J'aime ta façon d'être. J'aime ton sens de l'humour. Je ne t'impressionne pas, ce qui est certes vexant mais stimulant aussi. Et puis, tes invitations à dormir chez toi m'ont conquis.

— Si tu te débrouilles bien, nous n'allons pas beaucoup dormir cette nuit, répliqua-t-elle avec un clin d'œil.

— Dans ce cas, il est indispensable que j'attaque cette pizza, déclara-t-il avec un air faussement consterné.

— Exact, il faut prendre des forces.

Elle s'assit et se servit une part avant de tendre le reste à Tom.

La pizza était complètement froide, mais qu'importe!

Mary Vaughn dînait une nouvelle fois avec Sonny mais, contrairement aux occasions précédentes, l'initiative de l'invitation revenait à son ex-mari. Elle s'était réjouie de ce tête-à-tête dont elle ignorait pourtant le motif. Qui sait si elle ne trouverait pas le courage de lui avouer ses sentiments, comme Jeanette le lui avait conseillé? s'était-elle dit. Elle improviserait une fois qu'elle aurait compris l'objet du rendez-vous, qui ne pouvait concerner Noël puisqu'ils avaient réglé dans les moindres détails tout leur programme.

Peut-être Sonny comptait-il lui annoncer qu'il avait une nouvelle compagne en la personne de la secrétaire du magasin et qu'il souhaitait qu'elle participe aux activités qu'ils avaient prévues pour les fêtes? Une hypothèse qui n'était hélas pas à écarter, se dit-elle avec un serrement de cœur tandis que, attablée en face de lui, elle résistait de plus en plus difficilement à son charme.

Elle avait enfin pris conscience que des Sonny Lewis ne se trouvaient pas à tous les coins de rue. Pourquoi donc ne s'était-elle pas rendue à l'évidence quand ils étaient encore mariés? se désola-t-elle

Allons! Tout n'était peut-être pas perdu. Pour en avoir le cœur net, une seule solution : abattre ses cartes. Puisant de la force dans l'éclat malicieux du regard de Sonny, elle se lança :

— Sonny, il y a une question qui me tracasse depuis un certain temps.

— Laquelle ?

Elle, qui avait d'ordinaire la langue bien pendue, hésitait sur chaque mot tant elle craignait de mal exprimer sa pensée.

— Est-ce qu'il t'est déjà arrivé de regretter…

Trahie par sa voix, elle dut reprendre :

— Ne crois-tu pas que nous nous sommes un peu trop précipités en décidant de divorcer ?

Il la regarda, les yeux écarquillés, la bouche grande ouverte, sa fourchette piquée d'un morceau de viande immobilisée en l'air.

— Tu peux répéter, s'il te plaît ?

— Tu m'as très bien entendue, répondit-elle un peu impatiemment avant de s'exécuter néanmoins. Est-ce que nous avons fait une erreur en divorçant ?

— Non, asséna-t-il d'un ton si catégorique qu'elle blêmit… avant de rougir de honte.

— Bon, très bien. Je m'interrogeais, c'est tout.

Elle changea alors brutalement de sujet.

— Le steak est bon, tu ne trouves pas ? demanda-t-elle alors qu'elle mâchait un morceau de viande, dépourvu de toute saveur à présent.

Sa remarque attira sur elle le regard exaspéré de Sonny.

— Je me moque de ce fichu steak. Pourquoi me poses-tu cette question maintenant ?

— Je n'aurais pas dû, s'excusa-t-elle vivement. Oublie-la.

Mais il poursuivit son attaque.

— Tu n'as jamais discuté ma décision lorsque je t'ai annoncé mon intention de divorcer, lui rappela-t-il. Au contraire, tu as agi comme si tu t'y attendais, voire comme si tu l'espérais.

Mary Vaughn ravala un soupir. Maintenant qu'elle avait entrouvert la boîte de Pandore, elle devait aller jusqu'au bout.

— C'était probablement le cas, effectivement, reconnut-elle. Je n'ai jamais été assez bien pour toi et je pensais que tu finirais par t'en apercevoir, un jour ou l'autre.

— N'importe quoi, Mary Vaughn ! Tu ne t'es jamais méprisée. Dieu sait pourtant que tu aurais eu des raisons de le faire avec l'enfance que tu as vécue ! Les conditions dans lesquelles tu as grandi auraient brisé n'importe qui. Mais toi, tu as résisté.

— Si tu m'admirais tant, pourquoi m'as-tu quittée ?

— Tu connais la réponse, Mary Vaughn. Cela dit, si tu y tiens, je vais te l'expliquer encore une fois. Avant, cependant, je veux que tu me dises pourquoi tu abordes ce sujet maintenant. En te réveillant ce matin, t'es-tu brusquement mis en tête de remuer le passé pour faire remonter à la surface les mauvais souvenirs ?

Elle n'avait guère envie de se ridiculiser davantage en lui exposant ses motifs, mais sa curiosité paraissait si authentique…

— Non, l'idée ne m'est pas venue comme ça. Nous nous entendons bien depuis quelque temps. Nous avons plaisir à nous voir. Nous partageons une histoire et une fille. Alors, je me suis mise à réfléchir et je me suis dit que nous avions peut-être laissé filer tout ce que nous possédions un peu trop facilement.

— Non, pas « nous ». C'est toi qui n'as pas su profiter de ce que nous possédions.

Elle le regarda avec stupéfaction.

— Moi ? Ce n'est pas moi qui ai réclamé le divorce.

— Peut-être, mais tu n'as pas refusé non plus. Tu as à peine sourcillé et tu m'as proposé ton aide pour faire mes valises.

— Tu voulais que je te retienne ? demanda-t-elle, totalement déroutée par la réaction de Sonny.

— Eh bien, oui ! C'est exactement ce que j'espérais. Que tu sortes de ta torpeur et que tu me regardes comme si tu me voyais pour la première fois. Je pensais qu'alors tu apprécierais la vie que nous nous étions bâtie. J'ai toujours su que tu aimais Ronnie, mais mes sentiments pour toi étaient assez forts pour que je dépasse cet aspect des choses. Je pensais avoir suffisamment d'amour pour nous offrir à tous les deux la chance de connaître le bonheur. Mais, au bout de quelques années, quand j'ai constaté que rien n'évoluait, je me suis lassé de ma place de second. Je savais que, tant que je resterais avec toi, il me faudrait prétendre m'en moquer et ravaler mon orgueil. Je n'y arrivais plus.

— Je suis désolée, murmura-t-elle alors que, pour la première fois, elle examinait leur vie de son point de vue à lui.

Elle ne l'avait certes jamais trompé, mais ne lui avait pas donné son cœur non plus. Elle s'était satisfaite de la situation malgré la frustration qu'elle engendrait et avait cru que Sonny aussi s'en contentait. Comment avait-elle pu se mentir à elle-même aussi longtemps ?

— Je suis vraiment désolée, insista-t-elle.

— Moi aussi.

— J'aimerais réparer les choses, si tu es d'accord, dit-elle malgré la nouvelle humiliation à laquelle elle s'exposait s'il repoussait son offre. Je ne dis pas que nous devons nous lancer tête baissée dans quoi que ce soit, mais seulement continuer à nous voir et décider s'il est possible d'envisager un nouveau départ. Si ça peut aider, je reconnais que je me suis comportée comme une imbécile à l'époque.

La moue de Sonny n'était guère encourageante…

— Je ne sais pas, Mary Vaughn. J'ai mis longtemps à guérir de toi. Je ne suis pas sûr de vouloir recommencer quoi que ce soit.

— Non, pas recommencer. Embarquer dans quelque chose de nouveau, plutôt. Partir de ce qui était positif dans notre couple et éviter les écueils auxquels nous nous sommes déjà heurtés.

— Faire une croix sur le passé n'est pas aussi facile que tu le laisses entendre, dit-il, visiblement sceptique.

— Non, bien sûr. En fait, c'est important de ne pas l'oublier, afin cette fois de réussir à surmonter les obstacles.

Elle affronta son regard et, malgré ses promesses de ne jamais s'abaisser à cela, elle se mit à le supplier de lui accorder ce dont elle ne se savait pas digne, mais qu'elle désirait si ardemment.

— Je t'en prie, Sonny. Je te demande seulement de m'accorder une seconde chance. Laisse-moi te prouver que j'ai changé, que je peux t'aimer comme tu le mérites. Il me semble que je suis désormais assez mûre pour apprécier l'homme que tu es, que tu as toujours été.

— Je ne sais pas, répéta-t-il en l'étudiant avec circonspection.

— Hésites-tu parce que tu as une autre femme dans ta vie ?

— Mais non, bon sang, Mary Vaughn ! Il ne s'agit pas de cela. Tu as toujours été la seule qui compte pour moi. Malheureusement !

Elle posa sa main sur la sienne.

— Alors, ne laisse pas passer cette chance, dit-elle. S'il te plaît, ajouta-t-elle simplement.

Il lui enlaça les doigts avant de lever vers elle un visage emu.

— Il faudrait que les choses se passent différemment cette fois-ci, dit-il doucement.

Mary Vaughn saisit la balle au bond.

— Je te le promets, déclara-t-elle solennellement.

— Je n'ai pas fini, Mary Vaughn. Je ne m'accommoderai plus d'une situation bancale. Plus jamais.

Avec cette déclaration toute simple, cette volonté affichée d'élever la barre de ses exigences, il gagna non seulement le respect de Mary Vaughn, mais aussi le cœur qu'elle lui avait refusé autrefois.

Hélas, il n'allait pas être aisé de lui prouver qu'elle l'aimait de toute son âme après leurs erreurs antérieures, dont elle assumait la plus grande part. Mais les années passées à ne jamais lâcher prise, à s'accrocher contre vents et marées avaient eu du bon : elles l'avaient endurcie.

Elle réussirait à reconquérir son ex-mari. Elle était aussi sûre de sa victoire qu'elle était sûre que la bataille en valait la peine.

Chapitre 22

Si Howard osait une seule fois encore faire irruption dans son bureau pour s'assurer que tout était prêt pour le coup d'envoi des festivités, prévu le soir même, il allait lui plonger la tête dans un seau de lait de poule, se promit Tom. Des représailles d'autant plus faciles à exécuter qu'une cargaison du breuvage avait été livrée devant la mairie quelques heures plus tôt, avec l'aimable autorisation du maire et malgré l'indignation de Tom, outré que la municipalité propose une boisson alcoolisée à ses administrés, même si elle était réservée aux adultes. Mais Howard était demeuré sourd à ses protestations véhémentes.

— C'est la tradition, avait-il déclaré. Mettez-vous au parfum, Tom ! De toute façon, la préparation contient trop peu d'alcool pour faire mal à une mouche. Demandez au commissaire. Personne n'a été arrêté en état d'ébriété après un verre de ce lait de poule. Surtout vu la taille des gobelets. Regardez ! On dirait des dés à coudre !

Jeanette croisa Howard au moment où il sortait du bureau de Tom.

— Qu'est-ce qu'a encore fait notre grand homme ? demanda-t-elle à Tom, surprise par sa mine furibonde.

— Du lait de poule.

— C'est la tradition.

— C'est ce qu'il m'a dit aussi. Celle-là n'est pas bonne à suivre. On risque de se retrouver avec un procès sur les bras si quelqu'un a un accident de la circulation.

— On a discuté du problème. Le fabricant ne verse qu'une larme d'eau-de-vie. Personne ne s'est encore soûlé avec. Il faudrait en boire des dizaines de litres et, franchement, c'est vraiment trop écœurant pour que l'idée vienne à l'esprit de quiconque. De surcroît, on n'en sert pas aux enfants. Bref, tu te mets dans tous tes états pour rien.

— Mes attributions m'obligent à veiller à la sécurité des habitants de cette ville, lui rappela-t-il.

— Et nous te savons tous gré de tes efforts, assura-t-elle en lui enlaçant la taille et en se hissant sur la pointe des pieds pour l'embrasser.

La mauvaise humeur de Tom s'évanouit alors bien vite et, lorsque Jeanette suivit de sa langue le pourtour de ses lèvres, il en oublia même le sujet de leur discussion.

— Tu as la bouche sucrée, dit-il.

— Normal, je viens de manger un sucre d'orge.

— Quoi ? Quelqu'un distribue des sucres d'orge ? Est-ce qu'ils sont enveloppés dans du papier ? Quelqu'un m'avait-il mis au courant ?

— Cela fait soixante-dix ans que Molly Flint en donne, et personne n'est encore tombé malade. Eh oui, monsieur l'anxieux, sachez qu'ils ont un emballage individuel et qu'ils répondent aux critères du ministère de la Santé. J'en suis sûre. Molly les achète au Piggly Wiggly. Allez ! Détends-toi, maintenant, conclut-elle en le secouant gentiment.

— Je ne peux pas. Il y a trop de détails à vérifier. Les marchands forains…

— Sont en train d'émarger en ce moment même. Dana Sue les conduit un par un à l'emplacement qui leur a été attribué. Ils seront tous installés d'ici à 16 heures cet après-midi, bien avant le coup de gong. Autre chose ?

— Les chorales…

— Mary Vaughn gère l'ordre de passage. Elle l'a passé en revue deux fois avec les chefs de chœur. Aucun problème n'a été signalé. Le piano, dont jouera comme tous les ans Tully McBride, a été accordé et est déjà en place devant la scène. Tully l'essaye en ce moment même. Les programmes sont imprimés, et Sonny arrivera à 4 heures et demie pour les distribuer.

— Je déteste ça, maugréa-t-il en se passant une main dans les cheveux. Je t'ai déjà dit combien je déteste ce cirque ?

— Plus d'une fois, Tom. Tu en deviens lassant. Tout va très bien se passer. Les décorations n'ont jamais été aussi belles. Ronnie a contrôlé toutes les installations électriques et tous les interrupteurs. Le sapin s'illuminera exactement à l'heure prévue. Tu le sais, d'ailleurs. Alors, pourquoi t'affoles-tu comme ça ?

— Je ne m'affole pas. Je suis simplement agacé de devoir organiser ces célébrations. Je n'ai pas été embauché pour m'occuper de Noël, mais d'une ville.

— Eh bien, à Serenity, Noël fait partie de l'administration de la ville, le chapitra-t-elle.

— Ce n'est pas pour autant que je dois applaudir. J'ai l'esprit entièrement absorbé par les mêmes vétilles qui obsèdent ma mère.

— Ce ne sont pas des vétilles pour les gamins. Ni pour la ville. Par conséquent, ce ne devrait pas en être pour toi non plus. Quant à ta mère, tu devrais lui demander pourquoi elle y attache autant d'importance. Je crois que tu serais surpris.

— Moi, je n'y attache aucune importance, point final.

S'interrompant brusquement, il la considéra, sourcils froncés.

— Depuis quand es-tu devenue une fanatique des fêtes ? Et l'avocate de ma mère, par-dessus le marché ?

Je crois que je la comprends un peu mieux depuis ma conversation avec ton père.

Cette réponse ne servit qu'à rappeler à Tom une autre contrariété qui lui restait sur le cœur. Mais il n'eut pas le loisir d'exposer son ressentiment. Avec un air nostalgique, Jeanette avait repris la parole.

— Tu sais, je vois les fêtes de fin d'année d'un œil nouveau. C'est depuis que je me suis réconciliée avec mes parents, je crois. Je me suis libérée de tout ce qui me pesait et j'ai compris que rien ne m'obligeait à être malheureuse pendant cette période, ni à culpabiliser d'être en vie alors que mon frère était mort. La visite à la pépinière m'a aidée aussi. A cause des odeurs. Et puis, tu as accepté d'acheter ce magnifique sapin. Quel jour merveilleux ! s'exclama-t-elle, les yeux pétillant à ce souvenir.

Et quel imbécile il était ! se reprocha Tom.

— Excuse-moi, Jeanette. Je te gâche ton plaisir avec mes jérémiades.

— Oh non ! Pas du tout. Il y a quelques semaines, je les aurais reprises à mon compte. La perspective de participer à l'organisation des réjouissances me rendait carrément malade, mais aujourd'hui… comment dire ? elle me donne de l'espoir. Comme si je me réappropriais quelque chose de précieux que j'avais perdu depuis longtemps. J'aimerais tellement que tu parviennes à te détendre et à te laisser prendre par l'atmosphère festive et bon enfant, ajouta-t-elle en le regardant avec des yeux pleins de sollicitude. Tu m'as promis d'essayer.

— Oui, je sais. Accorde-moi encore quelques heures, et je te jure que je serai l'homme le plus joyeux que tu aies jamais rencontré.

— A cause de Noël ou parce que ton rôle dans les festivités sera terminé ?

— Je suis obligé de répondre ? demanda-t-il avec un sourire espiègle.

— C'est bien ce que je pensais, soupira-t-elle avec dépit. A tout à l'heure, sur la place.

— Garde-moi du lait de poule, lança-t-il tandis qu'elle s'apprêtait à partir.

Il avait voulu la dérider… Mais elle s'éloigna avec la mine triste d'un enfant dont le ballon de baudruche vient d'éclater. Il allait devoir se racheter…

Sur les réverbères du centre-ville de Serenity, les flocons de neige géants scintillaient. Les stands, qui bordaient les rues sur toute leur longueur, proposaient œuvres d'art et d'artisanat, châles, bijoux, confitures faites maison… Les enfants se gavaient de barbe à papa et de hot dogs en attendant avec impatience saint Nicolas, qui devait apparaître d'une minute à l'autre, juché sur le camion des pompiers, tandis qu'une chorale locale entonnerait *Here Comes Santa Claus*. Les guirlandes du sapin seraient alors allumées et les festivités officiellement lancées.

Maddie, la mine réjouie, debout à côté de Jeanette, lui serra la main en s'exclamant :

— Bravo ! Vous avez fait un travail magnifique, tous autant que vous êtes ! Le résultat est splendide, et il n'y a jamais eu autant d'exposants. Vivement que les chants commencent ! C'est ce que je préfère. Et tu as vu comme les gamins sont excités ! Jessica Lynn ne tient plus en place, et Katie fait semblant de croire encore au Père Noël, pour sa sœur. Kyle est trop vieux et Cole trop jeune, mais c'est chouette d'avoir au moins un enfant qui y croit encore.

— Où est passée Helen ? demanda Jeanette. C'est bizarre qu'elle ne soit pas là avec Sarah Beth.

— La dernière fois que je l'ai vue, elle était dans la cuisine du Sullivan en train de donner des instructions à Erik sur la façon de décorer les biscuits que saint Nicolas va distribuer.

— Et ça se passait comment ? s'informa Jeanette en pouffant.

— Erik la laisse dire et continue à en faire à sa tête.

— C'est possible, ça ?

— Oh ! J'ai dû oublier de mentionner qu'il a mis du glaçage de côté dans un bol pour qu'elle l'utilise à sa guise. Quand je les ai quittés, elle lui avait renversé le récipient sur la tête…

Reprenant son sérieux, Maddie se tourna vers Jeanette.

— Nous n'avons pas eu tellement l'occasion de bavarder toutes les deux, ces derniers temps. Après le premier de l'An, il va falloir que nous reparlions de l'extension du spa. En attendant, raconte-moi un peu où tu en es avec Tom. Nous avons parié qu'il t'offrirait une bague pour Noël, ou pour la Saint-Valentin au plus tard. Je sais que cela peut paraître précipité, mais aucun de nous n'a l'impression qu'il est du genre à tergiverser avant de passer à l'action. D'autant plus qu'il s'est déclaré.

Pour sa part, Jeanette doutait qu'elle et Tom soient prêts à s'engager de manière aussi définitive. Certes, ils avaient franchi un grand pas lors de leur nuit d'amour, et elle avait elle-même considérablement progressé après sa conversation avec M. McDonald, mais d'ici à envisager le mariage ou même des fiançailles… Non, ce genre de projet était encore prématuré.

— Il me semble que vous allez un peu vite en besogne, messieurs dames, déclara-t-elle à Maddie.

— Arrête ! Je vous ai vus tous les deux. Ça colle entre vous.

— Oui, c'est vrai, reconnut Jeanette. Je peux difficilement soutenir le contraire.

— Alors, où est le problème ?

— Noël, figure-toi. Les pires moments de ma vie sont liés à cette fête. Mais j'ai enfin réussi à surmonter mes souvenirs et à éprouver le même enthousiasme que lorsque j'étais enfant. Lui, en revanche, continue à considérer Noël avec un cynisme blasé qui me rend folle. Tu aurais dû l'entendre se lamenter il y a à peine quelques heures encore ! On aurait dit que toutes ces célébrations avaient été inventées dans le seul but de l'embêter.

— Peut-être fait-il partie de ces gens qui s'angoissent pour des détails. Or, il y en a des centaines à régler aujourd'hui.

— C'est plus profond que ça, objecta Jeanette. Je crois que sa répugnance est liée à tout le cirque de sa mère autour des fêtes. Mais, franchement, ce n'est rien par rapport à ce que j'ai vécu, moi.

— Tu ne m'as jamais expliqué ce qui t'était arrivé, lui rappela Maddie. J'avais espéré que tu le ferais, mais je m'étais juré de ne jamais te forcer.

— Tu as dû en baver ! se moqua Jeanette, amusée par le ton de petite sainte de son amie.

— Tu n'en as pas idée, répondit-elle en même temps que Cole se mettait à pleurer.

— Attends-moi, ne bouge surtout pas, recommanda-t-elle en prenant son fils dans ses bras. Je vais tâcher de dénicher Cal dans cette foule pour qu'il s'occupe du petit. J'en ai pour une minute. Après, tu me raconteras tout.

— Le moment n'est pas très bien choisi, Maddie. Ça va te donner le cafard. Et à moi aussi, alors que je vois plutôt la vie en rose en ce moment.

— Comment peux-tu prétendre ça si tu crois que Tom et toi n'avez pas d'avenir ensemble à cause d'un différend sur Noël ? Tiens, prends donc ton frère, Kyle, dit-elle en tendant le bébé à l'adolescent horrifié.

— Maman ! s'exclama-t-il, indigné.

Il serra néanmoins contre lui le petit avec l'aisance de quelqu'un qui a l'habitude de s'occuper de ses cadets.

— Trouve Cal, ordonna Maddie sans se laisser attendrir. Il te relaiera.

— Tu exagères ! protesta-t-il… en obéissant à sa mère.

— Ce doit être difficile pour lui d'avoir des copains ! fit Jeanette

— Ne t'inquiète pas pour lui. Les filles sont attirées comme des mouches lorsqu'il a un bébé dans les bras. Il rechigne seulement à reconnaître qu'il adore les voir s'extasier sur lui et sur Cole.

— Si je comprends bien, Cole sert d'appât ?

— Exactement. La dernière fois que Ty était à la maison, il m'a harcelée pour que je le laisse emmener le petit au parc. Au début, je croyais que c'était pour créer des liens avec son nouveau petit frère, mais Kyle m'a ouvert les yeux.

— Attends une minute, dit Jeanette. Ty ne sort plus avec Annie ? Je croyais que c'était du sérieux tous les deux.

— Il est arrivé quelque chose, mais j'essaye de ne pas m'en mêler. Dana Sue non plus. Ces deux-là s'entendaient comme larrons en foire mais, depuis Thanksgiving, ils ne s'adressent plus la parole. Je ne sais pas s'il s'agit d'une simple dispute ou s'ils ont rompu.

— Ce ne doit pas être évident de maintenir une relation quand on ne va pas dans la même fac, commenta Jeanette pensivement.

— Nous les avions mis en garde, mais Ty avait balayé nos réserves d'un revers de main. Annie est en adoration devant lui depuis toujours et quant à lui, il l'a beaucoup soutenue pendant son anorexie. Quelle que soit la difficulté, ils doivent la gérer seuls. Nous ne ferions que compliquer les choses en intervenant.

— Encore une raison de te sentir frustrée, fit Jeanette, amusée.

— Oui, et comme je ne peux pas m'occuper de leurs affaires, occupons-nous des tiennes, riposta Maddie. Pourquoi as-tu réagi si violemment quand je t'ai demandé de siéger à la commission de Noël ? Et quel est le rapport avec ce qui se passe entre Tom et toi ?

Connaissant la ténacité de pitbull de Maddie, Jeanette

décida de lui résumer l'accident de son frère la veille de Noël et ses répercussions sur sa vie familiale.

— Oh ! Ma chérie, dit Maddie, des sanglots dans la voix. Si j'avais su, jamais je ne t'aurais forcé la main. Pourquoi ne me l'as-tu pas dit tout de suite ?

— Finalement, c'est mieux ainsi. J'avais besoin d'affronter le passé afin d'évacuer toute ma douleur rentrée. Je crois même que je serai capable d'assister au service religieux le cœur léger, cette année. J'aurais aimé qu'il en aille de même pour Tom.

— Allez, ma chérie. Ce n'est pas si grave que ça. Vous réussirez à régler le problème. Vous vous accordez trop bien pour ne pas surmonter cette divergence d'idée sur Noël, déclara Maddie d'un ton catégorique.

Jeanette chercha comment expliquer son point de vue d'une façon que Maddie accepterait.

— Ce n'est pas la question des fêtes en soi, dit-elle enfin. En fait, je ne crois pas que je pourrai vivre avec quelqu'un d'aussi négatif.

Maddie prit un air extrêmement dubitatif.

— Tu te cherches des excuses, Jeanette, reprit-elle d'un ton entendu. Tes hésitations n'ont rien à voir avec Noël ou le côté négatif de Tom. Qu'est-ce qui te retient *réellement* de saisir ce que vous avez à vous offrir mutuellement tous les deux ?

La perspicacité de Maddie n'étonna guère Jeanette, qui avait toujours admiré l'intuition de son amie. Hélas, elle n'avait pas de réponse simple à lui donner.

— Il n'y a pas qu'une seule raison. Je pourrais t'en dresser toute une liste pour te prouver que nous ne sommes pas faits l'un pour l'autre.

— Et la première serait ?

— Je ne m'entends pas avec sa mère.

Jeanette décida de ne pas rapporter à Maddie la tentative

de Mme McDonald de la faire sortir définitivement de la vie de son fils en envoyant son mari la soudoyer. Maintenant qu'elle comprenait ce qui avait motivé cette démarche, elle était capable de la lui pardonner. Maddie, elle, ne le serait pas nécessairement.

— Tu as l'intention de vivre avec elle ? ironisa Maddie.

— Non, mais tu devines facilement que, à supposer même que nous parvenions à un modus vivendi elle et moi, elle n'est pas du genre à nous laisser vivre notre vie. Tu crois que j'ai envie de louvoyer jusqu'à la fin de mes jours ?

— Si, à côté, tu as un homme aussi formidable que Tom, le jeu en vaut probablement la chandelle.

— Tu as peut-être raison, convint Jeanette en se remémorant son émoi chaque fois qu'elle était seule avec Tom. En attendant, pour montrer que l'expression « trêve de Noël » n'est pas un vain mot, j'ai accepté d'aller à un de leurs dîners mondains le week-end prochain.

— C'est ta façon de te flageller ? demanda Maddie d'un ton désapprobateur.

— Non, c'est une nouvelle tentative pitoyable pour leur proposer la paix, répliqua Jeanette.

— Laisse du temps au temps, conseilla Maddie. Ils finiront par reconnaître quelle femme merveilleuse tu es.

— Difficile de te reprocher ton manque d'optimisme !

— Mais je le revendique, mon optimisme. Il y a quelques années, quand Richard m'a quittée, j'ai cru que je ne connaîtrais plus jamais le bonheur. Et puis, Cal est apparu, et regarde-moi, maintenant. Je n'ai jamais été aussi heureuse. J'ai mis au monde deux petits alors que je n'aurais jamais imaginé avoir encore cette joie, à mon âge. J'ai un mari qui m'adore, un fils qui réussit ses études et devrait être joueur professionnel de base-ball, deux autres enfants qui deviennent chaque jour un peu plus mûrs et intelligents, une entreprise florissante et je suis entourée d'amis qui me soutiennent et me font rire.

Tu pourrais toi aussi connaître tout ça. Il te suffit de tendre le bras pour l'attraper.

— Je vois mal comment me retrouver mère de cinq enfants du jour au lendemain. Cela dit, je comprends ce que tu veux dire. J'ai tout pour être heureuse.

— A condition que tu ouvres ton cœur à Tom. Tu vas trouver une solution, parce que je sais que c'est ce que tu veux.

— Oui, c'est vrai, reconnut Jeanette, qui se mit à parcourir la foule des yeux à la recherche de Tom, qu'elle finit par repérer près de la scène.

Une fois de plus, il discutait âprement avec Howard-saint Nicolas, qui le coiffa soudain… d'un bonnet de Père Noël !

Maddie donna un coup de coude à Jeanette.

— Comment résister à un homme qui porte un chapeau de Père Noël ?

— Difficile, effectivement, admit Jeanette, qui riait encore de l'expression déconfite de Tom.

Elle se demanda malgré tout si elle n'allait pas regretter amèrement sa faiblesse…

Tom observait la mine à la fois émerveillée et impressionnée des enfants rassemblés sur la place du centre-ville. Peut-être fallait-il avoir moins de douze ans pour apprécier Noël ? se dit-il avec des hochements de tête pensifs.

Il se tourna vers Jeanette pour partager avec elle ses réflexions et la découvrit… en train d'admirer les illuminations avec le même ravissement que les gamins !

— Tu te prends vraiment au jeu, on dirait, commenta-t-il assez peu aimablement.

— Pourquoi ce ton accusateur ? riposta-t-elle. Oui, je me prends au jeu. Et alors ? Regarde un peu tous ces gens. Regarde comme les gosses sont heureux. Regarde le plaisir d'Howard, sur son camion, à distribuer des sucres d'orge et les gâteaux d'Erik et à écouter les petits lui murmurer à l'oreille leur liste de cadeaux.

— Et quelle tête feront-ils lorsqu'ils ne trouveront pas ce qu'ils ont demandé au pied du sapin ?

Elle pivota vivement sur elle-même pour lui faire face.

— Arrête un peu, tu veux ? Vois plutôt comme cette fête a permis aux habitants de se rapprocher les uns des autres. Allez ! Cesse de ronchonner !

— Tu sais, Jeanette, j'ai l'impression de ne plus te comprendre, avoua-t-il, sincèrement dérouté par son changement d'attitude.

— Moi non plus, répliqua-t-elle en s'en allant.

Bien des années auparavant, face à l'indifférence de ses parents, qui se préoccupaient davantage de dorloter leur réseau de relations que leurs enfants pendant les fêtes, Tom avait déduit qu'il devait garder son indépendance et ne compter sur personne pour construire son bonheur. Ce soir pourtant, pour la première fois de sa vie, il se sentait véritablement seul et il redoutait que Jeanette ne prétexte leur désaccord à propos de Noël pour maintenir le statu quo dans leur relation. Il avait peur d'avoir réduit à néant les progrès réalisés ces derniers temps. Il devait à tout prix se ressaisir et ne pas perdre de vue ce qui était vraiment important !

— Tu as la tête de quelqu'un à qui on vient de voler son cadeau de Noël, commenta Ronnie, qui venait de le rejoindre. Où est passée Jeanette ?

— Je n'en ai aucune idée.

— Vous vous êtes disputés ? demanda Ronnie en glissant à Tom un regard en coin.

— J'ai l'impression, oui.

Ronnie hocha la tête comme un vieux sage.

— Ah ! Ce genre de querelle là ? Ce sont les plus difficiles à gérer. Elle t'a fourni un indice sur le motif?

— Je crois que c'est parce que je n'arrête pas de râler.

— Oui, c'est vrai que tu devrais essayer de te débarrasser de cette sale habitude, dit Ronnie avec un sourire. Tout Serenity se plaint de ton côté pisse-froid. C'est de mauvais augure pour ton avenir professionnel ici.

— Quoi ? Tu crois qu'on pourrait me renvoyer parce que l'approche de Noël ne me fait pas sauter de joie ?

— Les édiles doivent répondre aux attentes de la population, déclara Ronnie avec gravité.

— Tu plaisantes !

— Mais oui ! s'exclama Ronnie en pouffant. Tu ne risques pas de perdre ton poste. Cela dit, il faut que tu cesses de te braquer comme ça.

— Je sais, soupira Tom.

— Alors, il est temps de t'y mettre. Repère une branche de gui, entraîne Jeanette dessous et embrasse-la tout ton soûl.

— Et tu crois que cela va tout régler ?

— Non, mais ce sera déjà un début.

— Vu son état d'esprit, elle va vraisemblablement me frapper.

— Les services de secours sont sur le pied de guerre, prêts à intervenir. Ne t'inquiète pas.

— Je croyais qu'ils étaient là pour le cas où quelqu'un s'étoufferait avec un hot dog.

— Ils sont polyvalents. Bon. Trouve Jeanette et embrasse-la avant que la situation ne t'échappe complètement.

— Ce n'est pas un baiser qui résoudra le problème.

— Je ne dis pas le contraire, mais il vous rappellera peut-être que ce qui existe entre vous vaut la peine que vous vous battiez pour le conserver.

Tom jeta à Ronnie un regard envieux.

— D'où te vient cette sagesse ?

— C'est d'avoir fait voler mon mariage en éclats et d'avoir dû ensuite lutter comme un fou pour le recoller. Fie-toi à mon expérience. Mieux vaut apprécier ce qu'on possède pendant qu'on le possède, plutôt qu'après l'avoir laissé filer.

Ce n'est pas d'apprécier Jeanette qui posait problème, se dit Tom, mais de la comprendre. Ronnie avait malgré tout raison sur un point : il serait absurde de risquer de la perdre et de passer le reste de sa vie sans elle.

Jeanette était seule, debout sous un arbre, à observer Mary Vaughn et Sonny, assis côte à côte devant la scène et faisant mine d'écouter les chorales qui se succédaient. Mais, de toute évidence, ni l'un ni l'autre n'avaient jeté un coup d'œil aux chanteurs au cours de la dernière demi-heure, trop occupés à se dévorer mutuellement des yeux. Jeanette ne put s'empêcher de les envier.

— Combien les parieurs de chez Wharton ont-ils misé sur le rabibochage des ces deux-là ? demanda Tom en s'arrêtant à sa hauteur.

— Certainement davantage que sur nous, répliqua-t-elle d'un ton morose.

— Excuse-moi pour tout à l'heure, dit-il après l'avoir fait pivoter vers lui. Pendant des années, le seul fait d'entendre de la musique de Noël me mettait de mauvaise humeur. Tu n'imagines pas l'hypocrisie qui régnait chez moi. Notre façon de fêter l'événement n'avait rien à voir avec l'amour ou la générosité. C'était on ne peut plus matérialiste. Le matin du 25 décembre, mes sœurs et moi découvrions des monceaux de cadeaux, qui ne correspondaient en général pas du tout à nos souhaits. Mes parents achetaient en effet en fonction de ce qu'ils jugeaient bon de nous offrir, afin de pouvoir se vanter auprès de leurs amis d'avoir dégoté le dernier jouet à la mode ou le dernier gadget technologique. On aurait vraiment cru que les fêtes avaient été inventées pour mettre ma mère en lumière dans la société locale.

— Tu ne t'es jamais demandé pourquoi elle y attachait une telle importance ?

Il la regarda avec perplexité avant de se rebiffer.

— Voilà que tu recommences à sous-entendre qu'il existe quelque terrible secret qui m'aurait échappé. Si tu sais quelque chose, dis-le-moi.

— Ce n'est pas mon rôle.

— Eh bien alors, je n'y peux rien si les fêtes me donnent de l'urticaire.

— Très bien. Tu voudrais vraiment que je plaigne un malheureux gosse de riche ?

— Non, répliqua Tom avec une moue. J'essaye seulement de te faire comprendre la situation.

— Oh ! Je la comprends très bien. Il y a des moments de notre passé que nous aimerions tous les deux oublier, des choses qui ne se sont pas déroulées de la façon que nous croyions mériter ou de la façon que nous espérions. Il faut grandir, Tom. Dépasser ça.

— Vertueuse comme tous les nouveaux convertis, commenta Tom.

— Ce qui veut dire ? s'enquit-elle, indignée.

— Il n'y a pas si longtemps, toi aussi tu laissais le passé diriger ta vie. A présent, tu as réussi à te réconcilier avec tes parents et à envisager la période des fêtes sous un angle différent. Tant mieux pour toi. Sincèrement, je m'en réjouis. Mais laisse un peu de temps à ceux qui n'ont pas encore été touchés par la grâce.

— Je cherchais seulement à…

Elle n'acheva pas. Qu'avait-elle cherché en fait ? Peut-être avait-elle jugé un peu trop durement l'incapacité de Tom à s'adapter et à changer d'état d'esprit aussi vite qu'elle ? Elle aurait dû se rappeler que, si elle savait pourquoi Mme McDonald se préoccupait autant du statut social des gens, lui l'ignorait. Qu'est-ce qui lui prenait ? se fustigea-t-elle. Elle, plus que quiconque, savait pourtant que la douleur et le chagrin n'obéissent pas à une règle unique. Chaque individu les ressent différemment. Ainsi, elle n'avait pas réagi de la même manière que ses parents à la mort de son frère. Leur peine les avait entraînés dans une direction et, en la laissant sur le bord du chemin, ils lui avaient infligé une autre forme de souffrance.

Peut-être Tom n'avait-il pas vécu la perte épouvantable qu'elle et sa famille avaient subie, mais elle ne savait que trop combien le fait de se sentir coupé de ceux qu'on aime peut faire mal. Les relations de Tom avec ses parents, déjà vraisemblablement difficiles en temps normal, avaient dû devenir encore plus pénibles à l'époque des fêtes alors qu'il voyait les liens se resserrer dans les autres foyers. Elle n'avait pas le droit de minimiser ou de traiter par le mépris ce vécu.

— Je suis désolée, murmura-t-elle. Je voulais simplement que nous puissions partager ce moment, que nous puissions profiter ensemble de la magie de Noël.

— Nous le pourrons, promit-il. J'y arriverai. Peut-être pas avant que tout le lait de poule ait disparu ce soir, mais j'y arriverai.

Elle attira sa tête vers elle et l'embrassa longuement, se délectant de son parfum, qui se mêlait à celui du sapin. Bien vite, elle le sentit se détendre.

— Tu sais, dit-il contre ses lèvres, je crois bien que la magie de Noël commence déjà à déteindre sur moi, finalement.

On aurait cru que Mary Vaughn donnait une réception pour la première fois de sa vie. Depuis une heure, elle allait et venait dans la maison, vérifiant tout dans les moindres détails, s'assurant que le traiteur avait disposé convenablement tous les plats du buffet, qu'il ne restait pas un seul grain de poussière sur le lustre de la salle à manger, qu'aucune des ampoules des guirlandes de l'imposant sapin qui trônait dans le salon ne s'était éteinte…

— Tu peux arrêter de bouger ? la supplia Sonny, qui la suivait à la trace selon sa touchante habitude d'autrefois. Tout est parfait.

— Et si personne ne vient ?

— Ne dis pas de bêtises. Tes réceptions sont toujours le clou de la période. En plus, tous ceux à qui nous avons parlé à la fête, tout à l'heure, ont promis de passer.

— Je sais, mais les gens sont fatigués. Ils pensent qu'il va y avoir un monde fou et que personne ne remarquera leur absence.

Sonny intervint pour l'arrêter alors qu'elle s'apprêtait pour la seconde fois à compter les serviettes. Immobilisant Mary Vaughn de ses mains posées sur ses épaules, il plongea son regard dans le sien.

— Qu'est-ce qui te rend aussi nerveuse ?

— C'est parce que…

Elle ne put se résoudre à terminer sa phrase.

— Parce que tout le monde va savoir que nous nous sommes remis ensemble ? C'est ça ?

Elle confirma d'un signe de tête.

— Je veux que tu sois fier de moi, dit-elle.

— Mais je l'ai toujours été.

— Je veux proclamer à la face de Serenity que j'ai enfin compris que tu es l'homme le plus extraordinaire qui existe et que je n'aurai jamais la chance d'en rencontrer un autre comme toi.

— Le seul qui doit le croire, c'est moi, déclara-t-il en lui levant le menton.

— Et ton père, aussi, dit-elle avec un petit air triste. Notre réconciliation ne va vraisemblablement pas le ravir.

— Tu te trompes. Cela fait longtemps qu'il l'espère.

— Mais il ne m'a jamais portée dans son cœur.

— Faux. Ce qui ne lui plaisait pas, c'est que tu ne m'aimais pas comme il l'aurait souhaité. Il n'est pas aveugle, Mary Vaughn, et Serenity est une petite ville. Il savait que tu n'avais pas oublié Ronnie.

— Je suis complètement guérie de lui, à présent, tu sais, lui annonça-t-elle, les yeux dans les yeux. Tu es le seul homme que j'aime.

— Je commence vraiment à le croire. D'ailleurs, j'ai un cadeau de Noël anticipé pour toi, dit-il en sortant de sa poche une petite boîte qu'il lui tendit. Ce n'est pas une bague. Je préfère te prévenir pour que tu ne sois pas déçue. Il est encore un peu tôt pour prendre un engagement définitif, mais je tenais malgré tout à t'exprimer mes sentiments.

Dans l'écrin était posé un médaillon ancien. Les doigts tremblants, elle l'ouvrit : sur un côté était insérée une photographie de Sonny et Rory Sue, et sur l'autre avaient été gravés les mots « pour l'éternité ».

— C'est cela que je nous souhaite, Mary Vaughn. Cette fois-ci, je veux que notre union dure à jamais.

— Oh ! Sonny ! Moi aussi, murmura-t-elle contre sa joue. Moi aussi.

— Je te l'attache ? proposa-t-il.

Au lieu de répondre, elle souleva ses cheveux pour lui permettre d'enclencher le minuscule fermoir. Les mains de Sonny lui effleurèrent la nuque, la faisant tressaillir d'impatience.

Pour la première fois, elle se félicita de l'absence de Rory Sue dont le retour de l'université n'était prévu que dans plusieurs jours. Sonny et elle disposeraient donc de la maison pour eux tout seuls après le départ des invités et auraient tout loisir de tester chacune des chambres à coucher.

Le visage de Mary Vaughn s'illumina à cette perspective…

Chapitre 23

Pourquoi s'était-elle donc si imprudemment engagée à accompagner Tom au dîner organisé par les McDonald ? songea Jeanette alors qu'ils roulaient vers Charleston, le samedi suivant le coup d'envoi des festivités à Serenity. Dans tous les divers scénarios qu'elle imaginait malgré elle, la soirée se transformait en une véritable déroute. Et la nervosité tangible de Tom n'était pas faite pour la rassurer !

Alors que Tom se garait dans l'allée circulaire en briques roses, elle essayait encore de trouver un prétexte pour prendre la poudre d'escampette. Elle craignait que la trêve conclue avec M. McDonald ne résiste pas longtemps à l'épreuve. Quant à Mme McDonald, Dieu sait ce que cette femme totalement imprévisible avait manigancé !

— Ce n'est pas une bonne idée.

— Tu viens seulement de t'en rendre compte ? rétorqua Tom avec une mine tout aussi sinistre.

— Pourquoi tu n'irais pas tout seul ?

— Et que ferais-tu pendant ce temps-là ? Tu te cacherais dans les buissons ?

— Tu pourrais me déposer dans un restaurant et venir me chercher après.

— Pas question. Ils t'attendent. De toute façon, je te rappelle que ta présence à cette réception fait partie de notre marché : j'arrête de jouer les rabat-joie et, en contrepartie, tu essayes de supporter mes parents.

— Je ne sais pas si j'ai toujours envie de l'honorer, répliqua-t-elle, prise de panique maintenant qu'elle se trouvait au pied du mur.

— Ecoute, Jeanette. Nous devons montrer à mes parents que c'est sérieux entre nous, afin qu'ils s'habituent à l'idée. Alors allons-y !

— Hé ! Deux secondes. D'où sors-tu que c'est sérieux entre nous ? Nous couchons ensemble, ce n'est pas la même chose.

— Bien sûr que si ! protesta-t-il avec véhémence, sourcils froncés. Tu veux vraiment que nous entamions ce débat, alors que tu sais pertinemment que j'ai raison et que je pourrais facilement te le prouver ?

Cette assurance affichée par Tom enflamma Jeanette. A moins que ce ne soit la pensée de savoir M. et Mme McDonald si proches et susceptibles de les surprendre ? Toujours est-il qu'elle braqua sur Tom un regard provocateur.

— Ah oui ?

Un instant surpris, Tom reprit vite contenance. Ses yeux s'assombrirent, jusqu'à devenir inquiétants.

— Es-tu sûre de vouloir me lancer ce défi maintenant ?

— Je crois, oui, déclara-t-elle tandis qu'un délicieux frisson lui parcourait le dos.

En une fraction de seconde, il était sorti de la voiture et avait ouvert la portière de Jeanette.

— Viens, ordonna-t-il en lui saisissant la main.

Elle comprit alors qu'elle avait certainement franchi les limites…

— Où ça ?

— Il y a une maison d'amis, à l'entrée du parc. Personne ne l'occupe en ce moment.

Il marchait si vite qu'elle était obligée de courir pour le suivre.

— Tom, arrête !

— J'attends ce moment depuis que je t'ai vue dans cette robe, tout à l'heure.

— Nous ne pouvons pas nous éclipser comme ça et arriver en retard au dîner. Décoiffés et débraillés, en plus. Ce serait très impoli.

Plus qu'impoli, même. Ce serait courir au désastre. Elle qui avançait déjà en terrain miné…

— Tu crois vraiment que c'est le moment de s'inquiéter du protocole ? demanda-t-il dans un éclat de rire.

— Ta mère a déjà une très mauvaise opinion de moi. Je ne voudrais pas baisser encore dans son estime.

— C'est mon opinion à moi qui compte.

Sur cette déclaration péremptoire, il l'accula contre une grille en fer forgé et, attrapant les barreaux de chaque côté de ses épaules, l'emprisonna entre ses deux bras, avant de s'emparer de sa bouche avec passion.

Sentant Tom pressé contre elle, Jeanette oublia aussitôt toutes ses objections. Elle lui prit la tête entre ses mains pour l'obliger à ne pas arrêter son baiser. Tom, de son côté, tout en se plaquant contre elle, souleva le bas de sa robe et promena sa main sur la peau nue de sa cuisse jusqu'au nid chaud et humide où se cachait sa féminité. Elle sursauta à l'intimité de ce contact, prête à se perdre dans ce délicieux vertige.

— Arrête, murmura-t-elle. Non, ne t'arrête pas… Non… Tom ?

Elle sentit les doigts experts de Tom s'enfoncer en elle… et elle explosa de plaisir.

— Ce n'était pas prévu. Nous n'aurions pas dû…

Puis elle enfouit son visage dans le creux de l'épaule de Tom.

— Tu as vu l'état dans lequel je suis ? Tout le monde va deviner ce que nous avons fait. Je ne peux pas aller là-bas.

Il lui caressa la joue et replaça une mèche rebelle.

— Il y a une salle de bains dans la maison d'amis. Tu

pourras t'y refaire une beauté. Remarque, je ne vois pas comment tu pourrais être plus belle qu'en ce moment, avec tes cheveux en bataille et tes joues en feu.

Elle porta immédiatement une main à sa tête, où s'emmêlaient dans un désordre de boucles les mèches qu'elle s'était acharnée à discipliner et à raidir.

— Oh non ! se lamenta-t-elle, découragée.

— Cette coiffure te va très bien. Je t'en prie, ne touche à rien.

— On verra. Où est cette fameuse maison d'amis ?

Il l'emmena vers un bâtiment autrefois occupé par le gardien, à l'entrée de l'immense propriété. Il était à peine plus petit que la maison qu'elle venait d'acheter, et l'intérieur avait été décoré dans les tons bordeaux et bleu marine, mis en valeur par des touches de beige. Après avoir examiné ce décor plutôt masculin, elle se tourna vers Tom.

— C'est ta mère qui l'a aménagé à ton intention, n'est-ce pas ?

— Oui, admit-il. Mes parents s'étaient mis dans la tête que je reviendrais ici si je disposais d'un endroit à moi sur le domaine. Au moins jusqu'à ce que je me marie et m'installe dans la vie qu'ils imaginaient pour moi.

— Tu as habité ici ?

— Non. Mais ils n'ont pas abandonné tout espoir. J'ai beau insister pour qu'ils louent, ils ne veulent pas en entendre parler. Mon père est sûr que je finirai par revenir à la raison… et à Charleston ! Et, dans cette ville, ton adresse sert de carte de visite.

— Tu as vu l'heure ? s'inquiéta-t-elle brusquement en désignant une pendule posée sur le manteau de la cheminée. Ta mère va nous tuer… plus exactement, me tuer moi. A tous les coups, elle va me rendre responsable de notre retard.

— Je prendrai les torts sur moi.

— J'en ai pour deux minutes, promit Jeanette en se hâtant vers la salle de bains.

Tom avait raison. Ses joues étaient rouges, et elle était ébouriffée mais, étrangement, le résultat était plutôt réussi, et certaines femmes payaient des fortunes pour y parvenir. Elle ajusta ses vêtements, se lava les mains et se passa du rouge sur les lèvres que les baisers de Tom avaient débarrassées de tout maquillage. Deux minutes plus tard, elle était de retour dans le salon.

— Ça va, comme ça ? demanda-t-elle.

— Tu es superbe !

Une remarque qui lui parut si peu objective qu'elle leva les yeux au ciel.

— Merci, mais tu ferais mieux de trouver une explication plausible… et avouable à notre arrivée tardive.

— Pas de problème. Je dirai qu'il y a eu des embouteillages.

Il la guida alors vers la demeure illuminée, d'où s'échappaient de la musique et des rires par les fenêtres et les portes vitrées, grandes ouvertes en cette soirée incroyablement douce pour la saison. Une fois sur la terrasse, ils se faufilèrent à l'intérieur.

— Ah ! Vous voilà enfin ! s'écria Mme McDonald en fondant sur eux. J'ai craint un instant que tu n'aies oublié le chemin de la maison, Tom.

Elle examina alors Jeanette avec un froncement de sourcils et la moue — hélas à présent familière à la jeune femme — de quelqu'un qui vient d'avaler une tranche de citron. Elle la salua cependant avec un minimum de courtoisie.

— Merci de m'accueillir, répondit Jeanette.

— Tom, va trouver ton père. Il veut te présenter quelqu'un.

— Entendu.

Tom s'apprêtait à entraîner Jeanette avec lui, mais sa mère l'en empêcha.

— Non, Jeanette reste avec moi. Il faut qu'elle fasse connaissance avec nos hôtes, bien qu'elle ait déjà vraisemblablement rencontré la plupart des femmes chez Bella.

Tom se pétrifia.

— Maman, si tu fais quoi que ce soit pour mettre Jeanette dans une situation gênante…

— Jeanette est mon invitée, coupa sèchement sa mère. Les McDonald ne s'abaisseraient jamais à déroger aux lois de l'hospitalité.

— Très bien, je te fais confiance alors, dit-il en la transperçant du regard.

C'est avec consternation que Jeanette le regarda s'éloigner mais, faisant contre mauvaise fortune bon cœur, elle se redressa et, sourire vissé aux lèvres, déclara :

— Vos décorations sont magnifiques, madame McDonald. J'aime beaucoup le thème de casse-noisettes que vous avez choisi. Cela a dû vous demander des semaines de travail.

C'était vrai. La pièce étincelait littéralement de lumières multicolores et sentait bon la résine, bien que, d'après Tom, les branches d'épicéa suspendues ici et là aient été artificielles. Les décorateurs s'étaient déchaînés sur les casse-noix : il y en avait des centaines accrochés dans le sapin, des plus gros posés sur le manteau de la cheminée et d'autres, de la taille d'un homme, montaient la garde à l'entrée du salon.

De l'autre côté du couloir, le décor — du moins ce que Jeanette en apercevait — s'inspirait de l'univers de la fée Dragée. Des rubans rose pâle, violets et argentés piqués de milliers de minuscules points lumineux étaient tressés dans les rameaux d'épicéa.

Même dans les grands magasins les plus luxueux, Jeanette n'avait observé pareille minutie dans les détails.

— Cette maison a toujours été une vitrine durant les fêtes,

expliqua Mme McDonald avec fierté. C'est une tradition que je me fais un honneur et une joie de perpétuer.

— Vos filles sont-elles ici ? J'aimerais beaucoup les rencontrer.

— Non, pas ce soir. Il s'agit d'un dîner d'affaires, pas d'une réunion de famille, répondit-elle avec hauteur… ou méchanceté ?

Jeanette n'apprécia guère le sous-entendu à peine voilé : on ne l'aurait pas invitée s'il s'était agi d'un dîner familial…

Pendant la demi-heure qui suivit, elle affronta les regards curieux et les saluts circonspects de femmes qui, un jour, lui avaient confié certains de leurs secrets les plus intimes. Toutes étaient visiblement gênées de devoir aujourd'hui la traiter d'égal à égal. Même si aucune ne se montra franchement désagréable, elles étaient visiblement déroutées par sa présence — alors qu'en outre Tom ne l'escortait pas — après les rumeurs qui résonnaient encore à leurs oreilles sur les menaces de procès qu'elle avait proférées à l'encontre de Mme McDonald.

Jeanette garda la tête droite et bavarda avec ces femmes le temps qu'exigeaient les convenances avant de se rendre au bar prendre un verre de vin qu'elle emporta sur la terrasse. Elle comptait seulement faire une courte pause, histoire de souffler un peu avant d'affronter de nouveau les convives de Mme McDonald. Mais elle entendit des éclats de voix dans une pièce voisine. Reconnaissant celle de Tom, elle avança dans cette direction.

— Papa, combien de fois faudra-t-il te répéter que je n'ai aucune intention de prendre un poste dans un cabinet juridique à Charleston ? s'emporta Tom. Te rends-tu compte combien cette conversation a été embarrassante pour Dwight Mitchell et pour moi ?

— Et toi, te rends-tu compte de la bêtise que tu commettrais en refusant sa proposition ? Le cabinet Mitchell et McLaughlin est l'un des plus anciens et des plus prestigieux de Charleston, pour ne pas dire de Caroline du Sud. Si tu y entres, tu es paré pour la vie. Et je ne parle pas uniquement financièrement. Tu pourras poursuivre n'importe quelle carrière politique, par la suite.

— Il est hors de question que je devienne avocat ou que je brigue un mandat électoral, déclara Tom avec force. Je ne sais pas comment te le dire plus clairement.

— Quand cesseras-tu de prendre des décisions dans le seul but de me contrarier ?

— Papa, je ne prends pas mes décisions en fonction de toi. J'adore mon travail. Tu devrais te faire une raison. Cela nous éviterait d'avoir cette conversation chaque fois que nous nous voyons.

— Et Jeanette ? Tu tiens aussi à elle ?

— Tu le sais bien. Il faut que toi et maman appreniez à la connaître. Je suis très attaché à elle. Et à vous aussi, que vous le croyiez ou non. J'aimerais vraiment qu'on parvienne à s'entendre tous les quatre.

— Moi aussi, assura son père avec un profond soupir. Seulement, j'avais placé tellement d'espoir en toi. Comme ta mère, d'ailleurs.

— Ecoute, papa. Je travaille à me construire un avenir qui me plaît. Et il est parfaitement respectable, même si ce n'est pas celui que tu aurais choisi pour moi. En outre, j'ai rencontré une femme que j'aime et qui me rend heureux.

— Alors qu'elle n'est pas des nôtres ?

— Parce qu'elle ne descend pas de la famille royale britannique ou je ne sais quoi qui fait rêver maman ? se moqua Tom. Allons, papa. Maman a toujours été un peu snob. Mais pas toi !

Un silence s'installa que M. McDonald finit par rompre, d'une voix empreinte de lassitude.

— Tu as raison, Tom. Je suis mal placé pour critiquer. Mes ancêtres ont établi leur fortune à la sueur de leur front, et mon père a pratiquement tout dissipé. Il a mené une vie dissolue, entre la boisson, le jeu et ses maîtresses. J'ai passé mon existence à essayer de reconstituer ce qu'il avait anéanti. Ce n'était pas une question d'argent, mais d'honneur. C'est tout ce qui m'importe, Tom. Je veux qu'à Charleston le nom des McDonald continue à être respecté, comme autrefois. Etant donné ma situation familiale, ta mère a pris un énorme risque en m'épousant. Je lui ai promis de ne jamais lui donner de motif de le regretter. Or, depuis quelque temps, elle n'ose plus se montrer tellement elle a honte.

— A en juger par le nombre de réceptions que vous organisez tous les deux pendant les fêtes, je ne crois pas qu'elle ait si honte que ça, observa Tom.

Il se tut un instant, hésitant… Puis il se jeta à l'eau.

— Jeanette m'a laissé entendre que maman et toi m'avez caché certains faits qui expliqueraient, d'après elle, pourquoi tu es si attaché à la notoriété et au statut social. S'agit-il de ce que tu viens de m'apprendre sur grand-père ?

— Il a pratiquement causé notre ruine financière et il a sali notre réputation, répéta M. McDonald. Je sais que tu considères tout ça comme des bagatelles, mais nous pas, car nous avons dû nous battre pour reconquérir notre position dans la société.

— Je comprends.

— En es-tu sûr, fiston ?

— Je crois que je commence, en tout cas.

— Essaye d'être un peu plus tolérant avec ta mère, d'accord ?

— A condition que vous aussi vous le soyez avec nous. J'aime Jeanette. J'ai l'intention de lui demander sa main.

— Je t'en supplie, Tom, non. Ta mère en mourrait.

— Pas si elle prend la peine de faire vraiment connaissance avec Jeanette. Si elle s'obstine dans son attitude actuelle, nous finirons par couper les ponts. C'est sûr et certain. Ecoute, papa, je suis désolé de la conduite de grand-père et je saisis ce qu'elle avait de scandaleux, mais je n'y suis pour rien. Et puis, c'est du passé. Les gens ont oublié toute cette histoire. D'ailleurs, personnellement, je n'ai jamais entendu personne dire du mal de lui.

— Parce que ta mère et moi avons veillé à ce que tes sœurs et toi ignoriez tout. Nous nous sommes démenés pour redresser la situation calamiteuse que mon père avait laissée, et les gens ont fini par ne plus y penser ou, du moins, par nous permettre de classer l'affaire. Nous te léguons un héritage dont tu peux être fier et ce, en grosse partie grâce à ta mère, qui a parié sur moi.

— Papa, j'ai toujours été fier de toi. Certes, nos points de vue divergent parfois, et je ne mènerai pas la vie que tu avais envisagée, mais cela n'enlève rien à mes sentiments pour toi.

— Tout ça devait te revenir, dit M. McDonald en montrant la pièce d'un geste découragé.

— Je n'en ai pas besoin, assura doucement Tom. Je suis comblé entre un travail que j'aime et une femme que j'adore.

— Et tu ne veux pas prendre davantage de temps pour réfléchir ?

— Non. J'ai choisi ma vie. Tu ne peux pas accepter ça, papa ?

— J'essaierai, capitula son père tristement. Retourne à la réception. Il va être l'heure de dîner. Dis à ta mère que j'arrive.

— Papa, je suis désolé si je t'ai blessé. Sincèrement.

— Ne le sois pas. Je sais mieux que personne qu'un homme

doit suivre la route qu'il s'est fixée. J'ai consacré ma vie à essayer de ne pas prendre la même que mon père.

Tom hésitait à partir.

— Tu es sûr que ça va aller, papa ?

— J'ai essuyé des revers plus graves au cours de mon existence, répondit M. McDonald avec un sourire las. Allez, file maintenant. Je vous rejoins dans une minute.

Au moment où Tom allait franchir la porte, son père l'appela :

— Fiston !

— Oui ?

— J'aime bien ta Jeanette, tu sais. J'avais espéré que tu trouverais quelqu'un ici, à Charleston, et il me semblait de mon devoir de tout mettre en œuvre pour favoriser des rencontres avec des jeunes filles de bonne famille mais, au final, la décision t'appartient. Jeanette a du tempérament. Si vous décidez de vous marier, je vous souhaite d'être aussi heureux que ta mère et moi l'avons été.

Alors qu'il quittait la pièce, Tom aperçut Jeanette, qui s'éloignait. Il la suivit et, lorsqu'elle voulut se faufiler discrètement dans le salon par la porte-fenêtre, il la rattrapa.

— Tu as tout entendu, n'est-ce pas ?

— Oui. Je n'avais pas l'intention d'écouter aux portes. Seulement, j'étais sortie sur la terrasse pour respirer un peu quand j'ai entendu une dispute et reconnu ta voix.

— J'ai honte de certains des propos de mon père et je te demande de l'excuser. Cependant, ajouta-t-il avec un sourire, il t'apprécie. Tu l'as entendu ?

— Oui. Et je lui en sais sincèrement gré, car cela a dû lui coûter. Il ne me reste plus à présent qu'à gagner les bonnes grâces de ta mère, conclut-elle d'un ton guilleret.

— Nous pourrions réserver cette conquête pour une autre occasion, proposa-t-il en capturant son regard. Tu veux t'en aller ? J'ai tout à coup l'impression de manquer d'air et de place dans cette maison.

— Tu te doutes que je ne demanderais pas mieux, mais ce ne serait pas très poli et, en plus, nous vexerions ta mère. Ce n'est pas la meilleure tactique pour la mettre dans ma poche.

— En fait, elle serait probablement soulagée. Notre départ allégerait l'atmosphère.

— Bel effort, mais nous restons, décréta Jeanette.

Il se pencha vers elle et lui vola un baiser.

— Qu'est-ce que je ne dois pas faire pour toi ! murmura-t-il. D'abord les festivités de Noël, maintenant ça…

— Si tu ne dois jamais être amené à faire plus pour moi, tu t'en sors à bon compte.

Une domestique annonça alors que le dîner était servi, et ils se rendirent dans la salle à manger. Un énorme lustre, brillant de tous ses feux, était suspendu au-dessus d'une longue table luxueusement dressée : argenterie étincelante, verres en cristal, bougies blanches enserrées dans des touffes de houx…

Le repas se déroula étonnamment bien. Non seulement Mme McDonald se conduisit avec civilité, mais M. McDonald s'efforça réellement d'inclure Jeanette dans les conversations. Peut-être était-ce le vin qui accompagnait le succulent carré d'agneau et le somptueux gâteau au chocolat ? Toujours est-il que les convives se montrèrent d'humeur fort joyeuse et, quand le café arriva, tout le monde semblait ravi de la soirée.

Alors que la compagnie se dirigeait vers le salon, Tom glissa à l'oreille de Jeanette :

— Nous pouvons peut-être nous éclipser, à présent ? Il se fait tard, et nous devons être à pied d'œuvre à Serenity demain matin à la première heure.

— Eh bien, dis donc ! Cette perspective a l'air de te séduire !

— Bizarrement, oui. Je suis content à l'idée de retrouver cette ambiance.

— Voilà des mots doux à mes oreilles, dit-elle en tournant vers lui un visage radieux. Allons saluer ta mère.

— Maman ! appela Tom. Excuse-nous, mais nous devons nous sauver.

— J'ai passé une très bonne soirée, déclara Jeanette avec chaleur. Merci encore de m'avoir invitée parmi vous. Je suis désolée de devoir partir, mais les animations de Noël reprennent tôt demain matin à Serenity.

— Je croyais qu'elles avaient eu lieu le week-end dernier, dit Mme McDonald, étonnée, en pivotant vers son fils comme si elle venait de le prendre en flagrant délit de mensonge.

— C'était seulement le coup d'envoi, la semaine dernière, expliqua-t-il.

— La manifestation dure deux semaines, et c'est l'un des événements phares de l'année, poursuivit Jeanette sans prêter attention aux coups de coude dans les côtes assez peu discrets que Tom lui décochait. Vous devriez venir. Les stands seront ouverts toute la journée. Les chorales vont chanter. Les vitrines des magasins sont décorées, la place est illuminée. Le spectacle vaut vraiment le coup d'œil, le soir.

— Tout ça doit être très joli.

Jeanette ne décela aucune ironie dans la voix de Mme McDonald. Aussi se permit-elle d'insister :

— Franchement, vous devriez venir. Tom s'est donné beaucoup de mal, et le sapin est fantastique.

— Peut-être, pourquoi pas ? répondit enfin Mme McDonald.

Puis, s'adressant à son fils, elle s'enquit :

— Tu n'y verrais pas d'inconvénient ?

— Non, bien sûr, dit Tom avec un sourire forcé. Jeanette et moi serons là. Vous ne pourrez pas nous manquer.

— Et merci encore pour cette soirée, répéta Jeanette.

Mme McDonald hésita, comme si elle ne savait comment formuler sa pensée.

— Je suis contente que vous ayez pu venir, dit-elle maladroitement mais avec sincérité, avant de se hisser sur la pointe des pieds pour embrasser son fils.

— Je vais parler à ton père de cette idée de visite à Serenity. A demain, j'espère.

— Bonne nuit, maman.

Dès qu'ils furent dehors, Jeanette soupira de soulagement.

— Je peux enfin respirer.

— Moi aussi, renchérit Tom en desserrant sa cravate.

— Remarque, ça n'a pas été aussi épouvantable que je le craignais, avoua Jeanette.

— Tu sais, je crois que mes parents ont vraiment fait des efforts.

— Oui, c'est aussi mon avis, acquiesça-t-elle en prenant la main de Tom.

Elle tourna alors la tête vers lui et le scruta un instant avant de demander :

— Tu étais sérieux lorsque tu as dit à ton père que tu voulais m'épouser ?

— Ah ! Ça aussi tu l'as entendu !

— Tu ne le lui as pas chuchoté à l'oreille, figure-toi ! Alors ?

— Oui, c'est effectivement inscrit à mon programme, répondit-il. Mais je n'ai pas l'intention de te demander ta main dans l'allée de chez mes parents. Un événement pareil requiert un cadre romantique.

— Amen ! déclara-t-elle, ravie.

Lorsque Dana Sue entreprit de décorer le Sullivan pour Noël, Jeanette fut la première à proposer son aide. Lorsque

Maddie suggéra de préparer une petite fête au spa pour les clientes, Jeanette se porta volontaire pour l'organiser. Puis elle décida de donner elle-même une réception dans sa nouvelle demeure. Elle acheta des cartes d'invitation humoristiques, sortit tous ses livres de cuisine pour trouver les recettes les mieux adaptées à l'occasion et se procura un sapin qui touchait le plafond de son salon. Tom le déchargea et l'installa sans se plaindre, mais s'excusa dès qu'arriva le moment d'accrocher la première boule.

Le lundi suivant, Maddie prit Jeanette à part et l'emmena boire un thé au soleil dans le cadre intime du patio.

— Dis-moi, Jeanette, qu'est-ce qui t'arrive ? J'ai reçu ton invitation.

— Tu viens, n'est-ce pas ? Avec Cal et les enfants ?

— Bien sûr, nous serons tous là. Mais tu ne crois pas que tu en fais un peu trop, ma chérie ? Pendant deux jours, tu as passé tout ton temps libre à aider Dana Sue à décorer le restaurant. Tu as tout pris en main, et magistralement, pour notre petite fête, ici. Et maintenant, chez toi ! Es-tu en train de rattraper le temps perdu ou bien est-ce une provocation pour tester Tom ?

— C'est absurde, voyons ! Pourquoi voudrais-je le tester ?

— C'est à toi de me le dire.

Tout en sirotant son thé, Jeanette réfléchit à la question de Maddie. S'était-elle exagérément investie pour Noël ? Cherchait-elle à mettre Tom à l'épreuve ? Non, elle ne le pensait pas.

— Tout se passe bien avec Tom depuis que nous sommes allés voir ses parents. J'ai enfin l'impression que notre histoire va peut-être aboutir.

— Très bien. Tu sais ce que je crois, alors ? Que tu essaies de combler un vide. Tu cours après le Noël que tu vivais avec tes parents quand tu étais petite.

Jeanette n'avait jamais envisagé la question sous cet angle mais, en entendant Maddie la formuler en ces termes, elle se rendit compte que son amie avait bien analysé la situation. Elle avait fini par retrouver goût à cette période de fêtes, mais elle aspirait à davantage. Elle voulait ressusciter le passé. Impossible, évidemment ! Aussi s'était-elle lancée dans ce tourbillon d'activités pour oublier ce qui allait manquer à Noël : sa famille.

— Mes relations avec mes parents se sont considérablement améliorées, dit-elle doucement. Nous nous téléphonons au moins une fois par semaine, mais ils n'ont pas soufflé mot de Noël. Je ne crois pas qu'ils soient encore prêts à l'affronter.

— Pourquoi tu ne leur poses pas la question ? Ou même, pourquoi ne les invites-tu pas à venir ici ? Il leur serait peut-être plus facile de retrouver l'esprit de Noël dans un endroit qu'ils ne connaissent pas et où ils pourraient se créer des souvenirs entièrement neufs. Nous serions heureux de les accueillir au Sullivan, avec tout le monde, pour le repas de Noël.

— Oui. Je pourrais au moins le leur proposer.

— Et, s'ils refusent, mets-toi bien dans le crâne que ce n'est pas dirigé contre toi, personnellement. Tout dépend de leur seuil de tolérance.

— Tu as raison, Maddie. Si j'ai réussi à amadouer les parents de Tom, je devrais parvenir à me rapprocher des miens, quand même !

— Les enjeux ne sont pas les mêmes, fit gentiment Maddie. Tu avais placé la barre assez bas avec la famille de Tom. D'après ce qu'il m'a dit, leur venue aux festivités de Serenity, samedi dernier, relève du miracle. Mais il est toujours plus difficile d'en accomplir avec ses propres parents. Il y a souvent un trop gros sac de nœuds affectif.

— Je me dois malgré tout d'essayer, pour eux et pour moi, déclara Jeanette avec fermeté. Je vais les appeler tout de suite.

— Bonne chance, cria Maddie tandis que Jeanette retournait vers le spa. Quoi qu'il arrive, n'oublie pas que tu as des amis qui t'aiment comme un membre de leur famille.

— Merci, répondit Jeanette, les yeux humides.

La sincérité de Maddie lui avait donné le courage de tendre la main à ses parents. Et elle en avait besoin car, si en toute autre occasion elle courait peu de risques d'échouer, Noël était un moment spécial qui réservait bien des écueils. Malgré tout, peut-être seraient-ils enfin prêts à renoncer à se punir et à accepter de profiter des fêtes en dépit du chagrin qu'ils associaient depuis trop longtemps avec cette période de l'année ?

Chapitre 24

Les encouragements de Maddie encore en tête, Jeanette décrocha le téléphone de son bureau pour appeler ses parents.

— C'est toi, Jeanette ? s'assura Mme Breech qui, comme toujours, parut surprise d'entendre la voix de sa fille.

— Oui, c'est moi, maman.

— Quelque chose ne va pas ?

— Non, tout va bien. Et papa, où en est-il ?

— Son état s'améliore de jour en jour. Ce médicament a tout changé. Il est devenu un autre homme. Non, je retire ça, corrigea-t-elle après un petit silence. Il est redevenu l'homme que j'ai épousé.

— J'en suis vraiment heureuse, maman. Et toi ? Tu reprends tes habitudes ?

La dernière fois que la mère et la fille s'étaient parlé, Mme Breech avait laissé entendre qu'elle comptait s'investir davantage dans le groupe de femmes de la paroisse, auquel elle n'avait plus participé depuis l'accident de son mari. Le désir de sa mère de renouer avec ses anciennes amies prouvait que la situation évoluait dans le bon sens, en avait conclu Jeanette.

— Je suis allée à la réunion à l'église, mercredi dernier, dit Mme Breech.

— Et alors ? Tes impressions ?

— J'étais ravie de pouvoir bavarder et prendre des nouvelles de tout le monde. J'ai manqué ces réunions pendant quelques mois seulement. Eh bien, figure-toi que la moitié de mes copines sont devenues grand-mères entre-temps. Nous avons tellement parlé que, du coup, nous n'avons pas fait grand-chose de concret. Je vais préparer mon gâteau au chocolat avec le glaçage au caramel pour dimanche, après l'office. Tout le monde m'a dit qu'il leur avait manqué.

— C'est génial ! Et puis je suis contente d'entendre que tu as une bonne voix.

— Je suis en forme, c'est vrai. Je ne m'étais pas sentie aussi bien depuis longtemps. Et toi, alors ? Raconte-moi. Comment va ce jeune homme ?

— Tom ? Il va bien.

— Et ton travail ?

— Il continue à me plaire. Nous avons donné une petite fête au spa pour les clientes, l'autre soir. C'est moi qui ai tout organisé, et il y a eu un monde fou. Maintenant, je prépare ma propre soirée porte ouverte. C'est d'ailleurs à ce sujet que je t'appelle. J'aimerais bien que papa et toi veniez passer Noël à Serenity. J'ai une chambre libre. Vous pourriez rester quelques jours et faire connaissance avec tous mes amis.

Le silence qui suivit ne surprit nullement Jeanette. Il n'en était pas moins douloureux pour autant.

— Tu sais bien que nous ne fêtons plus Noël depuis la mort de ton frère, dit enfin sa mère.

Refusant de se laisser décourager par cet éternel discours, Jeanette insista.

— Cet accident remonte à des années, maman. A moi aussi, Ben me manque, mais il ne voudrait pas nous voir nous morfondre comme ça, chacun de notre côté. Il adorait la période des fêtes, entre autres parce qu'elle permettait de resserrer les liens familiaux. Tu n'auras pas à lever le petit doigt. Je me charge de tout. Quant au repas de Noël, comme nous sommes invités chez des amis, il n'y aura pas de cuisine à faire. J'aimerais simplement que vous rencontriez les gens qui me sont chers. S'il te plaît, maman. Tom sera là, lui aussi. Vous le connaissez déjà. Vraiment, cela me ferait tellement plaisir de passer Noël en famille.

Sa mère hésitait toujours…

— Je peux toujours en parler à ton père, proposa-t-elle finalement. Mais n'y compte pas trop.

— Dis-lui que c'est quelque chose qui me tient énormément à cœur.

Elle priait pour qu'à présent, enfin, cet argument suffise à le convaincre. Qui sait si, grâce au climat de générosité et de paix indissociable de Noël, elle ne réussirait pas à regagner sa place au sein de la famille afin que, tous les trois de nouveau réunis, ils tournent la page ?

— Je te rappelle demain, d'accord maman ? Discutes-en avec papa ce soir.

— C'est tellement important pour toi ?

— Oui. Je me plais ici, maman. J'ai des amis formidables. Serenity est une ville extrêmement agréable. Et en plus, avec toutes les décorations, elle est au top ! Le spa vaut vraiment le déplacement, surtout avec son air de fête. Quant à ma maison, c'est un vrai petit nid. C'est toi qui m'as appris à rendre un intérieur douillet et chaleureux. Je voudrais partager tout ça avec vous deux. Je voudrais que vous fassiez de nouveau partie de ma vie.

— Ecoute, Jeanette, je vais tâcher de convaincre ton père, promit Mme Breech.

— Merci, maman, s'écria Jeanette. Je t'embrasse de tout mon cœur.

— Nous aussi, ma chérie. Je sais que tu as pu croire que nous ne t'aimions plus, mais tu te trompais.

Sa mère venait de lui faire le plus beau cadeau qu'elle ait jamais espéré recevoir. Même si ses parents refusaient de venir cette année, cet aveu de sa mère lui donnerait la force de maintenir les ponts avec eux. Peut-être finirait-elle un jour par reconquérir la famille qu'elle croyait depuis si longtemps avoir perdue ?

Tom commençait à se laisser prendre par l'atmosphère de Noël. L'enthousiasme de Jeanette devait déteindre sur lui, se dit-il. A moins qu'il ne soit emporté par l'élan festif qui s'était emparé de toute la ville. Il s'était même surpris à s'arrêter sur la grand-place, avant de rentrer chez lui, pour admirer le sapin et écouter les chants de Noël que diffusaient à plein volume des haut-parleurs installés sur la façade du magasin de Ronnie.

Il allait quitter son bureau lorsque Teresa, la mine peu aimable, passa la tête par la porte pour lui annoncer que quelqu'un demandait à le voir.

— Il n'a pas rendez-vous, mais il prétend que c'est important. Voulez-vous que je lui dise de repasser à un moment plus opportun ?

Visiblement, Teresa espérait que Tom allait acquiescer à sa proposition. Elle n'aimait pas qu'on perturbe sa routine, pas plus que Tom, d'ailleurs. Aujourd'hui, cependant, il se sentait si guilleret qu'il ne vit aucune raison valable de se montrer trop rigide. Il n'était pas à quelques minutes près, après tout !

— Non, faites-le entrer, Teresa. A-t-il donné son nom ?

— Dwight Mitchell.

Quel idiot de s'être ainsi précipité ! pesta-t-il contre lui-même. Dwight Mitchell était bien la dernière personne qu'il avait envie de voir ! Mais, en homme bien élevé, il serra avec cordialité la main du célèbre et influent avocat de Charleston, lorsque ce dernier entra dans le bureau.

— Qu'est-ce qui vous amène aussi loin de Charleston ? demanda Tom en indiquant un fauteuil à son visiteur.

— Vous, bien sûr. Il m'a semblé utile de m'entretenir

de nouveau avec vous après cette conversation qui a tourné court avec votre père.

— Je vous remercie d'avoir pris le temps de venir jusqu'ici, mais je crois avoir clairement expliqué que le métier d'avocat ne m'inspire pas.

— Oh ! Absolument ! Je dois dire que cela m'a fait plaisir de voir votre père déstabilisé, pour une fois. Je ne croyais pas cela possible.

— Si vous avez compris que je n'ai pas l'intention d'entrer dans un cabinet juridique, que ce soit à Charleston ou ailleurs, pourquoi voulez-vous me voir ?

— En fait, je dirige une équipe de chasseurs de tête, chargée de recruter un responsable financier pour la ville de Charleston. Je sais que vous avez occupé un poste analogue dans une autre agglomération il n'y a pas très longtemps et que, depuis, votre champ de compétences s'est encore élargi avec l'expérience supplémentaire que vous avez acquise en tant qu'administrateur à Serenity. En vous écoutant parler, j'ai pris note de votre investissement dans ce genre de travail et j'en ai conclu que vous correspondiez exactement au profil que nous cherchons. J'aimerais savoir si vous seriez prêt à vous mettre sur les rangs. En d'autres termes, ce poste vous intéresse-t-il ?

Pour une fois, l'enthousiasme de Tom ne fut pas feint. Il n'en revenait pas qu'une chance pareille se présente. On lui apportait sur un plateau une proposition fantastique et inespérée ! La pensée de la réaction probable de Jeanette le refroidit un instant… Mais l'offre était tellement tentante ! Quoi de plus logique qu'il l'étudie, au moins ? Personne ne pourrait le lui reprocher. Réduisant au silence la voix qui lui soufflait que Jeanette ne partagerait certainement pas son point de vue, il regarda Dwight droit dans les yeux.

— Oui, il m'intéresse.

— Tant mieux !

— C'est exactement le genre de tournant que j'espérais prendre un jour ou l'autre, dans ma carrière.

— Eh bien, autant saisir la balle au bond, n'est-ce pas? Serenity me semble une agréable petite ville, mais les événements réellement importants se passent dans les grosses agglomérations.

« Exactement ce que j'ai toujours pensé », se dit Tom.

Bien sûr, il ne devait pas vendre la peau de l'ours avant de l'avoir tué. Il n'avait pas encore été nommé. Dwight Mitchell était uniquement venu pour tâter le terrain. Cela dit, il se devait — et il le devait à Jeanette — de tout mettre en œuvre pour accéder à un poste qui le rapprocherait un peu plus du but qu'il s'était fixé : gérer entièrement une ville de première importance. N'était-il pas en train de se trouver des justifications pour parer à l'hostilité probable de Jeanette lorsqu'elle apprendrait la nouvelle ? se demanda-t-il, tout déboussolé.

— Rassurez-moi, dit-il, pris d'un soupçon soudain. Dois-je votre démarche à une quelconque intervention de mon père ?

— Non, en aucune façon. Je crois même qu'il ignore que j'appartiens au comité de recrutement. Nous avons observé la plus grande discrétion jusqu'à maintenant. John Davis ne part qu'en février, ce qui nous laisse le temps de sonder plusieurs candidats potentiels. Parmi lesquels vous êtes en tête de liste.

— Je vous remercie. Eh bien, j'aimerais vraiment que ma candidature soit examinée.

— Fixons un rendez-vous pour un entretien, alors. Disons... après-demain ? Vous sera-t-il possible de vous rendre à Charleston ? Je sais que tout le monde est très occupé à cette époque de l'année, mais je tiens à régler cette affaire le plus rapidement possible.

En consultant son agenda, Tom s'aperçut que les parents de

Jeanette arrivaient précisément ce jour-là, quarante-huit heures avant Noël. Elle l'avait invité à venir dîner avec eux...

— A quelle heure ?

— 14 heures, si cela vous convient. Vous serez le premier postulant interviewé. Si, comme le je crois, vous faites forte impression, nous pourrons conclure l'affaire sur-le-champ. Ainsi vos employeurs à Serenity seront avertis largement à l'avance de votre départ et ne seront pas pris de court.

14 heures... Cela allait être juste, calcula Tom. Mais l'entretien ne durerait pas plus d'une heure, deux dans le pire des cas, ce qui lui permettrait d'arriver à temps pour le dîner avec les Breech.

— C'est entendu, dit-il à Dwight. Et merci encore d'avoir pensé à moi.

Après qu'il eut raccompagné l'avocat à sa voiture, Tom fut tenté d'appeler Jeanette pour discuter séance tenante avec elle de la proposition qu'il venait de recevoir, au lieu d'attendre le résultat de l'entretien. Mais quelque chose le retint. Peut-être parce qu'il savait pertinemment qu'elle serait loin de partager sa joie. Or, elle était tout à ses préparatifs pour sa soirée porte ouverte. Pourquoi lui gâcherait-il son plaisir alors que rien ne garantissait le succès de sa candidature ? Inutile de l'inquiéter en vain.

Excuse minable, il s'en rendait parfaitement compte. En fait, il avait besoin de temps pour trouver l'argument imparable qui la convaincrait que cette promotion représentait une aubaine pour tous les deux.

« Regarde la vérité en face, voyons ! Tu te mens à toi-même », s'avoua-t-il dans un soupir. Elle lui en voudrait à mort de ne pas être venu instantanément en parler avec elle.

« Allons ! » souffla la voix de la lâcheté. Il n'avait pas l'intention de repousser indéfiniment cette conversation. C'était une affaire de deux petits jours, seulement. D'ici là, il disposerait de tous les éléments… et aurait peut-être trouvé les mots justes pour la persuader du bien-fondé de sa décision.

Jeanette, sur des charbons ardents, guettait par la fenêtre l'arrivée de ses parents. Car oui ! Ils avaient accepté de venir, et elle n'était pas encore revenue de ce miracle inespéré. Bien sûr, elle regrettait de ne pouvoir partager ce moment avec Tom, mais même cette ombre ne parvenait pas à ternir sa joie fébrile. Surtout qu'il dînerait avec eux ce soir, qu'il participerait à la réception du lendemain et au repas de Noël au Sullivan.

Elle jeta un énième coup d'œil autour d'elle pour s'assurer qu'il ne restait pas un grain de poussière, que toutes les ampoules du sapin fonctionnaient, que le chat perdu qu'elle hébergeait depuis quelques jours n'avait fait tomber aucune décoration. Le matou, un tigré roux et blanc qu'elle avait baptisé Marmelade, leva vers elle des yeux offusqués, comme s'il lui reprochait d'avoir osé le croire capable d'un acte aussi barbare. Il en miaula même d'indignation !

— Excuse-moi ! Tu es le plus civilisé des chats. C'est moi qui suis nerveuse.

Une confession accueillie par un miaulement plus compréhensif. Clopinant à cause d'une blessure à la patte, Marmelade s'approcha de Jeanette et se frotta contre ses jambes avant de lui lécher la main de sa langue râpeuse. Puis il alla s'installer tout naturellement sur le coussin vert pomme du canapé, qu'il considérait manifestement comme lui étant dévolu, et se mit à ronronner de contentement. Jeanette sourit avec attendrissement. Cela faisait des années qu'elle voulait un animal, mais elle n'avait osé céder à la tentation à cause de son mode de vie. L'arrivée de Marmelade à quelques jours de Noël lui apparut comme un autre signe du destin : son existence prenait enfin la direction qu'elle espérait depuis tant d'années.

Toujours anxieuse, elle se rendit dans la cuisine, vérifia que le café de son père était bien en train de passer, que le thé de sa mère était prêt à être servi. Elle garnit une assiette de petits gâteaux qu'elle avait fabriqués elle-même d'après une des recettes fétiches de Mme Breech. Elle avait réservé une ultime fournée à faire cuire ce matin, pour le simple plaisir d'emplir la maison d'une bonne odeur de pâtisserie.

De retour dans le salon, elle regarda une nouvelle fois par la fenêtre, juste au moment où ses parents s'engageaient dans son allée. Elle ouvrit aussitôt la porte et courut à leur rencontre.

— Maman ! Papa ! Vous n'avez pas idée comme je suis heureuse de vous voir ici ! s'écria-t-elle en les embrassant. On va rentrer vos bagages pour que vous vous reposiez un peu.

— Nous n'avons pas voyagé pendant des jours, tu sais, répliqua son père avec un sourire amusé. Le trajet ne prend que deux heures, en tout cas par le chemin que ta mère a choisi. On aurait pu ne mettre qu'une heure et demie par l'autoroute, se plaignit-il… tout en serrant affectueusement la main de sa femme.

— A vrai dire, je n'en reviens pas que tu aies laissé maman conduire, commenta Jeanette.

— Ma jambe me gêne encore, reconnut son père. Et puis, finalement, c'est plutôt agréable d'avoir un chauffeur…

— Eh bien ! Ne t'y habitue pas trop, mon cher, le taquina Mme Breech. Ce sera terminé dès que tu tiendras bien debout.

— Voilà qui va m'inciter à prendre mon temps, plaisanta-t-il.

Jeanette considérait ses parents avec des yeux écarquillés de joie : elle retrouvait entre eux le même jeu plein de gaieté complice que dans son enfance.

La visite de la maison suscita leur enthousiasme sans réserve. Même la chambre bleu marine emporta leur suffrage.

— Ah! Voilà une pièce faite pour un homme! s'extasia son père. Sans toutes ces fanfreluches que ta mère adore.

— C'est Tom qui a choisi la couleur. J'étais un peu sceptique, mais finalement le résultat me plaît.

— C'est sérieux entre lui et toi? demanda son père en l'observant avec attention. Si tu le laisses décider de la décoration de ta maison, c'est qu'il n'est pas uniquement de passage. Faut-il que je l'interroge sur ses intentions?

— Sûrement pas! s'écria Jeanette. Mais nous nous entendons bien. Il sera là pour le dîner, et je suis contente que vous ayez l'occasion de passer un peu de temps avec lui. En attendant, je vous laisse vous rafraîchir et vous installer. Rejoignez-moi dans la cuisine lorsque vous aurez fini. J'ai préparé du café, du thé et des petits gâteaux.

— Les sablés de ta mère, à l'odeur, fit son père.

— Gagné!

Mme Breech lança alors un regard résigné à son mari.

— J'ai l'impression que je vais devoir défaire les valises toute seule. Ton père n'a jamais pu résister à mes sablés, surtout lorsqu'ils sortent du four.

— Je suis dans la cuisine avec Jeanette si tu as besoin de moi, annonça-t-il avec un large sourire ravi.

Dès qu'elle fut seule avec son père et qu'elle lui eut versé son café, elle captura son regard.

— Papa, je ne sais pas comment exprimer à quel point je suis contente que vous soyez venus.

— Nous aurions dû faire ça depuis longtemps, reconnut-il, une lueur de regret dans les yeux. Nous t'avons négligée pendant trop d'années.

— Ce qui compte, c'est que vous soyez là, maintenant, répondit-elle en lui plaquant un gros baiser sur la joue.

Là-dessus, M. Breech mordit dans un gâteau… et sourit de béatitude.

— Tu tiens peut-être de moi pour ce qui est de l'intelligence, mais tu as hérité de ta mère tes talents de cuisinière.

— Une chance qu'elle ne t'entende pas, déclara Jeanette en pouffant. Elle est tout aussi intelligente que toi.

— C'est vrai. Et je remercie tous les jours ma bonne étoile qu'elle soit restée à mes côtés, malgré les coups du sort. La vie n'a pas dû être rose tous les jours pour elle. Ni pour toi.

— Nous t'aimons, c'est tout, dit Jeanette simplement.

N'était-ce pas là tout ce qui comptait ?

A 18 heures, lorsque Jeanette sortit le rôti du four, Tom n'était toujours pas arrivé. Il n'avait pas téléphoné non plus, et elle était partagée entre inquiétude et colère. Plutôt que de montrer sa contrariété et son énervement, elle apporta les plats à table en affichant une jovialité qu'elle espéra convaincante.

— Nous n'avons qu'à commencer à manger, dit-elle. De toute évidence, Tom a été retardé.

— Nous pouvons attendre encore un peu, si tu veux, proposa sa mère en observant sa fille d'un air soucieux.

— Non, répondit Jeanette plus sèchement qu'elle ne l'aurait souhaité. Le repas va être bon à mettre à la poubelle si nous ne mangeons pas tout de suite.

— Mais non, ma chérie, objecta sa mère avec douceur. Tu peux laisser le rôti dans le four, à condition de régler le thermostat au plus bas. Tout le reste peut être réchauffé au micro-ondes, sans aucun problème.

— Il n'en est pas question, répliqua Jeanette, butée. Il savait à quelle heure nous devions dîner. Il n'a aucune excuse pour ne pas être là.

— Pourquoi ne l'appelles-tu pas ? suggéra sa mère. Il a un téléphone portable, je suppose.

Jeanette réfléchit un moment au conseil de sa mère… qu'il aurait été ridicule de ne pas suivre, décida-t-elle. Elle appela donc Tom à son bureau. En dépit de l'heure tardive, Teresa répondit.

— Teresa ? C'est Jeanette. Je cherche Tom. Est-il encore à la mairie ?

— Je ne l'ai pas vu de tout l'après-midi. Il avait un rendez-vous à Charleston.

— A Charleston ? répéta Jeanette, incapable de dissimuler sa surprise.

— Il ne vous a pas prévenue ?

— Non, il ne m'a rien dit, répondit Jeanette, le ventre noué par un mauvais pressentiment. Merci, Teresa. Je vais essayer son portable.

— Je mets un mot sur son bureau pour lui signaler votre appel, au cas où il passerait, promit Teresa.

— Merci.

Quand Tom décrocha, il y avait un tel brouhaha à l'autre bout de la ligne qu'elle l'entendait à peine.

— Tom, c'est moi. Mais où es-tu donc ?

Il jura entre ses dents, puis demanda :

— Quelle heure est-il ?

— Plus de 18 heures, répondit-elle d'un ton pincé. Tu peux me dire où tu te trouves ?

— J'avais une réunion à Charleston, qui a duré plus longtemps que prévu, et ensuite nous sommes allés prendre un verre. Je n'ai pas vu l'heure.

— Oui, j'ai remarqué ! Et, si tu as bu, il vaut mieux que tu ne prennes pas le volant. Tu ferais mieux de dormir chez tes parents, ce soir.

— Mais les tiens…

— Laisse tomber, l'interrompit-elle. Tu les verras demain, en tout cas si tu peux t'arracher à ce qui te retient à Charleston.

— Mais je veux t'expliquer tout ce qui s'est passé ici. Attends d'apprendre la nouvelle.

Elle se tut et... attendit, comme il le demandait.

— Jeanette ? Tu es toujours là ?

— Oui.

— On m'a proposé un travail. Exactement le genre de poste auquel j'aspire. Mais je ne pensais pas en trouver un aussi rapidement. J'ai hâte de tout te raconter.

— On t'a proposé un travail ? dit-elle en écho d'une voix sourde. A Charleston ?

— Oui.

— Et tu as accepté ? Sans même m'en parler ?

— Non, je n'ai pas officiellement accepté. Je comptais en discuter avec toi ce soir avant de donner ma réponse. C'est une occasion rêvée.

« Il va dire oui », comprit Jeanette entre les lignes.

— Félicitations, dit-elle en s'étranglant presque sur le mot.

Ce qu'elle avait redouté arrivait : il l'avait reléguée à la deuxième place dans ses priorités...

— Au fait, ce n'est pas la peine de te dépêcher de rentrer demain. Inutile de perdre ton temps à venir à ma soirée porte ouverte.

— Hé ! Une seconde ! Es-tu en train de me dire que je ne suis pas le bienvenu ?

— Exactement. Je ne veux pas de toi ici.

— C'est à cause de cette proposition de travail, n'est-ce pas ? Bon sang ! Je savais que je n'aurais pas dû te l'annoncer aussi brutalement.

— Quelle intuition ! ironisa-t-elle. Je comprends pourquoi ils tiennent tellement à t'embaucher.

Elle entendit le bruit de fond qui s'estompait. Tom devait s'être déplacé vers un coin plus calme...

— Voyons, Jeanette… Au moins, écoute ce que j'ai à te dire. C'est une chance incroyable pour nous deux.

— Non, je n'en ai pas envie. Si tu m'en avais glissé deux mots avant de partir à Charleston, nous aurions peut-être eu matière à discussion. Mais, comme tu n'as pas jugé utile de le faire, je ne peux qu'en déduire que mon opinion ne compte pas. Je croyais que tu avais compris que je ne supporte pas de ne pas être la préoccupation numéro un des personnes que j'aime.

— Mais oui, j'ai compris. Allez ! Tu sais très bien que j'attache une grande importance à ce que tu penses. Simplement, je voulais connaître tous les détails de l'offre avant d'en débattre avec toi.

— Débattre de quoi ? Tu as déjà pris ta décision ! Crois-moi, Tom, je te souhaite de réussir. Quant à moi, j'en ai terminé avec toi.

Elle coupa la communication sans lui laisser le temps de répondre. Puis, apparemment indifférente à la sonnerie insistante du téléphone, elle servit le repas, qu'elle réussit à avaler sans éclater en sanglots devant ses parents. Elle leur fut d'ailleurs reconnaissante de ne pas attirer une seule fois l'attention sur l'absence de Tom.

A la fin du repas, sa mère la chassa.

— Je vais débarrasser, dit-elle à Jeanette. Réponds plutôt au téléphone qu'on n'a pas arrêté d'entendre pendant tout le dîner.

— Certainement pas ! protesta Jeanette avec véhémence.

Puis elle se reprit et serra sa mère dans ses bras.

— Merci de ne pas avoir posé de questions.

— Ce n'est pas de moi qu'il faut te méfier, mais de ton père. S'il croise Tom, il ne va pas hésiter à lui en poser, des questions, tu peux me croire.

— Dis à papa qu'il peut lui casser la figure, si l'envie lui en prend, répliqua Jeanette tandis qu'une ébauche de sourire se dessinait sur ses lèvres.

— Ne compte pas sur moi pour lui donner des idées pareilles. Rien ne lui plairait davantage que de régler son compte à quelqu'un qui te fait souffrir.

— Je ne souffre pas. Je suis furieuse.

— Parfois, il est difficile de faire la différence, commenta sa mère en lui tapotant la main avec tendresse.

C'est plein d'appréhension sur l'accueil qui allait lui être réservé que Tom entra au Sullivan le jour de Noël. Dana Sue lui avait téléphoné pour lui rappeler l'invitation, qui incluait également M. et Mme McDonald. Il était évident que Jeanette serait là, comme il était tout aussi évident qu'elle refusait toujours de lui adresser la parole. La seule fois où elle avait répondu au téléphone ces deux derniers jours, elle avait raccroché dès qu'elle avait reconnu sa voix.

Il avait conscience d'avoir tout gâché en ne l'ayant pas informée de son entretien à Charleston et il se reprochait d'avoir délibérément ignoré les signaux de danger qui s'étaient allumés dans sa tête.

Réussiraient-ils à surmonter ce différend ou la rupture était-elle définitive ? Il avait dans sa poche une bague qui, espérait-il, convaincrait Jeanette de lui accorder une autre chance. Si cela ne suffisait pas, il comptait sur sa seconde arme : la venue de M. et Mme McDonald, qui avaient enfin compris et admis que Jeanette était la femme de sa vie. Pourvu que leur présence au repas de fête d'aujourd'hui prouve à Jeanette sa détermination à l'épouser et la volonté de ses parents de ne pas entraver leur bonheur !

Son poste à Charleston constituait bien sûr le nœud du problème, et il pressentait que tous ses arguments ne parviendraient pas à amadouer Jeanette. A moins qu'il ne refuse la proposition… Honnêtement, il ne pouvait s'y résoudre. Ou alors, en tout dernier recours, pour lui démontrer qu'elle comptait plus pour lui que la carrière la plus prometteuse du monde.

— Qu'est-ce que tu fabriques ici ?

La question, glaciale, avait été lancée dans son dos. Manifestement, l'agressivité de Jeanette n'avait pas faibli… Il se retourna.

— Dana Sue a insisté pour que je vienne, dit-il en la dévorant des yeux.

Son visage exprimait encore la colère, mais les cernes qui lui mangeaient les joues témoignaient qu'elle dormait aussi mal que lui.

— Encore quelqu'un qui prend des décisions qui me concernent sans me consulter, commenta-t-elle d'un ton acerbe. Sinon, je lui aurais clairement dit que je ne voulais pas te voir ici.

— Apparemment, Dana Sue est plus généreuse.

— Ecoute. Reste ou pars. C'est à toi de voir. Mais ne reste surtout pas si c'est pour moi ou pour gâcher la fête à tout le monde.

— Ce n'est certainement pas ce que je cherche. En fait, je comptais te parler une minute, seul à seul.

— Pourquoi ? demanda-t-elle sans se départir de sa froideur.

— J'ai un cadeau pour toi.

L'espace d'un instant, elle parut déroutée, mais se ressaisit bien vite.

— Je ne t'ai rien acheté, moi. Plus exactement, je t'avais acheté quelque chose, mais je l'ai rendu hier.

— Tu m'as déjà fait le plus beau cadeau du monde, Jeanette. Tu as apporté quelque chose dans ma vie que je n'espérais pas. Ecoute, je sais que j'ai agi comme un idiot. Cela dit, je te promets que j'avais prévu de discuter de cette histoire de

Charleston avec toi dès mon retour, ce soir-là. Je pensais réussir à te montrer que c'était une proposition exceptionnelle.

— Oui, ça, j'ai compris. Tu n'avais peut-être pas encore accepté, mais il était évident que c'était ton intention.

— Non, mon souhait, rectifia-t-il. Il y a une différence. Je t'en supplie, Jeanette, dis-moi que tu sais que tu comptes plus que n'importe quel poste pour moi.

— Non, désolée. Les mots restent des mots. C'est aux actes que je juge les gens.

— Et celui-là te fera-t-il changer d'avis ? demanda-t-il en sortant de sa poche un petit paquet enveloppé de papier argenté et entouré d'un ruban rouge.

Elle recula d'un pas, les yeux rivés sur le paquet.

— Tom ?

— Oui, Jeanette, dit-il avec solennité.

— Qu'est-ce que cela veut dire ?

— Je crois que, si tu ouvres, tu le sauras tout de suite, répondit-il en riant.

Elle l'observa entre ses paupières mi-closes.

— Est-ce que tu veux toujours ce travail à Charleston ?

— Oui, mais c'est négociable.

Elle sembla vaciller devant cette main tendue.

— Pour de bon ?

— Tu es plus importante que tout pour moi, Jeanette. Je sais que j'aurais dû te prévenir de mon entretien, parler avec toi pour connaître ton point de vue. Mais c'est arrivé si vite. Je suis désolé, Jeanette.

— Et donc, tu as agi derrière mon dos.

— Encore une fois, je te présente mes excuses.

— Nous ne pouvons pas envisager une vie commune, si nous ne discutons pas ouvertement des problèmes, si nous ne prenons pas ensemble les décisions importantes.

— Je le sais. Laisse-moi t'expliquer en quoi consistera mon

travail. Si, après, tu n'es toujours pas d'accord et tu estimes que la situation n'est pas viable, je le refuserai.

— Mais il t'intéresse beaucoup, objecta-t-elle avec résignation. Je ne me trompe pas, si ?

— Non.

— Alors comment pourrais-je t'empêcher de réaliser ton rêve ?

— Tout simplement parce que j'y tiens moins qu'à toi.

Il lui releva le menton pour l'obliger à le regarder.

— Je suis sérieux, Jeanette. Rien n'est aussi important que toi !

— Bien, dit-elle, ébranlée par la sincérité et la fièvre de ces paroles. Admettons que nous trouvions un moyen de régler ce problème. Reste celui de tes parents. Il est vrai que nous avons un peu progressé…

— Ils vont arriver bientôt pour nous permettre de progresser un peu plus encore, coupa-t-il.

Les yeux de Jeanette s'agrandirent.

— Tes parents viennent ici ?

— D'ici à un quart d'heure, confirma-t-il après avoir consulté sa montre.

— Dana Sue est-elle au courant ?

— C'est son idée, en fait. Je ne suis ni assez malin ni assez courageux pour y avoir pensé tout seul.

— Ah ! D'accord !

— Nous pouvons réussir, Jeanette. J'y crois de toute mon âme, ajouta-t-il devant son air encore dubitatif.

— Je ne quitterai pas Serenity, décréta-t-elle.

— Te l'ai-je demandé ?

— Ce poste qu'on te propose est bien à Charleston, non ? Ce qui implique de déménager.

— Pas nécessairement. Je peux faire le trajet. Ou nous pouvons organiser notre emploi du temps de façon à nous partager entre les deux endroits, puisqu'il y a la petite maison chez mes parents et la tienne ici.

— Tu as étudié la question à fond, on dirait.

— Exact. En tant qu'administrateur, je suis obligé d'examiner chaque situation sous tous ses angles.

— Une habitude qui risque de s'avérer agaçante chez un mari en puissance.

— Je peux changer et foncer tête baissée dans n'importe quoi désormais, si c'est ce que tu souhaites.

— Pas vraiment.

— Alors, explique-moi ce que tu veux.

— Tout. Toi, Serenity, ma maison et te voir faire ce qui te rend heureux.

— C'est toi qui me rends heureux.

— Mais il faut aussi que tu t'épanouisses dans ton travail. On peut effectivement envisager de faire la navette à tour de rôle.

— Merci. Y a-t-il autre chose à négocier avant que tu n'acceptes ma demande en mariage ?

Elle réfléchit, sourcils froncés.

— Tu ne ronchonneras plus jamais à Noël ?

— Plus jamais.

Puis il se reprit.

— Sauf si je dois collaborer avec Howard dans le cas où l'idée te passerait par la tête de m'inscrire comme membre de la commission des fêtes.

— Accepté.

— Alors, tu es prête à ouvrir ton cadeau, maintenant ? demanda-t-il plein d'espoir.

Elle lui lança un regard espiègle.

— Pas encore. Mon père est quelque part dans les parages. Je crois que vous devriez avoir une petite conversation tous les deux.

— Tu veux que je lui demande officiellement ta main ?

— Non, je veux que tu parles avec un homme qui vient de redécouvrir le sens de Noël. C'est lui, dans le costume de saint Nicolas.

— Je croyais…

— Je sais, dit-elle, amusée. L'idée ne l'enchantait pas non plus, mais Howard a décidé d'emmener Mary Vaughn, Rory Sue et Sonny à Aspen pour fêter la réconciliation de Sonny et Mary Vaughn. Il fallait bien lui trouver un suppléant.

— Et tu as persuadé ton père de prendre sa place ?

— J'ai appelé des renforts, précisa Jeanette.

— C'est-à-dire ?

— Maddie, Dana Sue et Helen. Il n'avait pas plus tôt franchi la porte qu'elles l'assiégeaient et le harcelaient en lui répétant que les enfants allaient être horriblement déçus si le Père Noël n'était pas au rendez-vous pour leur distribuer leurs cadeaux.

Elle haussa les épaules tandis que son regard se portait sur son père, entouré par une vingtaine de gamins, dont beaucoup appartenaient à ses amis les plus proches.

Deux jeunes étudiants essayaient de mettre les petits en rang sans échanger un seul regard. Tom les désigna à Jeanette.

— C'est Ty et Annie, je suppose ?

— Oui, acquiesça Jeanette après avoir jeté un coup d'œil aux adolescents.

— Eux aussi semblent avoir quelques différends à régler, commenta Tom.

— C'est vrai. Maddie et Dana Sue savent seulement qu'ils ne se parlent pas. Mais elles ignorent la raison de leur brouille.

— Peut-être les fêtes opéreront leur magie sur eux aussi.

Jeanette tourna vers lui des yeux surpris.

— Tu penses vraiment ce que tu viens de dire ?

Il confirma d'un signe de tête avant de changer de sujet.

— En tout cas, ton père a l'air vraiment dans son élément.

— Il a toujours eu un faible pour les enfants et pour Noël. Il l'a simplement oublié pendant toute une période.

Elle décocha alors à Tom un coup d'œil malicieux avant de reprendre :

— Au fait, tu lui dois une fière chandelle. Les Sweet Magnolias t'avaient choisi pour endosser le costume du Père Noël s'il avait refusé.

— Compte sur moi pour le remercier de m'avoir ôté cette épine du pied, dit-il, bien que cette idée ne l'ait plus autant rebuté qu'elle l'aurait fait il y a encore peu.

— Nous avons beaucoup de choses à célébrer, on dirait, ajouta-t-il en repoussant une mèche de cheveux qui barrait le visage de Jeanette.

Se hissant sur la pointe des pieds, elle l'embrassa.

— Est-ce que tu sens l'esprit de Noël qui descend enfin sur toi ? demanda-t-elle.

— Je sens quelque chose en tout cas, répliqua-t-il dans un éclat de rire.

— Hé ! Surveille ton langage ! C'est Noël, et nous sommes invités à une réunion familiale tous publics. Sans compter que je ne veux pas que tes parents nous découvrent enlacés dans une étreinte torride quand ils arriveront.

— Ce sera pour plus tard, alors, dit-il avec soumission.

— Eh oui ! En attendant, joyeux Noël, Tom.

— Le plus joyeux de tous les Noëls, ma chérie.

PRÉLUD'

Le 1er Janvier

Prélud' n°181

L'innocence des roses - Elizabeth Ashtree

Une petite fille de onze ans qui risque la maison de redressement..., Jayla Kavanagh ne peut le supporter. Alors, pour éviter le pire à Tiffany, elle sort de sa réserve habituelle et trouve le courage de contacter Simon Montgomery, un avocat hors pair — mais qui incarne pour Jayla cet « idéal masculin » dont elle se méfie tant...

Prélud' n°182

Une méprise - Janice Kay Johnson

Quand Elizabeth tombe dans le coma, Lucy remonte jusqu'à l'unique famille de la fantasque et fragile vieille dame : son fils, Adrian, qui ne l'a pas vue depuis ses dix ans. Une indifférence inexplicable pour Lucy, qui redoute déjà la rencontre avec cet homme au cœur sec et apparemment glacial...

Prélud' n°183

Comme un ciel d'orage - Brenda Mott

L'orage gronde entre Reno Blackwell et Cade Lantana. Utiliser les talents de Cade pour lutter contre les inconnus qui veulent la dépouiller de ses précieux chevaux, Reno n'a pas d'autre choix. Mais lui pardonner de l'avoir abandonnée autrefois, quand elle avait le plus besoin de lui ? Jamais ! Quand bien même il déploierait tout son charme pour la reconquérir...

Prélud' n°184

L'homme au secret - Helen Brenna

Maggie est aux anges. Beau, brillant, compétent, Nick Ballos est le partenaire parfait pour partir conclure en Grèce le contrat qu'elle convoite. Tellement « parfait », qu'elle se demande si elle peut lui faire une absolue confiance. Et quelque chose lui souffle que si cet homme a accepté de l'accompagner si loin, ce n'est pas que pour l'argent ou le goût des affaires...

Prélud' n°185

Pour sauver un enfant - Susan Mallery

Pour sauver son petit garçon de la maladie qui le ronge, Kerri est prête à tout : y compris à forcer la porte de l'industriel milliardaire Nathan King, un homme aussi séduisant qu'odieux. Mais, en échange de son aide, il lui impose un marché très particulier.

www.harlequin.fr

BestSellers

A paraître le 1er janvier 2010

Best-Sellers n° 406 • suspense

Dans l'ombre du bayou - Lisa Jackson

Lorsque Eve Renner accepte en pleine nuit le mystérieux rendez-vous fixé par Roy, son ami d'enfance, elle n'imagine pas qu'elle met le pied dans un véritable guet-apens. Car elle découvre son ami poignardé, le chiffre 212 tracé sur un mur en lettres de sang. Pis encore : Cole, son fiancé, se trouve sur les lieux du crime et tente de la tuer elle aussi. Trois mois se sont écoulés depuis, et Eve se remet difficilement de la trahison de Cole, mais aussi de ses blessures : devenue amnésique, elle ne parvient pas à comprendre ce qui a pu se passer lors de cette nuit de cauchemar. Jusqu'à ce qu'un mystérieux courrier l'incite à chercher dans ses souvenirs…

Best-Sellers n°407 • paranormal

Les griffes de la nuit - Rachel Vincent

En apparence, Faythe Sanders ressemble à n'importe quelle étudiante américaine. Qui pourrait croire qu'elle est tout autre et qu'à certains moments, elle se transforme en panthère noire ? Mais Faythe rêve de vivre comme tout le monde et elle refuse de se plier aux exigences de ses parents et de sa caste de félins. Pourtant, son destin est d'être une féline et d'assurer la descendance de sa lignée comme toutes les femelles de son âge. Mais peut-elle aspirer à la liberté sans renoncer à ce qu'elle est profondément ?

Best-Sellers n°408 • suspense

Passé obscur - Suzanne Forster

Au sommet de la gloire, Lane Chandler, fondatrice de *The Private Concierge*, une société de services très prisée par les célébrités de Los Angeles, est soudainement éclaboussée par le scandale : l'un de ses clients est retrouvé mort dans des circonstances suspectes. Prête à tout pour sauver sa réputation et celle de son entreprise, Lane fait face à ceux qui la montrent du doigt. En particulier Rick Bayless, un ancien officier de la police obstiné et charismatique qui connaît son passé sombre et honteux. Un passé qui la poursuit impitoyablement et qu'elle aurait préféré oublier.

Best-Sellers n°409 • suspense

L'île des ténèbres - Heather Graham

Caer Cavannaugh, une jeune infirmière, quitte son Irlande natale pour raccompagner à Rhode Island Sean O'Riley, un riche armateur frappé d'une mystérieuse maladie lors de ses vacances. La tâche se révèle plus difficile que prévu quand elle découvre la tension malsaine qui règne dans la luxueuse maison familiale où vit l'entourage de son patient. Et lorsque s'ajoute à ce climat de menace insidieuse une étrange disparition, Caer, avec la complicité du détective privé Zach Flynn, va devoir se fier à ses dons de prémonition pour protéger la vie de Sean.

Best-Sellers n°410 • roman

La maison de la baie - Sherryl Woods

Par une belle journée de printemps, Abby O'Brien reçoit un appel paniqué de Jess, sa sœur cadette : l'auberge qu'elle a presque achevé de restaurer et qui doit ouvrir ses portes quelques semaines plus tard est menacée de saisie. De retour à Chesapeake Shores pour venir en aide à sa sœur, Abby retrouve Trace Riley, son premier amour. L'homme à qui elle avait dû renoncer dix ans auparavant en fuyant sa douloureuse histoire familiale.

Best-Sellers n°411 • roman

L'écho de la rivière - Emilie Richards

Artiste peintre mariée à un avocat et mère d'une petite fille, Julia Warwick est un pur produit de l'aristocratie de Ridge's Race. Cette femme à qui tout semble sourire voit pourtant son monde s'écrouler lorsqu'elle perd la vue de manière inexpliquée. Les médecins ayant conclu à une cécité psychosomatique, Julia entreprend de fouiller son passé à la recherche d'un traumatisme qu'elle aurait pu enfouir au plus profond de sa mémoire. Ce faisant, elle ouvre peu à peu les yeux sur son mari, sa famille, et surtout sur elle-même. Faisant bientôt émerger, avec l'aide de Christian Carver, son amour de jeunesse, des secrets que beaucoup ont intérêt à ne jamais voir divulgués.

Best-Sellers n°412 • historique

L'alliance scandaleuse - Brenda Joyce

Derbyshire, 1838

A l'âge où toutes les jeunes femmes songent à fonder une famille, Ariella de Warenne ne rêve que de voyages, d'indépendance. Le mariage ne figure pas dans ses projets… et l'amour peut attendre. Du moins le croit-elle, jusqu'au jour où elle rencontre Emilian St Xavier, richissime vicomte de Woodland. Un homme ténébreux dont la bonne société anglaise se méfie en raison de ses origines bohémiennes et de ses mœurs dissolues. Qui est cet Emilian et pourquoi l'attire-t-il autant ? Fascinée, Ariella est déterminée à satisfaire sa curiosité. Au risque de traîner sa réputation et son nom dans la boue…

www.harlequin.fr

GRATUITS !

2 ROMANS*et 2 CADEAUX surprise !

Pour vous remercier de votre fidélité, nous vous offrons 2 romans* exceptionnels de la collection de votre choix !

☛ **Bénéficiez de tous les AVANTAGES du Service Lectrices :**

- ♦ **5% de remise** systématique sur vos romans
- ♦ Des **cadeaux** gratuits
- ♦ Vos **romans en avant-première**
- ♦ L'abonnement gratuit au **magazine Romance**

En acceptant cette offre spéciale, vous n'avez aucune obligation d'achat. Vous pouvez retourner les romans, frais de port à votre charge, sans rien nous devoir, ou annuler tout envoi futur.

Il y a forcément une collection faite pour vous !

AZUR : La force d'une rencontre, l'intensité de la passion.
HORIZON : Des histoires d'amour tendre et optimistes, en gros caractères.
AUDACE : Une collection très coquine pour flirter avec les tabous…
BLANCHE : Passions et ambitions dans l'univers médical.
LES HISTORIQUES : Vivez le destin d'héroïnes au cœur de l'Histoire !
BEST SELLERS : Des romans à succès : suspense, drames et sagas
NOCTURNE : Quand l'amour rencontre le monde de l'étrange…

PASSIONS : Des histoires d'amour modernes et passionnées…
PRÉLUD' : Vivez tout le romanesque des grandes histoires d'amour.
BLACK ROSE : Des histoires palpitantes où mystère et amour s'entremêlent

MIRA : Les meilleurs policiers et thrillers en grand format.
JADE : Une collection féminine et élégante en grand format.

Complétez le coupon ci-contre et retournez-le nous rapidement !

OUI ! Envoyez-moi mes **2 livres offerts*** de la collection que j'ai choisie et mes **2 cadeaux surprise gratuitement.**
Sauf contrordre de ma part, j'accepte ensuite de recevoir chaque mois les romans de la collection choisie, simplement en consultation.

☛ COCHEZ la collection choisie :

❑ **AZUR**	ZZ0F56	6 romans par mois 24,76€
❑ **HORIZON**	UZ0F52	4 romans par mois 18,20€
❑ **AUDACE**	UZ0F52	2 romans par mois 12,28€
❑ **BLANCHE**	BZ0F53	3 volumes doubles par mois 20,32€
❑ **LES HISTORIQUES**	HZ0F53	3 romans tous les deux mois 19,75€
❑ **BEST SELLERS**	EZ0F53	3 romans tous les deux mois 22,18€
❑ **NOCTURNE**	NZ0F52	2 romans par mois 12,12€
❑ **PRÉLUD'**	AZ0F54	4 romans par mois 23,12€
❑ **PASSIONS**	RZ0F53	3 volumes doubles par mois 20,77€
❑ **BLACK ROSE**	IZ0F53	3 volumes doubles par mois 20,77€
❑ **MIRA**	MZ0F52	2 romans tous les deux mois 25,50€
❑ **JADE**	JZ0F52	2 romans tous les deux mois 25,50€

☛ COMPLÉTEZ vos coordonnées et renvoyez cette page à :
Service Lectrices Harlequin – BP 20008 – 59718 Lille Cedex 9

N° d'abonnée Harlequin (si vous en avez un) ___________

Mme ❑ Mlle ❑ Nom : ___________

Prénom : ___________ Adresse : ___________

____

Code Postal : ______ Ville : ___________

Tél. : __________ E-mail : ___________

❑ Oui, je souhaite recevoir par e-mail les offres promotionnelles des éditions Harlequin
❑ Oui, je souhaite recevoir par e-mail les offres promotionnelles des partenaires des éditions Harlequin

Le Service Lectrices est à votre écoute au 01.45.82.44.26 du lundi au vendredi de 9h à 17h ou par e-mail : service.lectrices@harlequin.fr

Date limite : 15 décembre 2010. Vous recevrez votre colis environ 20 jours après réception de ce bon. Offre soumise à acceptation et réservée aux personnes majeures, résidant en France métropolitaine, dans la limite des stocks disponibles. Offre limitée à 2 collections par foyer. Prix susceptibles de modification en cours d'année. Conformément à la loi Informatique et libertés du 6 janvier 1978, vous disposez d'un droit d'accès et de rectification aux données personnelles vous concernant. Par notre intermédiaire, vous pouvez être amenée à recevoir des propositions d'autres entreprises. Si vous ne le souhaitez pas, il vous suffit de nous écrire en nous indiquant vos nom, prénom et adresse à : Service Lectrices Harlequin BP 20008 59718 LILLE Cedex 9. Harlequin® est une marque déposée du groupe Harlequin. Harlequin SA – 83/85, Bd Vincent Auriol – 75646 Paris cedex 13. SA au capital de 1 120 000€ – R.C. Paris. Siret 31867159100010/APE5811Z

Composé et édité par les
éditions Harlequin
Achevé d'imprimer en France (Malesherbes)
par Maury-Imprimeur
en novembre 2009

Dépôt légal en décembre 2009
N° d'imprimeur : 150706 — N° d'éditeur : 14635